近衛龍春

奥州戦国に相馬奔る

実業之日本社

実業之日本社文庫

目次

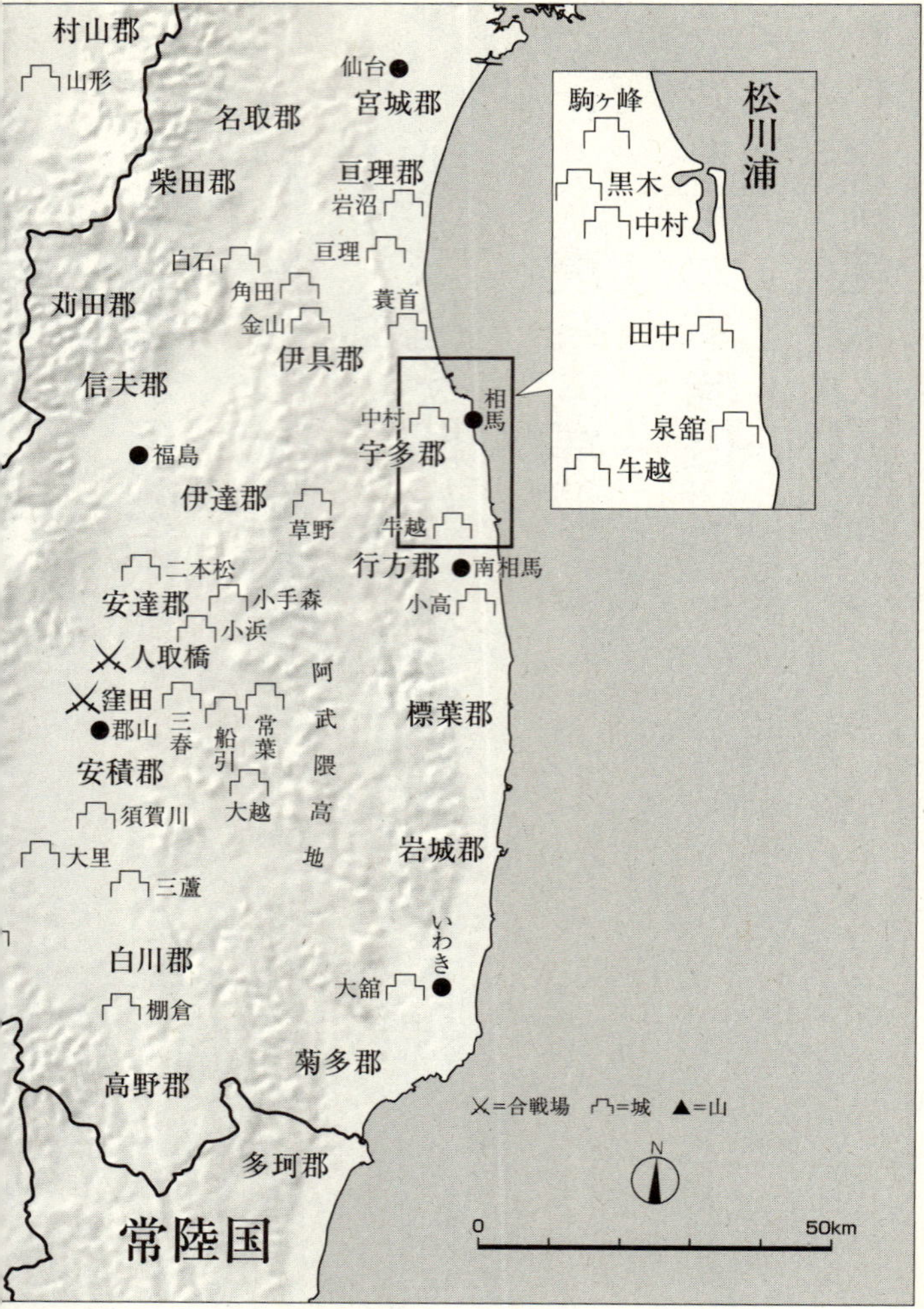
村山郡
山形
仙台
宮城郡
名取郡
柴田郡
亘理郡
岩沼
亘理
白石
角田
金山
蓑首
伊具郡
刈田郡
信夫郡
中村
相馬
宇多郡
福島
伊達郡
草野
牛越
行方郡
南相馬
二本松
小手森
安達郡
小浜
小高
人取橋
阿武隈高地
窪田
三春
船引
常葉
郡山
標葉郡
安積郡
大越
須賀川
大里
三蘆
岩城郡
白川郡
いわき
大舘
棚倉
菊多郡
高野郡
多珂郡
常陸国
松川浦
駒ヶ峰
黒木
中村
田中
泉舘
牛越
=合戦場 =城 ▲=山
N
0
50km

岩船郡
出羽国
置賜郡
米沢
沼垂郡
蒲原郡
耶麻郡
越後国
磐梯山
摺上原
黒川（会津若松）
猪苗代湖
陸奥国
古志郡
会津郡
岩瀬郡
鴫山
白河（小峰）
魚沼郡
坂戸
那須郡
塩屋郡
下野国
利根郡
上野国

地図／千秋社

相馬家略系図

＝は養子関係を示す

『寛永諸家系図伝』『新訂寛政重修諸家譜』『群書系図部集』『系図纂要』『相馬文書』『日本の名族』『戦国大名系譜人名事典』『上総下総千葉一族』『福島県史』『相馬市史』『小高町史』等参考

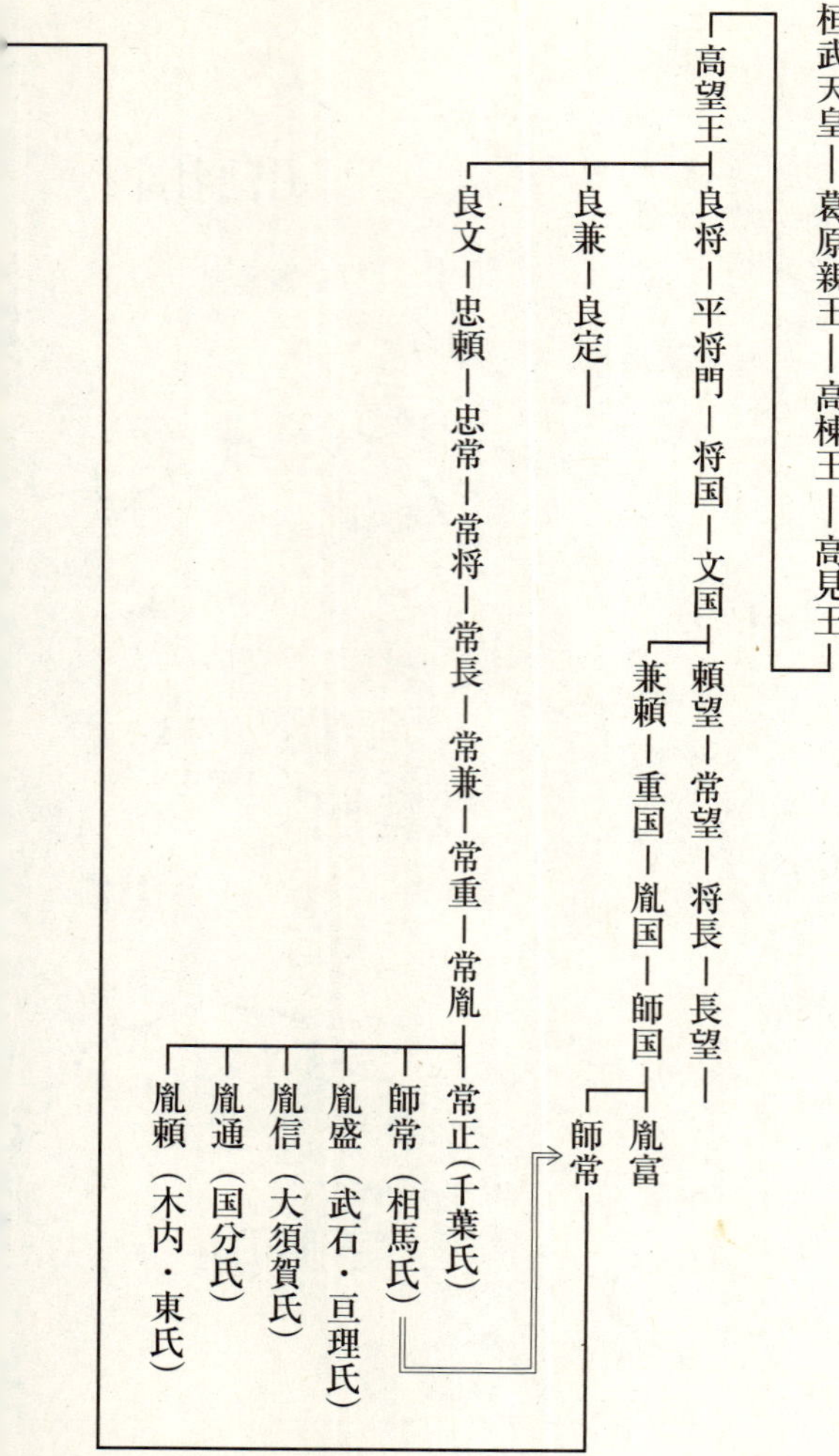

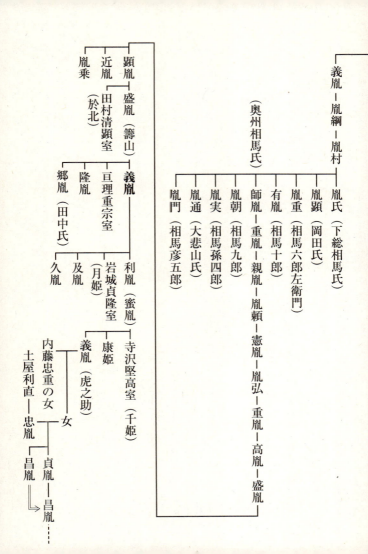

義胤―胤綱―胤村（奥州相馬氏）

胤氏（下総相馬氏）
胤顕（岡田氏）
胤重（相馬六郎左衛門）
有胤（相馬十郎）
師胤―重胤―親胤―胤頼―憲胤―胤弘―重胤―高胤―盛胤
胤朝（相馬九郎）
胤実（相馬孫四郎）
胤通（大悲山氏）
胤門（相馬彦五郎）

顕胤
近胤
胤乗

盛胤（籌山）
田村清顕室（於北）

義胤
亘理重宗室
隆胤
郷胤（田中氏）

利胤（蜜胤）
岩城貞隆室（月姫）
及胤
久胤

寺沢堅高室（千姫）
康姫
義胤（虎之助）

内藤忠重の女
女

土屋利直―忠胤

貞胤―昌胤……
昌胤 ⇒

序章 海嘯《よだ》

慶長十六年（一六一一）十月二十八日、グレゴリウス暦では十二月二日の巳ノ刻（午前十時頃）。

地の底から湧《わ》き出すような、おぞましい唸《うな》りが轟《とどろ》いた。大地が地上に存在する全てを、羽根つきでもするように弾き上げた。大きな衝撃を受けた者は立っていることも敵《かな》わず、その場に倒れてしまう。

巨大な一撃ののちは、小刻みな突き上げが続き、やがて横に揺れだした。土埃《つちぼこり》が上がり、樹に成っていた柿や栗は、地に吸い寄せられるように落ちた。

酩酊《めいてい》しているのかと思うほど周囲が動き、まともに見ることすらもできない。地面が割れて地上のものを奈落《ならく》の底に引きずり込むような恐怖を覚えるほど揺れた。とても立っていられないほどである。

なんとか揺れが収まっても、一向に安心できない。万余の敵に包囲された時よりも恐ろしいかもしれない。心臓の鼓動は早鐘《はやがね》を打つように刻んでいる。暑いのか寒いのか判らない。背筋には冷や汗が流れている。顔の周辺だけが燃えるように熱かった。

見渡せば、地面が隆起しているところがあり、陥没しているところもあった。すぐ横を流れる小高川《おだかがわ》は余波を受けて流れを止め、見たこともない横揺れをして川岸を濡らしていた。

大地震ののち、相馬義胤《そうまよしたね》は居城の小高《おだか》城に戻った。重厚《じゅうこう》な城門は歪んで傾いている。敵に攻め込まれたことはないものの、大筒《おおづつ》でも至近距離から放たれたかのような被害を受けていた。

門の中に入ると、土塁《どるい》は崩れ、石垣の石は転がり、蔵は倒れ、城の屋根の瓦《かわら》は落ち、柱は歪み、雨戸は外《はず》れ、畳は捲《まく》れ……と見るも無惨《むざん》な姿になっていた。

なんとか家屋の中から逃れた女子《おなご》たちは衣を汚し、裸足《はだし》のまま身を寄せ合い、華奢《きゃしゃ》な肩を震わせて嗚咽《おえつ》していた。義胤の顔を見ると、多少は安堵したのか、泣き声が大きくなった。

次々に被害状況が届けられる中、四半刻《しはんとき》（約三十分）が経過した。

東の海のほうから、鼓膜《こまく》を打ち破るかのような轟音《ごうおん》が鳴り響いた。耳朶《じだ》が痛くなるような巨大な銅鑼《どら》の音《ね》が谺《こだま》するかのように尾を引いている。

「海嘯《よだ》か」

伝えられている情報から義胤は判断した。南陸奥《みなみむつ》では津波のことを海嘯と言う。

「海の近くにいる者を逃れさせよ。皆に鐘で報せよ」

義胤は家臣たちに命じた。周囲にいた家臣たちは蜘蛛《くも》の子を散らすように走りだした。

すぐに危険を報せる鐘が鳴る。元来は出陣の陣触《じんぶ》れ用の鐘としているが、災害の時に使用することもある。かん高い金属音が連打された。

ほどなくして遠くに見えた水平線の白い煌《きら》めきは近づき、迫《せ》り上がって牙を剝《む》いた。普段は大人しい海が海岸に接近するにしたがって砂を巻き上げて黒く姿を変色させ、巨大な壁となって押し寄せる。全て押し潰すかのように殺到し、見える範囲を墨色に染める。

海嘯は浜に上げた船を蹴散《けち》らし、防潮林を薙《な》ぎ倒し、黒いうねりとなって破壊する。あまりにも広範囲なので早いのか遅いのか判らない。なにかに当たれば飛沫《しぶき》を上げ嚙みつき、岩を砕《くだ》き、家屋を粉砕して海水の中に取り込み、あるいは押し流した。

第一波に第二波が重なって強さを増し、陸地を浸食した海水は渦を巻いて、飲み込んだ人や牛馬を攪拌《かくはん》し、海底の底に嚥下《えんげ》する。

瞬《また》く間に海岸線はどす黒くなった海水で消滅し、相馬の地を侵《おか》しに侵す。領民が丹精こめて作った田畑を踏み潰し、森林を問答無用で踏み倒し、家屋を打ち壊し、厩《うまや》を浸食し、牛馬を一飲みにする。

津波は飲み込んだものを咀嚼《そしゃく》するように捻り潰し、人や牛馬は原形をとどめていない。

暗黒の濁流《だくりゅう》と化した大津波は川の堤防などは、いとも簡単に乗り越え、川の水と同調して上流へと遡る。大地では海岸から三十町（約三千二百七十二メートル）から一里（約四キロ）ぐらいを黒く塗り潰すが、川はさらに半里から一里近くも逆流した。

時が経つほどに水が迫り、というよりも海が相馬の地に広がったかのようである。遺体が流れている近くを鮫《さめ》が泳ぎ、そのまま闇《やみ》の世界に引きずっていってしまう。誰一人、助けるどころか、回収さえもおぼつかない魔の世界を目の当たりにしている。

相馬領の田畑の半分近くが潰された。

小高城の高台から大津波に引き裂かれた相馬の領地を眺め、義胤は呆然《ぼうぜん》としていた。三ヵ月前の会津《あいづ》大地震で多数の死傷者を出し、まだ余波もおさまらぬうちに未曾有《みぞう》の天災である。しかも幕府からの天下普請《ぶしん》で相馬家の台所は火の車状態だった。

「せっかく改易《かいえき》の危機から逃れたというに、相馬は滅びてしまうのか……。いや、ならぬ、由緒正しい我が一族を滅びさせてはならぬ。相馬の家のため、相馬領に住む民のため、未来永劫続く相馬の地のため、必ず復興させてみせる！」

最悪の状態の中、義胤は決意を新たにした。

第一章　神速の相馬騎馬兵

一

本州の東北、陸奥《むつ》の国は、読んで字のごとく陸《りく》の奥《おく》と記されている。奈良や京都から見れば、さぞかし遠い国だったに違いない。

南陸奥（福島県）の北東、浜通りを中心とした海岸線に相馬《そうま》という地がある。小国ながら勇猛な一族が居住し、駿馬《しゅんめ》を駆って周辺諸将に一歩も引かぬ戦いを繰り広げてきた。

領内の城からは馬走音《ばそうおん》や嘶《いなな》きが聞こえない日はないという。

朝靄《あさもや》が薄《うっ》すらとたちこめる中、南陸奥の小高《おだか》城内にある馬場に馬蹄《ばてい》を鳴らす音が響き渡る。夏場であれば、馬を攻めることができるのは陽が昇るまでである。馬は寒さに強くとも、暑さにはあまり強くはなかった。

「もっと、速《はよ》う走れ。もっと、もっと」

楕円形をした馬場で、栗毛の駿馬に鞭《むち》を入れて疾駆《しっく》させているのは城主の相馬《そうま》長門守《ながとのかみ》義胤《よしたね》である。これを俵口光貞《たわらぐちみつさだ》や十六歳の二本松国綱《にほんまつくにつな》らの若き近習たちが騎乗して追う。

細面《ほそおもて》の顔は日焼けし、体軀《たいく》は大柄、物心ついた時から馬に乗り続けているせいか、三十八歳になっても引き締まった体をしている。砂塵《さじん》を上げる馬も、周囲よりも一際《ひときわ》大きい馬体であった。

「どうした？　遠慮しておるのか？　左様なことでは味方の足を引っ張り、自《おの》が命を失うぞ。儂《わし》に追いつき、抜いてみよ」

義胤は馬上で近習たちを煽《あお》り、身を低くしながら内側に体を傾けて曲線を素早く駆け抜ける。速く走らせようとすればするほど外側に体を引っぱられるような重さを感じるが、義胤は愛馬を押さえつけながら人馬一体になって旋回《せんかい》する。

馬の扱いに長《た》けた者たちでも、義胤についてこられる者は稀だった。

相馬家の強さは巧みな馬術にある。峻険《しゅんけん》な傾斜も上り、急な勾配《こうばい》も滑るように駆け下りる。敵は逃げきったと安堵《あんど》しても、いつの間にか追い詰められ、または廻り込まれてしまう。相馬家の家臣は軍役云々《うんぬん》に拘《かかわ》らず、末端の者に至るまで童《わらべ》の頃から馬術を教え込まれていた。

（我ら平家は馬で源氏には負けておらぬ）

勢いよく砂塵を上げ、矢玉のように馬を走らせながら、義胤は悔しがる。

平安時代の末期、貴族化した平家は源氏に馬の扱いで劣り、それがそのまま政権の敗北に繫がったと揶揄《やゆ》されている。義胤の相馬氏の祖先は、その時、関東にあって源頼朝《よりとも》を支援したお陰で戦国の世まで生き残ってきたものの、代々、心の凝《しこ》りとなって受け継がれていた。

（馬の扱いだけは日本何処《ひのもといずこ》の家にも負けはせぬ）

馬の繁殖から飼育、騎乗による戦闘に至るまで、義胤は日本一であると自負していた。四半刻（約三十分）も馬を駆けたのちは弓場に立つ。世の流れで鉄砲が主力になっているものの、鉄砲は小国の相馬家には高価な武器。しかも火薬に使用する硝石《しょうせき》は輸入品とあって、大量に購入したくとも、簡単に入手することは困難である。

現実的に武力の強化を図るには、弓の技術を向上させるしかない。弓は鉄砲よりも殺傷距離は劣るものの、戦う場所や手法によって十分に対抗できる武器である。

義胤は小袖《こそで》から左の肩を出し、大弓を手にして身構えた。

揺れが止まった瞬間に、右手を離し、矢を射る。放たれた矢は風切り音とともに半町ほど先の的に当たった。距離が長くなれば下降するので、的の上を狙うように放つのが骨《こつ》であり、距離の感覚を摑むのが勝利の術でもある。特に義胤は馬上からの弓が得意で、笠懸け、流鏑馬《やぶさめ》などは外したことがない。

（いずれ、彼奴《きやつ》も射抜いてくれる）

憎き敵を思い浮かべ、義胤は矢を射る。

義胤は両手が張って上がらなくなるまで矢を射るのが日課でもあった。

馬術や弓のみならず、大柄な義胤は鑓《やり》や兵法（剣術）にも長けていた。とりわけ兵法は南北朝期に相馬一族の支族から念流《ねんりゅう》の祖・念阿弥慈恩《ねんあみじおん》相馬四郎義元《しろうよしもと》が出ており、相馬家は念流が盛んだった。

相馬氏は桓武《かんむ》天皇の曾孫・高望王《たかもちおう》に始まる歴《れき》とした桓武平氏である。高望王の次男・良将《よしまさ》の息子には、「新皇」を自称して天下を震撼《しんかん》させた平将門《たいらのまさかど》がいる。将門の子孫にあたる千葉常胤《ちばつねたね》の次男の師常《もろつね》（師胤《もろたね》から改名）が養子に入り、下総《しもうさ》の相馬氏が継承された。

この師常が陸奥の行方《なめがた》郡を賜《たまわ》り、陸奥相馬家の初代当主となった。師常から数えて十五代目の当主が、相馬家の歴史において最大の版図《はんと》を獲得した弾正《だんじょう》大弼盛胤《だいひつもりたね》である。

盛胤を父とし、伊達《だて》一族の懸田義宗《かけだよしむね》（俊宗《としむね》とも）の娘を母として、義胤は天文十七年（一五四八）に誕生した。

相馬家と伊達家との結びつきは強く、義胤の祖父・顕胤《あきたね》も伊達稙宗《たねむね》の長女を正室に迎え、義胤も永禄三年（一五六〇）、十三歳で稙宗の末娘・越河御前《こすごうごぜん》を娶《めと》ったので、三代続けて伊達家の女《むすめ》を妻にしたことになる。

義胤の妹も北に隣接する伊達一族の亘理重宗《わたりしげむね》に嫁《とつ》ぎ、両家は政略結婚を重ねているものの所領争いは絶えなかった。

輿入《こしい》れした越河御前は義胤より二歳年上で、容姿端麗《ようしたんれい》。誰もが羨《うらや》んでいた。御前は名家の出であるせいか気位が高く、相馬家の者と衝突を繰り返していた。年長なので年下の義胤を軽く見ているところもあり、特に義胤の乳母《うば》で同じ千葉一族の血を引く武石讃岐守《たけいしさぬきのかみ》の母と折り合いが悪く、讒言《ざんげん》もあって義胤と越河御前は疎遠となった。

正室との不和は家中の乱れ。お家の不利益にもなるので、義胤は越河御前を離縁した。実家に戻った越河御前は辛労が祟《たた》ったのか、一、二年のうちに病死したという。その後、義胤は長江紀伊守盛景《ながえきいのかみもりかげ》の末娘を後添《のちぞ》えとしている。離婚云々に拘らず、国境《こっきょう》争いは続けられた。

義胤は永禄六年（一五六三）、十六歳の時に後詰《ごづめ》を率いて初陣《ういじん》を果たし、これを皮切りに毎年のように出陣して武功を挙げた。同九年（一五六六）には伊達領伊具《いぐ》郡の小齋《こさい》城を攻略して武将としての才も披露。元亀元年（一五七〇）には同郡の金山《かねやま》城、丸森《まるもり》城を手中に収め、相馬の若き虎と、義胤は周囲から恐れられるようになった。

義胤が家督《かとく》を継いだのは、天正六年（一五七八）、三十一歳の時である。隠居した盛胤は籌山《ちゅうさん》と号し、三男で異母弟の田中郷胤《さとたね》が城代を務める北郷《きたごう》の田中城に移住した。その後、籌山はさらに北で、次男の隆胤《たかたね》が城主を務める宇多《うた》郷の中村城に移動。相馬領北の亘理重宗が盛んに出兵するようになってきたので、これに備えるためである。

亘理氏は伊達稙宗の十三男の元宗《もとむね》を養子に迎えた伊達一族で、重宗は元宗の嫡子。亘理氏は遡《さかのぼ》れば相馬氏と祖を同じくしている。相馬氏としては伊達家の麾下《きか》となった同族、しかも義胤の妹を娶る重宗を許すことはできなかった。

重宗に命じて出兵させているのは、若き伊達家の当主で、独眼龍と恐れられる美濃守《みののかみ》政宗《まさむね》である。この数年、義胤の敵は政宗であった。

午後になって相馬領の西隣の領地を治める三春《みはる》城主・田村大膳大夫《だいぜんたいふ》清顕《きよあき》の使者が義胤の許《もと》を訪れた。清顕には義胤の叔母が正室として嫁いでいる。

「ご無沙汰《ぶさた》しております」

義胤の前に跪《ひざまず》いたのは、清顕の従弟にあたる田村右馬頭《うまのかみ》清通《きよみち》（顕通《あきみち》とも）である。

「重畳至極《ちょうじょうしごく》」

「こたびお伺《うかが》いさせて戴《いただ》きましたのは、伊達様のこと。前年、和睦《わぼく》なされたこともあり、このの ちは相馬様と昵懇《じっこん》になりたいと、我が主《あるじ》に仲立ちを頼んでまいられました。是非とも主の顔を立て、お会いして戴きますよう、伏してお願い致します」

両手をついて田村清通は懇願する。

前年の五月下旬、義胤は田村清顕の仲介で政宗と和睦している。清顕の娘の愛姫《めご》は政宗の正室として嫁いでおり、両家も親戚関係にあった。

「伊達がのう……」

義胤は溜め息を吐《つ》いて唇を結ぶ。

先代の輝宗《てるむね》は義胤と直《じか》に会おうなどとは言ってこなかった。伊達家が存亡の危機に立たされ、助力を懇願しなければならないとは聞いていない。それどころか、前年に家督を継いだ政宗は、輝宗よりも版図を広げている。

（ということは、外に兵を出す支度が整ったということか）

乱世の和睦は新たに戦を開始する準備期間のようなもの。敵対している当主どうしが顔を合わせるのは余程のことである。それを押して会いたいとは、大胆不敵にして心憎い。義胤とすれば、まずはありえないことだった。

「畏《おそ》れながら、和睦したとはいえ、亘理の者どもは当領をたびたび侵《おか》しております。伊達は表裏《ひょうり》の者にて信用できませぬ。騙《だま》し討ちを画策しているかもしれませぬ」

異議を唱えたのは相馬家の家老を務める水谷式部丞胤重《みずがいしきぶのじょうたねしげ》。この年、四十九歳、相馬一族の支族で、先代の籌山も信頼する文武に長けた重臣である。

前年、政宗が家督を継いだ直後、曲者《くせもの》といわれた小浜《おばま》城主の大内備前守定綱《びぜんのかみさだつな》が、挨拶をするために伊達家の居城である南出羽の米沢《よねざわ》城を訪れた。この時、政宗は定綱を半年近くも虜《とりこ》同然の身とした。政宗の無礼な扱いが、のちの戦《いくさ》の火種となっている。

「某《それがし》だけではございませぬ。諸将の意見は同じにございます」

一月半ほど前の天正十三年（一五八五）六月十四日、南出羽山形城主の最上出羽守義《でわのかみよし》光《あき》が南陸奥の大舘《おおだて》城主・岩城常隆《いわきつねたか》の家臣・三坂越前守《みさかえちぜんのかみ》に対し、政宗に対抗するために会津の蘆名《あしな》氏を助け、相馬氏と昵懇になることを勧めている。

政宗の母は最上義光の妹で、両家は血縁で結ばれているが犬猿の仲でもある。最上氏、蘆名氏、大内定綱、二本松《にほんまつ》城主の畠山右京大夫義継《はたけやまうきょうたいふよしつぐ》、白河小峰《しらかわこみね》城主の結城不説斎義親《ゆうきふせっさいよしちか》、三蘆《みよし》城主の石川左衛門太夫《さえもんたいふ》昭光《あきみつ》などなど……南出羽から南陸奥の諸将は政宗を警戒し、包囲網を画策しはじめていた。

「そちの申すことは尤《もっと》もであるが、儂より若い政宗からの申し出を断れば、儂は腰抜けだと世間に広がる。将門公の子孫が敵に背を向けるわけにはいかぬ」

武士の面目がある。義胤は応じることにした。

「有り難き仕合わせに存じます。されば、追って子細《しさい》をお報せ致します」

喜び勇んで田村清通は帰途に就いた。

「まこと、よろしいのですか？」

水谷胤重が問う。

「謀《はかりごと》は覚悟の上じゃ。出羽の梟雄《きょうゆう》、一度この目で見ておかねばなるまい。次に戦場《いくさば》で相まみえた時、討ち漏らしてはならぬゆえの」

義胤は水谷胤重に笑みを向けた。

秋とはほど遠い刺すような日射しが照りつける中、義胤は留守を水谷重胤に任せ、五百の兵を率いて、のちに浪江街道と呼ばれる道を西に向かい、一旦、三春城に田村清顕を訪ねた。同城は阿武隈《あぶくま》山地の西麓《せいろく》の起伏に富んだ丘陵地に築かれた山城で、堅固《けんご》な土塁《るい》で囲まれていた。

「これは、ようお越し戴いた」

あまり期待していなかったのか、手を取らんばかりに喜んで出迎えたのは、義胤より六歳年上の義理の叔父・田村清顕である。

田村家は延暦《えんりゃく》年間に第二代征夷大将軍に任じられた坂上田村麻呂《さかのうえのたむらまろ》を祖とする名家で、相馬家ともども南陸奥の諸将や北常陸《ひたち》の佐竹家と戦いを続ける最中、伊達家と政略結婚を結んで生き残りを図った国人衆《こくじんしゅう》でもある。

「一別以来、息災でなによりでござる」

前年の五月、伊達政宗と和睦した折、その仲介をしたのが田村清顕である。義胤としては不本意ながら、父の籌山が承諾したので、仕方なく了承したものであった。

清顕に案内され、義胤は居間に入った。六畳間には二人のほか、互いの小姓が一人ずついるだけである。清顕に真意を質《ただ》したいので、義胤が望んだことであった。

「……伊達は前年に和睦しながら、我が所領に兵を進めておる。当家を欺《あざむ》いた上で会いたいとは、儂を愚弄《ぐろう》しておるのか、あるいは騙し討ちにする所存でござろうか」

軽い挨拶ののち、義胤は清顕を直視したまま尋ねた。

「貴殿が敵意を見せれば別じゃが、我が婿《むこ》に貴殿を討つ意はない様子。所領を窺《うかが》っておるのは、明確な国境《くにざかい》の線引きをしていなかったからではなかろうか」

「攻めるは許せ、攻められるは許さぬ、とは勝手な言い分でござるの」

政宗の傲慢《ごうまん》さに義胤は憤《いきどお》る。

「我が婿は弱輩ながら誇りが高い。貴殿と真実、手を結ぶには、失いし地の回復をした上でと思案しているのかもしれぬ」

「我らは損をするばかり。左様なことでは、真実の和睦などはありえぬの」

扇《あお》いでいた扇子《せんす》を閉じて膝《ひざ》を叩き、義胤は吐き捨てる。

「詳細は直に聞いてもらうとし、我が助言とすれば今少し広い目で見てはいかがか。貴家にとって、決して損なこととは思えぬ」

「我が視野は狭いと？」

「そう儂に噛《か》み付かんでくれ。儂も婿殿も貴家を敵にするつもりはない」

清顕はうまく躱《かわ》そうとする。騙しているようではないが、本音を言いそうもない。

「伊達が小浜城に兵を向けるという噂を聞いてござる。田村殿も？」

三春城から三里半ほど北に大内定綱の小浜城がある。

「戦の前に、手の内を聞くとは貴殿らしくもない」

清顕は闘志満々。伊達家を利用して目障《めざわ》りな敵を討ちたいようであった。

「なるほど。ところで叔母《おば》御《ご》も息災でござるか」

田村家が伊達家の麾下に参じたことが窺えたので、義胤は話を変えた。

「勿論《もちろん》」

その後、於北《おきた》と呼ばれている義胤の叔母が姿を見せ、世間話に花を咲かせた。

(儂よりも広き目を持つという政宗、果たして儂に、いかな申し出をしてくるかの)

清顕と顔を合わせているだけでは本意が判らない。義胤は政宗と会うことにした。

すぐに清顕の使者が米沢城に走り、数日後に東和《とうわ》の樵山《きこりやま》で顔を合わせることになった。

二

肌を焦《こ》がすような日射しが照りつける中、義胤は清顕を伴って三春城を出立した。樵山は同城から五里ほど北に位置し、西の阿武隈川と東の木幡山《こはたやま》の中間にあった。

途中で小休止をしている時、足音を立てずに佐藤六《さとうむつ》が義胤の前に跪いた。

佐藤六は「五尺（約百五十一センチ）に足らぬ小男ながら万物に訓練されており、気《き》早者《ばやもの》にて功名の数多し」と『東奥中村記』に記されている。これは、せっかちや軽率ということではなく、機転が利《き》くという意味合いである。

身軽で情報収集能力に長け、戦闘にも強い佐藤六に対し、義胤は何度も士分として相馬家に仕官することを求めたものの、その都度、六は気楽に仕えたいので、小高城への出入りを自由にしてほしい。その代わり、相馬家の利になっても不利になることは絶対にしない。仕事ごとに報酬を受け取ることを義胤との間で交わしている。佐藤六は、南陸奥で活躍する黒脛巾衆《くろはばききしゅう》という忍びの一族の一人なのかもしれない。

「伊達の兵は、相馬の兵と同じ五百ほどにございます」

小声で佐藤六は報告する。その時々で声色が違うので別人かと思うほどである。

「左様か、されば儂を討つ気はなさそうか」

「それぱかりはなんとも。されど、鉄砲は百挺ほど持っておりました」

報《しら》せを聞いて義胤は唇を強く結ぶ。このたび義胤が持たせてきた数の五倍である。改めて石高《こくだか》の差というものを感じさせられた。

北の伊具郡を除いた相馬領は貫高制《かんだかせい》で約四千貫文《かんぶん》。のちの換算率石高に直すと約四万石。秀吉が後に行ったような実地検地ではなく、差し出しの自己申告なので、かなり大《おお》雑把《ざっぱ》な数字である。

伊達家の検地も同じような差し出し検地ではあるものの、伊達領は出羽の置賜《おきたま》、陸奥の信夫《しのぶ》、伊達、柴田、名取、宮城、亘理と伊具郡の半分を領有し、石高にすれば五十万石近くに達する。さらに勢力を南の耶麻《やま》、安達《あだち》郡に伸ばしていた。

石高は則ち経済力であり、武器、弾薬、兵糧《ひょうろう》、兵数に直結する。十二倍以上の力を持つ伊達家に対し、相馬家は屈することなく、善戦以上の戦いを続けてきた。

「されば、雨でも降るのを待って会うことにするかの」

鉄砲は雨の日は火薬が湿気《しけ》って不発に終わることも珍しくない。晴れの日に比べ雨の日の鉄砲の威力は低下するという。

冗談を口にした義胤であるが、政宗の示威を苦々しく感じていた。

昼過ぎには樵山に到着した。山というよりも丘というほうが正しいかもしれない。

「婿殿は丘の上で数人の供廻りと待っておる。平服ゆえ具足《ぐそく》、甲冑《かっちゅう》は無用じゃ」

先に政宗と会ってきた清顕が義胤に対し、合わせるようにと示唆する。

義胤も小袖に袴《はかま》の平服である。勿論、万が一のために具足と兜《かぶと》は用意させてはいる。

「鉄砲百挺、遠間からも狙えますな」

相馬一族の原如雪齋胤壽《じょせつさいたねひさ》が危惧する。

「田村殿に無礼じゃ。いざという時は刺し違えればよかろう」

窘《たしな》めた義胤は、兵を丘の下にとどめ、泉大膳亮胤秋《だいぜんのすけたねあき》、木幡《こはた》出羽守《でわのかみ》政清《まさきよ》、新舘《にいだて》山城守《やましろのかみ》胤《たね》治《はる》、原如雪齋のみを伴って丘を上った。

政宗が義胤と二人で会いたいと言ったので、清顕は遠慮して丘の下にいた。

丘の上は天然の芝が生え、見晴らしのいいところであった。同地には伊達家の者が五人おり、一人、刀の鍔《つば》を眼帯として右目に当てた若者が敷物の上に座していた。清顕が言ったように、皆、平服のままである。

(彼奴が政宗か)

距離が縮まるほどに政宗の姿が鮮明になる。顔は引き締まって浅黒く、痩せた体軀。身の丈は五尺三寸弱(百五十九・四センチ)。義胤よりも背は低いものの、態度は大きいと言うか太々《ふてぶて》しく、年長の義胤が近づいても立とうとはしなかった。

「どうぞ、腰を下ろされますよう」

政宗の重臣・片倉小十郎景綱《こじゅうろうかげつな》が義胤に勧める。

応じた義胤は政宗から一間離れて敷かれた敷物に腰を下ろした。

「こたびはようまいって戴いた。伊達美濃守政宗でござる」

さすがに申し出をした以上、挨拶は政宗のほうからしてきた。

伊達家は清和天皇の側近として知られる藤原山蔭《やまかげ》の流れを汲み、かつては常陸の伊佐《いさの》庄《しょう》中村に住んでいたが、文治五年（一一八九）の奥州討伐で功をあげ、源頼朝より陸奥の伊達郡を与えられ、同郡の高子岡《たかこがおか》に移った朝宗《ともむね》を始祖としている。大永二年（一五二二）、十四代・稙宗の時に陸奥国守護となり、十五代・晴宗《はるむね》は奥州（陸奥）探題《たんだい》に任命され、米沢に居を移し、置賜郡を勢力に治めている。

政宗は前年に家督を継いで、この年十九歳になる。

背後に控えるのは亘理《わたり》美濃守《みののかみ》重宗《しげむね》、白石若狭守《わかさのかみ》宗実《むねざね》、富塚《とみづか》近江守《おうみのかみ》宗綱《むねつな》、片倉景綱であった。

「相馬長門守じゃ」

名乗りながらも義胤の視線は政宗の目に向く。

「まことに見えぬのか疑っておられるか。童の頃、あれこれ見え過ぎて困るゆえ、そこに控える小十郎に抉《えぐ》り出してもらったのでござる。今は一つで、ほどよい加減」

義胤の心中を読んでか、戯《ざ》れ言《ごと》まじりに言う。

政宗は幼少時に疱瘡《ほうそう》にかかり、その時の影響で視力を失うのみならず、眼球が飛び出るようになった。目を抉ったのが片倉景綱である。

「右目が見えぬゆえ、約定を忘れたとは申すまいな」

「無論、約定を忘れたわけではないが、伊具郡の者どもが当家の支配を望んでいるとなれば、捨て置くことはできぬ。もともと、伊具郡は当家の地にござる」

悪びれることなく政宗は言ってのけた。

「領民を煽動するは戦を仕掛けるも同じ。和睦は破棄《はき》すると、儂には思えてならぬ」

「今のところ約定を破るつもりはござらぬ。されど、乱世は領民が領主を選ぶということをお忘れなきよう。領民に背を向けられるは領主に非があるからに違いなし。まあ、相馬殿に左様な懸念は無用でござろうが」

自分で火をつけて自分で消しに来る阿漕《あこぎ》な行動が腹立たしい。

「勿論じゃ」

座を立つのは簡単であるが、弱輩の政宗に歴戦の義胤が感情を顕《あらわ》にすれば武将の器を疑われる。政宗がそう仕向けている感もある。我慢して会話を続けた。

「されば、話が早い。某はこれより刃向《はむ》かう者を片っ端から討っていくゆえ、相馬殿には合力《ごうりき》（協力）願いたい。さすれば伊具郡の件は、目をつぶりましょうぞ」

麾下に属せと命じているようなもの。高飛車な言動が癇《かん》に障《さわ》る。

「随分と見下したもの言いじゃな。だいたい、周囲は貴家の親戚筋ではないのか。叔父や叔母、あるいは従兄弟、従姉妹たちを討っていく所存か」

怒りと同時に義胤は呆《あき》れた。

「それそれ、相馬殿の思案も古い。奥羽は大名や国人衆が互いに政略結婚を結び、勢力の均衡《きんこう》を保ってきた。相馬殿が申されたとおり、大概が親戚になるので、所領争いから戦に発展しても、どちらかが滅びるような戦いはせず、ある程度のところで別の親戚が仲立ちとなって一応の折り合いをつけ、和睦を結ぶのが慣例。これでは益なき戦を続けるのみ。小競り合いと、なあなあの和睦の繰り返しでは奥羽の乱世は終息しない」

一息吐いた政宗は続ける。

「広く西に目を向けられよ。織田信長《おだのぶなが》は刃向かう者を叩き潰し、京に上って版図を拡大。全国平定の最中に討たれたが、思案を変えたゆえこれまでにない勢いを示した。信長の後を嗣《つ》いだのは、羽柴《はしば》某《なにがし》とか申す百姓だというではござらぬか。その勢いは信長をも凌《しの》ぐという。世の中は変わっている」

政宗は扇子で膝の上を叩き、力説する。

「我らが身内どうしで争っているうちに、百姓が大軍勢を仕立てて北に兵を進めてくればば、いずれは餌食《えじき》になってしまう。その前に奥羽を纏《まと》めて備えなければならない。守っているだけでは勝てはせぬ。弱いと見れば攻めるのが乱世。強くあるための戦いでござる。熾烈《しれつ》な戦は覚悟の上」

左目をぎらつかせ、身を乗り出すようにして政宗は言う。

「降伏か滅亡かを強《し》いるのか。従わぬ者が多々出ような」

「某は手心を加えるつもりは毛頭ござらぬ。敵対した者は撫《な》で斬りにする所存」

それは義胤であっても同じだと、政宗の左目は主張する。

(此奴《こやつ》、今まで儂が見た武将とは違う。まこと日本の武将か)

義胤は異国人にでも遭遇したような気がした。

「都の者たちは異国の者が住んでいた地を出羽と蔑《さげす》み、陸の奥に住む者を陸奥と蔑《ないがし》ろにし、左様な地に住む者を蝦夷《えみし》などとぬかして差別し、犬猫以下の扱いをしてきた。今立たねば、同じことが繰り返される。相馬殿に声をかけたのは、田村の義父《ちち》の助言も然《さ》ることながら、将門公の血を引く覇気ある武将と見込んでのこと。人の世は一度きり、日の目を見るか、ただ死ぬのを待つばかりに生きるか。相馬殿、いかに」

遂に政宗は義胤に迫った。ただの若造の世迷い事ならば一蹴もできるが、政宗は先代の輝宗の時よりも版図を広げているので無下にはできない。

恐いもの知らずで、活力溢れる若さを羨ましくも思う。ともに手を携えて戦ってみたいという気持もあるが、相馬家を消滅させる恐ろしさをも秘めていた。それよりもなによりも、征夷大将軍に任じられたわけでもない政宗に従うという形が義胤には許せない。

「儂に臣下の礼を取れと？」

「先にも申したとおり、合力にござる。されど、当家は奥州探題に任じられた家。某が主導していく所存。これを曲げるつもりはござらぬ。相馬家と伊達家が盟約を結ぶこと、亡き越河の叔母も泉下《せんか》で望んでおられよう」

自信満々に、かつ義胤の心の瑕《きず》として残っていることを、さりげなく言う。政宗は若いくせに交渉の駆け引きを心得ている。生まれながらの才覚か。義胤は威圧を受けた。

（彼奴の器は儂よりも上か。されど、それだけで乱世を生き抜けるわけでもない。信長は才があっても、家臣に背かれて呆気《あっけ》なく死んだ。されど、此奴が信長以上であったならば、まっ先に滅びるのは我が相馬。されど、かような若造に……）

あれこれ考えが巡り、簡単に返答できなかった。

「即答するのは難しゅうござるか。致し方ないところ」

鷹揚《おうよう》な口調であるが、当主なのに即決できぬのか、と蔑むような政宗だ。

（お家の一大事を簡単に決められると思うてか）

小国領主の辛《つら》いところ。義胤は屈辱に耐えながら怒りを我慢した。

「某もすぐに帰城せぬゆえ、思案が固まったならば遣いを下され」

明るい調子で告げた政宗は、先に座を立った。政宗は丘を西に下る。

胸焼けでもしたような不快感の中、義胤は政宗とは反対の東に丘を下りた。

「かような無礼を受けて、思案も糞もありますまい。即刻、帰城して出陣の支度をするべきかと存じます。下知あらば、不肖《ふしょう》、某、先陣を駆ける所存でござる」

歩を進めながら、原如雪斎が悔しげに主張する。

「これまで伊達の当所《あてど》が伊具郡の奪還にあり、本腰を入れて仕寄《しよ》ってこなかったゆえ、対等の戦いができた。彼奴がわざわざ顔を見せたのは、いつでも出陣できるという現れじゃ。明確に敵意を示せば田村も敵に廻り、我らは十二倍以上の敵に挟み撃ちとなる」

「畏れながら、遠交近攻《えんこうきんこう》は武家の倣《なら》い。最上、黒川、大崎、蘆名、大内、畠山、結城、石川、佐竹など皆、伊達と敵対しております。挟み撃ちは我らも同じにございます」

「いずれにしても人の肚《はら》、取り纏めるのは難しい。儂が出陣している最中、敵の大半が当家に向かってくればなんとする？　なにを差し置いても後詰を出すなどという家はあるまい。彼奴は歳こそ若いが蔑ろにはできぬ」

窘めるが、原如雪齋は、義胤を弱腰になった、というような目で見ている。

（強敵の臭《にお》いを嗅《か》ぎ取るのは当主の力量。儂は家臣とは違う）

自分の嗅覚は鈍くないと義胤は思っている。考えは原如雪齋と同じながら、相馬家の当主として義胤は一時の感情に任せて、軽はずみな行動を取るわけにはいかなかった。

（それにしても、かような輩《やから》が隣国に出てくるとはのう。されど、儂と戦いたくないというのは事実ゆえ、顔を合わせたのであろう。兵の損失を恐れてのことか。それほどの大戦を企てるつもりか。相手は会津の蘆名になろうか。あるいは別の敵がおるのか）

政宗はこの五月、蘆名家の重臣・猪苗代盛国《いなわしろもりくに》に内応を取り付け、六月には蘆名家への橋頭堡《きょうとうほ》として、会津の北の檜原《ひばら》に砦を築かせたことは伝わっている。

（様子見も策のうち。しばらくは、戦をやらぬですむ手を思案せねばなるまい）

あれこれ思量しているうちに丘の下に到着すると、田村清顕が待っていた。

「その表情から察すると、不本意ながら、申し出は蹴らなかった、というところかの」

唇を強く結ぶ義胤を見て、清顕は言う。政宗に説得を頼まれているのかもしれない。

「晴れやかではない。広き目で、といった貴殿の言葉が少し判ったような気がする」

「されば、見込みはあると、見てよかろうか」

「思案中にて、説得は遠慮願いたい。されど、貴殿の顔を潰さぬつもりじゃ」

重い口調で告げた義胤の返答を聞き、清顕は笑みを作った。

小高城に帰城すれば、政宗の申し出を蹴ったことになる。三春城に入れば人質も同じ。それでも自尊心を保つため、義胤は三春城西の道場《どうじょう》という地の寺を宿所とした。

（小浜の大内備前守は、儂と同じような心中かのう）

義胤は、政宗にやりこめられた大内定綱に会って話してみたい気がした。

一方の政宗は小浜城から半里ほど南の宮森《みやもり》城に入った。蘆名家より先に、一度は麾下に参じると頭《こうべ》を垂れ、背いた大内定綱を先に攻めるつもりなのかもしれない。

佐藤六に探らせたところ、政宗は田村清顕がいる三春に兵を向ける気配はないという。

（今一度、彼奴と顔を合わせねばなるまい。このままでは相馬の名跡が廃《すた》る）

武士の意地がある。翌日、義胤は家臣たちが止めるのを押し切って、政宗が在する宮森城に向かった。同城は丘の上に築かれた館形式《やかたけいしき》の城であった。

「よもや、相馬殿から足を運んで戴けるとは恐悦の極み」

義胤訪問の報せを家臣から受けた時、予想外の行動に政宗は戸惑いを見せたかもしれない。逡巡《しゅんじゅん》しつつも政宗は義胤を笑顔で出迎えた。

（人はなにかを誤魔化す時に笑みを作る。政宗め、我が肚裡《とり》を読めぬか。あるいは臣下の礼を取りにきたとでも勘違いしておるか）

昨日とは違った迷妄《めいもう》する表情が義胤には愉快だった。

「昨日は話し足りぬゆえ、今少し話したくての。迷惑であったかな」

「なんの、天下の話に花を咲かせましょうぞ」

政宗は嬉しそうに告げた。

盃《さかずき》を傾けながら、二刻（約四時間）ほど世間話をしたものの、義胤は盟約のことには触れなかった。少しでも弱点を見つけだそうと、聞き役に徹していた。

「昨日の返答でござるが」

焦れたのか、政宗のほうから質問をしてきた。

「おっと、ちと飲み過ぎたようじゃ。こたびは、これでお暇《いとま》いたそう。そうじゃ」

義胤は酔ったふりをして鉾先《ほこさき》を躱しながらも、両家の関係を切らぬように心掛けた。

「これは牛の額《ひたい》をも切り裂く牛額《ぎゅうがく》という業物。貴殿に贈ろう」

黒鞘《くろさや》で地味ではあるが、厚みのある実践的な太刀《たち》を手渡した。

「これは忝《かたじけな》い。されば、某も、これは新身《にいみ》の太刀でござる」

伊達者という言葉ができるように、政宗は高価な金梨地《きんなしじ》の拵《こしら》えの太刀を義胤に手渡した。

「これはまた、華やかな。かえって気づかいをさせてしまったようじゃの」

太刀を手にしながら義胤は礼を言う。両者とも、「一度、事切れた暁には、交換した太刀が貴殿を斬る刃《やいば》になる」とは思っても、暗黙の了解で口に出すことはなかった。

（政宗め、我が訪問は意外であったろう。会ったのに返答をしなかったことも。小国が

相手ならば、全て意のままになると思ったら大間違いぞ。思案し直すがよかろう）

戸惑い苛立つ政宗の面持ちを回想しながら、義胤は満足して帰路に就いた。

翌日の朝食後、佐藤六が義胤の前に跪いた。

「申し上げます。伊達殿が供廻りのみで三春に向かっております」

「好機ですな」

田村氏の一族であった泉胤秋が、暗殺を示唆する。

「騙し討ちをして栄えた家はない。政宗め、昨日の借りを返しに来たか」

若さかもしれないが、異様な負けず嫌いである政宗の性格を、義胤は知らされた。

政宗は三春城には入らず、直に義胤が宿所としている寺に赴いた。

寺には石段があり、下に木戸がある。義胤は下まで出向き、自ら政宗を出迎えた。

「急な訪問と聞き、驚いておる」

「昨日のお返しをしないと無礼にあたるゆえ」

単騎、相手の懐《ふところ》に飛び込むことぐらい自分にもできる、とでも言いたげな政宗だ。

「寺ゆえ、さしたるもてなしもできぬが」

告げた義胤が階段を上り三段目に達した時である。

「いやーっ！」

政宗は背後から大音声《だいおんじょう》で叫んだ。

（児戯《じぎ》なこと。政宗には、驚いてやったほうが喜ぶかの）

義胤は振り向きもせずに階段を上がり出した。

賭けでもしていたのか、義胤が肝《きも》を冷やす素振りを見せないので、政宗は振り返って近習たちに笑みを見せ、義胤の後に続いた。

本堂に入ると義胤は政宗を上座の隣に座らせ、昨日同様、世間話をはじめた。

「そういえば」

話を中断した政宗は、泉胤秋ら義胤の側近に小袖を贈った。

四人はどうしていいものか、困惑した表情をしている。

「伊達殿の好意じゃ、有り難くお受け致せ」

義胤が許可をすると、四人は迷惑そうにお礼を告げた。

（無礼なつ、百も承知なことをするものじゃ。かようなことで我が家臣が靡《なび》こうか）

不愉快ながら、義胤は鼻で笑う。相馬家の結束力は下総時代に遡る。総領を頂点に一族が中核となり、これに譜代と近隣の豪族が集結している。滅多に背信者は出なかった。

「如雪齋殿は相馬殿から、いかほどの知行を得られておるか？　小浜の陣に参じてくれれば三百石を与えようぞ。すぐに朱印状を書いても構わぬが」

話が打ち解けてきたこともあるせいか、政宗は義胤の前で公然と引き抜きをかけた。

この頃、伊達家は石高制ではなく貫高制を使用しているので、実際に三百石という数字が、どれほどのものか判ってはいないであろう。おそらく関東以西で使用している基準を口にすることで、伊達家が進んでいることを示したいのかもしれない。

数字そのものよりも、居合わせた義胤の家臣は、傲然《ごうぜん》な行為に瞠目《どうもく》している。

「愚弄なされるな。主の前で無礼でござろう。これはお返し致す」

小袖を前に突き出し、原如雪齋は憤る。

「戯れ言じゃ。儂はそちの忠義を疑ってはおらぬ」

義胤は原如雪齋を宥《なだ》め、改めて政宗に向かう。

「やはり小浜に仕寄られるか」

引き抜きは冗談だとしても、政宗の真意は義胤の小浜参陣が本心である。

「大内備前守は当家を足蹴《あしげ》にして蘆名を選んだ。これを捨て置くことは奥州探題の名において、許すことはできませぬ。是非とも相馬殿にも参じて戴きたい」

遂に政宗は本音をもらし、義胤に迫る。

返答のしどころである。急に座が緊張した。

「当家も大内と争ったことはあるが、つど堂々と戦い、恨みは残してはおらぬ。貴殿は大内に兵を挙げねばならぬ当所もあろうが、儂は、やらずともいい戦はやらぬがいいと思うておる。無論、貴家とも。されど、家名を傷つけられ、所領を侵された時は、全兵矢玉となって敵陣を衝《つ》く。それが相馬の武心。このこと肚に収めてもらいたい」

十二倍以上の石高、兵力を持つ政宗に対し、不退転の決意で義胤は告げた。

「それで乱世を生き延びられようか」

「先日、貴殿が言った織田信長、世に名を成したやもしれぬが、やらずともいい戦を繰り返した挙げ句、家臣の寝返りで、呆気なく命を落とした。無論、承知の上で立つつもりであろうが、こたびのように、話し合いにて敵を作らぬことも手の一つであろう」

「さすが相馬殿、我が歳の倍を生きておられる。利で背後を衝きませぬか」

政宗は義胤が敵対しないということを明確に読み取ったようである。

「貴殿次第。当家に鉾先を向けねば、当家から向けることはない」

「承知致した。その言葉、信用致そう」

告げた政宗は立ち上がり、見送りは無用と、大股で本堂から出ていった。立腹した様子はない。主君に片倉景綱らの伊達家臣も続いた。おそらく三春城に行くのであろう。

「応じましたが、信じられましょうか」

相馬家の者だけになり、訝《いぶか》しそうな顔をして原如雪斎が問う。

「生き残るためには、話半分としておかねばの。いずれにしても当家から手を出してにならぬと、下々にも厳命しておけ」

義胤は側近たちに命じて帰途に就く。

会見に三日費やした意味は十分にあった。初日に敵対しないことを口にしても、おそらく真意は伝わらなかったであろう。乱世では珍しく、敵どうしが三日間、顔を合わせたことで、梟雄の政宗も納得し、妥協したのかもしれない。

三

朝駆けののち、正室の深谷《ふかや》御前が義胤の許を訪れた。

義胤の後妻の深谷御前は、中陸奥の桃生《ものう》郡・深谷保《ふかやほ》の小野《おの》城主・長江《ながえ》紀伊守《きいのかみ》盛景《もりかげ》の末娘である。御前が義胤に嫁いだのは天正四年(一五七六)。御前が十三歳、義胤は二十九歳であった。

「少しは上達しておりますか」

我が子を気づかって深谷御前は問う。嫡男の虎王丸《とらおうまる》は馬術の訓練をしていた。

「まだ始めたばかりじゃ。べそをかきながらも続けているところを見れば、相馬の跡継ぎになる才はあるやもしれぬ。まあ、これからじゃの」

「それを聞いて安堵致しました。なにせ男子《おのこ》は母の手許を離れるのが早いもので」

寂しそうに深谷御前は言う。

武家の男子は軟弱にならぬように、母親と離して育てられるのが常である。

「そなたはまだ若い。次の子を生めばよい。儂もまだまだ衰えてはおらぬ」

「まあ、朝からなんということを。皆が笑っております」

深谷御前が含羞《はにか》むと、御前の侍女《じじょ》や義胤の小姓は下を向いた。

「戯れ言ではない。当家には兄弟の争いはない。相馬の強さは結束にある。儂を支える隆胤、郷胤あっての相馬じゃ。虎王丸を支える弟たちが必要じゃ。そなたの側で暮らす娘もの。生むのが否なれば、側室を持つしかないが」

「なりませぬ。わたしが生みます」

まだ若いせいか、悋気《りんき》をあらわに、深谷御前は否定した。

「ぷっ」

義胤が吹き出すと、これまで笑いを堪えていた侍女や小姓たちは一斉に吹いた。ただ、深谷御前一人が頬を赤くする。義胤も十分過ぎるほど大人になったこともあり、越河御前の時とは打って変わり、夫婦仲は他人が羨むほどに良かった。


義胤が三春から帰城してから数日後、相馬領の北側に位置する駒ヶ峰《こまがみね》城からの使者が、小高城に走り込んだ。城代は原如雪斎の孫にあたる藤崎治部久長《ふじさきじぶひさなが》が務めている。

「申し上げます。城の周囲を伊達の者が窺い、領民を煽動しておりました。城から兵を出したところ退《の》いていきましたが、おそらくは黒木中務《くろきなかつかさ》（宗元《むねもと》）かと存じます」

使者の口から出た黒木宗元は、義胤の母・懸田《かけた》御前の兄・晴近《はるちか》（晴親とも）の長男である。父の晴近は当初藤田姓を名乗っていたが、黒木城代の相馬（黒木）三郎の婿養子になったので、宗元は生まれた時から黒木姓を称していた。

黒木宗元は婚儀の縺《もつ》れから盛胤と名乗っていた頃の籌山に不審を抱いていた時、伊達家に誘われて、弟の結城四郎宗和《ゆうきしろうむねかず》と一緒に背信した者である。宗元は駒ヶ峰城から半里少々南の黒木城の城代を務めていた。

「やはり伊達は信用できませぬ」

水谷胤重が憤る。

義胤も同じだ。そこで義胤は泉大膳亮胤秋を使者として宮森城に向かわせた。

「先の約束は偽りでござるか！　返り忠（裏切り）が黒木を使うなど言語道断」

政宗の前に罷《まか》り出た泉胤秋は、挨拶もそこそこに抗議した。

「なにを怒っておる。儂は知らぬぞ。黒木？　ああっ、黒木か。相馬に帰参したがっているのやもしれぬ。宮森の陣にはおらぬゆえ、聞いておこう」

惚《とぼ》けた口調の政宗は、そしらぬ顔であった。

「そうじゃ、儂はこれより大内を討つ。相馬殿には大内に後詰なされるなと告げよ」

出陣要請こそはなかったものの、命令のような通知であった。

結局、黒木宗元のことは有耶無耶《うやむや》のまま、泉胤秋は帰城して子細を義胤に告げた。

「彼奴め、儂を試した上で命じておるのか」

義胤は憤る。政宗の行為は脅しでもある。相馬家の十二倍は動員が可能な伊達家は、他方を攻めながら相馬家とも戦う二面作戦を取ることができるという示威でもあった。

（この屈辱、いつかは晴らしてくれる）

義胤の胸に深く刻みつけられた。

かつて大内定綱は伊達家と相馬家に鉾先を向けてきたので、義胤は支援しなかった。

大内定綱は居城の小浜城ではなく二里ほど北東に位置する小手森《おでもり》城に居ることを知った政宗は閏《うるう》八月二十四日、七千余の軍勢で総攻撃を断行。二十七日、城に籠《こも》る老若男女八百余人を悉《ことごと》く惨殺して城を陥落させた。この陣には縁戚《えんせき》にある田村清顕も参じている。

定綱は城兵を見捨てる形で小浜城に逃亡していた。

常軌《じょうき》を逸した政宗の殺戮《さつりく》は、大内定綱らに対する見せしめで、効果覿面《こうかてきめん》。周辺に在する城主たちは震えあがり、九月二十二日には、政宗にとって大叔父にあたる伊達栖安斎《せいあんさい》実元《さねもと》を通じて二本松城主の畠山義継が和睦という名の降伏を申し入れた。

大内定綱の娘は畠山義継の嫡子・国王丸《くにおうまる》（のちの義綱《よしつな》）に嫁いでいる。反伊達勢に与《くみ》する縁戚の支援を得られず、義継の降参を知った定綱は、二十五日の晩、夜陰に乗じて城を抜け出し、会津の蘆名氏の許に落ちていった。翌二十六日、城は無血開城され、政宗は労せずに小浜城を掌握。これにより、塩松《しおのまつ》（四本松）の悉くは伊達領となった。

報せは逐一、政宗から義胤に届けられた。政宗の示威であり、威嚇《いかく》である。

（彼奴め、またしても儂を脅すか）

自尊心の強い義胤は憤るものの、背筋を寒くするのも事実。

（まこと城兵を撫で斬りにするとはのう。複雑に縁戚が結ばれるこの陸奥、出羽の関係を崩すつもりのようじゃの。このまま見過ごしていいものか）

小手森城のような残虐行為は、出羽、陸奥においては稀である。

「戦勝祝いの使者ぐらいは立てておくがよかろうかと存じます」

家老の水谷胤重が義胤に勧める。

「そうじゃの。祝いの口上を述べさせよ。されど、一切媚《こ》びたもの言いは許さぬ」

義胤は遣いを小浜城に差し向けた。政宗は喜んで応じ、鷹揚に対したという。

降伏した畠山義継は政略結婚で大内定綱と同盟を結んでいたせいか、政宗から所領の七割ほどを差し出せと、高圧的に命じられた。さすがにそれでは一族や家臣を養えない。義継は宮森城に居た政宗の父の輝宗に取り成しを頼むが、受け入れられなかった。

十月八日、畠山義継は改めて宮森城を訪問した時、輝宗を人質にとって自領へ逃亡した。義継は一里半ほど北西に移動し、阿武隈川《あぶくまがわ》畔・高田原《たかだはら》に達した。渡河すれば二本松の畠山領である。同地は粟ノ巣《あわのす》とも呼ばれている。

ここで急報を受けた政宗らが追い付き、輝宗の命令もあって、政宗は畠山義継らを一斉射撃で打ち取った。輝宗はその前に義継の刃で落命している。

政宗には畠山義継を追い詰めたという罪悪感はない。降伏後の騙し討ちは武門にあるまじき行為と激怒した。小手森城同様に皆殺しにすると、初七日が明けた十月十五日、政宗は八千の軍勢を率いて二本松城を包囲し、総攻撃を開始した。

城主の畠山義継を失ったものの、従弟で後見役の新城盛継《あらきもりつぐ》らの家臣たちは十二歳になる遺児の国王丸を守り立て、伊達兵を城内に踏み込ませることはなかった。

政宗の怒りと闘志は空廻りし、寄手に死傷者を続出させるばかりで、土塁一つ崩すことはできなかった。攻めあぐねた政宗は兵糧攻めに切り替え、城を厳しく包囲した。

翌十六日、義胤が寒さで目覚めたら雪が降っていた。午後には物見に出した家臣たちが戻り、義胤は二本松城の状況を摑んだ。乱世における武家は、自家の劣勢を決して他家に知られないようにするもの。当然、政宗も報せない。

（行き先を憂えての激情か、あるいは計画の上の行動か。いずれにしても右京大夫《うきょうたいふ》（畠山義継）が左京大夫《さきょう》（輝宗）を討ったか。刺し違えたと言ったほうがいいかの）

高田原の悲劇は知っている。義胤は畠山義継の忿恚《ふんい》、嘆きに感じ入った。

（自が命を惜しまねば、敵将とまではいかずとも、相応の者を討てるのじゃな。まあ、我が命を相応の者と引き換えというわけにはいかぬ。儂ならば敵大将でなくばの）

義胤は、命を賭ける相手が政宗という気がしない。もっと大きい敵がいる気がする。

（右京大夫は彼奴〔政宗〕を討てなかったゆえ、一族郎党を危うき目に晒した。まあ、この雪では城攻めも進むまい。暫《しばら》くは穏やかな日が続くか。兵糧次第じゃがの）

窓の外を眺めながら義胤は、肚裡で二本松城を応援した。雪は三刻ほどで一尺ほども積もり、止む気配はまったくなかった。

すでに周囲は白銀の世界に変貌している。長い冬の始まりであった。数日しても、政宗からの使者はないが、二本松城を抜け出た畠山家からの遣いは義胤の前に跪いた。

「……常陸の佐竹様も応じられ、近々伊達を討ちに出陣なされます。なにとぞ相馬様もこれに加わり、積年の恨みを晴らされますこと、伏してお願い致します」

使者の口上では、佐竹常陸介義重《ひたちのすけよししげ》のほか、須賀川《すかがわ》の二階堂《にかいどう》氏、白河の結城不説齋、会津の蘆名氏、三蘆の石川昭光、大舘の岩城常隆らも参陣に応じ、軍勢は三万近くに達するという。

「佐竹殿も参じられるのか。まことなれば伊達は米沢に退却せねばなるまい」

義胤は身を熱くする。

鬼佐竹、坂東《ばんどう》太郎と渾名《あだな》される佐竹義重は、数千の兵で何度も二万余の小田原の北条軍を敗走させている。義重は戦に強いことから周辺諸将に頼られ、援軍として参じながら主力として活躍することもしばしばあった。落ちてきた諸将を拒まずに受け入れることから常陸の上杉謙信とも崇《あが》められていた。これまで佐竹義重は蘆名家や結城家と戦っていたが、政宗の南進を食い止めるべく立ち上がったようである。

「まあ、この雪じゃ。そう簡単にはいくまい。二本松を見捨てはせぬと申すがよい」

佐竹義重の出陣が明確ではないので、義胤は簡単に応じるわけにはいかなかった。

(憎き伊達じゃが、中立《ちゅうりつ》を伝えてあるしの。されど、佐竹が出陣するならば……)

これまで義胤は寡勢の兵をよく纏め、多勢相手に奇襲、急襲など戦術を駆使して勝利を収めてきたことは多々あるが、約束を踏み躙《にじ》ったことはない。

「朝の友は夕の敵。お屋形様が信義を守られても、伊達は公然と破ること、先日のことでもお判りでございましょう。今、佐竹を敵にすることは相馬のためにはなりませぬ」

悩む義胤に対し、水谷胤重が勧める。

「そちの意見は尤もじゃが、まだ、旗幟《きし》を鮮明にする時期ではない」

出陣に関しては実際に城を発つまでは信用できないのが戦国の世。義胤は慎重だった。

その後も、小高城に来る遣いは後を断たない。十月下旬、正式に佐竹家からの使者が義胤の許を訪れ、中旬には出陣するので、参陣されたし、ということを伝えてきた。

（佐竹の出陣は確実。こたび様子見は叶《かな》わぬか。先のこともあれば、ここで伊達を叩いておかねば、彼奴が増長する。彼奴を討って奥羽の殺戮を止めねばならぬの）

義胤は反伊達連合軍に加担する意思を固め、家臣たちに陣触れをさせた。

相馬家は、織田信長や跡を継いだ関白秀吉のように、家臣の大半を城下に居住させ、出陣太鼓の音とともに城に軍勢が集結して、即座に出立というわけにはいかない。いわゆる兵農分離というものができていないので、兵の半数以上が農繁期には農作業に精を出していた。主だった者は城下に住むものの、大半は自領で暮らしているので、陣触れをしても全兵が集合するには三日を要した。

晴れた日の朝、主殿で床几《しょうぎ》に座している義胤の前に三方《さんぽう》が運ばれた。上には干し鮑《あわび》、勝ち栗、結び昆布が載せられている。鮑は打ち鮑と呼ばれ、打って、勝って、喜ぶという験《げん》に因んだもの。誰しもが目に見えぬ拠《よ》り所は欲しいところであり、武将の出陣には欠かせなかった。

義胤は干し鮑から順に一摑みずつして口に入れ、酒で胃に流し込んだ。

「出陣じゃ！」

野太い声で怒号した義胤は床几を立って盃を床に叩きつけて割る。

「おう！」

破片が飛び散る中、水谷胤重、木幡政清、新舘胤治、原如雪斎らが鬨《とき》で応えた。

外に出ると愛馬には使い馴れた鞍《くら》が載せられていた。雪の中では駿馬の栗毛は黄金《こがね》色に輝いて見える。馬体は緋《ひ》色の厚総三懸《あつふささんがい》で覆われていた。

義胤は濃緑地色《のうりょくじいろ》に金の牡丹模様《ぼたんもよう》の泥障《あおり》に同じ模様の切付《きっつけ》と小桜をちりばめた銀象《ぎんぞう》の鐙《あぶみ》に足をかけて、金覆輪《きんぷくりん》の鞍に跨《また》がると、駿馬は遠出できると喜ぶかのように嘶いた。

「奥羽に静謐《せいひつ》を取り戻すため、伊達を討って積年の因縁を終わらせる。進め！」

家臣を前に、義胤は大音声で決意を披露し、七色に塗られた指揮棒を降り下ろした。

「おおーっ！」

小高城全体を響動《どよ》もすような雄叫びで家臣は応え、一門の岡田右衛門大夫清胤《おかだうえもんたいふきよたね》を先頭に、軍勢は城門を潜っていった。

義胤が率いる軍勢は一千。残りの約五百は隠居した父の籌山に預けた。曲者の政宗のこと、義胤の出陣を知り、留守を突くことも十分に考えられるからだ。

馬上の義胤は朱漆塗萌葱糸威五枚胴具足《しゅうるしぬりもえぎいとおどしごまいどうぐそく》に身を包んだ。別名は毘沙門天鎧《びしゃもんてんよろい》。頭には朱漆塗六十二間筋兜《しゅうるしぬりろくじゅうにけんすじかぶと》をかぶる。兜の前立《まえだて》は朱漆塗の三火炎《さんかえん》と黄金の立剣《りっけん》。義胤の闘志を前面に押し立てたような外見だった。

白い大地に冬の日射しが反射して、眩《まばゆ》い。吐く息が白い煙となって連なっている。日光が長柄の鋭利な穂先にも当たって多数の煌《きら》めきを放っていた。

青空には白地に黒の『九曜紋《くようもん》』、同じく『相馬繋《つな》ぎ馬』を染めた旗指物《はたさしもの》、さらに白地に黒で『八幡大菩薩《はちまんだいぼさつ》』の大旗が掲げられている。

大旗は相馬師常が源頼朝から賜ったもので、梶原景時《かじわらかげとき》が侍 所《さぶらいどころのつかさ》司に任じられていた時の直筆によるものだという。

義胤の馬印である萌葱地《もえぎじ》に『火炎車』が寒風に雄々しく靡いた。

隊伍を整えた軍勢は雪を掻き分けながらも誰一人弱音を吐く者はおらず、黙々と足を踏み出した。具足の擦れる音や雪地を踏みしめる音、馬蹄を鳴らす音が地鳴りのように重なっていた。

四

小高城を出立した相馬勢は浜通りを南に進み、新山《しんざん》で、のちに都路《みやこじ》街道と言われる道を西に向かう。途中で三春城下を通過したものの、すでに大半の田村勢は出陣中であったせいか、城から攻撃されることはなかった。小高から須賀川まで道なりに進んでおよそ二十一里（約八十四キロ）。相馬勢は二日をかけて到着した。

須賀川城は阿武隈川と岩瀬川（釈迦堂《しゃかどう》川）の合流する氾濫原《はんらんばら》を見下ろす台地（比高《ひこう》約二十メートル）に築かれた平山城で、同川から堀に水を引き込み、土塁の高さは二・八間（約五メートル）、平坦な西は泥田になる天然の要害であった。

二階堂家の当主だった盛義《もりよし》は天正九年（一五八一）に病死し、長男の盛隆《もりたか》は蘆名盛興《もりおき》の養子になっていたが、同十二年（一五八四）、家臣に殺害されており、次男の行親《ゆきちか》は同十年（一五八二）に死去。三男の行栄《ゆきひで》（幼名不明）は五歳の庶子あるいは一族の者なので、家督の相続者にはされていない。

当主のいない二階堂家は盛義未亡人の阿南《おなみ》（大乗院）が名目上の主となっていた。阿南は政宗の伯母に当たるが亡き息子の盛隆が蘆名家を継いでいたので、伊達家に抗していた。城の実質的な指示を出しているのは宿老の須田《すだ》美濃守《みののかみ》盛秀《もりひで》であった。

「これは、ようお出《い》で戴いた」

須田盛秀に出迎えられ、義胤は須賀川城の主殿に足を運んだ。

義胤が到着するより前に、白河小峰城主の結城不説斎、蘆名家の富田《とみた》氏実《うじざね》、平田《ひらた》輔範《すけのり》、佐瀬《させ》常成《つねなり》、大内定綱、三蘆城主の石川昭光、大舘城主の岩城常隆や須賀川周辺の国人衆らが参じていた。各家の動員兵力は相馬家とそれほどの差はなかった。

十一月十日、佐竹義重が威風堂々入城した。北常陸ならびに麾下を合わせれば一万を超える大軍である。諸戦場で勝利を重ね、局地戦の強さでは関東随一と謳《うた》われる義重には闘将の風格が漂っていた。このたびの戦でも紛《まぎ》れもなく主将であった。

（それにしても彼奴〈政宗〉は、ようも、これほどの親戚を敵にするものじゃ）

義胤は主殿に集まった諸将の顔を見ながら、半ば呆れた。

二階堂盛義の未亡人は伯母。佐竹義重の正室・小大納言《こだいなごん》と蘆名亀王丸《かめおうまる》の母は叔母。岩城常隆の父・親隆は輝宗の兄で伯父。石川昭光は輝宗の弟で政宗の叔父。義胤の先妻は政宗の大叔母にあたる越河御前で、義胤の祖母は越河の姉である。

佐竹義重が主殿の上座に腰を下ろした。

「伊達の悪逆は許しがたし。こたびは討つ所存ゆえ、方々もその覚悟でいるように」

覇気をあらわに佐竹義重は言い放った。

（佐竹が大軍を率いて参じた以上、我らの勝利は揺るぎないが、伊達が佐竹に替わるだけになりはせぬかのう。当家に手を出してこなければ構わぬが）

かつて田村、結城、大内、石川、岩城氏と争った時、佐竹氏が何度も相手方を支援したので危惧する。

佐竹氏も南陸奥の諸将とは深い縁組みで結ばれている。義重の次男・義廣《よしひろ》は結城不説齋の養子となり、石川昭光には義重の妹が、岩城常隆の父・親隆には下の妹が嫁いでおり、義重は南陸奥の白河郡から石川郡の大半を麾下にしている。勢力を北進させる北条家に対抗するためにも北を安定させながら、版図の拡大を狙っていた。

「戦に勝利したら、米沢まで攻め上られるつもりでござるか」

義胤は佐竹義重に問う。

「我に奥羽を略奪する意思はない。但し、求められればこたびのように、皆の上に立つも吝《やぶさ》かではない。それよりも、伊達を須賀川から追い払うのが先決」

奥羽への野望は隠しながら、参集した諸将を不安にさせない気配りは理解できた。

（須賀川が崩れると、伊達と直に配下の者が対峙せねばならぬゆえか）

北条家と戦うために佐竹義重は須賀川の地を緩衝《かんしょう》地帯として考えているようだった。

評議では、大内定綱の弟・片平助《かたひらすけ》右衛《え》門親綱《もんちかつな》の居城であった片平城を伊達麾下の中村図書《ずしょ》が押さえているので、まずは奪い返すことを決めた。

佐竹義重は家臣の河井甲斐守を大内定綱、片平親綱に添えて片平城を攻めさせ、半日足らずで攻略し、中村図書ら城兵三百余人を討ち取り、緒戦《しょせん》を勝利で飾った。

落城真際の中で、中村図書の下知を受けた一族の中村主馬《しゅめ》は、矢玉や刃をかい潜り、満身創痍《まんしんそうい》の体《てい》で政宗が在する小浜城に駆け込んだ。

子細を聞いた政宗は小浜城から三里半ほど南西の高倉《たかくら》城に桑折宗長《こおりむねなが》、富塚宗綱、伊東重信《しげのぶ》ら一千。

高倉城から一里半ほど北の本宮城に瀬上景康《せのうえかげやす》、中島宗求《むねもと》、濱田景隆《はまだかげたか》ら一千。

本宮城から三十町ほど北西の玉井《たまのい》城に白石宗実ら一千。

玉井城から三里半ほど北の渋川《しぶかわ》城に大森《おおもり》伊達勢七百。

小浜城から一里半ほど南西に位置する糠沢《ぬかざわ》砦に伊達成実《しげざね》勢三百。

小浜城から一里少々西の岩角《がんかく》城に政宗本隊四千を置くことにし、それぞれ移動した。

田村清顕は政宗の指示を受け、三春城から二里ほど南西の阿久津《あくつ》南に本隊の七百、重臣・田村月斎《げっさい》の三百は須賀川の西、岩瀬郡の今泉《いまいずみ》に置いた。田村勢は後詰であった。

反伊達軍の諸将はそれぞれ物見、細作《さいさく》を放っており、それらが戻って報告をした。

（多勢の我らに対し、南北に長く延びるとは、彼奴め、喰えぬ輩じゃ）

報せを聞いた義胤は肚裡で笑みを作る。腹立たしいが感心もしている。兵数に勝る連合軍が高倉城、本宮城を落とせば岩角城に在する政宗は、先の二城を捨てて玉井城の者に殿《しんがり》を命じ、自身は北に退却して最悪の状態を避ける策である。それでいて、連合軍が攻めあぐねたならば、阿武隈川を迂回して横腹を突く戦略である。

「やはり政宗は曲者じゃな」

若き戦術家を小憎らしく感じた。

佐竹義重が須賀川城に入城したこともあり、その後も南陸奥の国人衆たちは参じた。

佐竹義重の常陸勢七千。麾下の南陸奥の赤舘《あかだて》、寺山《てらやま》、東舘《ひがしだて》勢三千。

白河の結城不説斎ら三千。石川昭光、赤坂政光《あかさかまさみつ》、赤沼衆、大寺清光《おおでらきよみつ》ら二千六百。

相馬義胤一千。岩城常隆、舟尾昭直《ふなおあきなお》、竹貫重元《たけぬきしげもと》ら三千。

須賀川勢一千三百。会津蘆名勢一万余。

箭田野義正《やだのよしまさ》、保土原行藤《ほどはらゆきふじ》、横田治部少輔《じぶのしょう》らの須賀川衆五百。

安子嶋《あこがしま》治部《じぶ》、今泉伊豆守、前田澤《まえださわ》兵部《ひょうぶ》ら三百。

白石晴光《しらいしはるみつ》百、淺川豊純《あさかわとよずみ》百。

以上、三万一千九百。『戸部氏覚書』では三万四、五千の大軍とある。

対して伊達軍は七千八百と後詰の田村勢一千であった。

伊達軍の配置を知り、十一月十六日、佐竹義重は布陣地を諸将に言い渡した。

高倉城攻めに対し、安積山《あさかやま》の北麓に岩城常隆と佐竹一の名将・東義久《ひがしよしひさ》ら五千。

二陣として、その西に須田盛秀、石川昭光、赤坂政光、舟尾昭直、結城不説齋ら五千。

その西の割田《わりた》に相馬義胤一千。

西隣の喜久田原《きくたはら》に佐竹義重と麾下八千。

その西隣の前田沢城に岩瀬輝隆《いわせてるたか》、箭田野義正らの須賀川衆二千九百。

前田沢城の南に蘆名勢一万。

いずれも五百川《ごひゃくがわ》を前にした。兵数で圧倒しているので、諸将とも陣に腰を落ち着けるつもりはない。法螺《ほら》が吹かれるや、すぐに渡河して敵陣に突き入る意気込みが窺える。

「敵が後方を攪乱《かくらん》せんとも限らぬ。相馬殿には後備《うしろそなえ》を願いたい」

最後に佐竹義重が告げた。

「なんと！　当家は伊達との因縁は浅からず、儂は戦を傍観するために出陣したのではない。先陣は契機を作った須賀川勢だとしても、二陣は譲れぬ。陣替えを願いたい」

憤りをあらわに、義胤は拒否した。

「先陣、二陣とも敵への憎しみに満ち、あるいは押さえきれぬ闘志が溢れる者が就くもの。これに対し、貴殿は出陣の返答が遅かった。ゆえに意気込みの順とでも申そうか」

闘将にしては静かな口調で告げる佐竹義重であった。

「意気込みと実際の戦は違う。冷静に見極める目こそ大事ではござらぬか」

「ゆえに当家の者も先陣となっている。血気に逸《はや》るのは敵のほうであろう」

「伊達は弱輩ながら、戦の駆け引きを心得ており、勝利するためには、いかな手でも使う。儂は何度も彼奴と戦ったゆえ、ここにいる誰よりも判るつもりでござる」

なんとか前線に出るため、義胤は唾を飛ばして主張した。

「伊達をよく知る相馬殿が後詰にいればこそ、我らは安堵して敵に向かえる。なにをしてくるか判らぬ若造の奇策を封じられるように。されば、方々、移陣なされよ」

どう言っても佐竹義重には切り返されてしまった。

鬼佐竹の一言で、諸将は座を立ち、それぞれ指示された陣へと向かっていった。

(儂は、後詰をするため雪を掻き分けて出陣したのか)

須賀川城を発ちながら、義胤は後悔の念に苛《さいな》まれた。

この日、反伊達連合軍の移動を聞き、政宗は本宮城に入城。十一月十七日の未明には、本宮のやや南に位置する観音堂山《かんのんどうやま》に布陣し直した。さらに亘理元宗・重宗親子、国分政重《こくぶまさしげ》、留守政景《るすまさかげ》、片倉景綱や原田宗時《むねとき》を本陣の南の青田原《あおたはら》に備えさせ、連合軍が高倉城を攻撃した際には挟撃する作戦である。

辺りは見渡す限り白一色で、土の見える部分が殆どない。吐いた息は即座に煙り、空気を吸えば鼻の奥が痛くなる。凍てつく風が顔を叩くと、皮膚が裂けそうな気さえした。草鞋《わらじ》も足袋も雪水で濡れ、指先はかじかんで感覚は麻痺している。じっとしていれば体が固まりそうだった。

（こたびこそは、完膚なきまでに叩き伏せるはずだったが……いや、必ず機会はある）

十七日の黎明《れいめい》、割田の陣に在する義胤は、まだ暗い中で北方を睨めつけ、武威を示す機会が訪れることを期待した。

辰《たつ》ノ刻（午前八時頃）から阿武隈川支流の瀬戸川に架かる人取橋《ひととりばし》周辺で両軍は衝突。寡勢の伊達軍は政宗自ら馬上で太刀を振って奮戦するが、多勢に無勢は否めない。政宗は小川に落ちたところを従弟の伊達成実に助けられるほど追い込まれ、日暮れとともに観音堂山の本陣に引き上げた。

連合軍はあと一息というところまで伊達軍を追い詰めたものの、冬の陽落ちは早く、西の磐梯山が茜色《あかね》に染まった。冬の敵地で落日後に兵を進めるのは禁物と言われているので、佐竹義重は追い討ちを止めて兵を退いた。

夕闇に包まれる中、連合軍の勝鬨《かちどき》があがったことを義胤は割田で聞かされた。田村勢が南東と南西に陣を布《し》いていたので、義胤は動くに動くことができなかった。

（こたびは無用であったの）

義胤は腰に下げた先祖代々伝わる信田身《しのだみ》の太刀の柄を左手で、右手に持つ祖父・顕胤から相伝された北斗七星が描かれた鉄の団扇《だんせん》を握り、悔しさを噛み殺した。腹立たしさもあり、佐竹義重の本陣には使者を送り、祝いの言葉を伝えさせることにとどめた。

その晩、佐竹家の諸陣で宴席が設けられ、士卒は勝利の美酒に酔った。義重の叔父・

小野崎義昌《おのざきよしまさ》の陣では夜更けまで宴が続けられた。

義昌は近くの農家から女性を集めて酌をさせていると、その中の一人が突如、義昌の脇差《わきざし》を抜いて心臓を抉り、そのまま逃亡した。『佐竹家譜』には「小野崎義昌、その奴婢の為に弑《しい》（殺）される」と記されている。おそらくは伊達家の放った刺客《しかく》であろう。

翌十一月十八日の早朝、小野崎義昌の暗殺を知り、叔父の弔合戦《とむらい》をしようと意気込んでいた佐竹義重の許に急報が届けられた。

書状には水戸城主の江戸重通《えどしげみち》が、安房《あわ》の里見義頼《さとみよしより》を引き入れて舞鶴城を襲うので早急に帰国されたしというものであった。

佐竹義重は即座に帰国することを諸将に伝え、家臣に陣払いを命じた。

「この期に至って帰国と!?　佐竹はなにを考えておるのか！」

勿論、義胤は佐竹家の事情などは知るよしもない。義胤は取るものも取りあえず佐竹本陣に駆けつけた。陣幕を潜ると、結城、大内氏らの諸将も顔を揃えていた。

「帰国するとは、まことにござるか」

挨拶も碌《ろく》にせず、開口一番、義胤は佐竹義重に問う。

「先に報せたとおり。昨日の敗北で伊達も懲《こ》りていようゆえ、一旦、帰城致す所存」

悔しげではあるものの、当然といった面持ちで佐竹義重は答えた。

「昨日は叩き伏せられたとはいえ、政宗は健在。今一度攻めたてれば、彼奴の首を刎《は》ねられます。こたびは当家が先陣を駆けますゆえ、あと一日、帰国を延ばして下され」

「その気になれば、政宗などいつでも討てる。彼奴も退却の準備をしていよう」

確かに佐竹軍は強い。義重は楽観的に言う。

「それは甘《あも》うござる。彼奴は気位高く、蝮のようにしつこい男。首を討たれる寸前まで負けを認めず、佐竹殿が帰国すれば、即座に周囲の城に仕寄りましょうぞ」

政宗と何度も戦い、直に接した義胤は身を乗り出して主張する。同じように、政宗と戦った南陸奥の諸将も、義胤に同意して頷いている。

「さほどに、あの若造が恐ろしゅうござるか」

「なんと！」

「戦を続けたくば、皆で続けられるがよい。昨日、彼奴を叩きのめしたゆえ、儂が居ずとも十分に勝利できよう。万が一、貴殿らの手に余ったら、来春再び出馬致そう」

言い捨てると、佐竹義重は床几を立った。

（所詮は他国での戦か。これぐらいの雪に疲弊するとは、坂東太郎も腰の弱い）

他人を誘っておきながら、緒戦の勝利で満足し、雪を迷惑がって帰国しようとする佐竹義重に義胤は失望した。奥羽の者にとって、膝ほどの雪などは珍しいことではない。

総大将が帰国の途に就いたので、諸将も倣って陣を畳む。

（戦はいかに優位にあっても、先に戦陣を離れたほうが負けじゃ）

芝居を踏むという言葉がある。合戦は死人の数を競うものではなく、あくまでも所領、城の奪い合い。壊滅的《かいめつてき》な打撃を与えられても戦陣にとどまっていたほうの勝ちである。

「深酒をして下賤の者に命を奪われるとはのう。そちたちの生業《なりわい》の者か」

義胤は帰国の支度をしながら佐藤六に問う。

「左様な技に長けた者は、おそらくは黒脛巾の太宰金七《だざいかねしち》あたりかと存じます」

佐藤六は側で顔を上げぬまま答えた。

太宰金七（助）は『伊達秘鑑』や『貞山公治家記録』に名が記されている、世に名の知れた忍びである。

さらに小野崎義昌殺害ののち、連合軍の中で裏切者がいるという流言を流し、諸陣を疑心暗鬼に陥れて士気を挫《くじ》いたのは、同じ黒脛巾の柳原戸兵衛《やなぎはらとべえ》や世瀬蔵人《せせくらんど》だという。

また、佐竹義重に届けられた書状は、片倉景綱の手廻しで義重の正室・小大納言が遣わした偽書という。女子《おなご》は嫁いでも実家を忘れず、という典型であった。

連合軍が兵を退き、九死に一生を得た政宗は戸惑いながらも岩角城で勝鬨を上げた。

佐竹義重があと一日、戦陣にとどまっていれば歴史は変わったかもしれない。

（彼奴は運も持ち合わせておる。佐竹の腰弱な判断が尾を引かねばよいが）

帰途の馬上で義胤は危惧する。

得るものがあるとは思えない義胤の人取橋の戦いであった。

第二章　伊達と佐竹と

一

反伊達連合軍が去り、人取橋の戦いで辛《から》くも勝ちを拾った政宗は、二本松城を攻略するために帰国せず、周辺に兵を配置して兵糧攻めを行った。

義胤は直接戦闘には加わらなかったせいか、政宗が本格的に相馬領に兵を進めて来ることはなかった。主力を差し向けはしないが、北の亘理《わたり》勢や旧臣の黒木勢が国境《こっきょう》を越えることは珍しくない。そのたびに義胤は兵を出して追い払わせた。

天正十四年（一五八六）、佐竹義重は政宗の遠交近攻によって下野《しもつけ》に出陣し、二本松城を救援できなかった。

小高城にも何度か二本松城の使者が訪れ、援軍を求めてきた。

「前年、兵を出したゆえ義理は果たした。伊具が騒がしいゆえ、難しいと告げよ」

畠山にさしたる恩はない。義胤は家老の水谷胤重《みずがいたねしげ》に命じた。

「承知しました。されど、二本松が落ちますと、ますます伊達は大きくなり、その力を当家に向けてこられては厄介《やっかい》。和議を結んだとは申せ、昨年、出陣したのは事実。敵は虎視眈々《こしたんたん》、当家に仕寄る時期を見計っているのではないでしょうか」

「当家よりも、まずは縁戚の蘆名が後詰を送るが筋。総大将を務めた佐竹も然《しか》り」

蘆名家の当主は齢《よわい》三歳の亀王丸なので、強い力で指揮を執る者がいない。佐竹義重のような強烈な武将が立たぬ限り、単独で政宗を敵として戦う気はないようだった。

一息吐いて義胤は続ける。

「古《いにしえ》より寡《か》をもって衆を制するは、諸卒《しょそつ》の和と、将の賢愚《けんぐ》による。小敵と見て侮《あなど》らず、大敵を見て恐れず、と言うとおり、兵の多少をもって勝負を論ずるべからず。仕寄ってくれば、いつにても受けて立つ。左様、心得よ」

義胤としては、伊達家との中立を保ちながら、政宗が二本松に兵を向けている間に不安定な伊具郡を沈静させ、相馬家不動の地にしたいところである。

(守っているだけでは落ち着かぬか。打って出るには好機じゃが)

敵の挑発に乗って兵を出し、大きな戦にはしたくない。義胤は自重に努めた。

三月になると、箕輪玄蕃《みのわげんば》、氏家新兵衛《うじいえしんべえ》、遊佐丹波《ゆさたんば》、同源左衛門《げんざえもん》、堀江式部《ほりえしきぶ》ら畠山家の侍大将は先行を憂えて主家を裏切り、城下にある自身の屋敷に伊達勢を引き入れた。

これを期に政宗は本格的に二本松城を囲み、硬軟を使って城への重圧を強めた。

四月十九日、関白秀吉は佐竹義重に対して伊達家と蘆名家の争乱を停戦させるようにという書状を送っている。これは前年の十月に、薩摩の島津義久《よしひさ》に対して出した停戦令と同種である。のちに秀吉の停戦令は惣無事令《そうぶじれい》と呼ばれる。

戦国の大名、領主間の交戦から農民間の喧嘩刃傷沙汰《けんかにんじょうざた》に至るまでの抗争を禁止する平和令であり、領地拡大を阻止し、豊臣政権が日本全土の領土を掌握するための私戦禁止令である。争い事は関白の名の下に全て秀吉が裁定を下し、従わぬ者は朝敵として討つというもの。

関白が地方の武将に停戦令を出すなど知るよしもなく、また聞く耳も持たぬ政宗は二本松城攻略に勤《いそ》しむばかりだ。

城主が健在であればまだしも、跡継ぎが元服前の少年で、城代が支えているような体制では闘志を維持するのは難しい。包囲されてから二ヵ月もすると、城自体は堅固でも籠る兵の闘争心が挫けてくる。兵糧不足が憂鬱《ゆううつ》な心に輪をかけた。

遂に城方は耐えられなくなり、蘆名家と相談の上、義胤の父・籌山《ちゅうさん》（盛胤）を通じて和睦の仲介を依頼してきた。蘆名家が籌山に頼んできたのは、三代前の蘆名盛氏《もりうじ》は籌山の烏帽子親《えぼしおや》だった縁による。和睦の条件は二本松城を明け渡すので、畠山主従ならびに城兵を解放してほしいということであった。

義胤の許には畠山家臣の小舘刑部《こだてぎょうぶ》が訪れ、和睦の仲介を哀訴した。

（和睦という名の降伏じゃな）

話を聞いた義胤の気は重い。和睦の仲介は名誉であるが、簡単にいくかは疑問だ。政宗が畠山義継を追い込んだとはいえ、輝宗を死に至らしめる契機を作ったのは事実である。小手森《おでもり》城に籠る八百余人を皆殺しにした政宗が素直に応じるとは考え難い。

（彼奴〔政宗〕の兵とて、遅れた田畑の作業をするため帰国したがっていよう。仮に首尾よく進んだとして、蘆名家は大内備前守（定綱）に続いて畠山主従を受け入れることになるのか。さすれば彼奴の鉾先は会津に向かうことになるの）

畠山家と伊達家の勝負は早くついたかもしれないが、万余の兵を動員できる蘆名家ならば、容易《たやす》く決することはないであろう。お陰で相馬領は静かになるかもしれないが。

「蘆名の申し出ゆえ無下にもできぬか」

思惑が交差する中、義胤は応じることにした。

まずは佐竹家の一族筆頭の東義久《ひがしよしひさ》の許に遣いを送り、義重も和睦の仲介に介入させようと試みた。さらに義重と親戚である白河の結城不説斎にも話を説くと、不説斎は使僧《しそう》の皇徳寺《こうとくじ》僧と家臣の菅生能登守《すごうのとのかみ》を送ってきた。

六月八日、義胤は結城不説斎に書状を送り、佐竹義重も和睦に参じるように、使者の二人に言い含めたことを伝えた。

相手が政宗なので、本人だけではなく、別の方向からも手を廻した。政宗には、以前も使者として遣わした相馬一族の泉胤秋を差し向け、伊達成実の父・栖安斎実元への交渉は父の籌山に頼んだ。栖安斎は籌山にとって外戚の叔父ということになる。

泉胤秋が小浜城に到着すると、顔見知りであるせいか、政宗は快く謁見を許した。

この三月、政宗は左京大夫《さきょうたいふ》に任じられていた。

「おう、久しいの。昨年は佐竹についたということは、儂の首を取りに来たのか」

政宗は皮肉まじりの冗談を口にする。周囲には小姓が二人いるだけであった。

「戯れ言を。当家は義理を立てただけにござる。我が主は、これまで行った黒木の悪戯《いたずら》には目をつぶると申しております」

「あれは、我が下知《げじ》に背く戯《たわ》けじゃ。討って構わぬぞ。して、こたびはなに用か?」

悪びれることなく政宗は言ってのけた。泉胤秋は心を落ち着かせながら続ける。

「先に片倉殿にも伝えましたが、蘆名を通じて畠山が和睦を申し入れてござる……」

「その話は聞けぬ。二本松城にいる者は鼠一匹逃さず撫で斬りに致す。左様心得よ」

即座に泉胤秋の言葉を遮《さえぎ》るものの、政宗は昂《たかぶ》ることもなく淡々と告げた。逆にそれが憎しみの深さを示しているかのようで、胤秋は蒸し暑さの中で寒気を感じた。

「それはそうと、儂は今までいろいろと見てまいったが、そちの指物は見事じゃ。あの指物以外に気に入ったものはない。儂に譲ってくれぬか」

泉胤秋の指物は白地に『緋《ひ》の丸』であった。指物は家や武士個人を象徴する大事なもの。通常は武勇に肖《あやか》って求められたりするので、名誉なことではあるが、政宗が口にするからには指物はあくまでも比喩《ひゆ》であり、胤秋の引き抜きが主題かもしれない。

「畏れながら、この指物は先祖伝来のものにて、差し上げるわけにはいきませぬ」

思案を巡らせながら、泉胤秋は丁重に拒んだ。

「和睦を天秤《てんびん》にかけるとはいい度胸じゃ。それと、二心はないか、ますます気に入った。されど、相馬の者はけち臭いの。指物一つで儂の心証を良くしようとは思わぬのか。そちの主は、和睦の仲介に応じて、そちを遣わしたのではないのか」

左頬を吊り上げて政宗は言う。

「けちと言われて執着致せば主の名が廃る。我が指物でよければ差し上げましょう」

口惜しいが泉胤秋は応じた。唯一開く左目で心底まで見すかされたような気がする。

「さすが泉大膳亮じゃ」

機嫌よく政宗は告げる。その後、泉胤秋は饗応《きょうおう》を受けたが、政宗からも、執政の片倉景綱からも和睦に応じる言葉を聞くことができず、帰途に就かざるをえなかった。

帰城した泉胤秋は子細を義胤に報告したのちに進言する。

「……でございます。政宗は某に特別な懇意を示し、指物まで召し上げました。某に対し己の家臣のような扱いをしております。よく見ますれば、心の定まらぬ大将であり、行く末、相馬家のためにはなりませぬ。政宗は武勇に逸り過ぎる大将であり、慈悲深くはありません。いずれ仙道《せんどう》や会津を平らげたならば、相馬を攻め取ろうと致します。その時の謀のため、某を懇切に扱っておるのでございます」

泉胤秋は義胤に疑われていないか必死だ。

「安堵せよ。儂はそちを信じておる」

「有り難き仕合わせに存じます。さればこそ申し上げます。長対峙《ながたいじ》しているこたびこそ政宗を討つ好機にございます。確かに伊達家には藤五郎成実《とうごろうしげざね》や片倉小十郎らの優れた家臣もおりますが、これらは親族あるいは傅役《もりやく》にて、伊達の城代として一心に奉公するのは当たり前。されど、時折、出仕《しゅっし》している者は決して政宗に心服してはおりません。お屋形様が旗を上げれば叛意《はんい》を示し、二本松城の者も闘志を取り戻し、蘆名、佐竹、ほかの諸将も助勢されるに違いありませぬ。聞けば田村の娘と政宗は不和にて、籠《かご》の鳥のごとき扱いを受けているとのこと。一時は当家を恨まれても、長い目で見れば喜ばれるはずです。政宗さえ討ってしまえば、あとはどうにでもなります」

指物を召し上げられたことが悔しかったのか、泉胤秋は身を乗り出して勧める。

（伊達は二本松を囲んでおるが、彼奴〔政宗〕が在する小浜の兵はさして多くはない。当家の家臣が全兵鋒矢《ほうし》となって仕寄れば討てぬことはないか。されど、神速の相馬をもってしても、敵に気づかれずに小浜に達するのは難しい。彼奴も備えているはず）

一瞬、惹《ひ》かれたものの、義胤はすぐに我に返った。

「そちの気概は認めるが、政宗奴《め》を易々と討てると思うのは早計じゃ。夜陰に乗じたとしても小浜に到着する頃には彼奴にも知れる。さすれば周囲の城に配置された伊達の兵が参じよう。それだけでも当家の兵を上廻るゆえ、相馬の兵だけでは難しい。さりとて蘆名、佐竹の後詰を求めても、いつになるか判らぬ。到着する頃には退いていよう」

「政宗は某に心を開いております。相馬として動けぬならば、某一人で討ち取ります」

「仕損じた時は家を滅ぼし、末代までの恥となる。今少し時節が来るのを待つがよい」

話すほどに昂る泉胤秋を、義胤は静かに宥めた。

「某が容易く政宗を討てると申すのは、実戦になれば老いても、力は平素の二、三倍は出るからにござる。某が口先だけではないこと、お屋形様もお判りでございましょう。某は高齢、どのみち近い将来死にます。どうせならば相馬のために死ぬるは本望。政宗と刺し違えるか、我が命を取られるか、仕損じた時はその場にて腹を切る所存。政宗に組み付いたならば身動きさせぬゆえ、なにとぞ討つことをお許しください」

泉胤秋は両手をついて懇願する。

「老い先短いからとか、残り少ない命だからといって、忠臣の命を捨てさせれば、儂が後生の笑い者となる。今少しよき手を思案し、こたびは見合わせるとしよう」

義胤が説くので、泉胤秋は渋々承諾して下がった。この噂はすぐに広まった。

「大膳亮が熟慮したことゆえ、政宗を易々討ち取れたであろうに、政宗は幸運じゃ」

相馬家の者たちは言い合った。義胤の慎重ぶりを皮肉ったのかもしれない。

和睦の仲介の依頼を受けた以上、武士の名誉にかけて纏めなければならない。義胤は屈辱を堪え、成実の父の栖安斎実元のほかにも、義父となる敵の亘理元宗や白石宗実ら伊達家の部将たちにも使者を送り、政宗への説得を申し入れた。

父・輝宗を殺害に追い込んだ畠山一族の消滅を望み、当初は頑《かたくな》に和睦の受け入れに反対していた政宗ではあるが、重臣たちの大半が勧めたので、嫌々ながらも承諾した。

通常、無血開城させる目的は城を無傷で手に入れ、使用するためであるが、政宗は二本松城の本丸と二ノ丸を炎上させた。城の主要部を焼失させることで畠山氏の遺構を消滅させ、新たな支配体制を築こうという思惑であろう。政宗の憎悪も窺えた。

七月十六日、紅蓮《ぐれん》の炎に包まれる城を背に受け、畠山一族は会津に落ちていった。和睦の仲介者が立ち会わねばならぬ謂《いわ》れはない。義胤は小高城で報せを聞いた。

(南陸奥の名門・畠山〔二本松〕家は滅んだか。蘆名の寄食となれば、そうそう再興はなるまい。蘆名の重臣となるのが関の山か。そうはなりたくないもんじゃの)

義胤が役目を果たしたことにより、畠山家が独立した有力国人あるいは小《しょう》大名でなくなったのは事実。家名を守らせたという思いがあるので、罪の意識はない。

任務を遂行した義胤は、安堵したが懸念もある。畠山家と相馬家の版図や石高はさして変わらない。政宗が本腰を入れて攻めてくれば、二本松城の二の舞いとなる。

そこへ、佐竹家の遣いが、秀吉が蘆名家と伊達家に停戦命令を出したことを伝えた。

(関白の命令か、上方からの触れは信長以来か。思いのほか早かったの)

本能寺の変からおよそ四年で、秀吉が信長以上の力を持ったことには驚きである。

(彼奴が脅えるわけじゃ)

政宗との会見で、やたらと上方の軍勢を意識していたことを義胤は思い出した。

(これは使えるやもしれぬが……)

とにかく居城の大坂城も、新たに普請している都の聚楽第《じゅらくだい》も南陸奥の相馬からは遠すぎる。簡単に遠交近攻というわけにもいかない。

(いつ奥羽への圧力が強まるか、あるいは信長のごとく、途中で消えるやもしれぬが、誼《よしみ》を通じておいても損はあるまい。政宗のために、相馬家を傾けてはならぬゆえの)

義胤は佐竹義重を通じて、秀吉政権への取次を依頼した。政宗に関しては、刺激せぬように距離を置きつつも、いざという時は刺し違える覚悟である。

二

二本松城の件が纏まり、安心したのも束《つか》の間《ま》、政宗の新たな画策が始まった。

義胤は戦後処理の挨拶として側近の新舘胤治《にいだてたねはる》を出羽の米沢城に向かわせたところ、九月五日、政宗は胤治に本宮《ほんみや》近くの糠沢《ぬかざわ》で七貫文を知行する朱印状を与えた。あからさまな引き抜きである。

「和睦致した伊達家からの朱印状ゆえ拒むことができませんでした。父の不忠をお許し下さり、帰参の御恩は忘れませぬ。朱印状はお屋形様にお預け致します」

新舘胤治は熱く語って政宗からの朱印状を差し出した。胤治の父は青田信濃守顕治《あきはる》で、篝山の代に背信して田村領に逃れていた。この時、一緒に逃れた胤治は三坂《みさか》の新舘に在したことで姓を地名と同じ新舘に改めた。その後、帰参が許されている。

「そちの忠義を疑ってはおらぬ。安心致せ」

鷹揚に告げる義胤であるが、改めて政宗は心を許せぬ奴だと肚裡で憤る。

政宗はさらに義胤の心情を逆撫《さかな》でしてきた。

同月二十五日、政宗は三年前に相馬家から奪還した丸森城に、相馬旧臣の黒木宗元を城代として据えた。同城は相馬領への橋頭堡となる城で、これまで相馬領を侵していた宗元への褒美《ほうび》ともいえる配置だった。

「引き抜きに続き、黒木を丸森城に置く政宗の仕打ち、断じて許しがたし。まずは返り忠が者の黒木を討って丸森城を取り戻しましょうぞ」

泉胤秋が声高に主張する。

「それこそ彼奴の思う壺。そちが食いつくよう、黒木を餌にしたのであろう。畠山との戦を終え、今は直に対峙している敵はない。軽弾みなことをせぬよう麾下にも申せ」

憤る義胤であるが、自らの心も含めて宥めた。

半月と経たぬ十月九日、三春城主の田村清顕が突然死去した。享年四十五。

田村清顕の母・小宰相《こさいしょう》は伊達稙宗の娘で、清顕の正室は義胤の叔母・於北。二人の間に生まれた一人娘の愛姫は政宗の正室と、清顕は相馬家と伊達家を媒介する存在であった。田村家は相馬派と伊達派に割れはしたが、政略結婚で一先《ひとま》ず伊達家を頼ることで落ち着きを見せた。

（田村が死んだか。ちと厄介になるのう）

田村清顕とは何度か戦ったものの、今は和平が保たれている。主を失った田村家が伊達家の武将を三春城に招き入れ、または常駐《じょうちゅう》させて、相馬家の切り崩しをしてきたら面倒である。すでに国境を固め、内応の手も伸ばしてきている。義胤は危惧した。

義胤にとって間接的とはいえ、不運が重なった。人取橋の戦いでは反伊達軍に与した蘆名家の幼い当主の亀王丸が十一月二十二日に死去した。享年三。疱瘡だったという。これにより蘆名家正統の男子は絶えたことになる。

亀王丸の死により、政宗は会津に手を伸ばした。蘆名家に跡継ぎはいないので、政宗は弟の竺丸《じくまる》（小次郎）を養子に入れる旨《むね》を伝えさせた。これは先代の輝宗の時に出た話で、蘆名氏の重臣の反対によって流れたことを、政宗が復活させたことになる。

蘆名家の重臣たちは即座に後継者の問題を話し合った。富田氏実と平田輔範は政宗の弟の竺丸を推し、金上盛備《かながみもりはる》と親戚の結城不説齋は佐竹義重の次男・結城義廣を推した。不説齋は義廣を養子に迎えざるをえず、佐竹家に結城家を掌握された。不戦に敗れた不説齋はこの期に義廣を蘆名家に出して、結城家の主権を取り戻そうという魂胆である。

亀王丸の母は政宗の叔母・彦姫《ひこ》であるが、さんざん蘆名家が伊達家と戦ってきたせいか、実家からの受け入れを快く思っておらず、簡単には決まらなかった。

当主を失ったばかりの蘆名家は消沈している。高圧的に養子の申し入れをしてきた政宗の要求を拒み、直ちに一戦ということは避けたい。頼りの佐竹義重は、政宗の意を受けた小田原の北条家に従う下野衆に攪乱されて、すぐに出陣できなかった。

そこで十二月に入り、佐竹家らが義胤に伊達家との和睦を依頼してきた。

「面倒なことばかり頼んできおって」

義胤は不快感をあらわに吐き捨てた。頼りにされることは誇れるが、交渉事は失敗した時の代償が大きい。しかも政宗の許に家臣を差し向ければ、阿漕な調略を受けて相馬家中でよからぬ疑いを持たれるので、重臣たちは使者の役を敬遠している。

（だから、あの時、とどめを刺せばよかったのじゃ）

今さらながら人取橋の戦い翌日、帰国した佐竹義重の行動が疎まれて仕方ない。

（されど、和睦させねば、かくも脆弱《ぜいじゃく》な蘆名では伊達の圧力に耐えきれまい）

伊達の鉾先が蘆名に向き、潰し合いをしてくれればいい、という思惑は外れた。蘆名家どころか、南陸奥の諸将のみならず佐竹家も弱気では、話を纏めないわけにはいかない。相馬家が狂気の政宗の矢面《やおもて》に立たされるのはご免である。

佐竹家の使者は、伊達家の養子を廃し、必ず結城義廣に嗣がせるので、和睦に尽力してくれと、義重の言葉を義胤に伝えた。なにか策はあるようだった。

蘆名家の養子云々は別として、南陸奥に静謐が保たれることは喜ばしい。義胤は木幡政清を使者として米沢城に向かわせた。

ちょうどその頃、中陸奥に勢力を持つ大崎氏に内訌《ないこう》があった。大崎氏は奥州管領《おうしゅうかんれい》にもなった名家で、この頃は名生《みょう》城を居城とし、義隆《よしたか》が当主を務めていた。伊達家と大崎家の関係は、政宗の大叔父の義宣が一時、大崎家の養子になっていた時期もある。

その大崎家で義隆の寵童《ちょうどう》であった新井田刑部《あらいだぎょうぶ》と伊庭野惣八郎《いばのそうはちろう》が争い、家臣を二分する戦いに発展した。政宗はこれを期に北にも勢力を広げようと思案し、無血で蘆名家を掌握するためにも義胤の和睦仲介を受け入れた。

（この和睦は新たな戦いの前の平静かの）

ひとまず、義胤は胸を撫で下ろすが、安穏とはしていなかった。

かくして一時の和平が齎《もたら》され、天正十四年（一五八六）は暮れていった。


年が明けた天正十五年（一五八七）、蘆名家の家督相続について、佐竹義重は結城不説齋の養子にしていた次男の義廣を蘆名家の養子にすることに成功した。

早くから秀吉と誼を通じた佐竹義重は、これを後ろ楯《だて》に蘆名家に迫り、養子の件を承諾させた。政宗が小田原の北条家と結んで佐竹家を攪乱する遠交近攻に対し、義重はこれを関白と行ったことになる。見事な外交術であった。

三月三日、義廣は黒川《くろかわ》城に入城し、蘆名家の二十代目の当主となった。妻は過ぐる天正二年（一五七四）に死去した盛興の娘・岩《いわ》姫。義廣より三歳年上の十六歳。婚儀は三月二十一日に行われた。これにより佐竹家の勢力は会津にまで広がったことになる。

（佐竹もやるのう。左様か、関白の力は陸奥にまで影響を及ぼすのか）

遠い天下人《てんかびと》の存在を、義胤は前年よりも意識した。

同じ頃、相馬領と南の岩城《いわき》領の国境で小競り合いが勃発した。相馬家は岩城家と百年以上も前から敵対した関係である。勢力が拮抗しているので互いに壊滅的な打撃を与えるには至らず、停戦と開戦を繰り返し、亡き田村清顕の仲介によって和睦してからの争いはない。人取橋の戦いではともに反伊達軍に参じた味方である。

「なにゆえ岩城と争いなど起こしたのじゃ？」

義胤は水谷胤重に問う。

「再発も思案できますが、伊達の画策かもしれません。今、調べさせております」

水谷胤重は申し訳なさそうに答えた。

その後、相馬領の最南端となる熊川舘主《くまがわだてしゅ》の熊川勘解由《かげゆ》隆重《たかしげ》に問い質したところ、相馬方から先に手出しはしていないという返答が届けられた。

一方の岩城常隆《つねたか》は、四月一日に使僧の大室坊《だいしつぼう》を米沢に派遣した。

これを受けた政宗は田村家の重臣に相馬家と岩城家の和睦の仲介をするように伝えた。何日もしないうちに田村家からの使者が小高城を訪れた。

「岩城が伊達に使者と？」

報告を受けた義胤は訝しがった。

岩城常隆の父・親隆《ちかたか》は伊達晴宗の長男で政宗の伯父にあたる。親隆が佐竹氏に臣従した時、常隆は岩城家の家督を継ぐことを約束されたものの、代償として義重の三男である能化丸《あたかまる》（のちの貞隆《さだたか》）を常隆の養嗣子とすることが決められている。

（従属するならば佐竹も伊達も変わらぬか。伊達を選んだ理由は若さと勢いか）

この年、岩城常隆は二十一歳。政宗と同じ歳である。

（されど、それでは佐竹が黙ってはおるまい。はたや北条に足を取られて動けぬのか）

岩城家が伊達家を選ぶ明確な理由が義胤には判らない。いずれにしても大室坊が米沢に行ったのは事実。岩城家が伊達家に従えば、佐竹家との間に楔《くさび》を打ち込まれ、相馬家は三方を敵に囲まれることになる。義胤は危機感を覚えた。

（伊達が、儂と岩城を争わせようとするのは、最上との間が抜き差しならぬゆえ、別の地に兵を割きたくないからか。とすれば今がよき時期。こちらも手を打たねばの）

政宗と正室の愛姫の不仲は深刻、義胤は佐藤六からの報せを受けている。愛姫に付き添って米沢に赴《おもむ》いた侍女が、伊達家の様子を三春城に報せていた。

報告を受けた政宗は激怒し、田村家の侍女を悉く斬り捨てたという。愛姫は憤激《ふんげき》し、さらに愛姫の実母で田村清顕の未亡人・於北御前も忿恚した。

義胤は、岩城家との和睦交渉をさせながら、田村家に遣いを送った。政宗に対して憤る叔母の於北御前に、田村家の後押しをすることを伝えさせるのが目的だ。

侍女惨殺の一件で伊達家から心が離れている於北御前は、相馬家と昵懇の田村梅雪齋《ばいせっさい》や、同清康《きよやす》、大越紀伊守顕光《おおごえきいのかみあきみつ》と意を通じ、義胤の申し出を喜んだ。

大越顕光は田村梅雪齋と親類で、石川弾正光昌《だんじょうみつまさ》の父・摂津守利顕《せっつのかみとしあき》は梅雪齋の婿。光昌は田村清顕の姪の婿という関係で結ばれていた。

片や伊達家に従おうとする名の知れた武士は田村月斎顕頼《あきより》、橋本顕徳《あきのり》、石沢顕常《あきつね》、門沢《かどさわ》左衛門《さえもん》らである。

当主を失った田村家は相馬派と伊達派に分かれ、互いに牽制しはじめた。警戒した政宗は伊東重信《しげのぶ》を三春城に派遣した。

伊東重信は田村家の両派を宥めながら、相馬、岩城の和睦にも尽力している。

（和睦じゃと？　汝《うぬ》らが尻を叩いておきながら、戯けたことを抜かしよる。されど、今、岩城と争っても益することはない。真の敵は彼奴じゃ）

義胤は岩城常隆との会見に応じる旨を三春城に伝えた。

五月十八日、義胤は浜通りを南に進み、岩城領の国境ともいえる大菅原《おおすげはら》に達した。同地の周辺には高い山もなく、比較的平坦な地である。

相馬氏は自領を大菅原から半町ほど南を流れる富岡川《とみおかがわ》だと言い、岩城氏は同地から十五町ほど北を流れる熊川《くまかわ》だと主張して争ってきた。

大菅原の北に隣接する熊村《くまむら》の舘《たて》は相馬領で、南の富岡は岩城氏が実行支配していた。いわば大菅原は両氏にとっての緩衝地帯であった。

近くには寺もないので、草が生い茂る原に床几を用意し、梅雨入り前の強い日射しを浴びながら義胤は岩城常隆と顔を合わせた。二間離れた背後には互いの家臣が数人ずつ並び、率いた兵は二町近く離れて控えていた。和睦の会談なので二人とも袴姿で具足は着用していない。仲介役として田村家からは相馬派の大越顕光が立ち会った。

（ちと痩《や》せたかの。病《やまい》か）

岩城常隆と会うのは人取橋の戦い以来、約一年半ぶり。窶《やつ》れたというのが、このたび義胤が受けた常隆の第一印象だ。

（少しでも多くの所領を得ようとするのは武将の性《さが》。もし、治る見込みがないならば、この世に生きた証《あかし》を残そうとする思いは強くなろう。実子がいないならばなおさらか。揺れる心を伊達に衝かれたか。あるいは、佐竹への牽制か）

乱世の武将に尋ねても答えるわけはない。問題は岩城家が両家の親戚である伊達を取るか、佐竹を取るかにある。義胤はこれを確かめなければならない。

「両家の争いは南陸奥の損。こののちのためにも、和睦されますよう」

義胤と岩城常隆に向かい大越顕光は丁寧に言う。

（伊達の意向で和睦を勧めながら、田村家の直臣は立ち会わぬのか）

大越顕光は、田村家にとって譜代の家臣ではなかった。三春城に派遣されている伊達家の家臣の監視によって田村梅雪齋らは動きづらいようである。

「国境を侵さぬということであれば、和睦するのは吝かではない」

先に口を開いたのは若い岩城常隆であった。義胤は意外に感じた。

（伊達の後押しは偽りか？　あるいは、伊達と佐竹の間で迷っておるのか）

義胤は、ややこわばった岩城常隆の面持ちを直視する。

「当家とて同じことじゃが、和睦の儀、佐竹殿はいかが申されておるか」

「無論、賛成なされてござる」

「伊達と昵懇になられた儀はいかに」

大室坊を米沢に差し向けたことは知っている、と義胤は臭わせた。

「我が父の実家なれば、親戚づきあいをするのは至極当然」

歯切れの悪い岩城常隆の返答だ。岩城家重臣の飯野隆至《いいのたかよし》、三坂隆次《みさかたかつぐ》、志賀武治《しがたけはる》などは米沢への奏者を務めた伊達派なので、家中の意見が纏まっていないのかもしれない。

「お父上・左京大夫（親隆）殿の病はいかがか」

表向き、親隆は病で隠居し、常隆に家督を譲ったと伝わるが、実際は乱心して座敷牢に押し込められているという。「伊達の者よ、岩城を討て！」などと叫んだりもするので、一部の者しか牢に近づけることはできない。譫言《うわごと》でも政宗の耳に入れば、大義名分を得たと出兵してくるであろう。実父を斬るわけにもいかず、常隆の悩みであった。

「小康を保ってござる。近くにまいった暁にはお立ち寄り下され。父も喜びましょう」

政略で結ばれた家どうしでも、よほど昵懇の間でもなければ、当主は相手の城には行かない。できぬことを承知で岩城常隆は言う。今、義胤が行けば虜の身になるのは確実。家臣を行かせれば、あれこれ理由をつけて追い払われることは明らかである。

（岩城も伊達の勢いに押され、家中が揺れておるか。佐竹と二股膏薬《ふたまたごうやく》とまではいかぬにしろ、万が一に備え、細い糸でも繫いでおきたいのかもしれぬな）

時折り視線を外す若い武将の表情から、義胤はそんなことを読み取った。

「されば、国境は以前の定めに従い、互いに侵さぬことで和睦する、でよろしいな」

大越顕光が纏め、義胤と岩城常隆は双方ともに、脇差で金打《きんちょう》を打って確認した。これは誓約の印として刀を打ち鳴らすものであった。

帰城したのち、義胤は佐竹義重に、岩城家と無事に和睦が結ばれたことを報告すると同時に、岩城家が伊達家と使者を往復させている旨を遣いの口上で伝えさせた。背腹に敵を受けたくはない。佐竹家の監視は必要だった。


六月になると田村家中の分裂は、麾下に属する国人の独立にも発展した。まず先に動きを見せたのは、人取橋の戦いの功で政宗から小手森《おでもり》城を与えられた石川光昌である。光昌は百目木《どうめき》城、築山舘《つきやまだて》を所有する国人で、万が一の時の支援を義胤に依頼してきた。

「動きが激しくなってまいりましたな。これも関白の触れのせいでしょうか」

水谷胤重が言う。

「おそらくの。関白がある程度の政《まつりごと》の形を作った時、所領は少なくとも、陪臣《ばいしん》ではなく直臣の外様でいたいというところであろう」

この年の五月、秀吉は九州討伐を終え、西日本を平定している。秀吉は本格的に東に目を向けているので、東国の諸将はこれまでのように安穏とはしていられなかった。

「鎌倉（源）や足利のように？　この南陸奥まで力が及びましょうか」

「判らんが、秀吉という男、織田の一家臣からわずか四年で信長を凌いだ。我らの思案を超えている男かもしれぬ。我らも正式な通達が来るまでに少しでも版図を広げておかねばならぬの。石川弾正には、判ったと伝えておけ。但し、兵を挙げる前には報せよと。慎重にとの」

微《かす》かに西からの風を感じながら、義胤は応じた。

「伊達を刺激致しませぬか」

「養子の件を潰された彼奴がそのままにしておくとは思えぬ。田村に目を配りつつも、蘆名に仕寄る機会を窺っているはず。蘆名になにかあれば佐竹が出て来る。儂らは田村、あるいは麾下の求めに応じて助けるに過ぎぬ。この形を変えぬように」

惣無事令に違反しないようにし、田村家の実行支配を画策する義胤だ。

同じように大越顕光も支援を求めてきた。顕光は天文期から離反癖があり、田村隆顕・清顕親子を悩ませた。顕光は義胤と従兄弟にあたるので、義胤は応じた。

七月、橋本顕徳が米沢に赴いて、田村家の相馬派が義胤と交信を深め、石川光昌や大越顕光が独立を企てていることを政宗に訴えた。この頃、政宗は山形の最上家と緊張状態にあり、すぐに腰を上げられなかった。そこで、二本松城の伊達成実と宮森城の白石宗実に、有事の際には支援しろと命じるにとどめた。

田村家は混乱している。相馬派は義胤の支援を受けて、伊達家から独立した大名の田村家を目指している。伊達派は伊達家の麾下として安定した田村家の存続を願っている。勿論、田村月齋や橋本顕徳などは、田村家の実権を握ることが前提ではある。

相馬派の憂鬱は、石川光昌や大越顕光の独立を防ぎたいが、独立派は伊達の支配を嫌っているので、相馬派としても敵にはしたくない。当主不在なので分裂していた。

「今なれば手中に収められるのではないでしょうか」

泉胤秋は積極的に勧める。

「まだ機は熟しておらぬ。焦《あせ》れば味方を敵にもしかねん。もっと誼を通じておけ」

義胤は慎重だった。

十一月になると、田村月斎や橋本顕徳は大越顕光を監禁したいと政宗に申し出た。政宗は大森城代を務める片倉景綱に面倒を見ろと命じている。景綱は田村家臣の吉田彦十郎に対し、微妙な時なので、自重するように諭している。

そんな最中の十二月、蘆名家に寄食していた大内定綱が政宗に帰属を申し出た。蘆名家からは約束された所領を与えられず、当主が義廣になったことで佐竹家の意向が強くなり、冷や飯を喰らわされているという。

父の輝宗を死に追いやった畠山義継の凶行は、もともと大内定綱の二股膏薬による離反から始まったと言っても過言ではない。政宗は認めようとしなかったが、片倉景綱や伊達成実らの説得により、蘆名攻めの先鋒にすることで帰属を認めている。

報せは須賀川城の二階堂氏を経由して義胤にも届けられた。

(思いのほか彼奴は柔軟になったの。あるいは別の一面も持ち合わせておるのか)

ただの狂気の暴将でない政宗に、義胤は脅威を感じた。

天正十六年（一五八八）が明けた寒い日、秀吉の奉行を務める富田《とみた》左近将監《さこんのしょうげん》知信《とものぶ》が暮れに記した書状が義胤に届けられた。

「初めてご挨拶致します。しかれば、奥両国惣無事令のことについての御書を差し遣わします。（使者の）路案内など頼み入ります。なにかご用があれば仰せ下さい。相応に馳走致します。なお、詳しくは宗洗《そうせん》が申し上げます。慎んで申し上げます。

極月三日　（富田知信花押）

奥州相馬殿　御宿所」

豊臣政権から相馬家に対して初めてとなる書状であった。惣無事令は奥両国のほかに関東が先につく書状も存在する。

「相馬殿におかれましては、惣無事令を守り、早々に上洛なされて関白殿下にご挨拶なさるようにと富田左近将監殿が申されております」

遣いの金山宗洗斎《かなやまそうせんさい》が告げる。

「富田殿の意向は承知致した。関白殿下への忠義も果たす所存。されど、この雪深い南陸奥に来たならばお判りであろう、春先にかけてさらに雪は積もり申す」

義胤は遣い相手でも丁寧に伝え、続けた。

「奥羽のことは上方にも伝わってござろう。米沢には梟雄がおり、周囲の者は迷惑してござる。万が一、領国を留守にしようものならば、たちまち攻め取られ、帰る城がなくなり申す。彼《か》の者が絶対に当領を侵さぬ確約を得るか、同行でもせねば、上洛は叶わぬのが実情でござる。おそらく似たようなことを周囲の諸将も申しているはず」

「確かに伊達の横暴はよく耳に致すが、これは関白殿下の下知にて、従わねば朝敵になり申す。早々に上洛なされるが、貴家のためにござるぞ」

使者として失態がないように、金山宗洗齋は頑に言う。

「全ては伊達次第。惣無事令は、敵に国を侵されても応戦するなと申すのですか」

「追い返すのは致し方ないが、それ以上は認められぬ。早々にご報告なされよ」

「親類に助けを求められた時はいかに？　見殺しにするは武家の信義に反し申す」

「貴殿は、問うてばかりでござるの」

細かい男だと言いたげな金山宗洗齋だ。

「殿下に恭順の意を示しながら、朝敵などと言われては不本意ゆえのこと。佐竹殿は親戚の蘆名を助け、伊達との和睦を纏めるように命じられていると聞いてござる。当家の隣領の田村家は親戚にて、伊達の侵攻には迷惑し、助けを求められてござる」

子細を明確にする者ならば、言葉も行動も信用されるであろうと思ってのことである。

「あくまでも領内からの排除まで。早々に報告するように」

義胤の質問攻めに金山宗洗齋は辟易《へきえき》した様子だった。

（これで少しは関白の心証をよくしたか、面倒な輩だと思われたか。無関心でいるよりはよかろう。少しでも伊達は悪だと覚えさせれば上出来）

あとは政宗が北に囚《とら》われている間に、田村家を麾下に収めようと義胤は田村家内の相馬派と連絡を密にした。

秀吉も片倉景綱に対して自身の花押を印した書状を次のように送っている。

「富田左近将監への書状を披見した。関東惣無事令のこと、このたび家康に仰せつけたので承知すること。もし、背く者あらば成敗するので、その意を心得るものなり」

秀吉が奥羽で一番、危惧するのはやはり政宗であった。

三

天正十六年（一五八八）一月、大崎氏の内訌に介入した政宗は、深みにはまって身動きができなくなっていた。そこで、二月十五日には伊具郡の金山城を守る中島宗求に対し、近くの駒ヶ峰城、簑首《みのくび》城への警戒を怠らぬよう厳命している。

それだけではなく三月一日には、信夫郡本内《もとうち》の領主の本内種信《たねのぶ》を、七日には家臣の富塚宗綱を機嫌伺いの使者として小高城に派遣している。

「彼奴にとって、今が一番、仕寄られたくないということか」

伊達家の使者を受けて義胤は察した。相馬家と伊達家の微妙な和平は保たれていた。

「仰せのとおりかと存じます。いかがなされますか」

好機だと水谷胤重は義胤に出陣を勧める。

「義に反するゆえ、当家からは手を出さぬ。伊具郡への備えを厳しくさせよ」

義胤は首を横に振った。本来は手薄な地に兵を進めたいのはやまやまながら、早々に政宗が大崎氏と和睦し、全軍を率いて相馬領に押し立てられては敵《かな》わない。惣無事令のこともあれば、義胤が全面戦争の引き金を引くわけにはいかなかった。

慎重な配慮を示す義胤であるが、相馬家と伊達家の和平は、意外な形で破られた。

緑が眩《まぶ》しくなった四月九日、百目木城主の石川弾正光昌が塩松領に兵を進めて周辺を荒し、同領の西ノ城を攻めた。

石川光昌は独断で出陣したのみならず、義胤に後詰の依頼をしてきた。

「戯けが、逸りよって。これで彼奴が腰を上げ易《やす》くなったではないか」

報せを受けた義胤は怒りを吐き捨てた。西ノ城は田村領の北隣、挙兵を知って政宗が黙っているはずがない。これまで田村家の懐柔《かいじゅう》を慎重に運んできたことが無になる。

塩松領は、かつて塩松尚義《なおよし》が治めていたが、塩松家臣の大内備前守定綱と石川光昌が主家を追い出して奪い合った地である。定綱のほうが多くを領有していた。

「大内備前守の帰参に続き、弟の片平助右衛門（親綱）も蘆名を見限って伊達に下る模様。石川弾正は備前守と塩松領を巡って争った間柄ゆえ、伊達が備前守に旧領を与えるかもしれないので、その前に得ようと思ったに違いありません」

水谷胤重が言う。

「判っておる。伊達の動向を探り、備えさせよ。石川への後詰は暫《しば》し様子を見る」

義胤は矢継ぎ早に命令を出し、次の対応を思案した。

四月十二日、石川光昌は西ノ城から一里少々南西に位置する白石宗実の宮森城を攻撃した。互角に戦っている時、伊達成実が駆け付けたので、石川勢は退却した。

報せはすぐさま小高城に届けられた。

「その後の様子はいかに？」

「石川弾正は百目木城に籠って伊達勢に備えております。後詰の伊達勢は石川に動きがないので、二本松城に戻ったようにございます。米沢の兵は動いておりませぬ」

水谷胤重が答えた。

「左様か。警戒を怠らせるな」

政宗本隊の動向が気になって仕方ない。ひとまず安堵しながら義胤は命じた。

この頃、政宗は大崎勢のほかに最上勢とも争っていて、南に兵を向ける余裕はなかった。片倉景綱や伊達成実は人取橋近くの安積《あさか》で蘆名軍と対峙していた。

政宗の懸念は相馬家にある。同じ十二日、伊達郡河股《かわまた》城将の桜田資親《すけちか》に対し、石川光昌の動きに義胤が同調するかもしれないので、なにかあればすぐに報せろと命じた。

四月中旬、政宗は家臣の石田右馬亮《うまのすけ》を小高城に派遣した。

「そちが応対せよ。適当に酒でも飲まして帰すがよい」

面倒なので義胤は水谷胤重に任せた。

石田右馬亮が米沢に帰城したのは四月二十四日。さらに情報を集めた政宗は二十九日、田村郡富沢《とみざわ》城主の富沢顕継《あきつぐ》に、来（五）月の二日のうちには岩城、相馬勢が談合して攻め込んでくるので、援軍と鉄砲を沢山送るから安心するようにと告げている。

　政宗の行動は早かった。


　四月下旬、田村の於北御前に仕える曳地伊賀守《ひきちいがのかみ》が、御前の意を受けて隠居した籌山が在する田中城を訪問した。

「わたくしへの見舞いと申し、供廻《ともまわり》ばかりを連れて三春城にお出で下さい。兄上にいろいろと苦労話を致して、我が心を慰めたく存じます、と御前様は仰せでございます」

　曳地伊賀守は一息吐き、さらに於北御前の言葉を伝える。

「田村領を政宗に勧めても、今のように夫婦仲が悪くては、行く末は愛姫も無きごとくに扱われ、ただ当家を差し出すだけになり、家臣たちも本意を失ってしまう。また、孫七郎を立てても、政宗が遺恨を含んで仕寄ってくれば、周辺の諸将も田村を見放し、当家一家だけではとても太刀打ちできぬ。ただ、義に篤い相馬だけは頼った家を見捨てることはないので、頼む次第である」

　孫七郎は清顕の弟・氏顕《うじあき》の子である。

　於北御前の言葉を伝えてから、曳地伊賀守は本題に入った。

　その日、田中城に泊まった曳地伊賀守は、翌日、三春城に帰城した。

　同じ日、籌山が供二人を連れて久々に小高城を訪れた。

「於北が申すには、儂が供廻ばかりを連れて後室見舞いと称して三春城に入れば、梅雪斎父子らがお目見えと申して登城し、田村月斎らに相馬へ志を通じるように促し、背けばその場で討ち果たす。かようにして三春城から伊達に意を通じる者を排除すれば、政宗としても手の出しようがない。今、政宗は会津、大崎、最上に敵を抱えておるゆえ、田村に兵を出したくてもできまい。いかがか」

籌山は三春城の相馬派からの謀を義胤に打ち明けた。

「叔母上から父上にでござるか。筋が通っているようですが腑に落ちませぬ。なにゆえ曳地伊賀守を連れてまいられなかったのでござるか」

義胤の疑念は拭えない。

「早々に帰城して吉報を於北に伝えたいと申しての。そちは於北を疑っておるのか」

「叔母上ではなく、曳地伊賀守にございます。見舞いとは、まこと叔母上の言葉でしょうか？　父上を虜にせんとする月斎らの謀のような気がしてなりませぬ」

「なんと、左様なことはあるまい」

籌山は曳地伊賀守を信じているようだった。

（父上は人を信用し過ぎる。今少しの分別があれば、所領も広がっていたであろう）

祖父の顕胤が勇将だったので、その流れで籌山の代には相馬家の歴史において、版図は最大になった。ところが寵臣《ちょうしん》を信じ過ぎたりしたので、忠臣を他家に追い出すような失態を犯し、隠居後も田村清顕の甘言《かんげん》を聞いて伊達家に金山、丸森城を譲り、所領を縮める汚名を当主の義胤は受けさせられた。義胤は疎《うと》ましかった。

「同じ城中にいて、月齋らが叔母上の画策を摑めぬほどの間抜けとも思えませぬ。それと、月齋、刑部を討ち漏らせば伊達を出陣させる口実を作ります。やはり、叔母上の謀ということに合点がいきませぬ。謀ならば梅雪齋が某に申してきましょう」

「夫に先立たれ、一人娘は虜同然の身。女子一人でいる身の辛さを考えてみよ。稚拙《ちせつ》な謀とは申せ、於北が寂しさに耐えかねて訴えてきたことを察して然るべき。もう返事をしてしまった。儂は亡き宗國院《そうこくいん》（顕胤）様に於北を頼むと言われておるゆえの」

「伊達の輝宗のごとく、虜にでもなれば武門の恥にございますぞ」

乱世を生き延びながら情に流されるのかと、義胤は実父ながら呆れた。

「万が一の時に一人でも多くの敵を道連れに斬り死にする所存。儂が死んだ時は仇を討つがよい。田村に兵を向ける口実ができるであろう」

籌山なりに相馬家を考え、覚悟はできているようである。

「某に政宗のごとき親不孝はできませぬ。父上の代わりに某が三春にまいりましょう」

「そちは当主じゃ、軽弾みなことを致すな」

「これまで某は常に前線で戦ってまいりました。こののちも同じです。田村の実情、この目で確かめたく存じます。父上には、万が一の時の後詰をお願い致します。されど、田村には伊達に通じる月齋らを欺くため、父上がまいるということにしておいて下さい」

一度、義胤が口にしたことは曲げたことがない。籌山は渋々応じた。

義胤は三春城に入城する準備を始めさせた。

三春城内の相馬派の動きは伊達派に摑まれていた。

政宗が石川光昌討伐と田村領の平定に兵を出すことは、佐藤六が義胤に伝えた。

(儂も覚悟を決めねばならぬの)

久々に、えもいわれぬ昂りを覚える義胤だった。

四月上旬に伊達勢が蘆名勢の安子嶋砦を攻略した。少しずつ追い詰められている蘆名義廣は父の佐竹義重に救援を求めた。義重は六月ぐらいには出陣すると伝えている。

佐竹家からの遣いは小高城にも訪れ、伊達との戦いには参陣されたし、と告げてきた。

(二年前が惜しまれるの。伊達は以前よりも大きゅうなっておる。簡単に圧倒などはできまい。まあ、少しでも打撃を与えられれば見つけものか)

義胤は一応、参陣する旨は伝えておいた。

五月二日、伊達派の田村月斎と橋本顕徳が米沢城を訪問し、政宗に出馬を依頼し、同家の沈静化を懇願して承諾されている。

田村月斎らの行動を大越城主の大越顕光は摑み、家臣の大越備前を小高城に遣わした。

「まずは、先に石川弾正殿の挙兵で、弾正殿が貴家と与したことを伊達は把握しましたので、必ず成敗しにまいるでしょう。月斎、刑部(顕徳)も催促に行きましたので、一両日中にも田村に押し寄せるかもしれませぬ。弾正殿をお見捨てなきよう」

大越備前は主の言葉を伝えた。

「こたび石川弾正殿を見捨てれば、政宗を恐れて日頃の盟約を破ったことになろう。家名に汚名を残すわけにはいかぬ」

遂に義胤は腰を上げる決意をした。公言は気概を示すためである。

義胤は旗本四十余騎と岡田《おかだ》兵衛大輔《ひょうえのたいふ》直胤《なおたね》ら三十余騎を集め、総勢三百五十余名とともに小高城を出立し、同城から九里ほど西に位置する石川光昌の築山舘に入った。

「ようお出で戴きました。感謝致します」

門前まで出迎えた石川光昌は、義胤の手を取らんばかりに喜んだ。

「伊達の様子はいかに」

「今のところ白石（宗実）の宮森城に後詰が入った報せはござらん」

「左様か。されば、兵を分けて敵に備える」

義胤は相馬領から後詰を呼びながら、配置替えを行った。

石川光昌を築山舘から一里ほど北の小手森城に移し、義胤が築山舘に在することにした。築山舘から三十町（約三・三キロ）ほど南に位置する光昌の父・利顕が守っている百目木城には相馬衆二十余騎と歩兵百余。

田村郡船引《ふねひき》にある田村右近大輔《うこんたいふ》の石沢《いしざわ》城に、十六歳になる泉藤右衛門《いずみとうえもん》成政《なりまさ》と中郷《なかのごう》衆四十騎に歩兵二百余。

石沢城から一里（約四キロ）ほど南西に位置する田村彦七郎顕俊《ひこしちろうあきとし》の大倉《おおくら》城には泉田《いずみだ》雪《せっ》

齋胤雪《さいたねゆき》と標葉《しねは》衆五十余騎に歩兵二百五十余。

大倉城から一里半（約六キロ）ほど南に位置する田村清康の船引《ふねひき》城には新舘胤治《にいだてたねはる》の弟の青田修理常治《しゅりつねはる》と標葉衆五十余騎に歩兵二百五十余。

大越顕光は自身の大越城に籠り、伊達軍に備えた。

五月三日、三春城の東に相馬軍が展開したことを知った政宗は、伊具郡・丸森城将の黒木宗元、金山城将の中島宗求、小齋城主の佐藤為信《ためのぶ》、亘理城主の亘理元宗、角田《かくた》城将の田手宗実《たでむねざね》に用心するように命じていた。

十五日、政宗は米沢を出立し、大森城を経て二十一日、小手森城から一里ほど北西の築舘《つきだて》城に入城した。軍勢は五千だという。

「彼奴め、遂に出てきたか」

闘志をあらわに義胤は言うものの、多勢を動員できる力というものを感じさせられた。

「畏れながら、万が一、敵が仕寄ってくればこの築山舘は脆弱にて戦うことはできませぬ。今少し堅固な城に移動なされてはいかがにございましょう」

「左様のう」

新舘胤治の進言を受け入れ、義胤は百目木城に移動した。同時に、小手森城の石川光昌には、敵の誘いに乗って城を出ず、引き付けて叩け。攻めあぐねて退却した時に義胤は百目木城から出陣して挟撃にするという指示を伝えさせた。

二十二日、政宗は小手森城に迫り、周辺を焼き払うが石川光昌は義胤の指示に従い、城を出なかった。二十六日、政宗は兵を置いたまま、自身は大森城に戻った。

(新たな戦いは梅雨明けか)

雨に濡れる周囲の山々を眺めながら、義胤も帰城して暫し羽を伸ばすことにした。

閏五月初旬、義胤の許には、蘆名家の使者が罷り越し、翌月、常陸の佐竹勢と歩調を合わせて出陣を伝えるとともに参陣を求めてきた。

(来月か、それまで彼奴が大人しくしていようか)

危惧しつつも義胤は水谷《みずがい》筑前守《ちくぜんのかみ》を会津に派遣し、東西さらに南からの伊達に迫る作戦に応じる返答をした。

五日、このことを蘆名重臣の平《ひら》田《た》氏範《うじのり》と針生《はりゅう》盛信《もりのぶ》は白河の結城不説斎に伝えた。

四

これまでは梅雨ということもあり、義胤が百目木城に入っても、伊達軍は攻めて来なかった。大半の兵は田植えを終えて、夏草毟《むし》りに没頭している頃であろう。

「伊達も動けないならば、棚上げになっていたことを行うか。三春城に入る」

閏五月十一日、梅雨明けしたのか、朝から青空が広がっている。義胤は新舘胤治、中村助《すけ》右《え》衛門《もん》隆政《たかまさ》、杉七《しち》左《ざ》衛《え》門《もん》の三人を使者として三春城に差し向けた。

三春城に入城して於北御前と会談する際に、義胤は御前の義理の甥である孫七郎が元服するまで、末弟の郷胤《さとたね》を当主にしてはどうか、と説くつもりである。

(子供が無事に元服できるとも限らぬし、叔母上としても血の繋がりのある郷胤のほうが心安かろう。子供なれば重臣たちのいいなり。田村は伊達に通じる者が多いゆえの)

義胤の肚づもりであるが、懸念もある。於北御前の子は愛姫一人、しかもすでに嫁いでいるので、発言権は弱い。家臣たちを納得させるのは難しいかもしれない。

(血を見ずして田村家の新当主の擁立はできぬか)

率いて行く家臣は供廻だけでは足りぬかもしれないと義胤は思案しはじめた。

新舘胤治らは三春城の門番に、明日、義胤が於北御前に会いに来ることを伝えた。

「御前様は大変お喜びになられておられますので、お待ちしております」

新舘胤治らは、田村家臣・本田因幡《いなば》の返答を義胤に伝えた。

翌十二日、新舘胤治らは三春城に登城し、本田因幡に向かう。

「昨日申したとおり、これより我が主は、御前様に対面なされるために登城なされる。じき到着なされるであろうから、御前様に申し上げられよ」

すでに話は通っているので新舘胤治が気安く言うと、本田因幡の顔色が変わった。

「計略をもってこの城を奪う所存か。容易くは取らせぬ。直ちに城外に出られよ」

「なにを申す。城取りに来る者が袴掛《はかまがけ》でまいるはずがなかろう」

新舘胤治が言い返すと、相馬派の田村梅雪齋が姿を見せた。

「山城(胤治)、問答無用じゃ。黙って城を出よ」

こわばった表情で田村梅雪齋は言う。おそらく伊達派の家臣たちの猛反対に遭ったに違いない。逆らえば多数いる伊達派に命を奪われるような状況なのであろう。

「城取りに来た者が、居丈高に城を取りに来た、などと申すはずがなかろう」

理解できないといった表情で新舘胤治が言うのは、欺くための偽りであった。隣の部屋では具足の擦《す》れる音や、弓を素引きする音が聞こえたからである。

田村月齋らは義胤を場内に誘い込んで騙し討ちにすることを画策し、田村梅雪齋らはすぐさま新舘胤治らを追い出して、義胤に引き返させようと尽力したに違いない。

梅雪齋らの真意を摑んだ新舘胤治は、すぐにでも疾駆して義胤に伝えたいところであるが、逃げる者を追うのは人も動物も一緒。胤治はゆっくりと歩を進めて城門に達した。

「其奴《そやつ》を外に出してはならぬ」

田村月齋が遠くで叫ぶが、これを打ち消すように新舘胤治は門番に告げる。

「かような時は、まず門に錠《じょう》をし、早《はよ》う門を閉めるものじゃ」

背後で錠が掛けられる音を聞き、新舘胤治は宿泊した屋敷に戻り、馬を疾駆させた。

三春城から十町（約一キロ）ほど東の熊耳《くまがみ》に達した時、義胤と出くわした。

「……にございます。早々に帰城なさりますよう」

新舘胤治が義胤に報告した時、三春城を押し出した田村月齋麾下の者たちが追い付き、鉄砲を撃ちかけてきた。味方は刀ばかりの十五名。対して敵は百余人。

「左様か。されど、儂は逃げん」

即座に義胤は鐙を蹴り、三春城に向かって疾駆する。古今東西、追撃ほど容易く敵を討てる時はない。反撃しないで退却すれば全滅させられる。十五人のうち、何人かでも生き延びさせるため、義胤は戦うことを決意した。

まさか寡勢で突撃してくるとは思わず、田村家臣たちは戸惑って後退する。相馬家臣は堀に架かる橋まで押し返した。

勢いに乗る岡田胤信《たねのぶ》、紺野《こんの》九郎兵衛《くろうべえ》は橋の上で、鉄砲に当たって落命した。杉新右衛門《しんえもん》は矢に射られて討死。藤田紫庵《しあん》、泉田《いずみだ》甲斐《かい》は石弓《いしゆみ》という投石器から放たれた石に当たって負傷した。

城内から放たれた鉄砲が義胤の騎乗する馬に当たり、馬はどっと倒れた。

「我が馬にお乗り下さい」

近習の俵口光貞《たわらぐちみつさだ》が下馬して義胤に勧める。迷っている暇はなく、義胤は飛び乗った。

義胤の馬を射止めたので、城兵は首を討とうと押し出してきた。

「お屋形様をお守りいたせ」

新舘胤治が怒号すると、大浦庄右衛門《しょうえもん》胤清《たねきよ》、二本松国綱《くにつな》、俵口光貞、鈴木掃部左衛門《かもんざえもん》らが義胤の前に身を挺し、鑓で城兵を排除した。

義胤は適当に戦って退くつもりだったが、干戈《かんか》を交えると後に退《ひ》けなくなった。

「続け！」

大手門から入城することを諦めた義胤は、東の搦手《からめて》に向かう。城兵もしっかり備えていたので、義胤が近づくと一斉射撃を見舞う。この玉に当たり、江井《えねい》河内《かわち》胤治《たねはる》が戦死した。このままでは、ただ鉄砲の的にされるだけで入城はできそうにもない。

（この辺りでよかろうか）

退却命令を出そうとした時、大越顕光の義弟の大越甲斐守が義胤に近づいた。

「相馬殿の入城を邪魔致すは田村月齋、橋本刑部。かくなる上は城下にある彼奴らの屋敷に押し寄せて、妻子を質《しち》に取れば、手向かいする者はいなくなるかと存じます」

「難儀とは申せ、女、童を質に取って戦うは武門の名折れ。こたびは運に任せて退く」

義胤は撤退命令を出して、東へ兵を退いた。

相馬の駿馬は足が速く、すぐに田村家臣は諦めたので、追撃では一人も負傷する者はいなかった。義胤らは三春城から道なりに二里（約八キロ）ほど東の船引城に入城した。

「ご無事でなにより」

田村清康と青田常治が出迎えた。城には相馬勢が百十余と田村勢は五十余。

「敵が仕寄るかもしれぬ。城の守りを厳重にせよ」

帰城早々、義胤は指示を出した。

「おそらく、月齋らは、我らを敗走させたと吹聴しておりましょう。よって我らに与していた者も敵に廻るやもしれません。一息吐いたのちは退くがよいかと存じます」

新舘胤治が義胤に勧める。

「相馬が夜逃げしたとあっては先祖の名をも汚すことになる。まずは体を休めよ」

まずは気概を示すことが大事。義胤は剛毅に命じた。

翌十三日の朝、佐藤六が義胤の許に罷り越した。

「昨日、伊達の遣いが大越城を訪れ、内応を誘いましたが、大越殿は拒否されました」

「左様か」

鷹揚に義胤は頷くが、心中は穏やかではない。万が一、大越顕光が寝返れば船引城は南北から挟撃される。ひとまずは安堵するものの、安心してはいられなかった。

同じ日、伊達勢は築山舘を攻めた。城に在する岡田直胤らは、矢玉を放って追い返した。それでもこの日、相馬家臣の大甕《おおみか》與《よ》五《ご》右《え》衛門《もん》らが討死している。

報せは船引城に在する義胤にも届けられた。

「明日は、この城に伊達勢が来るに違いない」

末端の兵たちは脅えて騒ぎたてた。

「騒ぐな。数だけの伊達など敵にはあらず。仕寄ってくれば、首を討てる好機ではないか。政宗の首を討った者には、思いどおりの恩賞を与えようぞ」

義胤が気炎を吐くと、家臣たちの不安そうな表情も幾分収まったようである。

それでも一日経つと、再び家臣たちは心細そうな面持ちをしはじめた。

「城から出ても政宗に隙《すき》を衝かれて押し掛けられては勝ち目はない。されば当城に籠って討ち死にするまでじゃ。そちたちも、ここを死地と定めるがよい」

戦は大将の気概が勝敗を左右する。義胤は覚悟を示した。

「畏れながら、かような時に意地を立てても詮無《せんな》きこと。まずは所々に分散させた兵を、なんとか退かせるべきかと存じます。政宗が多勢にて仕寄ってきても、相馬の者どもは進退極まったと見れば、皆生死を顧みずに戦いますゆえ、敵の屍《しかばね》は山となりましょう。このことは代々我らは示してまいりました。敵も熟知しておりましょう」

あとから合流した泉田雪齋が主張し、さらに続けた。

「この城は、低い地の城ゆえ籠城には向いておりませぬゆえ、早うご帰城なされますよう。この城には某が残り、敵を引き付けて討ち死に致しましょう」

義胤の心中をよく知る泉田雪齋であった。脅えて逃げたのでは追撃を受ける。威風堂々、兵を退くことが犠牲を細小にする術である。

「雪齋殿の申すとおり。戦うならば細い山道でも城の外こそ相馬の力が発揮できます」

泉田雪齋の言葉に新舘胤治らも同意した。

「左様か、そちたちが城の外で戦いたいと申すならば、この城を出るとしよう」

仕方ないといった口調で義胤は言うが、心中は胸を撫で下ろしていた。

「そちには、この兜を預ける。矢玉も弾こうぞ」

義胤は漆黒の兜を泉田雪齋に預けた。さすがに朱漆塗六十二間筋兜ではなかった。

「お屋形様の兜を預けられるならば、儂が残ると申せばよかった」

新舘胤治が悔しがる。

「なんの、まだ具足が残ってござる」

俵口光貞が告げる。

「そちたちは、儂から身ぐるみ剝ぐ気か」

「お屋形様は譬《たと》え褌《ふんどし》一つでも、掠《かす》り瑕を負わせず、ご帰城させます」

笑顔で新舘胤治は言う。士気を高めるには十分な泉田雪齋の申し出であった。

義胤は雪齋以下十名ほどを田村勢五十余が在する船引城に残すことを決めた。

「頼むぞ」

泉田雪齋を労《ねぎら》い、義胤は旌旗《せいき》を高々と掲げ、隊列を整えて堂々と船引城を発った。

政宗は田村家臣に相馬勢を討たせるため、進んで忠節に励む者には倍の知行を与えると告げた。これにより、中立だった鹿山兵部《かやまひょうぶ》季秀《すえひで》らが政宗の言葉に靡きはじめた。

鹿山季秀は船引城から一里ほど北東に位置する鹿山城主であった。この頃、義胤の出陣に応じて岩城常隆は栗出《くりいで》、門沢《かどさわ》（双六《すごろく》）の城を攻めていた。季秀は同朋の門沢《かどさわ》左馬之《さまの》助《すけ》を助けるため、栗出城に向かっている時、義胤が帰行の困難に直面していることを知った。義胤を討てば知行は倍どころか、さらに増えるかもしれない。季秀は急遽引き返し、鹿山城に入って義胤一行が接近するのを待っていた。

「鹿山兵部殿、この先の居城に引き返してございます」

のちに都路街道と言われる道を東進している最中、佐藤六が義胤に告げた。

「なに、鹿山兵部は当家の者と縁《えん》故《こ》ではないのか」

義胤は表情を険しくした。鹿山季秀は相馬家臣・掘越自閑《じかん》（清高《きよたか》）の娘婿なので、義胤は敵対しないという認識でいた。

「鹿山に後れはとりませぬが、隘路《あいろ》で仕寄られ、足留めされるのは厄介。某が説いてまいります。万が一の時は鹿山兵部と刺し違えますゆえ、その時はお逃げ下され」

新舘胤治が申し出ると、岡田兵庫助胤景《ひょうごのすけたねかげ》が続く。

「舅殿《しゅうと》一人を行かせては、腰抜けだと蔑まれます。某も参ります」

迷っている暇はない。義胤は応じた。

即座に二人は街道から十町（約一キロ）ほど北に向かい、鹿山城に達すると、城門の外でも馬の嘶きが聞こえた。すぐに出陣できる状態である。

「これは、まこと命を捨てねばなるまい。娘を後家にしたくはない。そちは戻れ」

新舘胤治は言うが、岡田胤景は首を横に振る。

「戻るならば、最初から来てはおりませぬ。刀は取り上げられましょうゆえ、某が楯になります。その隙に舅殿は鹿山兵部の首を折って下され」

「若いそちのほうが俊敏、儂が楯になる。されど、まずは床を舐めても説くが先じゃ」

岡田胤景を諭し、新舘胤治は婿とともに城門を叩いた。

案の定、二人が主殿で鹿山季秀の前に出た時は、二刀とも奪われていた。

挨拶ののち、新舘胤治が口を開く。

「運命は天に任すといえども、今や窮《きゅう》してござる。不幸にして築山を出たものの、進退ここに極まり、道も塞がってござる。されど、義のため、互いに合力致せば、陰徳《いんとく》あるものは陽報《ようほう》を得る、ことになり申そう」

この言葉は「人に知られずに善い行いをすれば、必ずよい報いを受ける」ということ。新舘胤治は続ける。

「ご助力を借りて急難を免れることができれば、この厚恩は決して忘れは致しませぬ」

新舘胤治は両手をつき、身を乗り出すようにして、懇願した。

「我、義をもって政宗に属さず、後族《こうぞく》の孫七郎を立てんと致しておる。されど、困った鳥が網に懸かっておるのを見て放たねば慈者《じしゃ》の心に非《あら》ず。さればお助け致そう」

苦慮の末、鹿山季秀は途中まで道案内を兼ねた義胤の警護を承諾した。季秀は鎌倉幕府・第十四代執権北条高時《しっけんほうじょうたかとき》の次男・相模次郎時行《さがみじろうときゆき》の八代孫《はちだいそん》だという。

相馬勢と鹿山勢を合わせた総勢が百五十余であった。

都路街道を東に進むと、鹿山城から一里ほど東に石沢修理亮顕常が城将を務める常葉《ときわ》城がある。政宗に与している顕常は義胤らの帰城を妨害しに城を出て、鉄砲を放ってきた。出撃した兵数は五十ほど。

「石沢修理亮は、我が伯母婿ゆえ、お任せ下され」

鹿山季秀は供廻を連れて説得に赴いた。

「そなたは、左様に申すが、伊達の力は強靱。相馬を無傷で素通りさせたら、後日、政宗に敵と見なされる。多少なりとも追い討ちをかけねば政宗の疑いは晴れぬ」

石沢顕常は鹿山季秀の説得には応じなかった。

「多少ではなかろう。石沢は本気で討ちにくるはず。されば、先手を打つのみじゃ」

義胤は石沢顕常の肚裡を読んだ。義胤は石沢勢が待ち受ける陣には向かわず、常葉城に兵を向けた。同城の二ノ丸は大根曲輪《だいこんくるわ》とも呼ばれている。

「かかれーっ！」

馬上の義胤は自ら太刀を抜いて獅子吼《ししく》、先陣を切るように大根曲輪に突撃した。

「喰らえ！」

大音声で叫んだ義胤は、一刀の下に石沢兵を両断して大根曲輪を突っ切っていく。

「お屋形様に続け！」

新舘胤治も怒号して、太刀を振り下ろす。家臣たちも義胤や新舘胤治に倣う。

義胤は大根曲輪の攻略を目的とはしていないので、そのまま北に駆け抜けた。家臣たちも続く。義胤らは西梨次郎右衛門《にしなしじろうえもん》、横田織部《よこたおりべ》、早川軍蔵《ぐんぞう》を切り伏せて抜け出たが、鹿山家臣の鈴木甚右衛門《じんえもん》、菅野雅楽助《かんのうたのすけ》らが討たれ、ほか八人が討死した。

常葉城の西を通る、のちに常葉野川線と呼ばれる山道を北に五十町（約五・五キロ）ほども走ると、中山《なかやま》という地に達し、石沢勢の姿も見えなくなった。

「これより先は御領も近いゆえ、無事に戻れましょう。某はここでお暇致します」

暇乞《いとまご》いをする鹿山季秀の理由は十六歳の嫡子を三春明王《みょうおう》の別当《べっとう》に預けており、別当は政宗に味方する可能性が高いので不安で仕方がない、という。

「ついては我が弟の文九郎《ぶんくろう》を同行させますゆえ、相馬にて召し使われますよう」

義胤を助けたことで、政宗と敵対することになった鹿山季秀の覚悟だった。

「貴殿は武士の鑑《かがみ》。遠慮のう申してきてくれ。これはささやかな感謝の証じゃ」

義胤は太刀を与えて謝意を示した。

太刀を受け取った鹿山季秀は鹿山城に戻って籠城したが、多勢相手にいずれ落城は必至。そこで三春明王の別当に降伏の仲介を依頼し、家臣たちを落とさせた。自身は田村孫七郎の行く末を見守るため、別当の庵《いおり》に潜み、忠義を貫いた。季秀の後孫《こうそん》はのちのちまでも相馬家では忠義の臣として重宝された。

鹿山文九郎を連れた義胤は、岩城領の上川内《かみかわうち》を経由し、井出玄蕃《いでげんば》を案内役とし、五十間社《ごじっけんしゃ》の嶮難《けんなん》を越えて富岡《とみおか》に出た。

（生きて戻れたか）

溜め息を吐いた義胤は、まさに九死に一生を得た心境である。

（田村月斎と橋本刑部め、いずれ素っ首刎ねてくれる。いや、真の敵は政宗か）

安堵した義胤の肚裡には、忿恚の血が沸々と滾《たぎ》って仕方なかった。

伊達勢が本腰を入れたのは閏五月十六日。伊達成実が築山舘を陥落。十七日には片倉景綱が小手森城を攻略。混乱の中、石川光昌ら生き残った兵は逃亡した。

百目木城に在していた石川光昌の父・利顕は、築山舘、小手森城の落城を知り、相馬領に逃げ去った。同城から一里半ほど南西の大倉城に在する田村顕俊は城下を焼き払われて降伏。顕俊は愛姫の一族なので助命された。

石沢城の田村右近大輔は降伏、同城に在していた泉成政らは帰国の途に就いている。

船引城に残った泉田雪斎のほか息子の右近大夫《うこんたいふ》胤清《たねきよ》、岡田與三右衛門《よざえもん》胤政《たねまさ》、藤田紫庵、中村胤高《たねたか》、竹沢某、井戸川八郎左衛門《いどかわはちろうざえもん》ら標葉四十騎を含む総勢四百は十六日から開始された伊達、田村勢の城攻めに耐えて、十八日、追い返した。

敵が囲みを解いたので、泉田雪斎らは船引城を出て帰途に就く。途中で伊達方の石沢修理亮に奇襲を企てられるが、これも排除して無事に帰国した。同城で義胤から預けられた兜は、雪斎に下賜されることになり、泉田家の家宝になったという。

田村麾下で反伊達の気勢を上げているのは大越顕光勢だけになってしまい、田村梅雪斎らは消沈してしまっていた。

南陸奥勢が期待する佐竹義重が六月八日、須賀川城に到着した時の兵は常陸勢二千、赤舘、寺山、白河ら南陸奥の佐竹勢が一千、会津勢が五百の三千五百。これに石川、岩城の後詰が加わっても四千という二年前とは想像もできぬ少数であった。

義胤も参陣するつもりでいたものの、伊具郡で政宗の命令を受けた黒木宗元、中島宗求、佐藤為信、亘理元宗らが策動するので、備えねばならず、参陣できなかった。

佐竹義重は一ヵ月ほど窪田《くぼた》の地で対峙して戦い、伊達家の重臣・伊東重信を討った。義重嫡子の義宣《よしのぶ》が政宗本陣を突き崩そうとした時、佐竹一族の重臣の東義久が、政宗への追撃を止めさせたので、またも政宗は窮地を脱することができた。義久は佐竹義重の正室・小大納言から、政宗にとどめを刺さぬようにと懇願されていたという。

六月下旬、義胤は佐竹・蘆名連合軍を支援するため、兵を派遣して田村宮内少輔《くないのしょう》顕康《あきやす》が在する宇津志《うつし》城を攻撃したが、攻略には至らなかった。

石川昭光、岩城常隆らの勧めで和睦が纏まり、七月二十日、両軍は兵を退いた。寡勢の政宗が、善戦以上の戦いをした戦は、窪田の戦いあるいは郡山合戦と呼ばれている。

報せは義胤に届けられた。

（関白から伊達を討つ御墨付きを得ている佐竹が、彼奴を討てなかったか。いや、討たなかったか。こののち、彼奴はさらなる自信を持ち、我らにも挑んでこようの）

より、劣勢になることを義胤は実感していた。

八月三日、政宗は三春城に足を運び、於北御前を船引城に隠居させ、相馬派の田村梅雪齋らを追放し、亡き清顕の甥の宗顕を名代とした。田村月齋と橋本顕徳を宗顕の補佐役に据えて、伊達家色の強い田村家とした。義胤の田村家介入は大きく後退した。

第三章　三十倍の敵

一

劣勢に立たされている義胤《よしたね》は、岩城常隆《いわきつねたか》、田村梅雪齋《ばいせつさい》、大越顕光《おおごえあきみつ》らと連絡を取り合いながら、田村家からの伊達排除を目指し、同家臣の内応を呼び掛け、領民の煽動《せんどう》などを画策して出陣の機会を窺《うかが》っていた。

拡大する伊達家に対抗する策は、包囲網の結び目を強くした上で主格が積極的な軍事行動を取ることにあるが、佐竹義重《よししげ》は政宗《まさむね》との戦いに疲れたのか、天正十七年（一五八九）正月には家督《かとく》を嫡子《ちゃくし》の義宣《よしのぶ》に譲り、後見の座に就いてしまった。

（もはや佐竹は頼りにならぬか。とすれば自《おの》が才覚で乗り切るしかないの）

五万石に満たぬ相馬家が、五十万石を超える伊達家と四つに組み合って戦うのは至難の業《わざ》。相馬家打倒に全力を注いできたら、家の存亡を覚悟しなければならない。

唯一の救いは政宗の欲深さにある。奥羽制圧という大それた目標を掲げ、邁進していることもあるので、ありし日の信長のごとく、複数の地域に敵を抱え、版図《はんと》の拡大に勤《いそ》しんでいる。相馬家だけに兵を割くわけにはいかないので助かっていた。

（関白の惣無事令《そうぶじれい》は有効なのか？　単なる題目で終わりはせぬのか）

関東には五代約百年もの間、覇を築いた北条家がある。西日本を制覇した秀吉が東に進むには、関白に従わぬ北条家を倒さなければ、奥羽に足を踏み入れることはできない。

人頼みの遠交近攻《えんこうきんこう》は情けないが、義胤の心の拠《よ》り所《どころ》は関白秀吉にあった。

（惣無事令を突きつけて、儂《わし》の鉾先《ほこさき》を鈍らせたのじゃ。責任はとってもらわんとな）

義胤は肚裡《とり》で訴えるが、相馬の地から京・大坂は異国ほども遠い地である。顔を合わせたこともなく、上方から動いていない秀吉を頼りにするのは神頼みに近い。今は反伊達の武将たちと連係して、政宗の力を押さえ込むしかなかった。

惣無事令の発令を受けて以来、義胤は秀吉に駿馬《しゅんめ》を贈り、誼《よしみ》を通じている。相馬領で育てた馬は子馬の頃からよく走らせているので、荷物運びや移動用の馬とは違って実戦向きで、上方の武将には重宝された。取次は富田知信《とみたとものぶ》のほか、秀吉の奉行の中で一番の切れ者と噂される石田治部少輔三成《いしだじぶのしょうみつなり》であった。

四月十八日に政宗は伊具《いぐ》郡・金山《かねやま》城将の中島宗求《むねもと》に対して、安積《あさか》が第一、相馬が第二であると軍事行動の優先順位を示し、今は安積が最も大事なので、相馬を挑発しないようにとも命じていた。

政宗が奥州道中（街道）を南に進む上での障害は須賀川《すかがわ》城の二階堂《にかいどう》氏。これを支援するのは会津の蘆名《あしな》や白河小峰《しらかわこみね》城の結城《ゆうき》氏、大舘《おおだて》城の岩城氏となる。下手に介入して義胤に足をすくわれたくないようだった。

前年、義胤と昵懇《じっこん》にしていた大越顕光は、年が明けると政宗に内応した。怒った岩城常隆は、家臣の北郷刑部《きたごうぎょうぶ》に命じて大越顕光を捕縛《ほばく》させ、大舘に連行する途中の鎌田川原《かまたがわら》で斬首《ざんしゅ》させた。

政宗は大越顕光のみならず、岩城常隆麾下《きか》の竹貫三河守重元《たかぬきみかわのかみしげもと》にも調略の手を伸ばした。重元は応じなかったものの、激怒した常隆は田村麾下・小野の田原谷《たわらい》城を攻め、百人余を討ち取って攻略したのは三月十日。城代の宗方右近《むなかたうこん》は行方知れずとなっている。城を攻略した常隆は意気揚々と大舘に帰城した。

戦果をあげた岩城常隆から出陣要請が届けられた。

「岩城一人に戦わせるわけにはいかぬ。儂には伯母上を三春《みはる》城に戻す義務がある！」

四月中旬、闘志満々の義胤は一千の軍勢を率いて小高《おだか》城を発ち、田村領の西に接する岩井沢《いわいざわ》城に入城した。城主は岩井沢美濃守良定《よしさだ》である。

「常葉《ときわ》城の様子はいかに」

義胤は岩井沢良定に問う。前年、義胤の帰路を阻んだ石沢修理亮顕常《いしざわしゅりのすけあきつね》が城将を務める常葉城である。

「修理亮は内応には応じませぬが、家臣の赤沢《あかざわ》美濃は脈がございます」

岩井沢良定は石沢顕常に仕える相馬旧臣の赤沢美濃を介して調略を行っていた。

「左様か。引き続き内応を呼び掛けよ」

矢玉を放たずに攻略できるならば、それにこしたことはない。義胤は交渉を続けた。

十八日、岩城常隆が小野口《おのぐち》に出陣したという。小野城主は田村梅雪齋の嫡子・清通《きよみち》なので、前進の拠点とすることが窺える。義胤も応じて大越城に入った。

「騒動を最小に抑えたことは祝着至極《しゅうちゃくしごく》」

挨拶の一つとして、義胤は大越甲斐守を労《ねぎら》った。大越顕光が斬られて一番得をしたのが甲斐守である。顕光の背信は甲斐守の謀《はかりごと》ではないかという噂も立っていた。

「貴殿もお疑いでござるか？　某《それがし》に疾《やま》しい心は微塵《みじん》もござらぬ」

「気にすることはない。信念に基づいただけであろう。さればこそ、儂は来城した。こののちも、信じるままに続けられるがよい」

告げると大越甲斐守は安心したような表情をした。

小野城に在する岩城常隆から、義胤に鹿股《かのまた》城を攻撃しようと申し入れてきた。同城は大越城から一里半（約六キロ）ほど南、小野城から一里ほど北に位置する山城である。

何度か使者とのやりとりをして、先陣は岩城勢、後陣が相馬勢と決まった。

四月二十一日、義胤は大越甲斐守を道案内として大越を発ち、神俣《かんまた》城とも呼ばれる鹿股城の北側に達した。

鹿股城は神俣丘陵の東端に隆起する城山（比高《ひこう》二十メートル）に築かれた平山城で、東の眼下を通る三春と小野を結ぶ磐城《いわき》街道を押さえる交通の要衝でもある。城は館《やかた》形式で、東の梵天川《ぼんてんがわ》を防衛線とし、土塁《どるい》が守る小さな城であった。

「城の者どもは、降参するつもりはないのか」

城を見上げながら義胤は問う。

「はい。岩城殿の使者を鉄砲で追い返したようにございます」

先に着陣していた大越一族の備前守が答えた。

「左様か、致《いた》し方ないの。城攻めに備えよ」

義胤は大越甲斐守を先鋒《せんぽう》として城の北に据えた。その後ろには二陣の相馬勢が、今や遅しと義胤の号令を待っている。皆、前年の悔しさを晴らさんと闘志に満ちていた。

城の東から法螺《ほら》が吹かれ、岩城勢が大喊声《だいかんせい》をあげて鹿股城に攻めかかった。攻め口の道が狭いので、一列に並んで攻め上がるしかなく、多勢の有利性を生かしきれない。何度か兵を入れ替えて攻撃するが、城門を破ることができず、岩城勢は兵を退《ひ》いた。

「岩城勢は退いた。我らの番じゃ。かかれーっ！」

床几《しょうぎ》から立ち上がり、鉄の軍配を振って義胤が怒号すると、大越甲斐守は鬨《とき》で応え、弓、鉄砲を前面に出して城に迫った。矢玉を放って大越衆は前進を繰り返すが、城兵は固く城門を守り、城の外には出ずに応戦する。大越勢には負傷者が続出した。

「ええい、なにをしておるか。まごまごしてると陽が暮れようぞ」

憤《いきどお》る義胤は床几を蹴り、駿馬に飛び乗った。

「お待ち下され。お屋形様御自《おんみずか》らとは恐れ多し。我らにお任せあれ」

水谷《みずがい》胤重《たねしげ》らの重臣が止めるが、義胤は聞かない。

「儂に戦わせたくなければ、そちたちが城を落とせ」

言うや義胤は鐙《あぶみ》を蹴り、狭い山道を駆け上がる。誰よりも馬の扱いが巧みな義胤だけに、家臣たちが付いていくことができず、水谷胤重は背後から引き攣《つ》った顔で絶叫する。

「お屋形様に遅れるな！　お屋形様より先に突き入れ！」

水谷胤重の大音声《だいおんじょう》に応え、相馬勢は大越兵を押し退《の》けるように山道を疾駆《しっく》する。

家臣たちの気概《きがい》を感じた義胤は途中で馬足を止めた。

「儂はここを退かん。一歩でも敵のほうに押し立てよ」

義胤が山に響く声で下知を飛ばすと、手土《てど》清利《きよとし》、早川房清《ふさきよ》らは、鑓《やり》を手に我先にと城に群がり、やがて城内に突入。勇猛果敢に戦う相馬勢は、次々に城兵を討ち取っていた。

相馬勢の活躍を見た岩城勢は、初攻の甘さを後悔して再度、攻撃をしかけた。竹貫重元が先陣を切り、六百人が一丸となると、城内は壊乱した。

相馬、岩城勢は、三ノ丸、二ノ丸を相次いで落とし、あとは本丸のみというところで、城代の鹿股《かのまた》久四郎《きゅうしろう》、福原狐月斎《こげつさい》は降伏を申し出た。

「こののちのためにも、踏み潰すがよい」

田村家に恨みを持つ義胤は、降伏の受諾に反対だ。

「いや、助けて三春城に送り込み、政宗が見捨てたと触れさせるほうがのちのため」

岩城常隆は、これ以上の犠牲を出さずに周囲の制圧をしたいようだった。

「承知」

義胤は降伏を認め、岩城勢とともに鹿股城を受け取った。

鹿股久四郎、福原狐月齋らは城を明け渡して三春城に退いていった。

同じ日、まだ政宗は鹿股城の陥落を知りはしないが、義胤が田村郡に兵を進めたことは摑んでいた。政宗は金山城将の中島宗求に対し、相馬領を牽制させた。

翌二十二日、政宗は米沢《よねざわ》を発ち、大森《おおもり》城に入った。

鹿股城を落とした義胤は、戦後処理を岩城勢に任せて大越城に戻り、兵に休息を取らせながら、常葉城の攻略に目を向けた。

「こたびこそは落としてくれる」

五月に入り、義胤は常葉城に迫った。同城は館山（比高約七十メートル）に築かれた山城で、高い土塁と、深い堀切に守られていた。

（昨年は、ようもこの城を突っ切ることができたの。尻に火がついていたからか）

東から常葉城を見上げ、義胤は自らの行動に感心していた。逆に反省したのは石沢顕常であろう、西から城郭の狭間を横断されたので、切り通しを急にし、逆茂木《さかもぎ》が備えられていた。城に籠《こも》る兵は領民を含めた三百ほどであった。

義胤は一千の兵で囲み、降伏勧告を行うが、石沢顕常は拒否した。

「今のところ、後詰《ごづめ》は見当たりませんが、城にはかなりの兵が入ったようです」

水谷胤重が義胤に報告をする。

この時、三春城の田村宗顕は橋本顕徳《あきのり》、田村月斎《げっさい》ら五百を援軍として派遣した。

「左様か。鹿股城陥落の効果はないか。赤沢美濃はいかがした？」

「内応を疑われておるのか、連絡が取れておりませぬ」

「さして期待していたわけでもない。百姓、坊主に至るまで城への出入りをさせるな」

義胤は兵糧《ひょうろう》攻めをすることにした。五月の中旬には佐竹親子が出陣すると伝えられている。義胤は三度目の正直に懸けている。それまで兵を温存しながら常葉城を落とし、後顧《こうこ》の憂《うれ》いを絶った上で政宗との決戦に挑むつもりだ。

その政宗も、佐竹勢の出陣が近いという情報を摑んでいた。蘆名家に寄食していた片《かた》平親綱《ひらちかつな》が仕官替えしたこともあり、政宗は決戦前に目障《めざわ》りな拠点を叩くために出陣し、蘆名方の安子嶋《あこがしま》、高玉《たかたま》城を陥落させ、七日には大森城に帰城していた。

相馬勢が常葉城を囲んでいると、蘆沢《あしざわ》城の兵が西から仕掛けてくるようになった。同城は船引《ふねひき》城から一里ほど南西に位置する山城で、磐城街道を押さえる要衝である。

政宗の支援を受けてのことであろう、城の奪回を求めて鹿股城にも矢玉を放ってきた。

「追い払っても、元を絶たねば埒《らち》が明かぬ」

岩城常隆の思案も同じ。呼び掛けに応じ、義胤は兵の半数を常葉城に残し、岩城勢とともに蘆沢城を包囲した。口を切ったのは先と、ここでも岩城勢が先陣となった。

蘆沢城は北の磐城街道を見下ろす丘陵の末端の城丘（比高二十メートル）に築かれていた。岩城勢は蓬田《よもぎだ》隠岐守《おきのかみ》ら奥山衆を先鋒として攻めかかる。義胤は東の麓《ふもと》にいた。

それほど堅固《けんご》ではないので、四半刻《しはんとき》（約三十分）とせずに奥山衆は虎口《こぐち》に迫る。その中に、相馬家を勘当された山野新三郎《やまのしんざぶろう》が紛《まぎ》れていた。新三郎は誰よりも先に虎口に取り付き、敵の首を打ち取った。

「新三郎め、奥山衆に陣借りしておったのか。赦免《しゃめん》してやるゆえ、まいらせよ」

蘆沢城は一刻とかからずに陥落。相馬勢は一発の矢玉も放たなかった。

城攻めが終わり、山野新三郎は義胤の前に跪《ひざまず》き、討った首を差し出した。

「新三郎、よき働きじゃ。勘当は破棄するゆえ帰参して奉公いたせ」

「あ、有り難き仕合わせに存じます……」

日々の憂えが晴れ、山野新三郎は咽《むせ》び泣きながら礼を口にした。

「あとは常葉城じゃな」

常葉城を落とすことができれば、相馬、岩城勢は一気に三春城に迫ることができる。

蘆沢城の戦後処理を常隆に任せ、義胤は常葉城の陣に戻った。

義胤が岩城常隆と田村領を攻めていることを知った政宗は、五月十八日、大森城を出立して、その日のうちに伊具郡の金山城に入城。さらに相馬領の駒ケ峰《こまがみね》城を包囲した。

中村城の父・籌山《ちゅうさん》からの遣いが常葉の陣に駆け込んだのは、翌日の夕刻であった。

「申し上げます。駒ケ峰城が伊達に囲まれました。周囲の敵は三千余でございます」

馬を替えて駆け通した使者は、肩で息をしながら伝えた。

「なに！　おのれ伊達め、人の留守を狙いおって！」

悔しがるが、乱世で敵の隙《すき》を突くのは常道。怒りの先は油断した義胤自身であった。

「して、父上はいかに」

「後詰に向かうゆえ、お屋形様には至急、ご帰城するように、と仰せです」

口上から切迫していることが窺える。中村城周辺の兵を掻き集めても三百余。駒ヶ峰城には五十ほどしか在していない。

「委細承知。支度が整い次第に助けに向かう、と父上に伝えよ」

義胤は使者に告げ、休息をとらせた。

「岩井沢ならびに常葉城の様子を明確に報告させよ」

義胤は矢継ぎ早に水谷胤重に命じた。

退却ほど難しいことはない。おそらく常葉城には、政宗が相馬領に兵を進めることは伝えられているであろう。義胤が動けば、即座に追撃してくるはずだ。しかも帰路には相馬方に与《くみ》している岩井沢城があるが、形勢次第ではいつ背信してもおかしくはない。救援に向かうのは容易《たやす》くとも、敵と対峙《たいじ》している陣では簡単にはいかなかった。

「この期に至り、佐藤六《むつ》はなにをしておるのじゃ！　いざという時に役に立たねば話にならぬ。戦功をあげるまで帰参はならぬと申せ」

本音と八つ当たりが半分ずつ。身動きできぬもどかしさに義胤は吐き捨てた。

常葉城、岩井沢城の状況は刻とともに届けられた。どちらも変わりないという。

「朝一で常葉城に仕寄《しよ》ったのちに陣を畳む。城への先陣は岡田右衛門大夫《おかだうえもんたいふ》（清胤《きよたね》）。陣には岩井沢の者も加えよ。殿《しんがり》は次右衛門《じえもん》（門馬経重《もんまつねしげ》）とする」

夜中であるが義胤は重臣たちを集めて伝えた。岩井沢衆を先陣に加えれば、互いに憎しみがつのり、連係して相馬勢を挟撃しにくくなるであろうと思案してのことである。

「畏《おそ》れながら、退くならば、敵の動きのない、今のうちがよいのではないですか」

水谷胤重が進言した。

「相馬の当主が、夜逃げのような真似ができるか」

義胤の自尊心が許さなかった。

翌日、夜明けとともに義胤は軍配を振り下ろした。途端に法螺が吹かれ、戦鼓《せんこ》、陣鉦《じんがね》が鳴り響き、軍勢は常葉城に殺到した。追撃できぬほどの打撃を与えるためには、落城させるほどの勢いで攻めなければならない。寄手《よせて》は竹束《たけたば》を手に振り注ぐ矢玉を恐れずに攻撃するが、城方は攻め口に弓、鉄砲を集めるので、昨年のようにはいかない。義胤は兵を入れ替えて前進させるが、城門にとりつくこともできなかった。

相馬勢が疲労した兵を後退させると、城兵はその隙を突いて城外に打って出て混乱させる。相馬勢の態勢が整うと、潮が引くように城内に引き上げる。これまでにはない戦い方だ。やはり城将の石沢顕常には、政宗の相馬領攻めが伝わっているようだった。

「申し上げます。岩井沢定元《さだもと》殿、鉄砲に当たり、討ち死に致しました」

使番が戻り、義胤に報せた。岩井沢定元は岩井沢城将・良定の次男であった。

「なんと！」

岩井沢衆は参陣するだけで十分だった。これでは義胤が岩井沢衆の恨みを買う。

「おのれ、馬曳け！」

騎乗して城に向かうと、夥しい矢玉が浴びせられる。遮るものがないので、とても近づけたものではない。義胤の朱漆塗萌葱糸威五枚胴具足は有名なので、撃ち倒したともなれば、恩賞は思いのまま。弓、鉄砲を手にする者は、逃すまいと狙いを定めた。

「前とは違った戦いぶり。伊達からの支援もあったようじゃな」

義胤は歯噛みして悔しがる。密かに鉄砲、弾薬が運び込まれていたようである。

（くそっ、常道どおりであるが、こたびは失態であったか）

体面にこだわった失敗とは義胤は思わない。退き陣の常識に従っただけに過ぎないが、蟻が蟻地獄に嵌まっていくような気もする。とはいえ、退けば熾烈な追撃を受けて多くの犠牲を出すので、とても援軍に向かうどころではなくなる。

（このままでは退けぬ。城兵はそう多くない。今暫くの辛抱じゃ）

兵を入れ替えて攻撃を繰り返させるが、城方は兵の押し引きを続ける。まるで、相馬勢を城に釘づけにしろという命令が出されているかのようであった。

退くどころか、攻めあぐねて陽が落ちた。ほどなく朝方発った使者が舞い戻った。

「申し上げます。駒ヶ峰城は伊達に落とされたとのことにございます」

使者が常葉城から九里ほど西の新山の前の前田川に達した時、籬山からの遣いと遭遇し、報せを聞いたという。

前日の十九日、駒ヶ峰城代の藤崎久長《ふじさきひさなが》は寡勢の城兵と奮戦するものの、中村城の簞山の援軍も間に合わず、内応者も出て降伏を余儀なくされ、簞山の陣に落ちた。

「駒ヶ峰城が落ちたか」

体の芯《しん》から絞り出すような声で義胤は洩らした。

「致し方ございませぬ。我らは傍観していたにはあらず。休みなく仕寄りました」

水谷胤重が慰《なぐさ》めの言葉をかけるが、義胤には虚無と屈辱でしかなかった。

「畏れながら、某、殿の役を賜りました。いつにても、果たす所存にございます」

門馬経重が申し出る。勿論、義胤には遠廻しに退却を勧めていることは判っている。

（彼奴《きゃつ》〔政宗〕のこと、駒ヶ峰城を得ただけで満足すまい。おそらくは、ほかの城にも迫るはず。されど、佐竹が出陣を決めた以上、我が所領で、そう長居もできまい）

憤りの中で、義胤は思案を巡らせた。

「そちの忠義も気概も承知しておる。されど、敵が追い討ちを待っている以上、今は退けぬ。城を落とすことに専念するように」

常葉城からの撤退における損害と、逃亡の風評、相馬領を侵《おか》された恥辱と損失を天秤《てんびん》に掛けた。佐竹軍が到着すれば、政宗は多勢を率いて強敵に当たることになる。そうすれば、手薄になった駒ヶ峰城を奪い返すことは難しくない。義胤は在陣を選択した。

その晩、夜襲をかけたが、警戒されていたので、成功には至らなかった。

義胤が常葉城に足を取られている最中の五月二十一日、政宗は駒ヶ峰城から半里ほど北の新地《しんち》城とも呼ばれる蓑首《みのくび》城をも落城させた。

この他にも政宗は西の川俣から桜田元親《もとちか》、鬼庭綱元《おににわつなもと》らを相馬領の山中郷《やまなかごう》に侵攻させ、飯土江《いいどえ》（飯樋《いいとい》）と草野《くさの》を制圧させている。

翌日、籌山は供養をするため、討たれた首を貰い受けるために使者を遣わすと、政宗は容赦なく斬り捨てた。さらに、僧侶も血祭りにあげる無道ぶりを示し、いっそう相馬方を激怒させたが、兵の多寡で義胤の帰国を待たねば出陣できる状態にはなかった。

伊達軍による相馬領への侵攻は、一応ここで停止した。佐竹軍が出陣したという情報を得た政宗は、戦後処理を家臣に任せ、二十六日には大森城に凱旋している。これに伴い、鬼庭綱元も草野から退いている。草野への進軍は陽動《ようどう》だったのかもしれない。

二

五月二十七日、佐竹義重・義宣親子は五千の兵とともに須賀川城に到着。すでに蘆名義廣は合流しており、岩城常隆、石川昭光、それに義胤は同城に遣いを送った。

義胤は相変わらず常葉城を攻めていた。佐竹軍の南陸奥出陣で政宗本隊が相馬領から退いたので、義胤は一先《ひとま》ず安堵《あんど》している。

（今少し早ければのう）

歎いてもはじまらない。まずは、目の前の常葉城の攻略に全力を注ぐことにした。須賀川城での評議で、佐竹本隊は三春城の西側・大平《おおだいら》城とその周辺。岩城常隆は三春城の南東から東にかけての門沢《かどさわ》城周辺。義胤は引き続き常葉城。蘆名義廣は三春城の北側・宮森《みやもり》城、小浜《おばま》城を攻めることが決められた。

（儂が直《じか》に会えばよかったか。左様な小城に構っておらず、政宗を叩くが先であろう）

須賀川城には、佐竹、蘆名、二階堂ら一万数千近い軍勢が揃っていた。これに相馬、岩城の軍勢を加えれば兵数だけでも伊達軍を圧倒できるはず。佐竹義重の対応にはもどかしさを感じる。隠居したとはいえ、誰もが義重を真の大将だという認識でいた。

四年前、人取橋《ひととりばし》の戦い前に意見した時、聞き流されているので進言は無駄であろう。

（あとは彼奴次第か。佐竹を前に、いかに動くかの）

今さらながら、佐藤六を勘当したことを義胤は後悔した。

二十八日、反伊達連合軍の諸将は、それぞれの目標に兵を向けた。

一方の政宗は、六月五日、摺上原《すりあげはら》で蘆名軍と激突。

伊達軍は一万三千余、対して蘆名軍は七千。蘆名兵は奮戦するものの、多勢に圧《お》されて敗北。蘆名義廣は金上盛備《かながみもりはる》、佐瀬種常らの重臣を含む多数の死者を出して敗走した。居城の黒川《くろかわ》城に逃れ込んだ時には付き従う家臣は僅か二十六名だったという。

主家を見限った富田氏実《とみたうじざね》、平田舜範《ひらたきよのり》らを加えた伊達軍が黒川城に迫ると離反者は続出。蘆名義廣は居城に籠って最後の一戦を試みようとするが、佐竹家からの付家老の大縄義《おおなわよし》辰《たつ》らに説得され、六月十日の暁、常陸の舞鶴城へ落ちていった。これにより、鎌倉以来続いた大名としての名族・蘆名家は滅亡した。

六月十一日、政宗は無人の黒川城に入城し、居城を米沢から会津に移した。十三日には、米沢から母の保春院《ほしゅんいん》や愛姫《めご》も黒川城に移している。

政宗本隊が会津に向かったこともあり、田村領周辺の反伊達軍は優位に立っていた。

六月七日、佐竹軍は大平城将の大平常伴《つねとも》を討ち、もう一人の城将・田村信栄《のぶひで》を降伏させて城を攻略。信栄は敗残の兵と三春城に退かせた。

九日、岩城常隆らは門沢城を陥落させ、中島宗意《むねもと》を討ち取っている。宮内重清《みやうちしげきよ》らは三春城に退去した。

義胤は常葉城を攻め、外郭と三ノ丸を崩し、二ノ丸と本丸を残すのみというところまで攻めたてたが、そこからが進まない。二ノ丸に攻めかかると多数の弓、鉄砲を浴びせられて落とせない。三春城からの援軍と、伊達家からの武器、弾薬の支援が生きていた。

そんな最中、政宗の黒川入城を知った。

「蘆名は崩壊。佐竹はなにもせず。もはやこれまでじゃな。頼りにならぬ大将に従うわけにはいかぬ。我らは自領を守り、奪われた城を取り戻す」

義胤は岩城常隆に遣いを出し、帰国することにした。六月中旬、門馬経重を殿にして、相馬軍は常葉城を離れた。石沢顕常らに相当の打撃を与えたせいか、さしたる追撃をされなかった。相馬の移動の早さもあるかもしれない。

田村領での戦いが不利だということを知った政宗は、十八日、会津の統治に勤しみながら、伊達成実《しげざね》、白石宗実《むねざね》を三春城に派遣。二十三日には原田宗時《むねとき》、大内廉也斎《れんやさい》（定綱《さだつな》）を安子嶋に備えさせた。それだけで兵は三千近くになる。

岩城常隆も退く前の一当てにと七月三日、橋本顕徳の下枝《しもえだ》城を攻めたのちに兵を返した。この時、激しい追撃を受け、岩城勢は田村清康以下、百四人を討ち取られた。

味方が相次いで帰城したこともあり、会津奪還を画策していた佐竹軍も七月下旬には帰国した。ちょうど、七月四日付で、秀吉から上杉景勝《かげかつ》と佐竹義重宛に政宗討伐令が出されたので、改めて軍勢を建て直すためかもしれない。

南陸奥の半分以上が伊達麾下になったこともあり、佐竹家からの脱却を狙う白河の結城不説斎《ふせっさい》に政宗に帰属を求め、七月二十六日、政宗は本領を安堵している。

伊達家の力は増すばかり。義胤とすれば、もはや他領に拘《こだわ》る場合ではなく、自領を守ることに専念しなければならぬ状況に追い込まれていた。

政宗が会津の仕置きに没頭しているので、中陸奥の亘理《わたり》、伊具郡と奪われた相馬領は手薄になった。小高城に戻った義胤は失地回復の努力を始めた。

六月十八日、まずは桜田元親に占領された飯土江を取り戻すため小高城を発った。中《なか》之郷《のごう》の太田妙見宮《おおたみょうけんぐう》で中村城を出立した弟の隆胤《たかたね》も合流した。

「留守を守れず、面目次第もございませぬ」

隆胤は義胤に頭を下げて詫びる。

「そち一人のせいではない。儂の失態じゃ。それよりまずは敵を追い払うが先決」

義胤は自身に喝を入れ、飯土江に向かった。

五百以上の相馬軍が急行すると、政宗からの支援を受けられなかった桜田元親は抵抗する術《すべ》もなく、這々《ほうほう》の体《てい》で川俣に落ち失せた。まさに鎧袖一触《がいしゅういっしょく》である。

「飯土江は取り戻した。次は駒ヶ峰と蓑首（新地）城じゃ！」

義胤が覇気ある声を発すると、家臣たちは鬨で応えた。

小高に凱旋した義胤は十日ほど軍装を解いた。その間、これまでの戦《いくさ》で活躍した家臣に感状を出し、討死した者の家督相続を決めるなどの細々とした対応に追われた。戦で勝利して版図を広げているならば恩賞を与えられるが、増えるどころか減った現状では家臣を満足させることはできない。最低限の処置であった。

当然、佐竹、岩城、最上らの他家には誇大に戦勝を報せている。

七月上旬、義胤は出陣し、父の籌山や弟の隆胤が待つ中村城に入った。

「援軍に駆けつけることができず、申し訳ございませぬ」

籌山に顔を合わせるや、義胤は頭を下げた。

「当主が詫《わ》びることはない。挽回いたせば、失態も緒戦《しょせん》の躓《つまず》きでしかなくなる。全てはこれからの行動次第。終わりが肝心じゃ」

「ご助言、肝に銘じておきまする」

父の言葉に義胤は、より闘志が漲《みなぎ》った。

時を同じくして岩城家臣の神谷与一左衛門《かべやよいちざえもん》、大須賀織部《おおすがおりべ》、富岡隆宗《たかむね》ら三人を含む騎馬七十、歩兵四百三十が到着した。先の出陣に対する常隆の返礼であった。

加勢を得た義胤は相馬軍一千と岩城勢五百を従えて中村城を出立した。

義胤は駒ヶ峰と蓑首城への押さえに岩城勢を置くと、自身は相馬軍を率いて海岸線を北に進んだ。まずは蓑首城から半里少々東に位置する相馬領の釣師《つるし》の浜から、四里半ほど北の亘理領となる荒浜《あらはま》に至るまでを荒し、放火と略奪を行った。自領を荒すのは気が引けるものの、先の伊達軍の相馬侵攻に際し、嫌々ながらも釣師の者は伊達勢に味方した。義胤としては決して許せるものではなかった。

釣師ならびに亘理の海岸線の家から奪い取った宝や家財は馬と船で相馬領の原釜《はらがま》湊に運ばせた。古今東西、略奪を許すと兵は狂気して強兵になる。これまで義胤は、あまり略奪、狼藉《ろうぜき》は許さなかった。新たな領主となるにあたり、領民を恐怖だけでは支配できないからであるが、このたびは報復なので、存分にやらせた。

亘理領の荒浜近くに達した時、亘理元庵斎《げんあんさい》（元宗《もとむね》）・重宗《しげむね》父子は、相馬軍を打ち払うため、一里ほど西の亘理城を出立した。

相馬軍が荒浜の南に位置する鳥ノ海という東西約十六町半（約一・八キロ）、南北約八町少々の入江に達した時、亘理軍と遭遇した。

義胤は北側、籌山は南側に陣を構えた。

「敵は憎っくき亘理親子じゃ。存分に討ち取って先の恨みを晴らせ」

馬上の義胤は怒号し、鉄の軍配を振り下ろした。亘理父子は相馬家と同族の千葉氏であり、義胤とは親戚にも拘《かかわ》らず、伊達家に付いて、再三にわたって相馬領を侵した。とても許せるものではない。義胤は失地の回復とともども討ち取るつもりである。

野戦で敵と戦うのは久々の相馬軍。鉄砲の数では劣るものの、駿馬を駆って敵の横に廻り込む。特に川中での移動と馬の扱いは日本一と言っても過言ではない。相馬の騎馬武者は、馬上からの弓で圧倒し、亘理軍を壊乱にした。

一番首を取ったのは岡田小五郎胤勝《おかだこごろうたねかつ》で、敵を鐙川《あぶみがわ》の中に追い込んで仕留め、首を刎《は》ねた。胤勝は珍阿弥《ちんあみ》という籌山お気に入りの茶坊主を斬って勘当の身であったが、戦功を立てて赦免してもらう思惑であった。

岡田胤勝は喜び勇んで籌山の許に首を届けようと川中から上がった時、多勢に囲まれて討たれた。胤勝の後は次男の豊後胤清《ぶんごたねきよ》が継いでいる。

佐藤伊勢好信《いせよしのぶ》の四男・弥兵衛信成《やべえのぶなり》は不治の病を患《わずら》って静養していたが、よい死に場所を見つけたと喜んで参陣した。視力が衰える中、信成は数多《あまた》の敵を斬り捨て、負傷させた者は数知れずという奮戦の中、遂に討死を遂げた。信成は相馬家を裏切って伊達麾下となった小齋《こさい》城主の佐藤為信《ためのぶ》の弟でもあった。

亘理元庵齋の足軽大将・鷲足掃部《わしたりかもん》が前線で指揮を執っていた。これを見た荒縫殿之助《あらぬいのすけ》秀村《ひでむら》は、よき敵と巡り会ったと、鷲足掃部に太刀《たち》で斬りかかり、脳天を割って馬から引き落とし、首を刎ねた。

荒一族の荒実高《さねたか》は、強弓《ごうきゅう》を引く剛勇で、瞬《また》く間に七騎馬を射貫いて功名を立てた。先に義胤に勘当された佐藤六は、身軽さを生かして背後から騎馬武者に飛びつき、二人を討ち取った。二つの首を刎ねた佐藤六は、首一つを下げて篝山の前に罷《まか》り出た。

「これは帰参を訴えるためのものか？　その懐《ふところ》に入っているものはなんじゃ？」

篝山は笑みを湛える佐藤六に問う。

「首一つでお許しが出なければ、もう一つを掛け替えるつもりでした」

佐藤六は笑みを浮かべながら答えた。

「一つは訴えのため。もう一つが忠勤のためと致そう。義胤はすぐに許さぬかもしれぬゆえ、暫し儂に仕えておれ。時を見て申すとしよう」

告げた篝山は佐藤六の帰参を許し、翌朝、麻布二反を与えた。

戦は相馬軍が圧倒し、亘理軍は敗走した。

「追え！　逃すな！　亘理親子の首を討て！　彼奴らを討てば、城一つ与えるぞ」

馬上の義胤は大音声で叫び、自ら駿馬を駆って亘理軍を追った。

亘理城まで十町（約一キロ）というところで、使番が戻り、義胤の前に跪いた。

「申し上げます。亘理の御前《ごぜん》様が出迎えられました」

「於光《おこう》が？」

かつて於光と呼ばれていた光姫は義胤の実妹で、亘理重宗に嫁《とつ》いでいた。

意外な使番の言葉に、義胤は首を捻《ひね》る。戦の最中に城を出るとすれば、落城に際して女子《おなご》を実家に戻す時ぐらいしかない。だが、まだ城を囲んでもいなかった。

「案内致せ」

疑念を持ちながら、義胤は亘理御前が待つ地にと馬足を進めた。御前のお陰で相馬の軍勢は足留めされている。義胤は憤るばかりだ。海岸からの一本道を西に進むと小川の手前で相馬軍を遮るように十数人の亘理兵がいた。勿論《もちろん》、その寡勢《かせい》を恐れて相馬軍が足を止めたわけではない。亘理御前に怪我をさせぬためである。

（光め、夫の窮地を救うために身を挺《てい》したのか）

妹の行動を理解した時、道の南側に塗輿《ぬりごし》が目にできた。その横に床几が置かれ、柿色の着物を羽織った女子が楚々《そそ》と座していた。十数年ぶりに会う妹であった。

「これは、よう願いを叶《かな》えて戴《いただ》きました。お久しゅうございます」

床几から立ち上がり、亘理御前は義胤に頭を下げた。御前は重宗との間に二男二女をもうけている。嫡子の長松丸《ちょうしょうまる》（のちの定宗《さだむね》）は十二歳。夫婦仲は極めて良かった。

「女子の出る幕ではない。そちは相馬の女子であること忘れたのか」

下馬した義胤は、用意された床几にどっかりと座わり、吐き捨てた。

「忘れるわけはありませぬ。政略で亘理に嫁ぎました。それゆえ、両家が立ち行くよう振る舞っております。わたしは今でも相馬の女です」

気丈に亘理御前は言い返し、改めて床几に腰を下ろした。

「相馬の女ならば、出しゃばるな。亘理は儂の留守を衝いて相馬領に兵を進め、駒ヶ峰、蓑首城を奪う先鋒を務めた。左様な輩《やから》を儂が許すと思うてか」

「留守になさったのは兄上の失態。我が夫のせいにするのは筋違いでございましょう」

もともと気の強い女子ではあったが、母になってなおさら強くなったようである。さらに実の兄妹という間柄でもあるせいか、まったく遠慮はなかった。

「なに！　これは、そちの思案か、それとも重宗の下知か」

「勿論、わたしの一存です。今頃、城内では、なにかと騒いでおりましょう」

楽しげに亘理御前は言う。

「そちの夫は女子に助けられて満足か？」

「面目よりも生き残ることこそ大事。よくやったと褒《ほ》めてくれるやもしれませぬ」

「つまらん女になったの。また、妻に助けられるとは重宗も情けない」

妹の切り返しの巧みさにも怒りが重なり、義胤の忿恚《ふんい》は亘理重宗に向く。

「我が夫は伊達の一部将。兄上が相馬の当主ならば、伊達の当主の首を狙いなされ」

「なに！　よう、申した。政宗の前に、そちの夫を討ち、米沢に向かおうぞ」

唾《つば》を飛ばして言い放った時、籌山が訪れた。

「おおっ、於光よ。久しいの。嫁に行っても美しいままじゃの」

緊張感に欠ける籌山の言葉。一人娘なので、嫁がせてもまだ可愛いようだった。

「父上もご健勝《けんしょう》にて、なによりでございます」

「重宗の命乞いをしにまいったか？　城に逃げる刻《こく》は、十分に稼げたであろう」

娘への盲愛をもっていても、的は外してはいない籌山だ。

「さすが父上。ご慧眼《けいがん》。兄上にも説いてください。夫に命じたのは伊達のお屋形様にて、夫の意思で相馬に兵を向けたのではありませぬ。これだけ亘理領を荒らしたのです、お恨みは晴れたでございましょう。こたびは兵を退いてください」

「難しい懇願じゃの。いかがか？」

籌山は義胤に問う。

「埒もないことを。即座に兵を進めて亘理親子を討ちます」

義胤にとっては無駄な質問である。

「左様なことゆえ、城（駒ヶ峰と蓑首）を失ったのではないですか？　よう状況をご覧あれ。その小川を渡らぬのは、相馬のためでございますぞ」

「此奴《こやつ》、妹とて許せぬ」

義胤は太刀の柄《つか》に手をかけるが、亘理御前に怯《おび》える素振りはなかった。

（確かに、敗走する敵を追って城に突き入っていれば、亘理の城を落とせたであろう。されど、もはや敵は敗残の兵を収めて城の守りを固めておる。城兵はおそらく数百。寄手の我らは一千か。これを囲んで落とすとなれば、相応の手負いと日にちがかかるな）

城攻めは敵の三倍をもって対等とし、五倍をもって優位と言われている。義胤は常葉城での憂鬱《ゆううつ》を思い出した。同じ失敗を繰り返してはならない。

（於光に足を止められた段階で城攻めは困難になった。女子一人に阻まれるとはのう）

悔しいが、亘理御前は正しい。処理できぬのは義胤の意地だけである。

「夫を思う妻の心。健気《けなげ》ではないか。こたびは見逃してやろう。女子の和睦《わぼく》は受けるものじゃ」

義胤が思案していると、籌山が口を挟んだ。

「甘《あま》うござる。敵は女子に追い返されたと嘲《あざけ》りましょうぞ。それに、女子を楯《たて》にする兵などはものの数ではござらぬ。のちのためにも、一気に叩き潰すに限ります」

「亘理の城は居城だけではない。必ず後詰が現れる」

籌山は止めるが、義胤は納得できない。北叟笑《ほくそえ》む政宗の姿が目に浮かぶ。

（おそらく彼奴ならば、妹を蹴散らしても亘理を討ちに仕寄っていたであろうな）

「伊達は伊達、相馬は相馬じゃ」

義胤の心中を察したのか、籌山は慰める。思案のしどころである。

「父上の頼みゆえ、こたびは許してやる。帰ったら重宗に申せ。次は女子の尻に隠れず、外に出て戦えとな。もはや命乞《いのちご》いは聞かぬ」

冷静に考えた上で、義胤は亘理城攻めを止《や》めることにした。

「お伝え致します。これは相馬の女として申し上げます。常に戦うだけが武士の道ではないと、古《いにしえ》の教えにもあるはず。兄上は昔から戦には強うございますが、目先のことに囚《とら》われて周囲が見えぬことがございます。されば短い戦（戦闘）に勝てても、長い戦

（戦争）には勝てぬのではないでしょうか。わたしは両家の繁栄を願っております」

腹立たしいが、政宗との戦いを指摘するかのような亘理御前の言葉である。

「口の減らぬ女子じゃ。とっとと帰って夫の首でも洗っておけ」

「はい。それではお暇《いとま》致します。兄上も父上も、どうかお体を大事になされませ」

深々と頭を下げた亘理御前は輿《こし》に乗り、義胤父子の前を悠々と立ち去った。

「亘理には過ぎた嫁じゃ。他家に嫁がせればよかったのう。彼奴《あやつ》の姫を虎王丸《とらおうまる》に娶《めと》らせるか」

籌山は洩らす。同意できるが、相馬家の当主としては頷《うなず》けない。

「妹にあしらわれ、亘理の娘を相馬の跡継ぎに嫁《め》あわせれば、伊達の軍門に降《くだ》ったのも同じ。天地がひっくり返ってもありえませぬ。勝手なことはなさいませぬよう」

義胤は釘《くぎ》を刺す。籌山は身内に甘く、家臣を贔屓してきたので、伊具郡の金山、小齋の者たちを伊達に走らせた。中村城に在《あ》りながら、駒ヶ峰と蓑首城を簡単に攻略されたのも、籌山が次男の隆胤を甘やかして、警戒心が薄かったことも原因の一つ。祖父の顕《あき》胤《たね》が勇将だったので、籌山が家督を継いだ時、その流れで相馬家最大の版図を持つことができたが、隠居してから中途半端に政《まつりごと》に介入してきたお陰で所領を狭めている。

（父上に遠慮した儂も同罪か。ゆえにこののちは、まことに隠居して戴かなくてはの）

義胤は時機を見て、籌山と隆胤を分けることを思案した。

亘理城攻めこそは避けたものの、野戦を望む義胤はしばし様子を窺っていた。それでも、出撃してくる気配がないので、七月中旬、諦めて兵を返した。

　馬上の義胤の気が晴れない。意気込んで出陣しただけに、手ぶらで帰るわけにはいかない。城一つ落とすぐらいの戦果がなくては今後の士気にも関わる。

「手頃な城はないか」

　帰途の最中、小休止をしている時に義胤は家臣たちに尋ねてみた。

「されば、坂元《さかもと》城ではいかがにございましょう？　坂元なれば、当家の所領から近く、亘理城からは遠いゆえ、後詰はすぐにまいりませぬ」

　一門筆頭の門馬貞経《もんまさだつね》が主張した。

「左様か。されば帰りがけの駄賃といたそう」

　義胤は門馬貞経を先陣とし、二陣は泉成政《いずみなりまさ》、三陣は籌山と義胤、後備《あとぞなえ》を弟の隆胤、右備《みぎぞなえ》を岡田直胤《なおたね》、左備《ひだりぞなえ》を泉田胤清《いずみだたねきよ》と決めた。

　坂元城は山元《やまもと》丘陵の突端（比高約二十メートル）に築かれた平山城で、南西が丘陵への尾根続きで、それ以外は堀に囲まれている。特に北から南半分は深く幅が広い。国境に築かれた坂元城は、相馬家を睨《にら》むために築城されたと言っても過言ではない。

　築城主の坂本俊久《としひさ》は、主君の亘理重宗に従って五月の駒ヶ峰城攻めに参陣したものの、戦死してしまった。坂本一族は俊久の嫡子を幼くして元服させて定俊《さだとし》と名乗らせ、若き城主として支えている。坂本氏は亘理氏と同じ武石氏の出なので、相馬氏とは同じ千葉一族の流れ。義胤としては亘理氏同様、憎らしい一族であった。

七月十八日、相馬軍は坂元城の北西に陣を布《し》いた。

「申し上げます。亘理勢が城を出立したようにございます」

物見が本陣の義胤に報告をする。

「左様か。されば、室原文六郎《むろはらぶんろくろう》（重清《しげきよ》）、中村助右衛門《すけえもん》（隆政《たかまさ》）を浜伝いに進ませよ」

義胤は室原重清らを遊軍とし、十日ほど前に狼藉を働いた地を再び荒らすことを許した。これに怒った亘理軍が、室原らを討ちに鉾先を変えたならば、右備の岡田直胤勢に横腹を突かせるつもりだ。鉄砲頭でもある中村隆政は室原重清の義兄であった。

駒ヶ峰城や蓑首城からの援軍が迫れば、左備の泉田胤清に迎撃させるつもりだったが、亘理軍は相馬の遊軍に目もくれず、坂元城の北東半里の平地に数百の兵を止めた。報せを聞いた義胤は、先陣と後備の兵を入れ替えた。しばし両軍は睨み合う。

「両軍とも時を待っているようじゃが、兵を進めさせよ」

義胤が先陣の門馬貞経に遣いを出すと、門馬勢は鬨を上げて亘理軍に向かう。鉄砲を放ったのち、門馬貞経が末永右京《すえながうきょう》、土橋蔵人《どばしくらんど》らの足軽を前進させると、亘理軍はゆっくりと軍勢を東に後退させる。

数に劣る亘理軍は相馬軍を小高い丘の間にある細道に誘い込んで、身動きできなくなったところを山上の鉄砲衆が釣瓶《つるべ》撃ちにする算段らしい。駿馬を揃える相馬の起動力を削《そ》ぐことこそ勝利というのが、伊達家の戦略であった。

まっ先に察したのは元駒ヶ峰城代の藤崎久長である。久長は陥落された汚名を雪《そそ》ごうと、誰よりも先に北の山上に駆け上がったものの、多数の鉄砲を浴びて落命した。

これを見た四本松吉充《しおのまつよしみつ》と遠藤清信《きよのぶ》が轡《くつわ》を並べて前進すると、亘理軍からは松本大学《だいがく》という騎馬武者が馬上で抜刀して二人に向かう。

松本大学を見た末永右京は恩賞首を他人に渡してはならぬと、間に割り入った。右京は兜《かぶと》の前立《まえだて》を撃ち落とされ、金色《こんじき》の半月は泥に落ちたものの、踏み込んで松本大学の右腕を斬り落とした。大学は敵《かな》わぬと見て逃れた。

相馬軍が左右の丘を制圧しはじめ、亘理親子が圧されているところに門馬貞経が漆黒の逞《たくま》しい馬に乗って肉迫する。

「元庵斎を逃すな！　重宗を討ち取れ！」

門馬貞経の檄に家臣たちは呼応し、亘理親子に向かって殺到する。

支えられないと判断した亘理元庵斎は南に退き、そのまま坂元城に逃れ込んだ。

「逃すな！」

報せを聞いた義胤は即座に騎乗して本陣を飛び出した。

(こたびこそは亘理親子の素っ首刎ねてくれる)

馬鞭《ばべん》を入れる義胤は、これまでの因縁にけりをつけようと、駿馬を駆けに駆けさせたので、後を追う家臣たちが馬で砂塵《さじん》を上げても、追いつけぬほどであった。

義胤が城下に達した時、すでに亘理親子は城内に入り、厚い城門が閉められていた。

「逃げ足だけは早い親子じゃ。人の留守を狙ったことといい、まともに戦えぬのか」

吐き捨てた義胤は大手門の間近に迫った。

「腰抜けめ！　逃げることしかできぬのか。戦えぬならば武士を止めて坊主になれ」

城に向かい、義胤は言い放った。義胤の朱漆塗萌葱糸威五枚胴具足は有名である。義胤は見せつけて敵を誘い出すつもりだ。

「畏れながら、大将にあるまじきことにございます。馬をお返し下さい」

近習の羽咋《はくい》土佐が追いつき、義胤の馬の轡を取って城から離れさせる。

「油断するなよ。敵は儂と見て、打って出るぞ」

指摘した刹那《せつな》、亘理勢は義胤を見つけ、城門を押し開いて出撃してきた。

「返せ！　全兵纏《まと》めて討ち取れ！」

獲物を見つけた餓狼《がろう》のように、鑓を手にした敵兵が我先にと群がってくる。

「左様に死にたくば、纏めてあの世に送ってくれる」

逃げるどころか、義胤は羽咋土佐の手を払い、亘理勢に突き入ると、片手斬りにて敵を斬殺する。大柄の義胤が太刀を振ると、鑓の柄《え》ごと両断するので、受けることはできない。義胤は馬を駆り、輪乗りをしながら大きく振り下ろし、薙《な》ぎ、払い、斬り上げ、突き刺す。義胤が通ると瞬時に鮮血が宙を朱に染める。返り血を浴びるが、元が朱漆塗なので明確には判らない。血の中の鉄分のせいか、あるいは死者の怨念か、遠目には徐々に黒ずんで見えたという。

戦闘を楽しんでいる義胤に対し、羽咋土佐は側で奮闘している最中、遂に穂先に抉《えぐ》られて落命した。義胤が武将の身にありながら、阿修羅《あしゅら》のごとく相手を斬り捨て続けても、城兵にすれば、これ以上ない恩賞第一の首。死を顧みずに突き入ってくる。そのうちに、犀《さい》ノ鼻《はな》という地まで押し返されてしまった。

「戯《たわ》け！　なにを臆《おく》するか！　命を惜しまず名を惜しめ！」

深紅の毘沙門天《びしゃもんてん》と化して、義胤は敵を仕留めている。すでに太刀は多数の刃毀《はこぼれ》ができて鋸《のこぎり》のようになっているので斬れない。腕力に任せて撲殺していた。

義胤の側には杉久右衛門と同七左衛門と足軽が三十余人いるだけになった。その中に十九歳になる泉成政がいた。成政は敵の刃《やいば》を躱《かわ》しながら義胤の横に来た。

「畏れながら、かような時はいかがすればよろしいでしょうか」

「ただ死ね」

「承知致しました」

泉成政は笑みで答えると、体を曝《さら》すようにして敵に向かい、鑓を振った。

一方、金澤胤昌《かなざわたねまさ》は義胤の前を逃げ過ぎようとした。

「ほう、金澤備中は日頃の口とは違うらしい」

「馬に曳かれてまいっただけにござる」

主君に蔑《さげす》まれた金澤胤昌は泉成政を追って敵に突きかかった。

泉成政と金澤胤昌は遮二無二敵を突き立てると、触発された義胤の近習たちもこれに倣《なら》い、殺到する亘理勢を次々に討ち倒していった。敵は相馬勢の強さを恐れて退いていいく。二人はまるで一騎当千《いっきとうせん》の兵《つわもの》のようであった。

義胤主従の奮戦もあり、続々と義胤の許に兵が参集した。

「全兵、鋒矢《ほうし》となって城に向かう。我に続け！」

突撃しようと鋒矢の陣形を取らせていると、近くの丘に敵兵が上り、城に合図を送っていた。これを見た前田源兵衛《まえだげんべえ》は即座に弓で射落とし、太田越後忠治《おおたえちごただはる》が首を討った。弓名人の源兵衛は左利きなので左《さ》源兵衛と呼ばれていた。

義胤近習の二本松国綱《にほんまつくにつな》は糟田内膳《かすだないぜん》を討ち、続けて笠沼藤八郎《かさぬまとうはちろう》を丘から突き落とした。

その後、笠沼藤八郎は添田内膳近家《そえだないぜんちかいえ》に斬られ、橋本三郎右衛門《はしもとさぶろうえもん》に首を討たれた。首は最終的に添田近家に贈られ、三郎右衛門は刀を得たという。

二本松国綱はさらに亘理勢を追おうとしたが、馬が潰れたので、笠沼藤八郎の馬に乗り換えたところ、言うことを聞かないので、それ以上、敵を追うことができなかった。やはり、毎日、愛情を込めて鍛えた馬でないと、実戦では役に立たぬことを実感したという。この国綱は二本松城主・畠山義国の弟の安房守義秀《あわのかみよしひで》（政仲《まさなか》）の嫡子・右馬頭盛国《うまのかみもりくに》の子と言われている。盛国が義国に討たれた時、母が相馬一族の堀内氏だったので、実家を頼って義胤の家臣になったというのが経緯である。

義胤が坂元城を攻めると聞き、草野城代の岡田胤景《たねかげ》が陣中見舞いをしに犀ノ鼻まで来ていた。まさに合戦の最中である。わずかな手勢ながら、胤景は加勢し、馬上の敵を引き降ろして、首を刎ねようとした。

「どうか、哀れと思い、お助け下さい。某は森新右衛門《しんえもん》と申します」

「儂は陣中見舞いに来ただけじゃ。急いで、退け」

岡田胤景は哀れみ、森新右衛門を解放。逃げた新右衛門は途中で引き返した。

「御名をお教えくださいい」

「岡田兵庫《ひょうご》じゃ」

名を聞いた森新右衛門は城内に逃げ込んだ。その後、新右衛門から岡田胤景には、月々の便りや贈物が届けられ、敵対する家どうしながら親類のような親交を続けた。

森新右衛門《えもん》を見逃した岡田胤景であるが、二十四の首を取っている。阿和左近《あわさこん》は笹沼《ささぬま》太郎《たろうざ》左衛門《えもん》を討った。

ちょうど陽も落ちた。亘理勢は敗走して坂元城に逃れ込んだ。義胤は命じる。

「鬨をあげよ」

「えい、えい、おおーっ！　えい、えい、おおーっ！　えい、えい、おおーっ！」

残照で周囲が茜色《あかね》に染まる中、相馬軍の勝鬨が響いた。

この戦いでは義胤と離れた陣で活躍した尾浜備中《おばまびっちゅう》と大浦左月《おおうらさげつ》が戦功第一とされ、義胤から熊皮の羽織が与えられた。

日頃武功を立てる根本源左衛門《ねもとげんざえもん》であるが、この日は賞されなかった。

「こたびは験《しるし》はないのか？」

同僚が問うので、根本源左衛門は不快な表情のまま首を一つ投げた。

「こたびは、この芋頭《いもがしら》のような首一つだけじゃ」

これにより、根本源左衛門は芋頭源左衛門と呼ばれるようになった。

羽咋土佐らのほか、木幡清保《こはたきよやす》、同清正《きよまさ》、草野金九郎《きんくろう》、伏見監物《ふしみけんもつ》、佐藤七郎兵衛《しちろうべえ》、大内胤長《たねなが》、山沢弥左衛門《やまざわやざえもん》らが討死した。

数日、城を包囲して攻撃を仕掛けたが義胤は陥落させることができなかった。

（於光の申したことはまことかもしれぬな）

本陣で坂元城を眺め、義胤は肚裡でもらした。

戦闘で勝っても戦争を戦い続けることができない。城攻めなどではそれが如実に現れている。小国の大名の大きな悩みであった。義胤は言葉尻を濁しながら帰途に就いた。

一寸でも版図を広げたわけではないので、大名家としての利は殆《ほとん》どない。死傷者と略奪品を天秤に掛けた時、果たして益のあった出陣か否《いな》か。

（戦は利だけでするものではなし。時には武威を示すことも大事）

武士の意地を見せ、局地戦の強さを示すことで、今回は満足しようと義胤は自身に言い聞かせた。あとは会津を得た政宗の本格的な侵攻に備えるばかりだ。

九月になり、義胤は駒ヶ峰城と蓑首城を攻めたが攻略には至らなかった。

十月二十六日、伊達軍によって須賀川城は陥落した。二階堂盛義《もりよし》未亡人の大乗院《だいじょういん》は政宗の叔母なので杉目城に移された。この時、無慈悲にも伊達軍は二階堂家菩提所の長禄寺《ちょうろくじ》を焼失させた。新たな支配者として、旧領主の痕跡を抹消したいようだった。

十一月四日には三蘆《みよし》城主の石川昭光、二十七日には大舘城主の岩城常隆が政宗に服属することを誓っている。ともに伊達、佐竹氏と縁続きの両家は勢いのある伊達氏を選んだわけである。これによって南陸奥の大名で政宗に降っていない大名は相馬家だけになった。このことをまだ義胤は知るよしもないが、警戒はしていた。

相馬領と佐竹領を除く南陸奥を麾下に収めた政宗は、南出羽と中陸奥の所領を合わせて百五十万石ほどを掌握したことになるが、会津領の仕置きに追われているせいか、すぐに相馬領へ出陣してこなかった。秀吉への対応を含め、思案しているようだった。

十一月二十六日、代わりに草野城代の泉成政に、内応を呼び掛ける書状を送っている。成政の心が揺れはじめているのは厄介《やっかい》この上なかった。

ほかにも政宗は宇多郷の山上村に住む東海林将監伊重《しょうじしょうげんこれしげ》と叔父の右近重義《うこんしげよし》、荒九郎兵《あらくろうべ》衛《え》・藤四郎《とうしろう》兄弟にも義胤・籌山親子を討つよう調略を仕掛けた。

事は事前に露見し、四人は伊達領に落ちた。籌山は曳地豊後《ひきちぶんご》を東海林伊重、重義の許に遣わし、荒兄弟を討てば帰参を許すと伝えさせた。

東海林の二人は二本松領の猿《さる》ノ鼻《はな》熊井《くまい》で荒九郎兵衛を討ち取るも、弟の藤四郎は逃してしまった。それでも帰参は許された。

義胤は背信を許せず、馬場《ばば》春方《はるかた》・春房《はるふさ》兄弟を差し向けた。馬場兄弟は荒藤四郎の家を探し、寝込みを襲い、見事に主命を果たした。

帰参が許された東海林伊重であるが、扶持を召し上げられたので貧困に絶えられず、最上家に仕官するため幼子《おさなご》を連れて山形に向かった。その途中、荒九郎兵衛の息子の柳《やなぎ》原戸兵衛《はらとべえ》に伊重は討たれた。戸兵衛は黒脛巾《くろはばき》衆になったという。

三

十一月二十四日、関白・豊臣秀吉は遂に北条討伐の軍令を発した。

暮れ近くになり、石田三成からの書状が義胤に届けられた。

「先に書状をお送りしましたが、重ねて啓《もう》し上げます。小田原の北条のこと、来る十二月上旬に出仕する旨の書状を出しておきながら、表裏《ひょうり》をもって御定《おさだめ》に相違し、真田の地を計策をもって盗みました。その上、石巻《いしまき》（康敬《やすまさ》）と申す使者を差し上らせ、御定についての言い訳をあれこれ言上しました。偽りを申し述べたので、使者の首を刎ねるところですが、協議の結果、使者は助けて追い返しました。しかれば、北条父子の一人が罷《まか》り上がっても、御赦免《ごしゃめん》はせずと固く殿下は仰せられました。すでに近隣境目の面々は正月に上洛するように書状が廻され、五畿内は申すに及ばず、四国、九州、山陰、北陸、南海諸国の軍勢は仲春《ちゅうしゅん》（二月）上旬には碓氷《うすい》（上野と信濃の国境）、箱根に向かう書状も出されました。尤《もっと》もこのことは前にも書状にしておりますが、路地の途中で滞《とどこお》ってはならぬと存じ、追って差し上げた次第にございます。御忠節にあることが第一です。慎んで申し上げます。

十一月二十六日　　　三成（花押）

相馬殿御宿所」

使者の口上では二十余万の兵を動員するので、必ず相馬家も参じて秀吉に臣下の礼を取ること。関東・奥両国惣無事令は絶対に厳守することが伝えられた。

「儂が留守にしている間、政宗は当家の駒ヶ峰城と蓑首城を奪った。これは明らかに殿下の惣無事令に違反しておるゆえ、取り戻したとしてもよかろうな」

義胤は使者の大島助兵衛《おおしますけべえ》に問う。

「いかなる理由があろうとも、私戦は禁じられてござる。不服があるならば、小田原に参じて殿下に訴えられよ。某は左様に答えるよう命じられてござる」

さすがに三成、使者にも安易な返答をさせないようにしていた。

「以前、金山宗洗齋《かなやまそうせんさい》殿は領内に押し入った敵は討っても構わぬと申されていたが」

「先のことはいざ知らず、私戦は禁止。所領の裁定は殿下にお任せなされますよう」

頑《かたくな》な大島助兵衛であった。

（北条は、いかほど持ちこたえられようか。佐竹も小田原に参陣するのであろう。その間、政宗は黙っておるまい。とすれば兵を向けてくる。こたびは後手に廻るわけにはいかぬ。奪われた城をそのままにしておれば、儂を見限る家臣が伊達の下に走る。武士の面目に懸けても取り戻さねばならぬ。関白が北条を下す前ならば、なんとかなろうて）

まだ見ぬ関白の大軍を畏怖しつつも、義胤は秀吉を甘く見ていた。遠い天下人《てんかびと》を危惧しつつも、まずは眼前の敵を注視する必要がある。強大になった政宗に単独で対抗するのは難しい。豊臣政権との遠交近攻に期待しながらも、まずは現状の困難を乗り切るのが大事である。義胤は主だった重臣を小高城に集めた。

義胤が主殿の上座に座し、家臣たちは左右に居並んだ。

「来春には二十余万を超える天下の大軍が関東に仕寄る。当家は駒ヶ峰城と蓑首城を取り戻さねばならぬが、敵も固く守り、伊達の後詰もあろう。なにか良き行《てだて》はないか、上下を問わず忌憚《きたん》ない意見を申すように」

家老の水谷胤重が告げると、まっ先に義胤の弟の隆胤が口を開く。

「問答無用、北に位置する蓑首城に備えの兵を置き、残る兵で駒ヶ峰城を落とすべし」

「左様、兵の分散を避ければ、落とせぬ城ではござらぬ」

一門筆頭の門馬貞経も強硬であった。他には伊達を憎む原如雪斎《じょせつさい》や駒ヶ峰城、坂元城の戦いで武功をあげた遠藤采女《うねめ》清信《きよのぶ》も賛同する。

「城攻めは吝《やぶさ》かではござらぬが、惣無事令と申す法度《はっと》の効果はいかに？　子細までは判らぬが、天下の多勢が関東に進むとあらば、無視していいものであろうか」

疑問を呈するのは新舘《にいだて》胤治《たねはる》である。

「左様、関白が伊達の不正を正し、労せず戻るならば、我慢するも行の一つ」

岡田豊後清胤は慎重だった。

「甘い！　自らの手で取り戻してこそ、認められるのが武家というもの」

隆胤は一蹴する。駒ヶ峰城と中村城の距離は一里半ほど。駒ヶ峰城を攻めているうちは中村城を攻められない。居城を攻撃されたくないのが本音かもしれない。

「伊達の兵を排除しても、惣無事令に違反したとして二十余万の多勢に仕寄られては、対抗する術がございませぬ。軽弾みな行動はお家を潰すことになりかねません」

気づかいしながら岡田清胤は告げる。

「されば、どうするのじゃ！　このまま指を咥《くわ》えて見ておれと申すのか！」

「様子を見るためにも、伊達と和睦してはいかがにございましょう」

「できん。それでは両城を伊達の城と認めることになろう」

即座に隆胤は岡田清胤の意見を否定した。

「認めませぬ。和睦して敵の本軍を当家に向けさせず、手薄とあらば、あれこれ理由をつけて奪い返せばよきこと。豊臣の石田殿には、伊達の兵が再三にわたって当領を侵して困ることを訴え続ければ、惣無事令の件は無になるのではないでしょうか」

岡田清胤は隆胤に、というよりも義胤に向かって主張した。

このあたりが落としどころではないでしょうか、と水谷胤重がちらりと義胤を見る。

その後も言い合いは続けられたが、堂々回りが繰り返されるばかりであった。

「皆の率直な意見を聞かせてもらった。尤もである。そこで、我が思案を申す」

義胤が口を開くと、皆の姿勢が伸びた。

「両城を奪い返すことは当然。駒ヶ峰城と蓑首城は相馬の城じゃ。されど、これよりは雪深くもなろうゆえ、簡単にはいかぬ。そこで、豊後（岡田清胤）が申すとおり、伊達と和睦して様子を見る。敵の兵が当家に向くか南に向くか見極めねばならぬゆえの」

方針を告げた義胤は、和睦交渉を強硬派の遠藤清信と伊達を憎む原如雪齋に命じた。この人選で義胤の闘志が家臣に伝わり、家中はひとまず落ち着きを見せた。

さっそく遠藤清信は金山城将の中島宗求と二本松城の伊達成実に和睦を申し出る書状と使者を送った。報せは両城からすぐに黒川城の政宗に届けられた。

この頃の政宗は、相馬領への侵攻を後廻しにして、南陸奥の南郷《なんごう》と呼ばれる南東の地で佐竹家に従う国人衆《こくじんしゅう》を討つ作戦を固めていた。秀吉の関東討伐も伊達家には伝わっているので、局地戦に強い義胤との戦が長引いて、身動きできなくなることは避けたいところ。先に得られるものは得ておくという算段であった。

天正十八年（一五九〇）の一月十日、政宗は、山中郷草野《やまなかごうくさの》の西舘《にしだて》玄蕃頭《げんばのかみ》、今田《いまだ》新蔵人《しんくろうど》、同伝内《でんない》左衛門《ざえもん》に対して内応の手を伸ばした。

報せはすぐに義胤に届けられた。

（やはり彼奴との和睦などはありえん。少しでも隙を見せれば突いてきよる）

改めて義胤は政宗の性根《しょうね》を認識し直した。ただ、それで怒ってばかりではこの策の意味がない。もう少し敵の手を知るために、猫をかぶる必要があった。

義胤の新たな指示を受け、遠藤清信は中島宗求に対し、和睦の証《あかし》として双方で人質の交換をしてはどうかと、申し入れた。

一月十四日、政宗はこれを受け、中島宗求に対して長文で拒否するように命じている。

義胤と政宗が調略等の静かな戦いをする最中の三月一日、関白秀吉は北条討伐をするために、四万の大軍を率いて都を出立。陸海合わせて二十四万を超える軍勢であった。

同月の中旬には義胤にも報せは届けられた。同時に小田原参陣への要請もされた。

（遂に関白が動いたか……今なれば関白も大目に見るであろう。されど、まだ彼奴は会津におるゆえ、儂が仕寄れば伊達の多勢が相馬に向く。できれば彼奴が会津を離れた後にしたいが、彼奴より遅れて参着すれば、関白の心証は極めて悪くなる）

小田原参陣、二城の奪還という二つの大事を前に義胤の心は大きく揺れていた。

深慮する義胤に対し、中村城の隆胤は苛立ち、焦りと恐怖に憑《つ》かれていた。和睦の交渉は家臣のみならず、隠居した籌山にも依頼された。隆胤は蚊屋《かや》の外に立たされていると思い込み、功名をあげて見返してやろうと思うようになった。

隆胤は、伊達家の忍びをそそのかし、小齋城主の佐藤為信、駒ヶ峰城代の黒木宗元、金山城将の中島宗求が往来する情報を報せれば十貫文《かんもん》与える。まずは手付けとして五貫文を与えると、配下の忍びに命じた。

三月十七日、伊達の忍びは、佐藤為信が駒ヶ峰城に来ており、明朝、小齋城に帰城すると隆胤の忍びに伝えた。喜んだ隆胤は伏兵百七十人を潜ませる手配をした。

翌十八日、伊具郡と宇多郡国境の大沢峠《おおさわとうげ》で隆胤の伏兵は発見され、壊乱に陥れられた。

隆胤の身に危険が迫った時、門馬貞経の援軍が到着して隆胤は命拾いをした。隆胤の児《じ》戯《ぎ》な策は、まんまと敵に利用されたことになる。この愚策により、大浦《おおうら》雅楽允《うたのすけ》、草野《くさの》助《すけ》右衛門《えもん》ら多数が討死した。

その日のうちに、報せは小高城に届けられた。

「あの戯け！　逸《はや》りよって。これで彼奴との戦端を開いたではないか」

脇息《きょうそく》を強く叩いて義胤は激怒した。恐れていたことが現実となった。しかも原因を実弟が作るとは、兄として当主として、まさに不徳の致すところ。命令無視は重罪。元来ならば切腹だが、籌山が監督不足であると詫びにきたので、渋々許すことになった。

（儂は甘いのかの。蟄居《ちっきょ》ぐらいはさせるべきか。政宗ならば、果断な罰を与えようか）

伯父や叔母などの親戚衆を容赦なく滅ぼす政宗に聞いてみたい気がした。義胤は激烈な政宗の攻撃を警戒して国境《こっきょう》を固めさせた。

義胤が注視する政宗は、三月下旬、小田原に参陣することに決めた。

籌山に仕えるようになった佐藤六が、四月になって義胤の許を久々に訪れた。

「伊達は近く小田原に向かうとのこと。予定は六日で、出立の支度をしております」

黒脛巾衆どうし、横の繋がりがあるのだろう。佐藤六は満足そうに告げる。

「まことか!?　彼奴が関白に頭を下げにまいるのか！」

義胤は瞠目《どうもく》した。政宗の性格を考えると、にわかには信じられなかった。

（彼奴が参陣するならば、儂も行かずにはいくまい。佐藤六の報せゆえ、誤りはなかろうが、隆胤の時のごとく、偽報を握らされ、儂の留守に雪崩《なだれ》込《こ》んでくる策ならば……）

帰る城を失う愚将の汚名を歴史に刻むことになる。

（報せが真実なれば、彼奴の後詰はないゆえ駒ヶ峰、蓑首両城を取り戻すには好機）

絶好の機会を逃してはならぬと、義胤の欲望が疼《うず》く。

（参陣せねば、相馬は取り潰されようか？　いや、参陣せぬわけではない。城を奪い返したのちに参陣する。彼奴より遅れようとも、取り返したあとで説明すればよかろう）

義胤は肚裡で城攻めの意志を固めた。


政宗は四月六日に出立する予定であったが、再考するためにとりやめた。表向きには母の保春院に毒を盛られて倒れたということにした。保春院は兄の最上義光《よしあき》の命令で伊達家を傾ける政宗を排除し、弟の小次郎《こじろう》を立てるためと言われている。

政宗も惣無事令に違反してることは知っている。伊達家存続のために、毒を呑まされたことにして保春院を実家の山形に帰城させ、小次郎を斬ったと称して逃れさせた。万が一、政宗が小田原で斬られても、伊達の血脈を残す算段である。

四月十五日、後顧の憂いを絶った政宗は百余人を率いて黒川城を発った。

出発してすぐの四月十九日、先に和議を結んだはずの大崎義隆が、政宗の留守を狙って伊達領を侵すという報せが齎《もたら》され、政宗は帰城してしまう。

小高城には、政宗が小田原に向かったという報せだけが届けられた。

「左様か、彼奴が会津を留守にしたか」

これまで政宗には、さんざん留守を衝《つ》かれたので、今度は仕返しをする番である。歓《かん》喜《き》した義胤は、すぐさま陣触れをして中村城に兵を集めた。

四月二十三日、義胤は一千三百の兵を率いて蓑首城に向かった。同城は中村城から二里ほど北に位置する。ちょうど中間に駒ヶ峰城があるので、義胤は隆胤に三百の兵を付けて押さえに置いた。不満の隆胤は先に失態を演じているので、嫌々ながらも従った。

蓑首城は島状に形成された丘陵(比高約三十五・五メートル)上に築かれた山城である。西は丘陵で、周囲に土塁と堀を巡らせ、東は内堀と外堀が二段になっている。

城代の糠田隠岐《ぬかだおき》は、相馬軍の出陣情報を摑み、駒ヶ峰城代の黒木宗元、小斎城将の佐藤為信、坂元城代の後藤美濃に応援を頼み、五百の兵で籠っていた。

義胤が西南の山に布陣して様子を窺うと、糠田隠岐は東の坂下に馬防柵《ばぼうさく》を立て、鉄砲衆を並べて待ち受けた。どこからでもかかってこいと言わんばかりの態度が腹立たしいものの、相馬軍を上廻る鉄砲の数には注意しなければならない。

「戦は鉄砲でするものではなし。儂が効果のほど試してくれる」

豪気に告げた成田伊賀《なりたいが》は馬を駆って陣を飛び出し、迂回して敵の鉄砲衆に向かう。これに室原重清《むろはらしげきよ》も続いた。

成田伊賀が馬防柵際まで一気に乗り入れると、城兵は一斉に引き金を絞った。轟音《ごうおん》とともに周囲は一瞬にして硝煙《しょうえん》で灰色に染まり、伊賀の指物《さしもの》も見えなくなった。

「戯けめ、わざわざ犬死にするために出ていったのか」

皆が吐き捨てた時、煙の中から成田伊賀が戻ってきた。蔑みは歓声に変わった。

「相馬の馬は稲妻よりも速い。敵の鉄砲に当たらぬ。かかれーっ！」

義胤が本陣で鉄の軍配を振ると、相馬の騎馬武者たちは一斉に山を駆け下った。

成田伊賀を追った室原重清が馬防柵に達した時、鉄砲衆は撃ち放った直後で、玉込めをしているところだった。これを見た鉄砲衆は、慌てて城内に退いていった。

猛然と城に迫った相馬勢は急造の馬防柵を押し倒し、北東の虎口に押し寄せた。成田伊賀、岡田胤景、大内信顕《おおうちのぶあき》、室原重清、原近江は虎口の中に乱入し、敵を討ち取った。大和田忠治《おおわだただはる》は鉄砲で股を撃たれ、西内胤安《にしうちたねやす》も顔を撃たれ、前歯を折られたが、玉が頬を貫通して命に別状はなかった。

日頃仲が悪い西山清八郎《にしやませいはちろう》と齋藤善十郎《さいとうぜんじゅうろう》のうち、先に清八郎が虎口で敵の首を取って、善十郎に自慢気に言う。

「今の手柄を見たか？」

「別に珍しいことではない。儂も首ぐらい取ってみせよう」

齋藤善十郎は馬防柵の内側に二、三間《けん》押し込んで首を取って戻り、西山清八郎に見せた。戦場では競争意識が働いて、相馬家には良い効果となった。

鉄砲衆の般若豊後《はんにゃぶんご》は西の虎口で敵の鉄砲に顔を撃たれたものの、口の中に玉を含んでいたので、前歯を折られただけですんだ。すぐに撃ち返して敵を仕留めている。

木幡政綱《こはたまさつな》と柚木新十郎近重《ゆのきしんじゅうろうちかしげ》も西の虎口に肉迫した。

「なに者か、名を名乗れ」

城門の内側から声がかけられたので、二人は各々大音声で名乗りをあげた。

「さては勇敢な者たちよ。今少し近寄って顔を見せよ」

城兵が誘いの声をかけてくる。

「これまで苦労の末に虎口まで寄せたのに、城内には義を知らざる者どもがおるのか。左様な者どもと戯《たわむ》れても詮《せん》無きことじゃ」

柚木近重は誘いには乗らず、蔑んで馬を返した。西の虎口を守っていたのは相馬家を裏切った黒木宗元や佐藤為信らであった。

東の虎口に寄せていた室原重清は西の虎口の門際まで乗り上げたものの、敵が見当たらないので引き返した。十三歳の下浦常清《しもうらつねきよ》は前年、飯土江の戦いで桜田元親を敗走させた時に負傷した下浦重清の嫡子で、このたびが初陣《ういじん》であった。

「上には人がおらぬゆえ、乗り上げてみよ」

室原重清が勧めると下浦常清は門際まで乗り上げた。

「下浦修理《しゅり》はこれまでまいったぞ」

まだ声変わりしていない声で下浦常清が叫ぶが、敵は出てこなかった。

「門前まで乗り上げるとは、さすが下浦の倅《せがれ》じゃ」

高台に戻って目撃した義胤をはじめ、士卒は下浦常清を賞賛した。

夕刻まで攻めたが城を攻略するには至らない。義胤は退き法螺を吹かせた。相馬勢が兵を退く中、虎口の物陰に中村御不断《ごふだん》（鉄砲）衆が三、四人取り残された。

「誰ぞ、あの者どもを退かせよ」

「されば、某がまいります」

義胤の命令に木幡政綱が応じ、馬で走り寄って主君の言葉を伝えた。

御不断衆は走って逃げたので怪我はなかったものの、騎乗する木幡政綱は格好の的。退くところを鉄砲で撃たれて負傷。翌日、中村に戻って命を落とした。ほかには大井《おおい》彦十郎《ひこじゅうろう》・吉十郎《きちじゅうろう》兄弟ら討死、佐藤四郎右衛門《しろうえもん》は深手《ふかで》を負い、帰城後に死去した。

数日、蓑首城を包囲した義胤であるが、敵は初日の激戦に懲《こ》りたのか、出撃してはこず、固く城門を閉ざして迫る寄手を追い払うことに努めていた。

四月末、義胤の足下に佐藤六が跪いた。

「申し上げます。伊達の大将が会津に帰城したようにございます」

「なに！　彼奴が、政宗が、小田原からもう帰国したというのか？」

義胤は我が耳を疑った。いくら政宗とはいえ、敵地を通過して半月で小田原を往復できるはずがない。どんなに早くても倍の一ヵ月はかかるはずである。

「当所《あてど》は定かではありませぬが、途中で引き返したようにございます」

それならば納得はいくが、政宗の帰国理由とすれば、義胤の思案では相馬軍の蓑首城攻撃しか考えられない。実弟の殺害と、大崎氏との和睦の乱れは伝わってはいなかった。

「今一つ、岩城は伊達と和睦したようにございます」

「なんと！」

驚く義胤であるが、頷ける部分もある。この二月、伊達勢が佐竹領の淺川に兵を進めた時、岩城氏は隣領にも拘らず、援軍を出さなかった。

（背に腹は代えられぬか。おそらく、和睦とは名ばかりの降伏であろう。このこと佐竹は知っておるのか？　他人事ではないの。岩城の兵も当家に向くやもしれぬ）

相馬と伊達の和睦はありえない。まごまごしてはいられない。

「彼奴が帰国したとすれば、いつ兵を向けてくるか判らぬ。一旦、帰城致す」

またも攻略できず、憤懣《ふんまん》やるかたない義胤であるが、包囲を解いて帰途に就いた。

四

小高城に帰城した義胤は、政宗に備えて国境を固めた。警戒しているが、まだ政宗の兵は姿を見せない。ともに田植えの時期なので、出兵できないのかもしれない。

一方の政宗は、大崎義隆と改めて和睦を結び直し、家中の動揺を鎮《しず》めることに努めているので、即座に相馬領への出陣は考えていなかった。もう一つ、小田原参陣への遅れに対する言い訳を思案している最中であった。

蓑首城を攻めた義胤への報復は、兵を遣わぬ調略であった。

小斎城主の佐藤為信は草野城代の岡田胤景に対し、「相馬を背いて伊達に帰属すれば、恩賞は望みのまま」と誘いをかけた。

さらに佐藤為信は北郷・千倉館《ちくらだて》の寺内刑部《ぎょうぶ》、宇多郷中村の中野常陸《なかのひたち》にも呼び掛けた。

岡田胤景は思案した。政宗の武威は盛んにして、いずれは天下にも挑むであろう。すでに西は須賀川まで切り取り、岩城をも降伏させた今、相馬は網をかけられた魚のごとし。滅ぶのもそう先ではなかろう。共倒れせぬためには伊達に与するしかない。

「返り忠のこと、承知致した。さればまず政宗殿の証文を戴きたい」

使者として草野城に来た肥田利助《ひだりすけ》に岡田胤景は要求した。

肥田利助は懸田俊宗《かけだとしむね》の家臣で、懸田家滅亡後、父の肥田下総《しもうさ》ともども伊達家に仕官した。利助の弟の次兵衛《じへえ》は岡田胤景に仕えている。

寺内刑部も中野常陸も岡田胤景とほぼ同じ返答をした。

ほどなく三人には所領安堵の書状が届けられた。

政宗の策は、まず寺内刑部が千倉庄《ちくらのしょう》を焼き払えば、間違いなく義胤が出陣するので、伊達の援軍を馬場口《ばばぐち》、野川口《のがわぐち》、対馬口《つしまぐち》の三方面から突撃させ、二手で義胤を挟撃し、一手で小高城を乗っ取ることができる。

中村には片倉、根本、駒ヶ峰の三方面から兵を入れ、籌山が出撃したら、中野常陸が中村城に火を掛け、帰る城がなくなった籌山を三手で討ち取る。政宗は仙道《せんどう》の小手森城《おでもり》に控えているので、報せとともに相馬領に雪崩込み、一気に平定するという。

決行の前夜、岡田胤景は床の中で熟慮した。翌日、胤景らが伊達の多勢を引き入れれば、相馬家は滅亡する。岡田氏も相馬氏と同じ桓武《かんむ》平氏千葉氏流相馬氏の一族。先祖は相馬本家に忠勤を励んできたにも拘らず、末世になって道を誤り、逆意をおこしたと罵《ののし》られるであろう。伊達家に忠節を尽くして一時恩賞を得ても、数代にわたって御恩を受けた主君を討ったと後ろ指を指されては末代までの恥。その上、政宗のような梟雄《きょうゆう》が、譜代でもない胤景をいつまで面倒見てくれるか判らない。事が成就した暁には、背信者は信じられないと滅ぼされる可能性もある。

改心した岡田胤景は夜中に跳ね起き、子細を書に記して、明日、伊達の使者がそちらに来るから捕えて義胤に差し出そう、と寺内刑部に伝えると、寺内は同意した。夜陰であったせいか、中野常陸とはうまく連絡がとれなかった。

翌日、草野城に肥田利助が来たので捕縛した。千倉舘には伊達麾下となっている相馬旧臣の泉田石見《いわみ》が訪れたので捕えられた。

岡田胤景と寺内刑部は敵使を連れて小高城に登城し、全てを告白して謝罪した。

「そちたち二人の忠節には感じ入った。相馬の運命も未だ存し、我ら親子の天運も尽きていない。まことに頼もしい限りじゃ」

義胤は二人を賞し、脇差《わきざし》を与えた。泉田石見は磔《はりつけ》となり、肥田利助は斬首された。

謀が露見し、伊達勢は相馬領を侵すことはなかった。一人、中野常陸だけは謝罪することができず、領地を没収された。命だけは助けたのは義胤の恩情である。

（我が同族にまで手を伸ばしてきおって。しかも際《きわ》までくるとはのう。政宗め）

背筋が寒くなるような政宗の調略である。動員兵力が三十倍以上も違えば、永年の主従関係も古縄《ふるなわ》のごとく切れてしまう。家臣たちは疑心暗鬼にかられた。

家臣たちが動揺していては、とても小田原に参陣などはできない。

（かような時は敵に向かうが一番じゃが、皆が横にいる者を疑えば戦どころではない）

義胤は政宗に真綿で首を締め付けられているような息苦しさを感じていた。

政宗は岡田胤景らへの謀とは別に、五月二日の段階で駒ヶ峰城に泉田《いずみだ》重光《しげみつ》、村田万好《ばんこう》齋《さい》ら数百の兵を後詰として派遣している。

相馬攻めは後廻しにし、できる限りの手を打った政宗は、五月九日、改めて黒川城を出立した。片倉景綱のほか高野親兼《ちかかね》ら他百騎ばかりであった。

義胤の危惧は中村城の隆胤にもあった。弟の隆胤は戦功を欲してやまず、近習たちも阿《あ》諛《ゆ》する者が多く、止めようとする者が少なかった。同城の妙見曲輪《みょうけんくるわ》に住む籌山の諫言《かんげん》も無視する始末であった。

これまで隆胤は十数人の近習を従えて城を出ると駒ヶ峰城下に乱入し、放火をしたり、城代・黒木宗元の家臣を斬り捨てたりしていた。時には城門まで迫ったこともある。これを宗元は苦々しく思っており、いつか討ち取ってやろうと、待ち構えていた。

五月十四日未《ひつじ》ノ刻（午後二時頃）、駒ヶ峰と小豆《あずき》畑の間に敵の伏兵がいるという報せが中村城に届けられた。敵を軽視する隆胤は、三十余人の兵を率いて出立した。

誘い出された隆胤は、用意周到、伊達方の兵に包囲され、奮闘虚しく童生淵《どうしょうぶち》で討死した。享年二十八。相馬一門は皆、馬術が巧みであるが、隆胤は未熟で田の畦《あぜ》から小堀を越えようとして落馬したところを鑓で串刺しにされたという。

加勢に駆けつけた門馬貞経、牛来玄蕃《ごらいげんば》らも落命。後詰に向かった籌山も、敵に待ち伏せられて、多数の者が討死し、僅かな供廻《ともまわり》に支えられ、這々の体で中村城に逃げ込んだ。

童生淵の敗北を知った宇多郷の相馬家臣たちは中村城に集まった。

「返り忠が者の黒木中務（宗元）を討ち取り、隆胤様の弔《とむら》い合戦を致しましょう」

家臣たちは籌山に対して、涙ながらに訴えた。

「そちたちが勇めば黒木中務を討てるであろうが、すでに味方の多くを失い、このままでは相馬は衰退するであろう。政宗は二本松、三春を手に入れ、さてまた昨夏は会津をも取り、須賀川の伯母を攻めた。叔父の石川や白河の結城を麾下にして増河のごとく大身となり武威は盛ん。この上は相馬に取りかかるに違いなし。今、小敵に憤って戦を行い、人を失えば後日は無力となる。ここは鬱憤《うっぷん》を堪え忍び、来《きた》る日、政宗と合戦をして家の安否を決する以外にない」

実の息子を失った悲嘆の中、籌山は、忿恚と悔恨《かいこん》を堪えて皆を宥《なだ》めた。

そこへ伊達家臣の保原伊勢《ほばらいせ》が訪れた。同者は一時、伊達家を追われ、籌山から扶持を受けていたことがある。その後、帰参が叶い、伊達家に仕えていた。

「かつてのご恩を忘れたことはありませせぬ。それゆえ真心をもってお伝え致します」

保原伊勢は偽る心のない旨《むね》を記した誓紙を籌山に差し出して、改まる。

「我が主《あるじ》は相馬を攻める行《てだて》を綿密に立て、支度が整い次第に腰を上げましょう。その時期はそう遠くはありません。今、南陸奥で当家に屈しておらぬのは相馬のみ。年々大身になる伊達に対し、逆に相馬は小勢になっております。一度や二度は防ぐこともできましょうが、ゆくゆくは弱り果てて、やがてはお家は滅びます。左様な憂《う》き目に遭わぬ前に、我が主と和睦して、お家を立て置くよう思案なされるが賢明かと存じます。我が主としても、一度は親戚となった相馬を頼もしく思っておりますので、決して粗略に扱うことはございませぬ。なにとぞご思慮のほどお願い致します」

保原伊勢の意見は尤もなものであった。和睦はあくまでも建前で降伏を意味している。

「深慮の上、返答致そう」

深く飲み込んだ籌山は、先に小高への使者を放ち、追って中村城を発った。

「戯け奴《め》！　あれほど軽弾みなことをするなと釘を刺したに！」

童生淵の敗北の報せを聞き、義胤は手にしていた弓を地に叩きつけて激怒した。

即座に主殿に戻って続報を待った。惨澹《さんたん》たる報せが届く中、凶報を聞きつけて、主だった重臣たちが登城してきた。不安そうに顔をこわばらせる者や、仇討ちを声高に叫び、今にも飛び出していこうとする者までさまざまだった。

唯一の救いは父の籌山は無事らしいということである。

「報復するならば支度もございますゆえ、早いにこしたことはありませぬが」

水谷胤重が問う。

「手薬煉《てぐすね》引いておる敵に仕寄るか。それも一策じゃが、今少しの報せが欲しい」

怒りを堪えながら義胤は言う。すでに中村城に使者を向け、誰かをよこすようにも伝えている。それより早く、中村城からは参陣した者の誰かが報せに来ると思っている。

籌山が出した使者が先に到着し、できる限りの家臣を参集して欲しいと義胤に告げた。

(存亡をかけた大決戦を挑むか、よもや降伏させる気ではなかろうの)

いずれにしても今後の方針を伝えるにはいい機会。義胤は諸城に遣いを放った。

夜になり、続々と家臣たちが登城した。末端の武士も数百が庭に参じた。もっと早く来られたであろうが、ばつが悪いのか、皆が揃ったところで籌山は姿を見せた。

「儂がついていながらすまんの」

主殿の上座の隣に腰を下ろしながら籌山は詫びる。

「ご心中をお察し致します。某も気遣いができず、申し訳ありませぬ」

本来は怒鳴りたいところであるが、家臣たちの手前、義胤は父親を立てた。敗走の様子などは殿となって籌山を逃れさせた木幡経清らから詳しく報告を受けていた。

先に話をしたいと籌山が言うので、義胤は譲った。

「されば、こたび集まってもらったのは他でもない……」

籌山は保原伊勢からの申し出を皆に伝えた。

言いたいことは山ほどあるが、まだ話の途中なので、義胤は堪えて聞いていた。

「儂は伊達との和睦には賛成じゃ。人の世は一代限りじゃが、家は末代のもの。遠祖《えんそ》より代々久しく伝わる家を失う時は、人生の不覚である。家のため、時に従っておれば、良き時節が到来して天運が開けることもあろう。昔も今も例がないわけではない。また、昔より今まで、先代も儂も伊達に後《おく》れを取ったことはない。しかれば武威を恐れるにはあらず。ただ時の不幸によることとなれば、政宗に従うとも恥じることではない。このこと、相馬家の当主はいかに思案致すか」

家臣たちに告げたのち、籌山は義胤に問う。

（なるほど、これが父上の気遣いか）

隠居の籌山が勧めたのならば、当主の義胤としても仕方なく同意したということになり、ささやかな自尊心を守れることになる。義胤には迷惑な話である。

聞きようによっては、愚弄《ぐろう》されたことにもなる。祖父の顕胤と父の籌山には伊達に負けなかったが、義胤は負けた。愚息だから仕方がない、降伏を認めてやる。降伏は義胤がするのだと、家臣たちに言っているような気がしてならない。

（儂がいつ負けた？　同じ城に住む息子の暴走を止められず、敗死に至らしめたのは父上であろう。儂はいずれの戦陣でも、敗走させられたことはない！　少々劣勢に陥ったからといえ、儂の頭には『降伏』などという文字はない。儂は左様な腰抜けではない）

義胤の体に流れる血潮は熱く滾《たぎ》り、叫びたい衝動にかられた。

「父上のお考えは尤もですが、御家の大事ゆえ、皆の意見も聞いてみたいと存ずる」

一応、義胤は籌山の顔を立てた。

「相馬の存亡ゆえ、老若上下に遠慮せず、忌憚ない意見を申すよう」

義胤は家臣に和睦という名の降伏の是非を尋ねたが、誰も口を開かない。皆、忠節を疑われたり、滅亡の引き金を引く汚名を着せられることを避けたいようだった。

「されば我が意見を申す。昔のことはいざ知らず、儂は晴宗《はるむね》、輝宗《てるむね》、政宗の三代と数度の合戦に及んできたが、一度たりとも後れを取ったことはない。逆に輝宗や政宗が後れを取ることは度々見てきた。これは偏《ひとえ》に相馬の名字を汚《けが》さぬためである。宗國院《そうこくいん》（顕胤）様も晴宗との戦いに後れを取ったことがないと承《うけたまわ》っている」

籌山を見ないものの、父上と儂は違うと主張する義胤は、一息吐いて続けた。

「政宗の武威が盛んになったからといって、麾下に属して名を残したところで、なんの甲斐があろうか。政宗は我よりも若年の者である。いかに不運だからとはいえ、政宗に附随するようなことは思いもよらない。昔から在る家でも、時の不祥《ふしょう》によって滅びることもある。また、衰えても興《おこ》せることもある。世間の盛衰は天運の致すところで、武威に長《た》けても敵わぬこともある。この世に誰が盛衰から遁《のが》れられる者がいようか。たとえ家を滅ぼそうとも、政宗に附随せぬことは恥にはあらず。麾下になれば誰に面《おもて》を見せられようか。魔下となって家を残し、相馬の名を汚すよりも、骸《むくろ》を砂礫《されき》に曝《さら》そうとも、名だけは争っても汚すまいぞ！」

張り詰めるような緊迫感の中、声高く強弁した義胤は、改まる。

「父上にいかな御意《おんい》があろうとも、この儀においては承服できません。父上は家を考えて一旦は従って待てと仰せですが、我らには似合わぬこと。このこと、そちたちの思案はいかに？　一家の者たち、末端の諸士に至るまでそれぞれが深慮致せ」

家臣たちを見廻しながら義胤は本意を伝え、訴えた。

「我が武運は天に任せるゆえ、我が思案と同じ者がいるならば、五人、十人でも政宗の大軍を引き受けて一戦致し、この城で腹切るか、はたまた討ち死に致そうぞ」

義胤は腹の底に響く声で覚悟を示した。

「おおーっ！　お屋形様と一緒に死にましょうぞ」

新舘胤治が大声を上げると、岡田直胤が続く。

「さすが相馬の大将、よう仰せになられました。某が先陣を賜ります」

「屍《しかばね》で伊達の山を築きましょうぞ」

その後も家臣たちは覇気ある声を発した。誰一人異議を唱える者はいない。皆、闘志満々、中には感涙に咽ぶ老武士もいた。

「重畳《ちょうじょう》。皆の決意を嬉しく思う。儂もいろいろ思案したが、義胤が左様に判断したならば、なにも申すことはない。存分に戦って討ち死にいたせ。儂も中村城で皺腹《しわばら》を切ろう。それこそ武士の本懐じゃ」

相馬主従の気概を見て、籌山は納得した表情をしていた。見届けた籌山は夜陰にも拘らず、中村城に戻っていった。

義胤の闘志を煽《あお》り、家臣たちの士気を高めるための芝居だとすれば、籌山もなかなかの策士であるが、そういう器《うつわ》ではない。城を出た籌山は落胆していた。

義胤は改めて家臣たちに向かう。

「儂は政宗が仕寄ってきたら防戦せず、政宗の旗本に懸かって一戦し、討ち死に致す所存じゃ。代々の親愛を保ち、我と生死をともにせんとする者は、今晩、潔斎《けっさい》致し、明朝、妙見《みょうけん》の神前において神水を飲むべし。もし、異議を唱える者は来るには及ばぬ。儂は少しも恨みには思わぬ」

潔斎とは飲酒、食肉を禁じ、沐浴《もくよく》などして身を清めること。言い終わった義胤が座を立つと、士卒は感動の涙を流した。表情には悲壮感が満ちていた。

義胤が井戸で冷水を浴びると、家臣たちも続いた。

翌早朝、義胤は小高城内にある妙見宮《みょうけんぐう》に参堂し、御拝礼を終えたのち、大成鉢《たいせいばち》に水を入れ、牛王《ごおう》を焼いて揉み込み、上下心を合わせて飲み込んだ。参集した家臣は侍五十余、下々四百三十余人であった。

「これだけの兵があれば、伊達の五、六千と快く戦える。願うは政宗の旗本に打ち懸かり、潔く戦って討ち死にするだけじゃ。兵に不足はない」

義胤が朗々と告げると、神水を飲んで誓った面々は満足そうに頷いた。

妙見宮で誓いを立てた諸将は、それぞれの所領に戻って戦の準備を開始した。

「伊達との戦はこの時じゃ。お屋形様とともに死を恐れぬ者は領内の老若を加えれば二千を下るまい。これに加勢が五百、一千と加われば、三千五、六百の味方となる。しかれば政宗の七、八千の兵と戦をしても勝てよう」

城主、領主が猛《たけ》っているせいか、相馬領における士卒の士気も高かった。

（心の支度は整ったの。これならば、五倍、六倍の敵が仕寄っても後れはとるまい）

わずかながらも義胤は安堵した。戦は兵の多寡《たか》に左右されるが、まずは闘志を失わぬことが大事。政宗が大軍で攻めてきたら、緒戦は激しく切り込んで攻めたて、逆に領内に引きずり込み、本土決戦を挑むつもりだ。狭い領内で機動力に富んだ騎馬武者で攪乱《かくらん》して、徹底的に叩き潰す算段である。攻めあぐねれば、そのうちに厭戦《えんせん》気分が蔓延《まんえん》し、兵を退かざるをえない。勝てぬまでも負けぬ目算は義胤にあった。但し、その時、相馬領は戦火で廃虚《はいきょ》と化すかもしれないが。

（どの道、三十倍もの敵と戦うのじゃ。無傷ではすむまい。儂が命を失うならば、必ずや政宗を道連れにしてくれる）

義胤は領内を馬で廻り、どこに政宗を誘い込むか、そればかりを思案していた。

隆胤が死去した五月十七日、政宗と誼を通じた岩城常隆から、小田原参陣を勧める申し出をしてきた。

岩城常隆はめざとく、政宗には麾下に属するように告げつつも、自身は逸早《いちはや》く秀吉に謁見《えっけん》して、独立大名になるつもりであった。常隆は五月二十日頃には大舘城を発った。

(小田原か、いつ彼奴が仕寄ってくるか判らぬでは動けぬの)

義胤はまだ、政宗が小田原に向かったことを知らなかった。

せめて石田三成にだけは現状の困窮を報せておこうと使者を送った。

第四章　関白豊臣秀吉

一

相馬への備えを万全にして会津を出立した政宗が小田原に到着したのは天正十八年（一五九〇）六月五日のこと。

政宗は小田原から二里（約八キロ）ほど西の底倉《そこくら》で、施薬院全宗《せやくいんぜんそう》、浅野長吉《ながよし》、前田利家《としいえ》らの詰問使の面談を受けた。

いくつかの質問で親戚間で泥沼の争いを続けたことを指摘された。政宗は蘆名《あしな》氏や畠山氏、二階堂氏などとの諸事情を説明したのちに、相馬氏について口を開いた。

「相馬は石川弾正《だんじょう》の内応に乗じて田村家の乗っ取りを画策したためにござる。某の妻は先代（清顕《きよあき》）の娘にて、田村の跡継ぎは某の次男が継ぐという約定《やくじょう》もござる。それと、相馬は未だ当領に兵を進めてござる。これこそ惣無事令への違反にござろう」

政宗は悪びれることもなく言ってのけた。前年に奪い取った駒ヶ峰城と蓑首城は伊達領内であるとも主張している。

六月九日、政宗は小田原城から一里ほど南西に位置する笠懸山《かさがけやま》にある完成間近の石垣山《いしがきやま》に足を運び、秀吉に謁見。この時、政宗は一芝居を打ち、髷《まげ》を水引きで結び直し、死装束で参上した。秀吉は度胸の良さ、器量の大きさを認め、政宗は許された。

但し、会津、岩瀬《いわせ》、安積《あさか》と二本松領は没収され、本領の他に塩松《しおのまつ》、田村領が安堵された。かなり削られたものの七十万石近くが残ったことになる。六月十四日、政宗一行は小田原を後にした。

小田原参陣で政宗は、重要な指令を秀吉から受けた。参陣しない相馬氏討伐である。会津に戻った政宗は、六月二十六日、駒ヶ峰城番の大町《おおまち》三河守《みかわのかみ》に対し、相馬攻めの許可を貰《もら》ったので、軍勢を集めろと命じている。

この段階で義胤は、梟雄政宗のほかに、天下人の秀吉をも敵に廻したことになる。

政宗は、相馬領を攻める気満々でいたが、秀吉が奥羽下向する前に鎮圧しなければ、領主として無能の烙印《らくいん》を押され、さらに所領を削られる。七月七日、政宗は相馬攻めを後廻しにし、大里《おおさと》城に二階堂旧臣の箭田野《やだの》隆行《たかゆき》らが籠り、抵抗していた。里城攻略に全力を向ける決定をした。義胤としては大助かりである。

七月五日、北条氏直《うじなお》が降伏。氏直の父・氏政《うじまさ》と叔父の氏照《うじてる》兄弟は切腹。氏直以下三十名の家臣とその家族は紀伊《きい》の高野山《こうやさん》に追放され、およそ九十五年続いた北条五代は滅亡した。関東の地には徳川家康が移封し、六ヵ国のほか在京料も含め、二百五十五万石の太守になった。

義胤が政宗の小田原参陣を知ったのは六月下旬。政宗の帰城は七月中旬であった。

七月二十日頃には、三成からの遣いが小高城に到着し、子細が告げられた。

「まこと、まことに我が相馬家は許されるのか」

義胤は半信半疑の面持ちで使者の大島助兵衛に問う。

秀吉の命令で、政宗に相馬討伐の命令が出されていたことには背筋が寒くなる。関東に覇権《はけん》を築いた北条家の滅亡、長久手の局地戦で秀吉に勝利した家康の移封、政宗から没収された会津に蒲生氏郷《がもううじさと》が入封、関白秀吉の奥羽視察などなど……驚きの連続だ。

（世の流れは早い。戦場《いくさば》では疾風怒濤《しっぷうどとう》の相馬なのに、儂は井の中の蛙《かわず》か）

義胤は自分だけ取り残されているような衝撃を受けると同時に、陸奥が豊臣という巨大な雲に飲み込まれるような気がした。

「そう聞いております。近く我が主がまいりますゆえ、詳しいことは主からお聞き下さい。くれぐれも拒まれませぬよう。貴家が立ち行く最後の機会になりましょう」

大島助兵衛は用件だけをかい摘《つま》んで告げた。

（これからの対応次第で相馬は存続できるのか）

乾坤一擲《けんこんいってき》の戦を覚悟していただけに、義胤は気が抜けた感がある。

（いや、政宗が手玉に取られた上方の者たちじゃ。彼奴以上に曲者《くせもの》であろう。これから

が本当の戦いかもしれぬ）

義胤は弛緩した気持を引き締めた。

七月二十四日、数十人の家臣とともに、石田三成が小高城を訪れた。

関白の名代として下向してきたので、義胤は下座に腰を下ろして三成を迎えた。

「遠路、はるばるお越し戴き、感謝してござる。相馬長門守《ながとのかみ》でござる」

「石田治部少輔でござる。こたびは失態でござったの」

名乗る早々いきなり叱咤する三成。これが上方流なのか、義胤は戸惑《とまど》った。

上座に腰を下ろす三成の容姿は、才槌頭《さいづちあたま》で色白の細面《ほそおもて》である。奉行だけに理知的ではあるが、猛々《たけだけ》しい武将の印象はない。

腹立たしさを覚えるものの、口に出すわけにはいかない。

豊臣家の実力筆頭の奉行と言われる三成は、近江の坂田郡石田村の出身で、浅井旧臣の石田藤左衛門正継《とうざえもんまさつぐ》の次男として誕生した。幼少の時から利発で、近くの観音寺《かんのんじ》で手習いをしていた時、長浜《ながはま》城主の秀吉と対面し、三献《さんこん》の茶でもて成したことを気に入られて召し抱えられた。

これまで戦場では兵站奉行を担い、平時には秀吉の手足として検地から大名の取次、時には台所奉行までをこなし、吏僚《りりょう》として重宝されている。三成はこの年、三十一歳。美濃の関ヶ原から大垣の周辺に所領を与えられていた。このたびの戦では武蔵の忍《おし》城を攻めたが、陥落させられず、終戦を迎えていた。

「小田原参陣については、ご報告したとおりにござる。他意はござらぬ」

「奥羽の武士は皆、同じ条件。互いに相争ってござる。それでも工夫して小田原参陣を果たした。これも器量の一つでござろう」

「されば、その器量なしを、なにゆえ当家は助けられるのか」

憤りはあるが、不貞腐《ふてくさ》れているわけではない。正直な義胤の質問である。

「伊達への押さえ。小国にありながら屈せぬ気概を殿下は買われてござる」

話半分で義胤は聞くが、武士として気概を褒められて嬉しくないわけはなかった。

「ただ、鼻が利《き》かぬとも仰せでござった。それゆえ貴家は所領が減るはめになった。駒ヶ峰城と蓑首城の所領は伊達家の支配と認められてござる」

瞬時に喜びは消え、義胤の眉間に皺《しわ》が寄る。

「お待ち下され、駒ヶ峰と蓑首両城は某の留守に政宗が奪ったもの。これは惣無事令に違反しておるのではござらぬか！」

義胤は身を乗り出して問い質《ただ》す。

「諸事情を抱えながら伊達は小田原に参陣し、殿下に臣下の礼を取った。政宗は豊臣の家臣でござるが、貴殿は違う。すでに殿下は小田原を発たれた。小田原に参じぬ家は取り潰しと決まってござる。貴家は家が残るだけでも感謝しなければなりませぬぞ」

力むこともなく、三成は淡々とした口調で告げる。

「彼《か》の地は、祖が戦功によって源頼朝公から賜《たまわ》った地。それだけは譲れませぬな」

刺すような目で睨み、強く義胤は拒んだ。

「決定事項でござる。否と申されるのであれば、城門を閉ざすしかありますまい」

貴殿は天下を相手に一合戦できるか、と問われているように義胤には聞こえた。

「それで治部少輔殿は構わぬのですか」

ほかにも思惑があるのではないかと、義胤は問う。

「真意は殿下に臣下の礼を取られてからお教え致そう」

口調は柔らかいが、喉元《のどもと》に鋒先を突き付けられたようである。おそらく三成の最後通牒《さいごつうちょう》であろう。相馬家当主の沽券《こけん》に関わるので有り難く応じるわけにはいかない。とはいえ、拒めば相馬は焦土と化す。義胤は返答に窮した。

「取り戻せる機会は巡ってきましょうか」

しばしの静寂《せいじゃく》の中、義胤は問う。今は僅《わず》かな可能性に懸けるしかない。

「弓、鉄砲では諦められよ。殿下からの信頼と……まずは信用されることにござる」

三成は途中で言い直した。おそらくは政宗の失態待ちというところに違いない。

「承知致した。相馬家のため、こののちもご指導戴きますようお願い致します」

承諾のし時だと義胤は判断し、三成に頭を下げた。

二

会見を終えた義胤は、三成とともに下野の宇都宮に向かって出立した。伊達領は怪しいので浜通りを南に向かい、岩城領を通過し、佐竹領を経由して、のちに茂木《もてぎ》街道と呼ばれる道を西に進み、宇都宮城に達したのは七月二十五日の夜中であった。

軽装ではあるものの、およそ六十里（約二百四十キロ）の道のりを二日で移動したことになる。義胤が乗る替え馬だけで十頭は用意し、足が鈍ると容赦なく乗り潰した。三成や家臣たちの馬も含めて百頭を率いた。ちょっとした軍事行軍である。

馬はそれでもいいが、人の体は容易くはいかない。鞍《くら》に座布団を敷いても尾骶骨《びていこつ》の辺りは擦り剝《む》け、褌《ふんどし》は血が滲んでいた。

「相馬の強さが判ったような気がする。相馬の馬は強うござるな」

疲労困憊する中で三成が言う。さすがに涼しい顔をしてはいられなかったものの、奉行とは思えぬ忍耐強さである。義胤は三成を見直した。

「忝《かたじけ》のうござる」

逆に義胤のほうが疲弊していた。一日で三十里（約百二十キロ）近くを移動したことなどはない。それに南陸奥を出るのは初めてのことであった。

「石田殿は、かように忙しいのでござるか」

「殿下の天下統一に合力《ごうりき》できる、これほどの生き甲斐がござろうか」

今にも倒れそうなのに、三成の目は輝いていた。

(豊臣の強さと申すのは、単に数にものを言わせるのではないようじゃ)

行動力と、動かなくなるまで体を動かせること。三成を見て義胤は思わされた。

義胤は指示された部屋に案内されると、倒れるように眠り込んだ。

七月二十六日が明けた。グレゴリウス暦では八月二十五日にあたり、蒸し暑さが残っている。義胤は三刻《さんこく》(約六時間)ほど寝たのち、小田原から先着していた三成の家臣に起こされた。秀吉に謁見する日である。

泥のように眠りこけていた義胤は、鉛《なまり》のように重くなった体を起こして手水《ちょうず》をすませると、すでに身なりを整えた三成が姿を見せた。

「よう眠れましたか」

二日間で六十里を移動したのが嘘のように、三成は爽やかな表情で言う。

「お陰様にて」

まだ尻が痛い。義胤は堪えながら答えた。

「それは重畳。昼前には殿下が到着なされるとのこと。くれぐれも粗相のなきよう。平《へい》身低頭《しんていとう》、恭順《きょうじゅん》の意を示しておれば、相馬の家は安泰にござる。全て貴殿の対応次第にござるぞ」

朝一番で念押しに来ることには頭が下がる。義胤への気遣いともとれるが、三成が推した武将が、礼儀も知らぬ田舎者であった時、恥をかかぬための助言かもしれない。

「承知してござる。治部少輔殿を失望させは致さぬ」

寝ぼけ眼で答えると、三成は「必ず」と告げて部屋を出ていった。

（そうじゃの。本日は相馬の家運をかけた平伏をする日か）

大事な日であることを再認識し、義胤は用意された朝餉《あさげ》をとり、支度を始めた。

昼前に到着するはずだった秀吉が、宇都宮城に入城したのは残暑の一番厳しい午後であった。義胤も佐竹親子ともども、ほかの諸将と城門の外で秀吉を出迎えた。

続々と兵が宇都宮城下に入り、十万もの人数が犇《ひし》めいた。四方八方、十町以上にわたって旗指物や鑓が立ち並び、足の踏み場もないほど路は人で埋め尽くされた。

（これが大軍というものか）

人取橋の戦いで三万余の味方を目にしたことがあるが、その三倍以上。気概や覇気だけでは、どうにもならぬ凄さを目の当たりにさせられた気分だ。秀吉は日射しに輝く塗輿に乗っていたので、どのような容姿なのかは判らなかった。

城内に入り、一刻ほどして、ようやく謁見が叶った。直垂《ひたたれ》に身なりを整えた義胤は豊臣家の家臣と、これに従う大名が居並ぶ主殿に足を運んだ。

平らな板間の上座には畳を十枚ほども重ねた二畳間が作られていた。左右には羽柴秀《ひで》次《つぐ》、黒田孝高《くろだよしたか》、蒲生氏郷、長岡忠興《ながおかただおき》などなど……が顔を揃えているが、義胤には誰が誰だか判らない。上座には派手な服に身を包んだ貴人が座していることは判った。

義胤は視線を落としながら主殿に入り、上座の畳から二間離れて腰を下ろした。

「御尊顔を拝し、恐悦至極に存じます。奥州小高の相馬孫次郎《まごじろう》義胤にございます」

床に額《ひたい》をつくほどに平伏し、義胤は挨拶をした。長門守は自称なので遠慮した。

伊達、佐竹、田村、岩城、蘆名、畠山……家の大小はあっても皆対等であった。考えてみれば、義胤が平伏するのは初めてのことである。体の動きが、ぎこちなかった。

「方々、よく見よ。こちが噂に名高い相馬殿じゃ。相馬殿は関白が宇都宮まで足を運ばねば、会いに来て戴けぬお偉い方ぞ。心して御尊顔を拝するように」

猫が鼠《ねずみ》を弄《もてあそ》ぶように秀吉は満座の中で愚弄する。よほど腹を立てているのか、あるいは底意地が悪いのか、天下人でありながら地方の小大名を揶揄《からか》うとは器量が狭い。

秀吉の言葉に武将たちが嘲《あざ》笑う声が聞こえる。怒りで義胤の血が沸きそうであった。

「相馬殿、面を上げられよ」

無礼《ぶれい》とはこのことであろう。秀吉は丁寧に上座から義胤に命じた。

(下賤の出の分際で……。相馬に生まれておれば、我が顔さえ見ることが叶わなかったであろうに。されど、時節に乗り、今は関白太政大臣。一時の辛抱じゃ)

憤りを堪え、義胤は僅かに顔を起こした。勿論、秀吉を直視しない。許しを得るまで足下辺《あた》りに視線を置くのが常識である。破れば礼儀知らずの田舎者と蔑まれる。

「ほう、臆して余《よ》を見れぬか。意外に小心者なのか。政宗は白装束で堂々と余の前に参じたぞ。それゆえ城を奪われても取り戻せぬか」

宿敵の政宗を引き合いに出すなど、なんと嫌味な貴人か。

（おのれ、百姓！）

怒りで身が震える。ここで秀吉に跳びかかれば、命を失おうとも、どれほど胸のすくことか。ただ、その時は宇都宮にいる十万の大軍によって相馬領が灰燼《かいじん》に帰す。秀吉を舐《な》めてかかり、あるいは我慢しなかったがために、北条家は滅び、移封を拒んだ織田信《のぶ》雄《かつ》は改易となって五十余万石の所領を失った。

（堪えよ。堪えるのじゃ。全て相馬のためじゃ）

床につく拳の中で爪が掌に刺さって血が滲んでいる。義胤は自身を宥めた。

「忍耐はできるようじゃな。相馬、直視を許す。よく余を見よ。これが関白様じゃ」

愚弄して義胤の器を試していたのか、秀吉は許可をした。

「相馬殿、殿下のお言葉でござる。従われよ」

斜め右から声がかけられた。三成の声である。

義胤は三成の声に従い、おそるおそる顔を上げて秀吉を直視した。

朱色に金をあしらった唐織りの錦《にしき》の袖無《そでな》し陣羽織を着て、龍胆《りんどう》に銀をあしらった袴《はかま》を穿《は》いている。足袋《たび》は紫と金で仕上げたもの。派手好きなのかもしれないが、成り上がりぶりを絵に描いたような姿の秀吉だ。

体は子供かと思うほど小さく、それでいて日焼けした顔は皺だらけ。猿という渾名《あだな》は南陸奥にも伝わっているので納得できる。親しみが持てるか、嫌悪感を抱くかは二分されるであろう。今の義胤は後者だ。

（かような矮軀《わいく》の者が身一つで天下を取ったのか）

驚きと感心、興味も湧く。

織田家に仕える前まで、秀吉の行動は定かではない。尾張中村の百姓の子として生まれ、信長の草履《ぞうり》取りから身を立てた、というのが始まりである。

備中《びっちゅう》の高松城を包囲している最中に本能寺の変を逸早《いちはや》く摑んで、中国大返しと言われる神速の移動で東上し、山崎の合戦で惟任光秀《これとうみつひで》を討って織田家中の発言権を掌握。賤ヶ《しずが》岳《たけ》の合戦で柴田勝家《かついえ》を滅ぼしたのちは、天下統一に驀進《ばくしん》、今、最後の詰めにさしかかっているところである。

この年五十四歳の秀吉。年齢より老けて見えるのは、信長に消耗させられたこともあろうが、卑賤の身分で一人ずつ家臣を増やし、人臣を極めるまで昇り詰めた証であろう。

大柄な義胤は、寸鉄を帯びずとも一撃で秀吉を仕留められる。そのような秀吉に平伏して相馬家の安堵を願う自身にも義胤は腹を立てた。

「戦場で相まみえれば、一捻《ひとひね》りできる余に頭を下げている己が腹立たしいか」

相手の肚《はら》を読む天才と噂される秀吉の言葉に、義胤は驚いた。

「いえ、左様なことは。ただただ恐れ多き次第にございます」

「政宗が奪った城はなんと申したかの」

「駒ヶ峰城と蓑首城にございます」

間髪を入れずに三成は答えた。

「その城、いかがするつもりか」

返答のしどころである。義胤は言葉を選ばねばならなかった。

「殿下のお許しを戴ければ、これより奪い返しに向かう所存です」

すぐに出陣すると言えぬのがつらいところである。

「余の許しか、相馬は駿馬揃いと聞く。こののち、いずこに走らせるつもりじゃ」

「殿下の御前を敵に向かって駆けまする。できうるならば、伊達に奪われし駒ヶ峰、蓑首に」

「よき心掛けができるようになったの。されど、伊達は相馬より先に余の家臣となった。伊達に兵を向けることは許さぬ。今のところはの。よかろう、相馬の所領を安堵致す」

「有り難き仕合わせに存じ奉ります」

今のところは、という秀吉の言葉に期待感を持ちながら、義胤は平伏した。

「小田原に参じなかったそちを助けたのは治部《じぶ》じゃ。治部に感謝致せ」

「はっ、昵懇にさせて戴きまする」

改めて平伏した義胤は、秀吉の前から下がった。

相馬家は存続が認められた。本領も駒ヶ峰城と蓑首城のある宇多《うた》郷の北東部以外は安堵された。悔しさは残るものの、まずは一安心。僅かな時間であるが、異様に疲労感を覚えた。別室に戻った義胤は、緊張感から解放され、溜め息を吐いた。

（家を守るためとはいえ、儂は屈してしまった。平将門《たいらのまさかど》公の子孫である儂が）

安堵した瞬間に屈辱感が湧く。これは押さえようがなく、自責の念に苛《さいな》まれた。

所領を安堵されたので、義胤は三成に挨拶をした。

「こたびは、いろいろとお世話になりました。お礼の申しようもございませぬ」

「礼には及びませぬ。会津の仕置きが終わりましたら、我が家臣を派遣致しますので、棹《さお》入れ（検地）をして戴きます。貴家も確かなる家臣を奉行に当てて下され。全国同じ基準です。今までよりも増えましょう。相馬殿に損はないはず」

興味深いことを言う三成だ。

「承知致した。因みに、なにゆえ増えるのでござるか」

「年貢は二公一民。総収穫量の三分の二を相馬家が、残りが百姓の取り分となります」

「されば、地侍の取り分はなくなるのでござるか？」

「左様。その者たちは正式に相馬殿の家臣となり、相馬殿からの知行を受けるか、百姓になるか選ばせて下さい。いずれも否と申せば牢人となり、背《そむ》けば討って戴きます。兵と百姓を明確に分けることこそ豊臣の政。上米を掠《かす》め盗《と》るだけの輩はいりません。おそらくこれまでは、田植え、稲刈りの時期には出陣できず、それゆえ満足な戦をできなかったのではないですか」

驚くべき発想であり、的を射た三成の指摘である。豊臣家では兵農分離がかなり進んでいると聞く。ただ、相馬領で行うことが可能か、義胤は疑問だ。

「仰せのとおり。されど、百姓の家臣たちは精強でござるぞ」

一所懸命、地を守る者は強い。相馬領の百姓は農作業と戦の合間に強悍《きょうかん》な馬の飼育もしている。

「出陣の最中ゆえ米が作れぬ、戦で百姓が死んだから米を作れぬ、などと申す言い訳は豊臣家に帰属したからには許されませぬ。こののち相馬殿にもさまざまな公役が命じられましょう。これに応えられねば領主として失格。所領を没収され家名を失います。兵と百姓を分け、石高を明確にすれば相馬殿も領国を治め易《やす》くなりましょう。子細も指導していきますのでご安心を」

それだけ義胤に告げると、三成は忙しそうに座を立った。

所領を安堵された途端に胃が重くなる。

（これが人に仕えるということか）

許可が出たので、義胤は憂鬱な気分のまま帰途に就いた。

三

八月九日、会津の黒川城に着城した秀吉は、改めて奥羽の各大名家の存亡を発表した。

存続が認められた武将は、岩城貞隆《さだたか》、相馬義胤、伊達政宗、最上義光、津軽為信《ためのぶ》、南部信直《のぶなお》、小野寺義道《よしみち》、戸沢政盛《まさもり》、秋田実季《あきたさねすえ》。

取り潰しにされたのは大崎義隆《よしたか》、黒川晴氏《はるうじ》、葛西晴信《かさいはるのぶ》、石川昭光《あきみつ》、結城不説斎《ふせっさい》、和賀《わが》義忠《よしただ》、稗貫広忠《ひえぬきひろただ》ら、小田原に参陣しなかった武将たちである。

大崎、黒川氏は政宗を頼みとし、石川、結城は政宗の麾下として留守居の命令に従った。他は様子見で秀吉を甘く考えていたようだった。

秀吉は都合よく解釈し、自身に忠誠を誓った者は小なりとも大名と認め、政宗の指示に従った者は政宗の家臣とし、他は叛逆者として裁定を下したのだ。

政宗から没収した会津、岩瀬、安積、石川、白河、二本松は蒲生氏郷に与えられた。氏郷は松坂十二万石から会津・仙道四十二万石の大名になった。今後さらに増石する。

会津の黒川城に入城した蒲生氏郷は、同城を普請し直し、鶴《つる》ヶ《が》城と改名した。

大崎・葛西の地は木村吉清《よしきよ》・清久《きよひさ》親子に与えられた。木村親子は五千石から一躍三十万余石の大名に取り立てられた者である。

和賀・稗貫領は浅野長吉の管理とされた。

仕置きを終えた秀吉は八月十二日、帰国の途に就いた。仕置きに基づいて相馬領には石田家臣の大島助兵衛らが十数人、責任者として二十八歳の長岡忠興が訪れた。長岡忠興は足利《あしかが》十二代将軍義晴《よしはる》の庶子《しょし》と言われる幽斎玄旨《ゆうさいげんし》の嫡子で、惟任光秀の娘・珠《たま》を正室にしている。

義胤は検地の奉行として飯崎胤安《はんざきたねやす》、早川幻夢斎自栄《げんむさいじえい》・房清《ふさきよ》親子、同久清《ひさきよ》らを立てた。曲尺《かねじゃく》を小さく設定したことで収穫料は変わらずとも、数字は増えた。実地検地なので誤魔化しがきかない。家臣たちの余剰分を明確に計上し、これを相馬家の蔵入地に組み込み、経済基盤を強化して軍役を果たさせるのが太閤検地である。年貢は三分の二が領主、残り三分の一が耕作者とした。

検地を開始するにあたり、長岡忠興と大島助兵衛が義胤の許《もと》を訪《おとず》れた。

「最初は戸惑われるかもしれぬが、慣れれば、そう不都合ではござるまい」

「左様にござるか」

面倒ではあるが、実質石高を知ることができるのは喜ばしいことである。

「こののち、軍役、賦役《ぶやく》は石高にて命じられることになりましょう」

「出陣させる兵や、普請する者の数を石高で決めるのでござるか」

「左様。貴家は違ったのでござるか」

逆に忠興は驚いた顔をする。遅れた地域とでも思っているのかもしれない。

（これが兵と百姓を分けるという意味か）

三成が言っていた言葉を思い出した。農兵が主体だった相馬家は、これまで農閑期でなければ出陣できず、しかも当日にならなければ何人集まったか判らなかった。

「ご安心なされよ。棹入れを行えば、相馬殿の実入りは増えましょうゆえ」

三成と同じことを口にした長岡忠興は、検地衆を率いて田畠に向かった。

（儂は上方に倣って、新たな国造りをしなければならぬのだな）

今まで不明確な部分が詳《つまび》らかになることは喜ばしいが、全てを秀吉に牛耳《ぎゅうじ》られるようで、えもいわれぬ嫌悪感を覚えるのも事実であった。

検地が進む中、三成から、人質として妻子を都に送れ、という書状が届けられた。

「当家は前年の九月には住まわせてござる」

長岡忠興は平気な顔で言う。長岡氏は山城国の勝龍寺《しょうりゅうじ》城、丹後《たんご》の田辺《たなべ》城、宮津《みやづ》城と都に近い地を居城にしているので、都に住んでも違和感はないであろう。

相馬家とすれば都は異国とも思うほど遠い地。言葉も違う。それを思うと、男子の虎王丸はまだしも、正室の深谷御前《ふかやごぜん》が不憫《ふびん》でならない。拒否できぬのがつらいところだ。

義胤は鬱々《うつうつ》とした心のまま白昼、北ノ曲輪に足を運んだ。

「かような刻限に、いかがなされましたか？」

侍女《じじょ》たちと化粧刺繍をしていた深谷御前が、生地を横に置いて居住まいを正した。

義胤は手で侍女たちに外せと命じた。部屋は夫婦二人きりになった。

「夜では心が昂《たかぶ》り、冷静な判断ができぬかもしれぬと思うたゆえ、昼にした。実はのう、そなたと虎王丸には都に上ってもらいたい」

深谷御前とは十六歳もの年齢差があるだけに、娘のような愛しさも感じていたので切り出すのがつらい。それでも意を決して、義胤は告げた。

「質《しち》（人質）ということにございますか」

「儂が腑甲斐無《ふがいな》いばかりに申し訳ない」

屈辱感を噛み締めながら、義胤は詫びた。

「頭をお上げなされ。陸奥、出羽では多くの家が潰されたと聞きます。わたしの知らぬところで、お屋形様は家を残されるために、さぞかしご苦労なされたものと存じます。それを思えば、住むところが変わるぐらい、なんの不都合もありませぬ。一度、日本《ひのもと》の中心を見てみたいと願っておりましたゆえ、これが叶うというものにございます」

妻の気遣いに、義胤は胸が熱くなる。

承知した旨《むね》、義胤は三成に書状で報《しら》せた。

秀吉が帰国すると、奥羽の各地では取り潰された大名や国人《こくじん》、地侍が一揆を起こし、前田利家、上杉景勝、伊達政宗、蒲生氏郷らの討伐軍と熾烈な戦いを繰り広げている。義胤も援軍として出陣しなければならないので、緊張していた。

十月、検地が終了した。石高は四万八千七百三十四石五斗《こく》九升《と》四合《しょう》。

「今少し高いと思っていたが、相馬の百姓は正直者が多いのか、地侍が少ないようにござるな。ほかの家では少なくとも一倍半から二倍以上になるのが普通でござるが」

長岡忠興は意外だといった表情で告げる。

かつて義胤が差し出し検地をさせたところ約四千貫文だった。一貫文を十石に換算すれば約四万石。実地検地との比較では一・二倍少々増にとどまったことになる。

（百姓は正直に申告した。増加分は地侍の取り分か。これを彼奴らに与えて家臣に加える。あとは新たに田を開いて地道に増やす。それと駒ヶ峰、蓑首城を取り戻す）

この思案は有事には強いものの、平時には足枷《あしかせ》となることを義胤はのちに思い知らされることになる。五万石を超えなかったことを残念に思うものの、家臣、領民は信用できる者ばかりと、義胤は新たな国造りにささやかながら希望を持った。

検地を終えた長岡忠興は帰国した。


相馬領内も落ち着きを取り戻したので、十一月中旬、義胤は妻子を連れて上洛の途に就いた。三条大橋を渡って入洛したのは十二月上旬のことであった。

（なんと華やかな……）

馬上から周囲を眺め、義胤は驚くと同時に肚裡で感嘆をもらした。桓武天皇の血を引く義胤とすれば、感無量である。

町は中国の唐《とう》王朝の長安《ちょうあん》を模範《もはん》として、碁盤《ごばん》の目のように区画整理され、町割りは北と南で上下に分かれている。天皇が居住する禁裏《きんり》御所を取り囲むように公家衆や裕福な商人などが住む地を上京《かみぎょう》、貧困層の人々が住む地を下京《しもぎょう》と呼び、それぞれ木戸門、溝の堀、土塀などを構築して防犯対策を行い、居住していた。

道の左右には所狭しと建物が建ち並び、往来の人も多く、着ている服装も華美に映る。露店に珍品が数多く並び、寺院も数多あってとても覚えられるものではない。賑わいに圧倒される。初めて目にした都は、今まで見たことのない雅《みやび》なもので、胸が躍る。まるで外国を遊山しているような心境だ。

これにも増して圧倒される城が聳《そび》えていた。

十四間（約二十五メートル）から広いところでは二十二間（約四十メートル）にもなる堀の幅。深さは五間（約九メートル）にも及ぼうか。精巧に積み上げられた石垣の見事さもさることながら、奥に見える黄金の城。豪華絢爛《ごうかけんらん》とはこのことであろう。お伽話の竜宮城《りゅうぐうじょう》を形にすれば、このようになるのか。義胤は目を奪われるばかり。

（実際に堅固かどうかなどは、どうでもいいのであろうな）

見ただけで戦意を失わせるような建造物であった。

「これは、ようまいられました」

義胤を出迎えたのは、以前に書状をもらったことのある富田一白《いっぱく》（知信《とものぶ》）である。三成はまだ奥羽一揆の軍監として諸城を忙しく移動していた。

「判らぬことだらけゆえ、よしなにご指導戴きますよう」

奉行衆に嫌われれば、秀吉への謁見すら叶わない。義胤は慇懃《いんぎん》に頭を下げた。

「ご安心めされ。治部少輔からは、いろいろと聞いてござる」

好意的な富田一白であった。三成には感謝の極みである。

三成の指示であろう、富田一白が旅籠《はたご》をとってくれていたので、義胤は家臣らを置き、供廻のみを連れて登城した。案内役は一白が務めてくれる。

荘厳《そうごん》な漆黒の城門を潜り、砂利で整備された敷地の中を歩く。騎乗は許されない。秀吉の許可を受ける者は輿に乗ることができるが、初登城の義胤は論外である。

砂利は防犯のためか、土ではないので足をとられて、思いのほか疲れる。迷路のように、どこを通ったのか忘れてしまうほど広い敷地だ。庭には池のみならず滝もあった。

本丸御殿の中に入ると、廊下は顔が映るほどに磨きあげられ、壁には金粉銀粉《きんぷんぎんぷん》が埋めこまれていた。檜柱の柔らかい色が続くと、今度は漆で輝く柱が並ぶ。内側に入ると、廊下も畳で芳《かぐわ》しい藺草《いぐさ》の香りが漂っていた。

「こちらにお控えあれ」

富田一白が告げた控えの間は六畳であるが、青い艶《つや》が醸《かも》し出され、廊下の畳よりも濃い馨香《けいこう》を嗅ぐことができた。縁は高麗《こうらい》や繧繝縁《うげんべり》。襖《ふすま》にも金や銀をあしらった絵が描かれ、天井では龍が雷を弾いていた。

「落ち着きませんなあ」

同行した岡田直胤がもらす。質素倹約に努めた相馬家の城と、天下の政庁を比べることが、そもそも間違いであるが、皆の心中を語っているようであった。

束帯《そくたい》姿に着替え、冠の紐《ひも》を結んだ時に声がかけられた。義胤は控えの間を出ると、案内された部屋に向かう。戸が開かれて、また唖然《あぜん》とした。そこは千畳敷きとも呼ばれる大広間。一面高価な畳が敷き詰められているので、初夏の田が広がっているような錯覚を覚えた。義胤は青稲の中を歩くかのように足を踏み出し、指定されたところに腰を下ろした。上座までは五間ほども離れていた。

四半刻ほど待たされて、上座に秀吉が現れた。すかさず義胤は平伏する。

「面を上げよ」

遠くからよく通る声が聞こえる。

「拝謁《はいえつ》の栄《えい》を賜り、恐悦の極みに存じ奉《たてまつ》ります」

「重畳至極《ちょうじょうしごく》。上洛、大儀。どうじゃ都は？」

「眩《まばゆ》いばかりにございます。殿下のご偉功の賜物《たまもの》かと存じます」

歯の浮くようなことを声にするのは初めての義胤であるが、偽りではなかった。

「阿諛《あゆ》も口にできるようになったか。よきことじゃ。妻子を連れてまいったか」

「仰せのとおりにございます」

「左様か。相馬孫次郎、本知分《ほんちぶん》を安堵致す」

十二月七日、秀吉が朗々と告げると、側にいた奉行の前田玄以《げんい》が義胤の許に歩み寄り、朱印状を披露した。

義胤が喉《のど》から手が出るほど欲しかった朱印状である。これも三成のお陰である。

「有り難き仕合わせに存じ奉ります。身命を賭して豊臣家の御ために励む所存でございます」

再び平伏すると、秀吉はそのまま広間から出ていった。五万石未満の小大名にはあまり興味がないのかもしれない。

いずれにしてもこれで義胤は正式に豊臣家に帰属した大名として認められたことになる。屋敷も聚楽第《じゅらくだい》の北西、北野天満宮《きたのてんまんぐう》と千本釈迦堂《せんぼんしゃかどう》の間にある地に建築することが許された。在京料は近江の大森村で五百石が与えられた。近くには佐竹氏の屋敷もあるので、やや安堵した三成の表情に、義胤は些か疑いを覚えた。

ようやく肩の荷が下りて、義胤の体は軽くなった気がした。すぐに帰国したいのはやまやまながら、三成へのお礼をしなければならないので、帰京するのを待つばかりだ。

秀吉が不機嫌だったのは奥羽一揆の討伐が捗《はかど》っていないこと。しかも葛西・大崎一揆を伊達政宗が陰で支援し、さらに蒲生氏郷の邪魔をしているという。

政宗は一揆を蜂起《ほうき》させて泥沼化し、奥羽は自分でなければ治まらぬことを示し、木村親子や氏郷を追い出し、旧領を取り戻し、さらに版図を広げる算段であった。

十二月十五日、秀吉は家康に一万の軍勢を率いて後詰をするように命じている。その中の相馬口を任されたのが、三成と佐竹義宣であった。

奥羽の仕置を終えて三成が帰洛したのは天正十九年（一五九一）一月中旬のこと。さっそく義胤は使いを立てたのち、聚楽第内にある石田屋敷に足を運んだ。

「奥羽での働き、ご苦労でござった。治部少輔殿にはお礼の申しようもございませぬ」

義胤は本心で礼を口にした。

「礼など無用にござる。それより、奥羽の一揆は、これで終わりそうもござらぬ」

深刻そうな表情で三成は言う。

（土地や家、身分を失った者の恨み、簡単に収まるまい。徹底して戦うはずじゃ）

秀吉の命令を受け、大名の取り潰しをしてきた主導者は目の前の三成。さすがに義胤は恩人に対して声には出せない。いつ自分の身に降り掛かるかと思うと不安だ。

「これなるは嫡子の虎王丸にござる。お引き廻しのほどお願い致します」

義胤は三成に虎王丸を引き合わせた。

「承知致した。屋敷の縄張りなどせねばなりませぬな。大工など紹介致そう」

前年の秀吉による関東、奥羽討伐によって豊臣家に帰属した大名の屋敷の普請が相次いでいる。相馬家もその一家。都周辺で大工や人足を揃えるのは一苦労であった。

「なにからなにまで忝のうござる」

完全に三成に牛耳られたようである。普請が始まり、頭の上がらぬことは実感した。

二月四日、伊達家一行が入洛した。この一月二十七日、すでに政宗は尾張の清洲で秀吉と顔を合わせている。葛西・大崎一揆を煽動したとの糾弾《きゅうだん》はなかったものの、三成は証拠を握っているので十中八、九、政宗の有罪は確定していた。

罪を奇行で誤魔化そうという魂胆か、政宗は白装束で金箔《きんぱく》を張り付けた磔柱《たくちゅう》を担いで三条大橋を渡った。ゴルゴタの丘に向うイエス・キリストを真似た行動に、都人たちは一目見ようと路に人垣を作って群がった。政宗は上京の妙覚寺《みょうかくじ》を宿所とした。

「祭のごとき騒ぎでございました。思いのほか、京の者どもには人気でした」

見てきた原近江《はらおうみ》が義胤に報告をする。

「最後の悪あがきか。城中では切腹は免《まぬか》れぬと、噂しておる。どうなるかのう」

これまで義胤を翻弄《ほんろう》してきた政宗を手玉に取る秀吉の凄さを実感しつつ、その宿敵がいとも簡単に自刃《じじん》させられると思うと、複雑な心境だった。

（政宗が死ねば駒ヶ峰城と蓑首城は戻ってきようか）

政宗の処遇がどうなるか、義胤は注目した。

二月九日、聚楽第にて政宗の詮議《せんぎ》が行われた。

三成は秀吉の前で、政宗が伊達旧臣の須田伯耆《すだほうき》に宛てた一揆支援の書と、政宗が氏郷に宛てた書を提出し、花押《かおう》も同じなので、同一のものと認定し、一揆煽動の真偽を政宗自身に問い質した。

「須田伯耆は某の右筆《ゆうひつ》を務めていた者にて、花押の真似がうまい。かようなこともあろうかと、某が記す鶺鴒《せきれい》の花押には針の一点を入れ、眼《まなこ》を開けてござるゆえ、蒲生殿に差し上げた眼のある花押が本物。眼のない花押は偽物でござる」

篤《とく》とご披見戴きますよう、と悪びれることもなく政宗は言いきった。

二枚の書状を見比べた秀吉は、蒲生氏郷のものには眼が開いてると告げ、須田伯耆のものを偽書とした。但し、実際には両書とも穴は空いていない。政宗が記して現存する書状の花押に眼が開くものは存在しない。秀吉は天下人や日本を代表する諸将を目の前にして、公然と言い訳をしてのけた政宗の度胸を惜しみ、伊達家の存続を許したという。秀吉は政宗の力を唐《から》入りで使いたいらしい。

秀吉の思惑によって、政宗の命と伊達家の存続は認められた。引き換えに伊達、信夫《しのぶ》、田村、刈田《かった》郡と二本松、塩松および長井《ながい》（米沢）領は没収。代わりに大崎と葛西領が与えられた。

政宗は自分が煽動した一揆を討伐しなければ、所領はさらに減るどころか、今度こそは改易される事態に追い込まれた。石高にすれば、七十二万余石から五十八万五千石に減領され、父祖の伝来の米沢城と伊達家累代の仙道を失ったわけである。

すぐに報せは城内に伝わった。登城していた義胤も報せを受けた。

（ようも関白を相手に綱渡りをするものじゃ）

義胤は政宗の行動に半《なか》ば呆《あき》れ、半ば感心すると同時に、秀吉の裁定に落胆した。宇多郡の駒ヶ峰と蓑首領はこれまでのまま伊達領とされていたからだ。

（まあ、彼奴のことじゃ。懲りまい。しっかりと見張っておかねばの）

政宗の曲者ぶりに期待する義胤だった。

梅の花が咲きはじめた頃、相馬屋敷もある程度完成したので、義胤は移り住んだ。

都の生活に慣れてきた頃、東陸奥に在する南部《なんぶ》一族の九戸《くのへ》政実《まさざね》が叛乱を起こした。これに葛西・大崎の一揆が連動し、陸奥は再び争乱となった。

一揆は日を追うごとに拡大し、奥羽の武将たちだけでは鎮圧できなかった。四月二十日頃、秀吉は討伐軍を差し向ける意志を明らかにした。

そんな最中、深谷御前が身籠《みごも》っていることを伝えられた。

「まことか？」

問うと深谷御前は含羞《はにか》みながら、頷いた。薬師《くすし》の見立てでは三ヵ月だという。

「安心致せ。側《そば》におる。丈夫な子を産んでくれ」

不馴れな都にいることもあり、義胤はこれまで以上に最愛の妻を労《いたわ》った。

六月二十日、秀吉は討伐の動員令を出した。伊達政宗、蒲生氏郷、佐竹義宣、上杉景勝、徳川家康、羽柴秀次という順番であった。義胤は岩城貞隆、宇都宮国綱とともに三番組の佐竹麾下とされ、浜通りから兵を進めることが命じられた。

「すまん。側にいられなくなった。儂のことは気にせず、自分の体だけを大事にせよ」

七月上旬、義胤は都を後にした。小高に帰城したのは下旬のこと。先に陣触れをしていたので、いつでも出陣できる状態にはあった。一揆討伐軍も続々と北進している。

尻に火がついた政宗は葛西・大崎に猛攻を加え、わずか一ヵ月足らずの間に鎮圧し、七月中旬には全てを終わらせ、中陸奥の岩手沢《いわでさわ》に向かっている。

八月上旬、三成、佐竹義宣、岩城貞隆、宇都宮国綱の軍勢が小高城を訪れた。とても二万数千の兵は入りきれないので、浜通り沿いの城に分散して収納した。

「葛西・大崎は伊達が平定致したゆえ、あとは九戸とその一類のみでござる」

小高城に入った三成が言う。

「我らが活躍できる場はござろうか」

生まれて来る子のためにも、失った城を取り戻すためにも義胤は励むつもりだ。

「こればかりは総大将（羽柴秀次）の胸先三寸」

三成の言葉で義胤は秀吉の甥の秀次を思い出した。義胤は三成の肝煎《きもい》りで一度、挨拶をしただけに過ぎない。秀次が義胤を覚えているかも疑問である。

相馬勢を加えた二万数千の軍勢は一路北へ進んだ。途中で秀次からの指示があり、後詰を迎えるために中陸奥の気仙《けせん》城、東陸奥の大原《おおはら》城の普請を行った。

九戸政実ら五千の兵が籠る九戸城を蒲生氏郷のほか浅野長吉、井伊直政、津軽為信、南部信直、堀尾吉晴《よしはる》、小野寺義通、戸沢政盛ら十万余の兵で包囲した。

三方を川が守る城は堅固で、寄手はさんざんに蹴散らされた。攻めあぐねた蒲生氏郷らは九戸政実が降伏すれば城兵全員を助けるという条件で和議をもちかけると、天下の大軍に武威を示して満足した政実は応じ、九月四日、開城した。

投降した九戸政実は羽柴秀次のいる中陸奥の三迫《さんのはざま》に送られ、斬首された。秀次は約束を聞いておらぬと、籠城した五千の兵は城に押しこめて撫《な》で斬りにした。一説には焼き殺したともいう。これで九戸一揆も終息し、奥羽一揆は鎮圧された。

（治部殿のお陰で当家は助かったが、一歩間違えば九戸になっていたかもしれぬ）

報せを受けた義胤は身につまされた。九戸政実の気概は認めるが、一時の激情で道を誤れば、一族のみならず領民までも皆殺しになる。慎重に行動しなければと自戒した。

戦後処理を終えて諸将は急ぎ帰城した。秀吉が驚愕《きょうがく》の命令を下したのだ。

過ぐる八月五日、秀吉最愛の息子である鶴松が病死した。これが引き金ではなかろうが、信長の思案を受け売りに、九日、秀吉は諸将に朝鮮出兵の供奉《ぐぶ》を命じた。

（大言ばかりだと思うていたが、真実になるとはのう）

義胤にとって、渡海して異国に攻め入るということは夢物語で実感はなかった。(治部殿が棹入れを急いだのも、このためか)

納得しつつも、義胤は正式な陣触れがあるまでは領内整備に勤しむつもりだ。

九月十六日、秀吉は渡海の期日を翌年の三月一日に定め、諸将に準備を命じた。十月には、最前線基地となる肥前《ひぜん》の名護屋《なごや》城を築城しはじめていた。

一方、移封された政宗は岩手沢《いわでさわ》城を居城とし、岩出山《いわでやま》城と改名した。いずれこの城から出るという意味だという。

世が再び慌ただしくなる中、深谷御前は無事に出産を終えた。誕生したのは女子で月《つき》姫と名づけられた。母子ともに健やかだというので、義胤は小高城で喜んだ。

年も押し迫る中、秀吉は関白職を辞した。辞職の理由は自ら渡海するので、身軽になるためだという。関白は甥の秀次が任じられ、豊臣姓を名乗ることになった。これにより秀吉は太閤《たいこう》と呼ばれるが、勿論、実権は秀吉が握っている。

渡海の目的は秀吉自身の大陸への領土的野心のほか、明国との勘合貿易の復活交渉破談、諸大名の私戦防止と国内の領土拡大の抑止、全国民を自己所有にするための編成策などと言われているが、もはや誰も老いた独裁者を止めることはできなかった。

波乱の予感を含みながら天正十九年(一五九一)は暮れていった。

四

天正二十年（一五九二）が明けた。一月五日、太閤秀吉は改めて諸大名に朝鮮出兵を命じた。二月になり諸将は続々と肥前の名護屋に向かった。

第一陣として一軍の先鋒は小西行長《ゆきなが》、二軍の先鋒は加藤清正《きよまさ》、三軍の先鋒は黒田長政《ながまさ》……と西国の武将を主体とする十五万八千余の軍勢が三月初旬には出陣することになっている。

出羽、陸奥の武将は第一陣の出陣からは外され、後詰として名護屋の地に備えていることとして、幾分参陣が遅くとも構わぬという指示を受けている。

曲者の政宗ですら二月十三日には都の聚楽第に到着しているので、義胤は三月初旬には出立しようとしていたが、体調を崩して起きられぬようになった。

「輿で構わぬ。名護屋に向かう」

床についたまま義胤は弱々しい声で水谷胤重に告げた。言うことを利かぬ自身の体が腹立たしい。小田原参陣には間に合わなかったので、このたびは遅れたくなかった。それと、戸沢盛安《もりやす》は小田原参陣中に、岩城常隆は参陣直後に病死している。命を賭けた参陣で家を残した二人に対し、全うできねば軟弱の誹《そし》りは免れない。

「左様に熱が高くては、病を重くするばかり。下知《げじ》とは申せ、家臣として応じられませぬ。治部殿には報せてありますゆえ、今は治癒《ちゆ》に努められますよう」

水谷胤重はとめだてるが、義胤は不安で仕方なかった。

結局、一月《ひとつき》ほど遅れて小高城を発つことになった。

義胤が都に到着したのは四月上旬。すでに秀吉は三月二十六日に都を発っていた。義胤は、そのまま聚楽第に登城して新関白の秀次に挨拶をしたのちに相馬屋敷に入った。

疲れを癒《いや》してくれるのは月姫である。初めて見る義胤に対し、最初は戸惑いを見せていた愛娘であるが、見慣れてきたのか、笑いかけると微笑みを返すようになる。

「だぁ～っ」

義胤が指を差し出すと、小さな手で握りしめる。

「そちは愛《う》いのう。そうか、父《てて》が好きか」

目に入れても痛くないとはこのこと、いつまでも見ていたい気がする。

「相馬の当主が、娘には形無しですね」

月姫への溺愛《できあい》ぶりを見て、深谷御前が頰を緩める。

「母上は於月《おつき》に妬いておるようじゃ。於月は日本一美しゅうなるぞ」

愛娘に笑顔で告げた義胤は深谷御前に向かう。

「安堵せよ。名護屋で側室は作らぬ。なにかあれば、そなたを呼び寄せる」

秀吉は側室の淀ノ方を名護屋に同行させている。他の武将たちも、正室は都に置き、若い側室を連れて行っている。今のところ、義胤は側室を持つつもりはなかった。

「まあ、名護屋に。よもや唐、高麗《こうらい》（朝鮮）になどと申されませぬな」

とは言う深谷御前であるが、好奇心が強いのか、嫌そうな表情はしていなかった。

「ないとは申せぬ。されど、先祖代々の相馬を離れたくはないの」

分地がどこにあっても構わないが、本領の相馬だけは失いたくない。義胤の本音だ。出立しようとしたところ、移動の最中に具合を悪くしていた岡田清胤が死去してしまった。仕方がないので、義胤は岡田勢を直轄の本隊に加えて都を発った。

義胤が名護屋に到着したのは四月二十二日。秀吉の着陣前なのでまずは一安心。すでに三月十三日には、小西行長、宗義智《そうよしとし》が第一陣の先鋒として出航を開始し、その後、続々と海を渡った。まごついているのは薩摩の島津家ぐらいである。

肥前の最北端、東松浦《ひがしまつうら》半島の北に位置する鎮西《ちんぜい》の地には、所狭しと陣屋が立ち並んでいる。義胤も先に家臣を派遣し、定められた地に陣所を築いていた。

相馬家の陣屋は半島の先端に近い北西側。真向かいの北東は佐竹家、南隣は上杉家の家宰《かさい》を務める直江兼続《なおえかねつぐ》、その東隣が主の上杉景勝、北隣が島津義弘《よしひろ》といった配置であった。ほぼ中心に名護屋があり、東の名護屋浦を挟んだ殿浦《とのうら》には伊達家の陣所がある。石田家は城から遠い南東の野元《のもと》という地にあった。

すぐ三成に挨拶をしようとしたが、三成は輸送等に忙殺されていたので遠慮した。

狭い地に後詰だけでも二十余万以上の兵が殺到してきたので、水を得るだけでも一苦労。各陣屋に井戸がないので、水汲《みずく》みをするにも順番待ちをしなければならなかった。

徳川家と前田家は水争いをして刃傷沙汰《にんじょうざた》に及ぶほどであった。

二十五日に秀吉は名護屋城に到着した。諸将の陣屋が粗末なのに対し、この城は五層七階で聚楽第にも劣らぬ絢爛豪華な城であった。天下人が鎮座する城とはいえ、たかだか前線基地に、白亜の城が必要なのか。普請したのは秀吉を神とも仰ぐ加藤清正らであるが、どれほど出費したのか、義胤には想像もつかなかった。

三成が忙しいので、義胤は富田一白を通じて秀吉に謁見を申し入れた。石高の多い諸将から順番に続き、義胤が許されたのは半日後。ようやく罷り出ることができた。

「病後まもなく出立し、余よりも早く到着する忠義は殊勝じゃ」

労いの言葉をかけた秀吉から、義胤は帷子《かたびら》と羽織ならびに扶持米二ヵ月分を拝受した。出立の遅滞《ちたい》を咎《とが》められなかったので、胸を撫で下ろした。

一方、無事に上陸を果たした日本軍は破竹の勢いで朝鮮半島を席巻した。

日本軍が猛進撃できた理由としては大きく四つある。まずは戦国末期に差し掛かり、数十年にも及ぶ戦乱の中で、集団による統一的な戦いに慣れていたこと。二つ目は奇襲さながらの先制攻撃であったこと。三つ目は鉄砲の大量使用。四つ目は世襲官僚制をとる李《イ》朝政府内は腐敗し、朝鮮人民は不満による厭戦気分にあったことによる。

名護屋に在陣している秀吉は暇《ひま》なので、大坂城から持ってこさせた金の茶室で茶会を開いたり、能や狂言を観覧し、自らも舞い、仮装宴会を行ったり、諸将の陣屋を訪ね歩いたりと、遊興三昧。これに主立った武将たちは連日付き合わされた。渡海すれば死に直面するので、最後の歓楽を味わうためかもしれないが、いつ渡海させられるか判らないので、武将たちは真から楽しめるものではなく、また、士気も上がらなかった。

義胤は月に数度は昵懇の佐竹家の陣屋に招待され、茶や酒宴、時には蹴鞠《けまり》に興《きょう》じたりもした。病み上がりなので、朝風呂を馳走《ちそう》されたこともあった。勿論、相馬家の陣屋にも義宣らを招いている。

佐竹家のみならず、同家と親戚の岩城家などとも親しい。佐竹家と越後の上杉家はともに先代からの付き合いなので、義胤も昵懇にしている。それと、義胤とは隣国の蒲生氏郷。対伊達政宗という共通の目的を持つので、しっかりと誼を通じた。

（異国では朋輩《ほうばい》が死を賭して戦っておるに、かようなことでよかろうか）

今は優勢なので出番はないかもしれないが、劣勢になれば、すぐに後詰の命令が下される。その時は苦しい戦いを強いられるだろう。毎日が不安だった。

心配とは裏腹に、厳しい現実を突き付けられた。戦費の負担である。兵は喰わねば生きていけない。武器がなければ戦えない。矢、玉、火薬、弓、鑓、刀、のみならず、高価な鉄砲や馬でさえ消耗品である。

兵糧はそのまま船で輸送するとしても、相馬から名護屋まで送らせては日にちと手間がかかり過ぎる。売れる地で売って銭に替え、名護屋から近い筑前《ちくぜん》の博多《はかた》で購入して揃えたりする。九州では米の値が上がっているので、これをやると陸奥、出羽など遠国の者は損をするが、遅らせてはいけないので、この手法を取らざるをえない。

間に合わなければ、豊臣家の奉行が博多の商人から借り受ける形で、後詰の大名たちは後から商人に銭を払うか、米で返済する。これによって博多の商人が儲かるので、奉行が商人と結託して懐を肥《こ》えさせていると、憤懣を吐き捨てる者もいた。その鉾先は三成に向く。

「埒もない。日にちを縮めるということが、いかほどの利を生むか、戯けどもは判っておらぬ。貴殿は周囲に流されるな。異国では、時は高い出費じゃ、と申すそうな」

三成は諸将の文句を、まったく気にしてはいなかった。

義胤は借り受ける形で戦費を整えた。自身たちが食う米も同じだ。相馬にいれば、輸送費はかからない。領国から遠い地では飯を食うだけでも贅沢なこととなっていた。

六月三日、三成は増田長盛、大谷吉継とともに渡海することになったので、義胤は原近江を一緒に付けて渡海させた。

ほどなく都の千本屋敷から報せが届けられた。

「御目出度《おめでと》うございます。御台所《みだいどころ》様、御懐妊にございます」

「まことか!?」

長年欲していた子が、あまり会うことができぬ正室と二、三晩過ごしただけで得られるのは、不思議だとしか言いようがない。義胤は反物《たんもの》を贈った。

母の大政所《おおまんどころ》の見舞いに帰坂した秀吉は、母の死に目に会えなかった。これを悔いてのことか定かではないが、都と大坂の間に位置する伏見の指月山《しげつやま》に隠居城を築くことを決め、秀次の家臣に命じた。八月二十日には縄打ちが開始された。

富田一白から、いずれ普請料の負担が割り当てられるであろうと、伝えられた。

（戦費のほかに、城の普請の負担か。名護屋では高い飯を食わされておるというに）

相馬家だけではなかろうが、義胤は肚裡で不満を吐き捨てた。

名護屋に在陣している大名の大半は苦しい台所事情である。これに対して、人の懐の財を湯水のごとく消費しているのは天下人の秀吉だけであった。

十月、失意から立ち直った秀吉が名護屋に戻ると、翌年には自ら渡海して一気に唐に攻め込む、などと豪語しはじめたものだから、慌ただしくなった。徳川家康、前田利家という、どちらも渡海したくない二大巨頭が、なんとか宥めているところであった。

というのも、怒濤《どとう》の勢いで朝鮮半島を制圧した日本軍であるが、夏の頃より各地で義勇兵が蜂起した。朝鮮正規軍の戦意は低く、身の危険を感じれば逃亡するが、義勇兵は退かない。義勇兵も町中の民衆も同じ格好をしているので区別がつかない。義勇兵は民衆に紛れてゲリラ戦を仕掛けてくるので、日本兵の死傷者は後を絶たなかった。

海戦では李舜臣《イスンシン》が率いる朝鮮水軍に敗れ、日本軍は補給路を断たれ、武器弾薬と兵糧不足に悩まされている。

もう一つは寒さである。兵糧不足で免疫力が落ちているところに味わったことのない厳寒、これに風土病が重なって、日本兵は疲弊した。

十二月八日に改元が行われ、天正は文禄《ぶんろく》になった。

わずか一月ほどで文禄二年（一五九三）が明け、明軍が本格参陣すると、日本軍は撤退を余儀無くされた。詳しい情報が齎されるのは二ヵ月ほど後のことである。

先に嬉しい報せが届けられた。

「御目出度うございます。玉のような男子《おのこ》にて、御台所様ともどもお健《すこ》やかにございます」

「まことか、男か！」

鬱屈《うっくつ》した毎日を過ごしていたので、久々の吉報に義胤は喜んだ。次男は熊丸と名付けられた。

時を同じくして淀ノ方が懐妊した。報せを聞いた秀吉は歓喜した。さっそく義胤は名護屋城に登城した。石高の高い武将は一人ずつ顔を合わせていたが、十万石以下の大名は広間に居並んで一同で挨拶をした。政宗は義胤と同席ではない。

（随分と待遇が違うものじゃ。まあ、その分、負担も大きかろうが）

嫉妬はあるが、石高の分だけ役目も多い。政宗は挨拶の席で渡海を命じられたという。

伊達家が出陣の準備をする最中、亘理重宗《わたりしげむね》が相馬家の陣屋を尋ねてきた。

「返り忠が者じゃ。斬り捨てよ！」

相馬家の陣屋は騒然。血の気が多い者たちは、今にも斬りかからんとする剣幕だ。

「戯け、お屋形様への客人に、無礼は許さぬ」

水谷胤重が家臣たちを窘《たしな》め、亘理重宗を義胤の許に案内した。

「一別以来、ご無沙汰しております。近く渡海しますゆえ、ご挨拶にまいりました」

面の皮が厚いのか、義胤の妹を娶りながら、先鋒として相馬家に鉾先を向けてきたことなど、なかったかのように、亘理重宗は告げた。

「丁寧な挨拶、痛み入る」

「このところの祝い続き、御目出度うござる。相馬殿が息災であること、於光も喜んでござる。このまま両家に争い事がなきことを某も願ってござる」

「いつまで猫をかぶっていられるか。当家としても、奪われたままではのう」

政宗の侵略欲は死ぬまで治まらないと義胤は見ている。駒ヶ峰城と蓑首城の件は、棚上げになっているが、義胤としては譲ることはできない。

「主は忠節を尽くしてござる。両城でござるが、ぶり返すつもりはござらぬが、ご先代の失態にて家臣の心が離れたゆえのこと。城は人が守るもの。諦められませ」

「わざわざそれを言いに？」

「いや、遡《さかのぼ》れば同じ祖先、一度は誼を通じた家どうし、妻は貴殿の妹ゆえ申します。万が一の時は手を取り合いましょう。我が主は相馬殿を高く評価してござる」

亘理重宗の言葉を聞き、やはり政宗は牙《きば》を研《と》いでいることが窺えた。

「聞きようによっては、背信の呼び掛けにも取れるが」

「とんでもない、同じ陸奥に居を置く者の軽い挨拶でござる。されば、このあたりで」

告げた亘理重宗は座を立った。

「高麗では厳しい戦いを強いられると聞く。功に逸らず、身を大事にされよ。主のいない城では仕寄りがいがないゆえの」

「また、於光が敵を追ってくれましょう。於光は良き妻でござる。されば、ご免」

笑みを向けた亘理重宗は義胤の許を後にした。

(明日は我が身。いつ当家に出陣命令が出されるか)

思案すると、胃のあたりが重くなった。

政宗は原田宗時《むねとき》と富塚信綱《のぶつな》を先発させ、自身は三月十五日、三千の兵を率いて出航した。

五月十三日の暁、石田三成、増田長盛、大谷吉継の三奉行が帰陣した。三成に従っていた原近江も一緒に帰ってきた。

「なんとか、戻ってまいりました」

義胤の前で原近江は平伏する。会った瞬間、原近江の顔を見て驚いた。それほど肥えていたわけではないが、頬《ほほ》は痩《こ》け、日焼けとは違う、くすんだ肌の色をしていた。

「よう、無事に戻った」

「高麗は地獄でございます。兵糧は少なく、矢玉も足りず、日本《ひのもと》の兵は味方に当たった鉄砲の玉を抉《えぐ》り出し、鋳直《いなお》して使い、刺さった矢を抜いて放ち返す始末。言葉も碌《ろく》に通じぬゆえ、敵は降伏もせず、最後の一人まで徹底抗戦。一人でも逃すと、背後から襲われますゆえ、撫で斬りにせねばならず、これまでの戦とは違っておりました」

思い出したくもないという原近江の顔。僅かな報告を聞いただけで、どれだけ過酷であったか想像に難くない。

「ゆるりと休むがよい。万が一、当家に渡海命令が出されても、そちは留守居とする」

労いの言葉をかけて、義胤は原近江を休ませた。

落ち着いた頃、三成に挨拶に行くと、その容貌《ようぼう》は、渡海前よりも痩せ細り、眼窩《がんか》は窪み、目の下には隈が痣のように刻まれている。それまでの涼しい顔をした吏僚とは別人のようであった。

三成も原近江と同じようなことを口にする。自身が後方支援をしていただけに、忸怩《じくじ》たる思いがあるようだ。日本水軍への失望、兵站の確保ができない武将たちへの不満など、現場で戦う者たちへの不信も持っているようであった。

「まあ、悲観していてもはじまらぬ。二、三日後には明の使者がまいる。あとは主計頭《かずえのかみ》(加藤清正)らが余計なことをせねば、和睦が纏まる。これ以上の深入りはさせぬ」

不快げな面持《おもも》ちで三成は言う。三成や三成と仲の良い商人あがりの小西行長は朝鮮出兵に反対であった。これが先陣の大将となったので、この侵攻を複雑にしている。行長がある程度のところで制御《せいぎょ》するので、二陣の大将に甘んじた加藤清正は、頭を押さえられる形で、折りに触れて衝突をした。異国と戦いながら国内でも戦陣でも意思の疎通が取れていない奇妙な体制だった。

十五日、小西行長が明の使者を連れて帰還した。これは正式な使者でないが、三成らの奉行は承知の上で、用意した名護屋城の宿所に案内をする。

交渉がうまくいけば出陣しなくてすむ。義胤は三成らに期待した。

和睦交渉をしながらも、秀吉は兵を渡海させている。

六月十四日、佐竹義宣は三成から二千四百五十石の兵糧を借り受け、先陣として一族の東義久ともども一千四百四十名を数日に亘って出航させた。

（伊達も上杉も佐竹も渡海の命令が下った。いつ儂に出されても不思議ではないな）

義胤の中から憂鬱感は抜けなかった。

心を暗くしているのは出費の多さもある。疑念を払拭できないこともあった。

「今一度、棹入れをさせよ。三年前より増えているはず。増えた分にも賦役を課す。このままでは相馬の家は立ち行かなくなる。公儀（豊臣政権）へは、朱印状の表高《おもてだか》四万八千七百石で構わぬ。負担が増えては敵わぬゆえの。即座にやらせよ」

義胤は水谷胤重に命じた。

戦費を納めながら、名護屋でいらざる出費を続け、さらに伏見城普請の負担が増える可能性がある。その上で渡海させられれば小領の相馬は破綻《はたん》する。

義胤の命令はすぐに国許に届けられ、先に検地を担当した飯崎胤安、早川幻夢齋自栄・房清親子らを奉行として行われた。

六月二十八日、秀吉から明の使節に講和の七ヵ条が提示された。朝鮮を無視した日本と明の講和条件である。書状を受け取った偽りの明使節は、ほどなく帰途に就いた。

不安な毎日を過ごす最中の八月三日、淀ノ方が大坂城で男子を生んだ。即座に吉報が名護屋に届けられると、秀吉は欣喜雀躍《きんきじゃくやく》した。秀吉はすぐさま帰坂すると命じた。

「相馬殿も同行なされよとの下知にございます」

三成の使いで大島助兵衛が告げにきた。

（よもや、棹入れの下知が露見したか。されど、隠し事をしているわけではなし）

指摘されたら、正直に困窮を訴えようと、義胤は取るものも取りあえず向かった。

「そちも、生まれたばかりの子を見ておらぬであろう。一緒に我が子を見ようぞ」

秀吉は猿顔をくしゃくしゃにして義胤に告げた。

「あ、有り難き仕合わせに存じます」

糾弾されるかもしれないと思っていただけに、秀吉の優しさには驚かされる。これが人誑《ひとたら》しと言われる所以《ゆえん》か。下心があるかもしれないが、嬉しさは隠せなかった。

八月十四日、秀吉と奉行、これに義胤を乗せた安宅船《あたけぶね》は名護屋の湊を出航した。おそらく五万石に満たない外様の大名が、秀吉と乗船することなどはないであろう。『奥相秘鑑』には「義胤も供奉にて」と記されている。

大船に乗るのは初めての義胤。水夫《すいふ》が歩調を合わせて長い艪《ろ》を漕《こ》ぎ、蒼い海原の上を進む様を見て、子供のようにはしゃいだ。

（海じゃな。船をうまく使えば相馬との物の流れが良くなる。漁だけではなく、湊を整えねばの。いっそ城を海の近くに移すか）

水飛沫《みずしぶき》を浴び、潮風を肌に受けながら、義胤は思案した。

「長門守よ。余はそちの頑固さを好いておる。東国には怪しい輩が多い。佐竹に合力して駿馬で攪乱してくれ」

まさに懐柔《かいじゅう》の妙。同船した上で告げられれば、誰でも心が傾くであろう。

「はっ、ご期待に応える所存にございます」

畏《かしこ》まりながら義胤は答えた。攪乱する相手は政宗と家康であろう。望まれることに悪い気はしないものの、番犬のようにしか見られていないのは癪《しゃく》に障《さわ》る。頼られるだけましではあるかもしれない。

八月二十五日、船は大坂の湊に着岸し、秀吉は大坂城に駆け込み、生まれた男子を見て狂喜乱舞《きょうきらんぶ》した。子はお拾《ひろい》と名づけられた。のちの秀頼《ひでより》である。

義胤も登城して祝いの言葉を述べ、贈り物をしたのちに、許可を得て都に向かった。千本の屋敷で我が子を見た義胤も秀吉に負けず、祝いの席で幸福感に酔いしれた。

一応、停戦は合意でき、明軍は帰国しはじめたので、秀吉も朝鮮に在陣している日本兵の三分の一ほどを引き上げさせるように命じた。但し、停戦はあくまでも日本と明国とのことで、侵略を受けている朝鮮の義勇兵は、日本兵にゲリラ戦を仕掛けていた。

九月、相馬領の検地が終わった。水谷胤重が義胤に報せる。

「六千四十二貫八百四十三文（六万四百二十石四斗三升）にございます」

あえて貫文で表記させたのは、万が一、露見した時、領内だけで通用する数字だと言い訳するためであった。

「そうか六千貫（六万石）を超えたか。そんなに新たに田を開くことができたのか」

喜びながら義胤は問う。

「多少は開けましたが、三年で稲が実る地は稀でございます。おそらくは先の棹入れが行われた時、一月《ひとつき》で全ての田畠を調べられなかったものと存じます」

「さもありなん」

おそらくは三成が、軍役、賦役の負担を軽くするために、五万石以下に抑えて表記させたのかもしれない。そう思うと納得できた。

「表高は四万八千七百石、領民への賦役は、こたびの文禄高にいたせ」

多少は心の余裕ができたが、経済状態は厳しいものがあった。

この時、相馬本家の直轄領は全体の一割六分《ぶ》程度しかない。乱世では三割を得る大名が珍しくない中、その半分しか得ることができない相馬家の財政は、非常に脆弱《ぜいじゃく》であった。相馬領の国人衆たちが、伊達家のように圧倒的な力を持つわけでもない相馬家を主家と仰いだ理由は、下総《しもうさ》から一緒に移り住んだこともあるが、主従一丸とならねば外敵に押し潰されてしまう危険と隣り合わせだったからである。

名護屋在陣によって出費が嵩《かさ》んでいる。新田開発を急がねばと義胤は危惧する。

そんな中、名護屋の陣で重臣の熊川隆重《くまかわたかしげ》が病死した。

（相馬におれば今少し長く生きていられたやもしれぬ）

義胤は忠臣の死を悼《いた》み、家督は嫡子の長重《ながしげ》に継がせた。

閏《うるう》九月二十日、秀吉は普請途中の伏見城に移徙《わたまし》した。文禄三年（一五九四）が明けると佐久間政実《まさざね》に命じて、本格的な普請を開始させた。

これによって諸大名の屋敷も、秀吉に許された順番に築かれている。石高の多い有力な大名が優先的で、相馬家は後廻しになっている。

（それはそれで構わんが、城の普請のほかに、屋敷も築かねばならんとはの。大坂城で十分であろう。あれだけ巨大で堅固な城があるというのに）

聚楽第は関白秀次に、大坂城は一粒胤のお拾に与えたので、秀吉は伏見に隠居城をということであろうが、とても隠居とは思えぬ豪華な城になる縄張りになっていた。

同船の気遣いは嬉しいが、現実は厳しい。おそらく義胤と諸大名の心中は同じであろう。名護屋の兵を全て引き上げたわけではないので、皆の出費は嵩んでいた。

お拾が生まれ、明国との停戦も結べたので、もはや朝鮮出兵に興味がないのか、秀吉は大坂、伏見、都の間を行き来するのみで、名護屋には足を向けることはなかった。

ほどなく相馬家の伏見屋敷は城の本丸から二十三町（約二・五キロ）ほど西、濠川《ほりかわ》の西に地を与えられた。西はのちの東高瀬川に沿い、北は上杉景勝、南は竹中重利《しげとし》の屋敷。同川の西は三成の下屋敷。石高に応じているので、空いた地に小ぢんまりとした屋敷を建てざるをえなかった。

隠居した秀吉であるが、事実上の天下人であることは周知の事実。洛中にも、大坂にも屋敷を持ちながら、義胤や諸大名は伏見に居を移して住むようになった。

文禄四年（一五九五）春、新たな相馬家の伏見屋敷で元服式が行われた。

十五歳になる虎王丸の前髪が剃り落とされ、青々とした月代《さかやき》ができあがった。髪はきつく結われ、凜々《りり》しい姿を皆に披露している。

「これより、そちを孫次郎三胤《まごじろうみつたね》と致す」

義胤が万感の思いの中で名を皆に告げると、三成が三胤に烏帽子《えぼし》をかぶせた。「三」の字は三成からの偏諱《へんき》である。

「相馬孫次郎三胤、相馬家の嫡子として、代々の武勲に恥じぬよう励む所存です」

声変わりしたての声で三胤は言いきった。

側にいる深谷御前は、嫡子の晴れ姿に涙ぐんでいた。

嫡子が元服したので、義胤は一つの役目を終えたような気がした。次は初陣になるが、朝鮮ではさせたくないというのが親心。これればかりは義胤の一存で決められないのだつらいところである。ともあれ明るい話題に相馬屋敷は久々に華やいだ。

この頃、日本国中は金山採掘に沸いていた。少し後になるが慶長三年（一五九八）に記された『伏見蔵納目録《ふしみくらいりもくろく》』によると、東日本では主に上杉景勝領の越後、佐渡、庄内で二千二十一枚七両余、伊達政宗領は七百枚、佐竹義宣領は二百二十一枚八両余、最上義光領は百六十三枚八両余、南部信直領は四十枚五両、相馬領はこれに次ぐ二十五枚六両二匁《もんめ》八分五釐《り》が秀吉に上納され、豊臣政権の経済を支えていたことになる。

領内で金山採掘をするため、義胤は三胤を初めてお国入りさせることにした。

「そちは我が名代として、しっかりと重責を果たすよう」

「お任せ下さい」

三胤は意気揚々と伏見を出立した。

会津の蒲生氏郷が病死したことにより、俄《にわか》に南陸奥がきな臭くなってきた頃、義胤は番替えで名護屋に向かった。

ちょうど義胤が名護屋に到着した七月、関白秀次に謀叛《むほん》の噂が立つと、秀吉は三成や増田長盛らを差し向けて、碌な詮議《せんぎ》をせずに、八日には、官位官職剝奪の上で秀次を豊臣家から追い出し、十三日、紀伊の高野山に追放。十五日には福島正則を検使として遣わし、秀次を自刃させた。

事前に謀叛を鎮圧したが、お拾可愛さのあまりに秀次を排除し、地位も財産も奪い取る謀であることは明白。秀次の死で豊臣家の血を引く男子はお拾一人になった。

八月二日、秀吉は秀次の種を残してはならぬと、秀次の妻子三十余名を三条河原で斬首させた。それだけではすまさず、秀次の側近や昵懇の者を連座したとして斬首、あるいは禄を召し上げて流人とし、各大名家に預けたりもした。

そのうちの一人が、義胤の宿敵であった政宗だ。帰国していた政宗は慌てて上洛した。

「天下に二人とおらぬ太閤殿下ほどのお方が両目で見ても見誤られたものを、隻眼《せきがん》の某が見誤ったとしても咎められるのは筋違いでござろう」

政宗は詰問した施薬院全宗《せやくいんぜんそう》らを言いくるめ、秀吉の罪にも触れて事なきを得た。

(またも、言い逃れたか。あるいは、最初からその気がなかったのかの)

梟雄の強運さを思い知らされた。

聚楽第は謀叛の城であると、秀吉は贅《ぜい》を尽くした城を惜しげもなく破壊させた。秀次の痕跡《こんせき》は微塵《みじん》も残したくないようだ。相馬家も家臣を人足として出している。

番が明けて伏見に戻ったのちの、文禄五年(一五九六)、嫡子の三胤に縁談がもちあがった。相手は佐竹義宣の弟・蘆名盛重《あしなもりしげ》の義妹。実父は蘆名盛隆《もりたか》で、蘆名家滅亡時、姉とともに常陸に逃げていた。

「これで佐竹家とは強い絆で結ばれましょう。貴家としても心強いはず」

三成は言う。

(佐竹家の寄騎《よりき》になれということか。断れまい。これで、儂は江戸への出兵も視野に入れておかねばならぬのか。されど、相馬は相馬じゃ)

天下統一以降、佐竹家は、対伊達というよりも、関東で二百五十五万石を有する徳川家康への備えとして見られるようになった。義胤は快く受け入れると、伏見に在していた三胤は秀吉に謁見し、従五位下、大膳亮《だいぜんのすけ》に叙任された。

婚儀のために三胤は下向することになった。三成は妙心寺の南化玄興《なんかげんこう》に詩《うた》を頼んだ。玄興は後陽成《ごようぜい》天皇に召されて禅旨《ぜんし》を奉答《ほうとう》した有名な高学僧である。

「相い逢う多少も広昿《こうこう》の縁。馬蹄《ばてい》国を隔《へだ》て天地を兼《か》ぬ。虎を得ざれば千里を帰去《ききょ》す。王《おう》土逼留《どひつりゅう》既《すで》に五年《いっとき》」
と南化玄興は詠んだ。意味は、多少でも逢えば縁も広がるが、馬蹄（戦い）は天地のように国を隔て一つになることはない。虎（三胤）が帰国してしまうので、虎を得たければ千里行かねばならない（虎は千里を行って千里を帰るという諺に因んでのこと）。領国が危うくとも五年の間止まれば、よい領主になるでしょう。

三胤の帰国を残念がりながら、逸らぬようにという高僧の助言でもあった。

三成は征箭《そや》（実戦用の矢）に詩を添えて三胤に渡した。

婚儀は国許で行われるので、餞別《せんべつ》を受けた三胤は帰国した。蘆名盛隆の娘は盛重の養女として三胤に嫁いでいる。常陸の江戸崎《えどざき》に住んでいたので江戸崎御前と呼ばれる。まだ十二歳の姫であった。坂地《さかち》石見《いわみ》が蘆名家から御前付老臣として随行している。

義胤は兼ねてから居城を小高から海岸近くに移動させたいと思案していた。相馬を出て世間を見るほどに、海の有効利用を目の当たりにした。特に、富んでいる地は湊を整備して諸国との交易を盛んにしていた。これを見習わない手はない。それともう一つ、船が直に城に入ることができれば機能的だとも思案した。

許可を得て久々に帰国した義胤は慶長二年（一五九七）、小高城から三十町ほど南東に位置する村上《むらかみ》に新城の縄張りを始めた。普請は順調に進み、柱が立てられたものの、火の不始末で資材ともども全て炎上。残ったのは土塁のみになった。

「誰が職務を怠ったのじゃ！」

義胤は激怒したが、奉行は別として普請の指揮を執ったのは三胤なので、責任を負わせて切腹させるわけにもいかない。

（今少し頼りになる宿老をつけておかなかった、儂の失態か）

義胤は怒りを飲み込み、反省もした。

「おそらく村上は相馬の居とする城ではないというお告げであろう」

村上城の焼け跡には貴布根《きふね》神社を築き、不吉な地を鎮座した。

一度、移城すると公言した以上、中止は沽券《こけん》に関わるので、この方針は曲げない。

「畏れながら、城と湊は近くとも分けたほうがよいのではないでしょうか。上方ほどの人もおらず、一点に集中することは、相馬の地には合いにくいものと存じます」

水谷胤重が進言する。相馬領では兵農分離ができていない。義胤も不安があった。

「左様のう。少し急《せ》いたのかもしれぬな」

義胤は思案を切り替え、海に近い地にこだわらず、新たな地を探させた。その結果、小高城から二里少々北西の牛越《うしごえ》城を拡張して移城することに決めた。同城は水無川《みずなしがわ》の北岸の城山（比高三十五メートル）に築かれた山城で、小高城に似ていた。

なんといっても、野馬追をする雲雀ヶ原《ひばりがはら》まで半里と近いのがいい。

「不都合もあろうが、まずは入城を急ぎ、城下の整備はその後で構わぬ」

義胤は普請を急がせた。自らも人夫を出し、一族、重臣たちからも出させた。この時、相馬一族の泉藤右衛門成政《いずみとうえもんなりまさ》も人夫を差し出したが、義胤の人夫奉行と口論に及び刃傷沙汰となった。

この件で成政は泉舘に火を放ち、相馬を出奔した。

「あの戯けめ」

激怒した義胤は御一家《ごいっか》の泉家を改易とし、泉旧領の泉村を岡田宣胤《のぶたね》へ与えた。

上洛の催促がきたので、義胤はまだ普請の最中であるが牛越城に移城させた。

五月、移城をすませた義胤は、あとの処理を嫡子の三胤に任せ、上洛の途に就いた。

講和交渉は前年の九月に破談し、停戦は破棄された。この慶長二年（一五九七）三月、再び十四万余の軍勢が渡海していった。

（こたびこそは渡海の下知が出ような）

とりあえず義胤は伏見の警備を命じられている。伏見城は前年の閏七月十三日の大地震によって倒壊し、新たに北東の木幡《こはた》山に築き直している最中であった。

居城となった牛越城の普請、伏見城の普請、朝鮮出兵の戦費が相馬家の小さな台所に重くのしかかっている。さらに命令一つで地獄に出陣しなければならない。これらを抱えながら、義胤はさらなる激動の渦に飲み込まれていくのを止められなかった。

第五章　家康か三成か

一

慶長三年（一五九八）八月十八日、丑《うし》ノ刻（午前二時頃）、太閤秀吉は伏見城で死去した。享年六十二。百姓の子に生まれ、従一位、関白《かんぱく》、太政大臣《だじょうだいじん》にまで昇り詰め、天下を統一し、異国にまで兵を進めた男は日本史上でも傑出《けっしゅつ》した英雄である。

秀吉は幼い跡継ぎの将来のみを案じ、豊臣政権を担う五人の年寄《としより》（一般的には大老）と五奉行の十人衆に対し、ただ懇願《こんがん》しながら息を引き取った。

年寄は徳川家康、前田利家《としいえ》、毛利輝元《てるもと》、上杉景勝《かげかつ》、宇喜多秀家《うきたひでいえ》。

五奉行は石田三成、浅野長政《ながまさ》（長吉から改名）、増田長盛《ましたながもり》、長束正家《なつかまさいえ》、徳善院《とくぜんいん》（前田）玄以《げんい》。

一粒種のお拾《ひろい》は二年前に四歳で元服して秀頼《ひでより》と名乗っている。

異国との戦いが継続されているので秀吉の死は秘され、遺体は夜陰の中、三成らの手によって密《ひそ》かに運び出され、東山三十六峰《ひがしやまさんじゅうろっぽう》の一つ、阿弥陀ヶ峰中腹《あみだがみねちゅうふく》の油山《あぶらやま》に葬《ほうむ》られた。

秀吉から喪《も》を伏せるように命じられた三成であるが、家康と昵懇《じっこん》の浅野長政が漏らすであろうと思案し、二人の間に亀裂を入れようと、翌朝早く家康に報《しら》せた。さらに、親友で上杉家の家宰《かさい》を務める直江兼続《なおえかねつぐ》、誼《よしみ》を通じる佐竹義宣《よしのぶ》にも報せた。

佐竹家の寄騎《よりき》も同然の義胤《よしたね》にも凶報は届けられた。

この年、義胤は人生五十年と呼ばれる年齢になった。体調は良好である。

「殿下が逝《ゆ》かれたか」

義胤が最後に秀吉を見たのは、三月に伏見で行われた醍醐《だいご》の花見の時である。その時ですら秀頼に手を逆に引かれて歩くような姿だった。

「こののち、ただではすみませんな」

一緒に報せを受けた水谷胤重《みずがいたねしげ》が言う。

「左様のう……」

他人事のように義胤は頷《うなず》くが、呑気《のんき》に構えてはいられない。

まずは年寄筆頭の家康が、大人しくしているとは思えない。さらに、秀吉の死を喜んでいるのは、秀吉に二度も所領を減らされた上に移封させられた政宗《まさむね》である。恐い者がいなくなれば、隠していた牙《きば》を剝《む》き、襲いかかってくるのは明白。その鉾先《ほこさき》は隣国の相馬領である可能性が一番高い。

（治部《じぶ》殿に恩がある儂《わし》としては、背《そむ》くつもりはないが、今のままでよかろうか。戦費と無駄な城普請《ふしん》費の負担、益せぬ異国への出陣。豊臣が続けば、これらも続くのか？　十人衆は殿下と違い、唐入《からい》りを望んでいなかったとは聞くが）

異国と直《じか》に剣戟《けんげき》を響かせる前に、諸大名は財政難で倒れそうである。

（問題は多々あるが、治部殿が豊臣を維持するのであれば儂は支える。されど、豊臣に代わる新たな公儀が、余計な出費をさせず、相馬を優遇するのであれば……）

新政権に傾くのも吝《やぶさ》かではないと義胤は思案してしまう。

（まあ、そう簡単にはなるまい。義を失わなければ、相馬を潰すことはあるまい）

政変が起こるかもしれないので、義胤は心を引き締めた。

豊臣政権の維持派が危惧《きぐ》したとおり、秀吉の死の翌日、家康は争乱への準備をするため、三男で跡継ぎ第一候補の秀忠《ひでただ》を即座に帰国させている。次男の結城秀康《ゆうきひでやす》は伏見の手許《てもと》に置いて、次の事態に備えていた。

朝鮮出陣の件については、十人衆の合議によって講和して撤退させることに決まり、命令を受けた徳永壽昌《ながまさ》、宮城豊盛《みやぎとよもり》、山本重成《しげなり》が使者として朝鮮に向かうことになった。

これを聞き、義胤は出陣させられずにすむと、ひとまず胸を撫《な》でおろした。

三成は日本軍を無事に撤退させるため、毛利秀元《ひでもと》らと博多に下ることになった。

下向する前に、義胤は三成を訪ねた。

「某《それがし》になにかできることはござるか」

「内府《だいふ》が動きだすのは必定。隙《すき》を突かれぬよう上杉、佐竹との連係を強めて下され。近く上杉も上洛致そう」

内府とは内大臣の唐名で、同職に任じられている家康のこと。伏見を空けることが不安らしく、三成は珍しく懇願口調を示した。

上杉家はこの三月、永年住み慣れた越後から会津百二十万石に移封している。蒲生家《がもう》に内紛が起こり、政宗と家康に睨《にら》みをきかせられる武将は上杉景勝しかいないと白羽の矢が立てられたのだ。蒲生家は宇都宮十八万石に減封されている。皆、三成の画策である。上杉家は移封後、国許の整備に勤《いそ》しむため、三年間の上洛は免除されていた。

三成が懸念したように、家康が独走を始めた。

秀次《ひでつぐ》事件に連座して陸奥の南部《なんぶ》家に預けられていた船越景直《ふなこしかげなお》を召還《しょうかん》させたのを皮切りに、島津龍伯《しまづりゅうはく》（義久《よしひさ》）や、長宗我部元親《ちょうそかべもとちか》邸に、家康は届け出もなく直に足を運んだ。これは秀吉が定めた『御掟《おんおきて》』に違反している。

『御掟』の内容は、事前許可のない大名間の婚儀の禁止。諸大名が必要以上に昵懇になることの禁止、誓紙交換の禁止、喧嘩口論の禁止、妻妾の多抱禁止、大酒の禁止。乗り物の規定であった。

相馬家には無縁だと思っていた月末、水谷胤重が慌ただしく義胤の前に跪《ひざまず》いた。

「内府様が、当家に立ち寄ってございます」

「内府が、かような小領の相馬にもまいったのか」

これまでの義胤は、大大名の家康とは、すれ違う時に軽く頭を下げる程度でしかない。碌《ろく》に挨拶を交わしたことのない家康が、義胤を訪ねてくるのは意外だった。

「いかがなされますか」

家康の『御掟』破りは周知の事実。三成と昵懇なだけに、心配して水谷胤重が問う。

「年寄筆頭を門前払いにするわけにもいくまい。客間にお通しせよ」

「よろしいのですか？」

「内府を知るにはよい機会。増田殿をはじめ多くの大名が会《お》うておる。儂だけ罪には問われまい。将門《まさかど》公の子孫は柱の陰に隠れたなどと吹聴されては敵《かな》わぬゆえの」

義胤は家康を丁重に屋敷に招き入れた。遅れて義胤は部屋に入る。客でもあり、年上で、石高《こくだか》も遥か四十倍以上の家康は上座にどっぷりと脹《ふく》よかな体を下ろしていた。

家康は三河《みかわ》・岡崎《おかざき》の国人衆《こくじんしゅう》から身を起こし、人質経験もある。織田信長と同盟を結んで勢力を東に拡大。信長に疑われた時、容赦なく妻子を死なせている。信長亡きあとは武田旧臣を取り込んで秀吉に対抗。長久手《ながくて》の局地戦では秀吉に勝利したが、政略で敗れ、その後、臣下の礼をとることになった。石高は関東六ヵ国二百五十五万石。しかも移封直後だったので、朝鮮への渡海を免除された。三河以来の精兵は無傷で、天下取りの戦いに、いつでも出陣できる状態にあった。この年家康五十七歳。秀吉亡きあと、間違《まご》うことなく実力第一の武将である。

（運も実力とは申せ、何度も斬られる場から助かった内府。いざという時は血にこだわ

らず非情になれるのは経験からか。恐ろしい男じゃ。治部殿が警戒して当たり前か)

その天下に一番近い武将を前にしている。義胤は緊張した。

なんでも見えそうなまん丸の目、天下人の器《うつわ》なのか見事な福耳、戦陣や鷹狩りで日焼けした脂《あぶら》ぎった肌。以前の冴えない小太りの老将とは些《いささ》か異なって見えた。

「ちと屋敷の前を通りかかったものでな。さして屋敷が遠いわけでもないのに、相馬殿とはあまり話したことがないゆえ残念でござった」

鷹揚《おうよう》に家康は告げる。徳川家の上下両屋敷は半里以上離れているので、言葉どおりとは言えない。ただ、東高瀬川を挟んだ北西には井伊直政《いいなおまさ》の屋敷が築かれてはいた。

「当方こそ」

話の切り出しであることは義胤も承知している。

「棹《さお》入れも無事にすまれたようで、ようござった。石高を増やせるのは良き領主ゆえのこと」

好々爺《こうこうや》然とした笑みを湛《たた》えながら家康は言うが、目は笑っていない。

(此奴《こやつ》、儂が内密で命じた棹入れを知っておるとは……。豊臣にすら漏れてはおらぬと思うていたに。当領に徳川の忍びが潜っておるのか)

冬なのに一瞬にして背筋に汗が流れた。

「いや、これは、一度調べさせただけにて、次も同じならば上申するつもりでござる」

文禄三年(一五九四)、隠田が発覚して、大和《やまと》の柳生《やぎゅう》家は改易にされている。義胤は焦《あせ》った。

「いやいや、勘違いなされるな。儂は最初の棹入れから何年も経ぬのに、自ら進んで行った相馬殿の判断に感心しておる。常に現状を知ろうとする感覚は当主に必要。かようなことをさせたのは相馬殿だけであろう。当家も見習いたいものでござる」

真顔で家康は言う。褒められているが、追及されているような胸苦しさを感じた。

「畏《おそ》れいります」

「相馬家は駿馬《しゅんめ》を育てることに優れていると聞く。どうも最近、肥《こ》えてきたせいか、これまで乗っていた馬の疲れが早い。そこで一頭、足の強い馬を譲って戴《いただ》けぬか。無論、貴家が心血を注いで育てた馬ゆえ、只《ただ》と申すつもりはござらぬゆえ安堵《あんど》召され」

聞きようによっては出馬が近いとも取れる。三成が敵視する最大の武将に対し、戦《いくさ》にかかせぬ馬を譲れば恩人を裏切ることになるかもしれない。義胤は思案を深めた。

（たかが馬一頭で信頼を疑われることもなかろう）

相馬は器量が狭いなどと触れられてはたまらない。

「良き馬を見繕ってお譲り致しましょう」

少々押し負けた気のする中、義胤は深慮の上で応じた。

「これは忝《かたじけ》ない。こののちも昵懇にして戴きたい。まあ、治部少輔殿には内密での」

笑顔で告げると家康は、思いのほか機敏に立ち上がり、相馬屋敷を後にした。

僅《わず》か七歳しか違わないのに子供扱いであった。家康が去った後で腹立たしくなった。

「よもやこれで取り込まれたと噂されはすまいの」

義胤は部屋の隅で端座していた水谷胤重に問う。

「人によっては、そう取るやもしれませぬ。されど、年寄筆頭を蔑《ないがし》ろにするわけにもまいりませぬ。お屋形様のご判断は正しきものと存じます」

主君を不快にしないようにする水谷胤重の気遣いであろう。義胤は頷いた。

（徳川内府、年寄筆頭はだてではない。太閤殿下亡きあとの豊臣で勝てるのだろうか）

弱味を握られた圧迫感を覚え、義胤は不安にかられた。

義胤は数いる駿馬の中から、武将に好まれる栗毛の馬を選んで徳川屋敷に贈った。この色が疾駆《しっく》すると、黄金《こがね》色に見えるからかもしれない。

家康からは返礼として黄金三十両のほか虎皮や反物、南蛮の壺など荷車一台分が贈られてきた。

「馬一頭にこれだけの荷を。なぜ、すぐに返さぬ！　誼を通じたと思われよう」

目録を見た義胤は声を荒らげた。この頃、三国一と言われるほどの駿馬が十両で売買されている。黄金だけでも三倍。しかも荷車一台分も別の進物があるとは驚きだ。

浅慮《せんりょ》の者ならば、儲《もう》かったと喜ぶかもしれないが、とてもそんな心境ではない。まるで押し貸しされたような気さえする。

「申し訳ございませぬ。そう申したのですが、徳川家の家臣は頑固者揃い。主《あるじ》の命《めい》に背けば腹を切らねばならぬと騒ぐゆえ、刃傷沙汰《にんじょうざた》は避けねばならぬと、受け取った次第にございます。過分な進物ならば、もう、二、三頭お贈り致しますか」

「戯《たわ》け、荷車の数が増えるだけじゃ」

義胤は不快気に吐き捨てた。物の代わりに礼の使者を送れば、何度も交流を深めたと噂は広がる。その使者に、次は徳川屋敷に来てくれ、日時は？　もう一度、訪問していいかなどと問われれば、使者は答えに窮する。返答しないわけにもいかなくなる。

考えた末、義胤は家康からの黄金と荷車一台の進物を秀頼に献上した。

（鐚《びた》一文貰ってなければ、後ろめたいことはない）

これで義胤は家康との件は終わらせることにした。徳川家への返礼もさせなかった。

ところが、どこから伝わったのか、相馬の駿馬は一頭が黄金三十両と荷車一台という法外な値であると噂されるようになった。

「おそらく徳川でございましょう。かような高値では誰も当家の馬を買いませぬ」

水谷胤重が険しい顔で告げる。馬の販売は相馬家の重要な収入源である。

（内府め、これが上方の政《まつりごと》か、なんと阿漕《あこぎ》な手を使うのか）

大名筆頭の家康が、靡《なび》かぬ小国の収入源を減らそうとするのは、あまりにも度量が小さい。家康にすれば、腹芸の一つかもしれないが相馬家にはかなりの打撃だ。

どうやって風評被害を払拭しようか思案を巡らせていると、世の中というのは不思議なもので、福島正則の使者が相馬屋敷を訪れ、家康に譲った馬と同等の馬を購入したいと言ってきた。これを聞きつけた年寄の毛利輝元まで申し出てくるほどである。

今で言えば限定生産の高級車を求める金持ちというところか。福島正則は尾張《おわり》の清洲《きよす》で二十四万石、毛利輝元は安芸《あき》を含む八ヵ国で百二十万石を得ていた。

「内府様様にございますな」

困惑しつつも、水谷胤重は頬を綻《ほころ》ばせた。

「相馬の馬を高評価してくれるのは有り難いが、度が過ぎていよう」

商人たちならば、ここぞとばかりに売るであろうが、義胤は素直に喜べない。

「借財の返済に役立ちますぞ」

検地で多少の石高が増えても、伏見城普請、戦費、名護屋在陣などで相馬家の台所は困窮していた。

「ものには相場がある。千利休《せんのりきゅう》殿を思い出せ」

義胤は危惧する。秀吉は天正十九年（一五九一）に御茶頭《おさどう》の千利休を切腹させている。複数ある理由の一つに、茶器に法外な値段をつけて販売し、暴利を貪《むさぼ》った、ということがある。

「一時、騒がれても、値に合う価値がなくば、次は誰も見向きもしなくなる。馬は簡単には育てられぬが、一割増ぐらいが妥当じゃ。相馬の馬はどこの家が育てた馬にも負けぬ。自信を持って売らせよ。相応の値での」

義胤は混乱を避けることに努力する。

福島、毛利両家には通常の一割増の値で馬を譲らせると、福島正則は「安い馬を売りつけおって」と不満をもらしたという。徳川家は文句を言うかと思いきや、ケチな家康が高価な馬を所有しているということで、諸将が一目見ようと徳川屋敷に足を運ぶようになり、『御掟』破りを増長させてしまった。北叟笑《ほくそえ》む家康の狸顔が目に浮かぶ。

「うまく利用されたな。損して得とれ、とはこのことかもしれぬな」

してやられたと義胤は奥歯を嚙《か》み締めた。三成に申し訳なくて仕方ない。

この一件に尾鰭《おひれ》がつき、先年、南化玄興《なんかげんこう》が三胤《みつたね》に贈った詩の中の「虎を得ざれば千里を帰去《ききょ》す」も重なり、いつしか相馬の駿馬は千里走る、などと言われるようになった。お陰で馬の購入を求める武将が後を絶たない。

嬉しい悲鳴であるが、乱世では売れない馬がある。百姓が絶対に年貢に差し出さぬ秘蔵の田で収穫した米があるように、本当に良く走る馬は売れるものではなかった。

義胤は馬一頭で家康に翻弄された。

二

朝鮮に在陣していた諸将は十一月中旬頃から撤退を開始し、十二月上旬に博多湊に上陸しはじめた。出迎えた三成は加藤清正や黒田長政らと一触即発状態であったが、周囲の仲裁でなんとか収まった。清正らにすれば、戦功の歪曲《わいきょく》、物資輸送の不備、侵攻作戦の失敗、戦場認識の皆無……など全てが三成のせいだと思っている。秀吉を非難できないので、否応《いやおう》なしに鉾先は三成ら奉行に向いている。

諸将は十二月中旬には秀頼への挨拶をするために上洛した。

待ってましたとばかりに、家康は積極的に加藤清正や黒田長政ら石田三成を憎む武断派の武将たちと顔を合わせ、労《ねぎら》いの言葉をかけている。また、清正らが心を寄せる秀吉の正室、北政所《きたのまんどころ》の許にも足しげく通い、機嫌を取っていた。お陰で反三成派の武将たちが、伏見の徳川屋敷に挨拶と称して足を運んでいた。

残務処理を終えて帰京した三成も、増田長盛、長束正家ら奉行のほか、上杉景勝・直江兼続主従、前田利家、宇喜多秀家、安国寺《あんこくじ》恵瓊《えけい》、小西行長、佐竹義宣や、義胤とも、密に連絡を取り合うようになった。

義胤は伏見城内の石田曲輪《くるわ》に足を運び、これまでの経緯を報せて詫びた。

「次からは気をつけられよ。まあ、内府が画策するのも今のうちゆえ心配には及ばぬ」

「なにか行《て》が《だ》ご《て》ざるのか」

「年明けには移徙《わたまし》致す。秀頼様を大坂にお移しすれば、諸将も従わざるをえまい」

自信を持って三成は言う。秀頼を大坂城に移動させ、後見役の前田利家が補佐する。家康は伏見に残って政を見ることが秀吉から遺言されている。秀頼が大坂に行けば、必然的に諸大名も従うので、家康は伏見に孤立することになるわけだ。

「さすが治部殿。されど、なかなか一筋縄でいく相手ではござらぬぞ」

「脆弱《ぜいじゃく》な伏見屋敷に一人残る内府では、滅多なことを起こすこともござるまい。その上で手を打つ所存。我らの正義は、必ず勝利致す。見ておられよ」

覇気をあらわに三成は言う。おそらく家康を孤絶《こぜつ》させた上で、改めて『御掟』違反を糾弾し、隠居にでも追い込むつもりに違いない。

（あの内府が、そう簡単に屈するであろうか）

疑問を持ちながら義胤は石田曲輪を後にした。


慶長四年（一五九九）一月十日、秀吉の遺命に従い、秀頼は伏見城から大坂城に移徙した。諸将は警護の役目を兼ねて付き従った。勿論《もちろん》、家康も義胤も同行している。

「内府様はお屋形様が譲られた駿馬に乗ってはおりませんでしたな」

大坂の相馬屋敷に入り、水谷胤重が義胤に言う。家康は輿《こし》に乗っていた。

「見せる場が違うということであろう。使う場が違うとな」

と言った義胤は、三成とは逆のことを思い浮かべた。

（内府は伏見と大坂に分かれることを望んでいたのではあるまいか。これで明確に対立することができる。当然、秀頼様を敵にはできぬので、別の敵を立てる。一番、内府を敵と考える治部殿あたりを。さすれば、治部殿を嫌う者たちが内府の許に集まる）

自身が軽く掌《てのひら》で転がされたように、三成もあしらわれたような気もした。

大坂に屋敷を持たぬ家康は、片桐且元《かたぎりかつもと》の弟・貞隆《さだたか》の屋敷を宿所とした。初日は何ごともなく過ぎたものの、翌晩、嶋左近《しまさこん》が探らせていた忍びを見つけた家康は、暗殺を企てようとしていると騒いだ。突如、家康は片桐屋敷を出立し、途中まで招き寄せた井伊直政の兵に守られて伏見の屋敷に帰宅している。

家康と意を通じる藤堂高虎《とうどうたかとら》や、黒田長政らは伏見に警護の兵を送っている。

翌日、義胤の許にも報せは届けられた。

(よもや治部殿が暗殺を企てることはあるまい。すぐに藤堂らが参じたとすれば、謀ったのは内府のほうやもしれぬな。さて、治部殿はいかに動くかの)

三成は忙しくて会うことができない。義胤は静観した。

伏見に家康を取り残した三成は、満を持して『御掟』違反の指弾に踏み出した。

家康は前年の秋から内々に伊達家、福島家、蜂須賀家と政略結婚を進めていた。これは『御掟』の「事前許可のない大名間の婚儀の禁止」に違反している。

十人衆のうち、家康を除く九人で協議の上、中村一氏《かずうじ》、生駒親正《ちかまさ》、堀尾吉晴らの三中《ちゅう》老《ろう》と相国寺《そうこくじ》・塔頭《たっちゅう》・豊光寺《ほうこうじ》の長老の西笑承兌《さいしょうしょうたい》を派遣して家康に詰問させることにした。

三中老と西笑承兌は徳川屋敷を訪れるが、家康に軽くあしらわれるどころか、「物忘れを取り上げて、儂に逆心ありとはいかなる魂胆か。貴殿らは儂を秀頼様から遠ざけようとしているようだが、それこそ太閤殿下の遺命に背くことではないのか?」と逆に言い返され、反論できずに徳川屋敷を退散した。

家康のみならず、詰問使は政宗、福島正則にも追い払われた。十四歳の蜂須賀至鎮《よししげ》は非を認めたものの、至鎮のみを罰するわけにもいかず、縁組の件は有耶無耶《うやむや》になった。

悔しがる三成を嘲笑《あざわら》うかのように、家康は詰問使の訪問を逆手にとった。奉行と年寄衆が家康を排除するために伏見を攻めると吹聴《ふいちょう》して諸将の参陣を求めた。

家康の求めを受けた藤堂高虎と黒田長政は、大坂にいる仲間を呼び集めて伏見に参陣。黒田如水《くろだじょすい》、加藤清正、同嘉明《よしあき》、浅野長慶《ながよし》、福島正則、蜂須賀家政、長岡忠興《ただおき》、池田照政《てるまさ》、森忠政《ただまさ》、京極高次《きょうごくたかつぐ》、大谷吉継《よしつぐ》らは家康屋敷の周囲に兵を布陣させた。屋敷の周囲を竹柵で結び、新たな外郭を築き、楼櫓《ろうろ》を急造して敵対姿勢を示した。

報せはすぐに相馬屋敷に届けられた。

（治部殿も嫌われたものじゃの）

大谷吉継を除く全員が反三成として参じた。吉継は争乱を止めるためだという。

緊張状態が続く中、年寄衆が協議を行った。結果、三中老によく言い含めなかったことが一番の問題と、五奉行が責任を取ることで事を収めることにした。最初から僧籍にある徳善院玄以を除き、残り四人の奉行が剃髪して家康に詫びた。

「やはり内府様にしてやられましたな」

水谷胤重が皮肉を言う。

「治部殿は儂と昵懇ぞ。滅多なことを申すな」

「申し訳ありませぬ。されど、九人衆がかかっても勝てぬ内府様。当家がわざわざ敵に廻すことはないかと存じます。向こうは当家と誼を通じたいと申しているわけですし」

「内府は『御掟』を破った。左様な者を信じられようか。義を踏み躙《にじ》っては、信を失う。

いずれは家を傾けることになろう。儂は治部殿を支援するつもりじゃ」

義胤は意思を明確にした。

「信じられぬのは四人の年寄も同じではないですか。苦しくなった途端、奉行に責任をなすりつけました。婚約の報告が遅れたのは、単なる失態。大名間の昵懇は、太閤殿下ご他界後の混乱を避けるための相談と見れば、目くじらを立てることもなかったかと」

「よもや鼻薬を嗅《か》がされることはないと思うが、そちは徳川贔屓《びいき》か」

「鼻薬などもってのほか！　お疑いなれば、ここで腹を召してみせます」

眉間《みけん》に皺《しわ》を刻み、水谷胤重は唾を飛ばして主張する。

「判っておる。そちを疑ってなどおらぬ。そちの忠義は別として、儂は治部殿の恩を無にするわけにはいかぬ。左様心得よ」

忠義篤い現実主義の水谷胤重を宥《なだ》め、動向を窺《うかが》った。

閏《うるう》三月三日卯《う》ノ刻（午前六時頃）、前田利家が大坂城内の前田屋敷で死去した。享年六十三。

落胆の焼香をあげた三成は、まずは前田利家嫡子の利長《としなが》を新たに年寄衆とすることを申請し、認めさせた。三成は反家康派に利長を引き込んだつもりであるようだった。

大納言・前田利家の死は、その日の午後には親戚の長岡忠興、浅野長慶に伝えられ、すぐさま家康にも届けられた。北叟笑んだ家康は藤堂高虎、黒田長政に声をかけた。

家康に指示を受けたであろう藤堂高虎と黒田長政は、利家が死去した当日の夜、加藤清正、福島正則、浅野長慶、池田照政、加藤嘉明、長岡忠興、脇坂安治《わきさかやすはる》、蜂須賀家政らの武断派を煽《あお》り、三成を討つために大坂の石田屋敷に向かった。

　主君を案じる嶋左近が不穏な武断派の動きを摑み、前田利長を家康打倒の旗頭に立つように説得していた三成に伝え、三成を石田屋敷に引き上げさせた。

　嶋左近以外で武断派の動向を摑んだのは、三成と昵懇である常陸の佐竹義宣であった。義宣は家康を東から牽制させるために、三成から優遇を受けた大名の一人だ。義宣は三成を女輿《おんなごし》に乗せて玉造《たまつくり》にある年寄衆の宇喜多秀家の屋敷に逃れさせた。

　義胤に報せたのは親戚である佐竹家の使者であった。

「承知。式部丞《しきぶのじょう》（水谷胤重）、いつでも兵を出せるようにしておけ」

　寝惚《ねぼ》け眼《まなこ》も一瞬で吹き飛んだ。義胤は水谷胤重に指示を出すと駿馬に飛び乗り、玉造の宇喜多屋敷に急行した。

　宇喜多屋敷に駆け込むと、佐竹義宣のほか上杉景勝、直江兼続主従も駆けつけていた。

「ご無事でなによりでござる」

　三成の顔を見て、義胤は安堵した。

「心配をおかけ致した。相馬殿の気遣い、忝のうござる。佐竹殿の機転で助かりました。それにしてもあの戯けどもめ、内府に躍らされていることが判らぬのか」

　憤りをあらわに三成は吐き捨てる。加藤清正らが凡愚に見えて仕方ないようである。

「痴《し》れ者揃《ぞろ》いじゃが、そちを、かように追い詰めておる。内府に乗せられて騒いでおる者は、これまでの政に不満を持つ者ばかりではないか？　冷遇された者や異国での戦で恩賞を得られなかった者。太閤殿下に文句を言えぬゆえ、そなたに鉾先を向けたのじゃ。憎き石田治部少輔ならびに奉行を討てば、その者の所領が浮く、一石二鳥じゃ」

　鋭い指摘をしたのは三成と親友の直江山城守兼続である。

「さすが山城守。天下の仕置きを任せられる男は直江山城守、と殿下は仰せであった」

　秀吉は何度も直江兼続を引き抜こうとした。陪臣の身でありながら、直江兼続は表向き三十万石を得ていることになっている。実際は米沢で六万石。義胤よりも高石である。

「儂のことはさておき、彼奴《きゃつ》らでも、いずれはここを嗅ぎつけよう。兵馬が居並べば、周囲は大混乱。内府は争乱を収拾する名目で伏見の兵を雪崩込《なだれこ》ませ、一気呵成《いっきかせい》に大坂城を乗っ取るかもしれぬ。十人衆は騒動を鎮《しず》められなかった、と北叟笑みながらの」

「儂がいる限り、太閤殿下の養子の名にかけて、彼奴らが来れば、追い払ってくれる」

　二十八歳の年寄・宇喜多秀家が気勢を吐く。秀吉の養子になり、前田利家の四女豪《ごう》姫を娶《めと》った秀家は備前《びぜん》の岡山で五十七万四千余石を得ていた。

「左様、大坂で敵を防ぎ、その間に佐和山《さわやま》から兵を呼んで内府を討つ。簡単なこと」

　石田家の重臣の嶋左近が続く。

「内府は向島《むかいじま》の屋敷に入っておる。今までのようにはまいりますまい。ここは堅固な大坂城に入り、三人の年寄で仲裁をして戴きます。これに内府も加える。こたびの騒動は主計頭らの私恨。取り締まる良き機会かと存じます」

直江兼続は皆に向かって告げる。

「いや、大坂城に入れば秀頼様の迷惑になる。内府を大坂に来させてはならぬ。ここは困難でも佐和山に戻るしかなかろう。道は我らのほうが熟知している」

三成が否定すると、嶋左近が意見を述べる。

「まずは、伏見城内にある石田曲輪に入ってはいかがでござろうか」

「伏見？　内府が手薬煉《てぐすね》引いて待っておるぞ」

宇喜多秀家が注意をすると、居合わせた諸将も頷《うなず》いた。

「左近、名案じゃ。伏見城は殿下が築かれた堅城ゆえ、簡単に落ちるものではない」

三成は乗り気だ。

「殿が伏見城で敵に備えている間に、某は佐和山に戻り、軍勢を率いて伏見に向かいます。内府の兵が八万あろうとも、伏見に来るには早くとも半月のち。我らは二日で到着致します。敵が向島に籠《こも》ったとて、数千の兵があれば、十日で落とせましょう」

嶋左近の主張に皆は頷いた。

「明確な証《あかし》もなく内府を討てば儂は逆賊になる。それはできぬ。方々の思案どおり、内府は主計頭らを嗾《けしか》けた。儂はこの騒動を内府の許に移動させる。内府が年寄筆頭として、不等に扱うようならば戦も辞さず。これが儂の決意でござる」

あくまでも義にこだわる三成だ。

身の危険を顧みず、志を貫こうとする姿勢に義胤は感銘を受けた。

「見事な気概じゃ」

秀家が感じ入ると、諸将も納得した。

「左近は佐和山に戻り、兵を整えよ。されば内府の肚裡《とり》も明白になる。少しでも引き延ばしを画策すれば、江戸の兵を待つつもり。その時は問答無用で討つ」

主君の命令に嶋左近は頷いた。

三成は佐竹家の軍勢三百と上杉家臣を率いる直江兼続、これに相馬家の家臣も加わった兵に護衛され伏見に向かうことになった。見送る真際、義胤は兼続に向かう。

「前にも遣いを立てたと思うが、貴家にいる泉藤右衛門《いずみとうえもん》（成政《なりまさ》）を免《め》し放ってもらいたい」

「かような時に申すことではないと存ずるが、当家は先代・謙信《けんしん》の意志を継ぎ、来る者を拒まぬ、を家風にしてござる。まあ、去る者については再考致しましょう」

四十歳の直江兼続は公然と言いきった。秀吉が認めた男だけに、相手が年上の他家の当主であっても堂々としている。

ちらりと横を見ると、四十五歳になる主君の上杉景勝も、当然といった表情で頷いた。

（家の体面であろうが、牢人一人で他家の当主の機嫌を損ねるとは思わぬのかの）

義胤は、自分よりも若い大国の主従を不思議に思った。

佐竹、上杉、相馬の兵に守られた三成は日付が変わる前に伏見城の石田曲輪に入った。

主君の入城を見届けた嶋左近は、佐和山に足をのばしている。

翌四日の朝方には加藤清正ら武断派の諸将が伏見に到着した。諸将は伏見城に入る権限はなく、城門も閉まっているので入城できず、城壁を挟んで睨《にら》み合いが始まった。

傍観を装いながら、家康は年寄や奉行を押さえ、根廻しに余念がない。これを終えると、伏見の石田曲輪に籠る三成に対し、佐和山に隠居することで騒動の幕引きを勧めた。

家康に対し、闘争本能剥き出しにしていた三成が側《そば》にいないので、年寄衆も腰が引けている。奉行も含め、誰も家康と事を構えたくないので、反論する者はいない。

孤立した三成は仕方がないので、命令にも近い家康の申し出を受けざるをえなかった。

三成を追い廻した加藤清正らにはお咎《とが》めなしという理不尽な裁定が下される中の閏三月十日、三成は家康の次男・結城秀康に護衛されて伏見を発った。

家康の専横は続く。閏三月十三日、家康は伏見城の西ノ丸に入り、留守居の長束正家と徳善院玄以を追い出して同城を占拠した。さすがに年寄衆と奉行衆は抗議するが、家康は前田利家の遺言だと聞く耳を持たず、城を出る気配はなかった。

義胤は三成不在の大坂にいることに嫌気が差してきた。

（このまま大坂にいても益することがない。万が一のため、国許を整え直すか。このころ大人しくしておる政宗も健在ゆえの。まだ居城の普請も途中であったしな）

同じ理由であろう、七月二十八日、上杉景勝は大坂を発った。反目しているわけではないが、泉成政の一件以来、義胤は上杉家とは疎遠になっていた。

義胤も帰国許可を申し出た。三胤が大坂にいるので、問題なく許可は下りた。

義胤は三胤に向かう。

「儂は帰国する。万が一の時は、母上を守って大坂城に籠れ。太閤殿下が心血注いで築かれた難攻不落の城じゃ。十万の敵が迫っても落ちることはなかろう」

「されば、大坂で戦になるのですか」

上坂したばかりで、三胤は世情をまだよく飲み込めていなかった。

「判らん。それゆえ万が一と申しておる。相馬の嫡子《ちゃくし》として家名を汚《けが》すまいぞ」

「承知しております。父上も道中、お気をつけられますよう」

一人前の口をきくようになった三胤に、義胤は満足した。

八月上旬、上杉景勝に遅れること数日、義胤は大坂を後にした。

その日は伏見屋敷を宿所として草鞋《わらじ》を脱ぐと、家康からの使者として本多佐渡守正信《さどのかみまさのぶ》が訪れた。三河譜代《ふだい》の家臣で、鷹匠《たかしょう》あがり。一向一揆に参じて家康に背き、一時追放されたことがある。諸国流浪ののちに帰参が許された変わり種。義胤よりも十歳年上の六十二歳であった。

「帰国なされると聞き、挨拶にまいった次第にござる」

しみだらけの顔に笑みを湛えて正信は言う。

「お忙しいであろうに、丁寧な挨拶、痛みいる」

「小間使《こまづか》いの老いぼれでござる。それより、猛将たちの暴走から即座に治部少輔を守り、伏見にお連れし、事前に流血を防いだ相馬殿の『義』に、我が主は感心してござった」

頭のわりに顎《あご》が異様に細い奇妙な顔が言う。

（自《おの》が背後で煽ったくせに、悪びれることもなく言うものじゃ。あるいは、この男が思案し、指導したのかもしれぬ）

武功を聞かない正信を家康が側に置くからには、なにか特別な能力を持っているからであろう。謀臣との噂はよく耳にするが、表立ってすることではないので証拠がない。

「内府殿が、『義』に？」

「左様、朋輩《ほうばい》、主従にも『義』は大事。『義』を掲げながら、出奔した罪人を匿《かくま》っている家もあるとか。けしからんことにござる。我が主は引き渡しの仲介を致そうかと申してござる」

本多正信は、上杉家が逃げ込んだ泉成政を抱えていることを指摘する。

（南陸奥の小国のことまで、ようも調べているものじゃ）

文禄の検地も思い出し、義胤は感心しながら背筋が寒くなった。

（いや、相馬のことより上杉を警戒してのことか）

おそらく泉成政のことは行き掛けの駄賃のようなものであろう。上杉家は会津に移封後、上泉主水正泰綱《かみいずみもんどのしょうやすつな》、前田慶次郎利太《けいじろうとします》をはじめ、山上道牛《やまがみどうぎゅう》、岡左内定俊《さないさだとし》、車丹波守斯忠《くるまたんばのかみつなただ》、齋道二《いつきどうじ》……などという一癖も二癖もある牢人を召し抱えていた。

これは移封にあたり、百姓を連れていってはならぬという秀吉の命令に従ったためである。上杉家では石高に見合う兵が足りないので、牢人を召し抱えざるをえなかった。

「ご好意は忝ないが、出奔した一家臣ごときで、年寄筆頭の内府殿の手を煩《わずら》わせては申し訳ない。いずれ戻ってまいるに違いない。相馬の者は相馬で死にたくなるもの」

恩を受ければ身動きできなくなる。泉成政は腹立たしいが、義胤は寛大さを見せた。

「ほう、相馬は左様に住み易《やす》い地にござるか」

蝦蟇《がま》のように離れた目が、じっと見据えて問う。軽々しい発言で、移封など命じられては敵わない。返答のしどころだ。

「おそらくは温暖な東海や肥沃《ひよく》な近江、尾張などには及ばぬであろう。強《し》いて申せば、先祖が血を流して守り、汗をかいて耕してきた地だからでござろうか」

「さもありなん」

徳川家も江戸に居城を移すまでは農兵主体の軍勢。しかも先祖代々の地を離れさせられている。理解できるようであった。

「今一つお伺いしとうござる。駿馬は相手の馬になりましょうか」

腹の底を覗き込むように本多正信は問う。

(相手の馬？　相馬は敵になるのか、ということか。謀臣にしては、あまり捻《ひね》りがないの。まあ、小国ゆえ、早《はよ》う結論を出して色分けする気か)

と思いながら義胤は社交辞令《しゃこうじれい》でも口にしようかと、本多正信を改めて見た。実質六万石の動向を窺うにしては、しつこい視線であった。

(いや、此奴の目は儂を見ておるのではなく、儂の背後、佐竹を探っておるのか)

　義胤は憤《いきどお》る。佐竹義宣は常陸五十四万五千余石、弟の蘆《あし》名《な》盛《もり》重《しげ》は江《え》戸《ど》崎《ざき》四万五千石、次弟の岩《いわ》城《き》貞《さだ》隆《たか》は大《おお》舘《だて》十二万石、三弟の多《た》賀《が》谷《や》宣《のぶ》隆《たか》は下《しも》妻《づま》で三万石（結城麾《き》下《か》である多賀谷三《みつ》経《つね》の三万石は別）。寄騎扱いの義胤は六万石。これらを合計すれば八十万石になる。百石につき三人の軍役を課せば二万四千の兵を動員できることになる。まさに一大勢力である。隣国の家康がまず先に警戒するのは、ごく当たり前のことであった。

「駿馬は良く観《み》て、助けるとか。『義』のある馬となろうか」

　相馬の『相』の字には観《かん》相《そう》などにあるように観るという意味や、宰《さい》相《しょう》などのように補佐し、助けるという意味がある。

「さすがに相馬殿。されど、将門公のごとく、都に背くことはござるまいな」

　都とはおそらく家康がいる伏見のことであろう。

「無論、御上《おかみ》（天皇）にも主家にも背くことはない」

　ぴしゃりと言った義胤は続ける。

「あえて祖（将門）の弁明を致せば、祖は御上に背くつもりなどはなく、腐敗した政を行う御上の取り巻きによって朝敵にされたに過ぎず。関東の民には慕われておった」

「朝敵にされたのが失態でござるな。あいや、将門公を非難しているのではござらぬ」

　蝦蟇似の顔を振って正信は否定する。将門の祟《たた》りは、いつの世でも恐れられていた。

「叛《そむ》かぬという『義』を聞いたので我が主も喜びましょう。こたびは、このあたりで」

　義胤の返事をどのように受け取ったのか定かではないが、本多正信は満足そうに相馬屋敷を後にした。戦働きで功名をあげるよりも政の中枢《ちゅうすう》にあって謀《はかりごと》を巡らせることに喜びを感じているような男であった。

義胤に続き、前田利長も領国の加賀に下向した。宇喜多秀家も毛利輝元も倣《なら》うという。

翌朝、義胤は伏見を発った。途中で三成に会うため、帰路は東山道《とうさんどう》（中仙道《なかせんどう》）を進んだ。三成が蟄居《ちっきょ》する居城の佐和山城に達したのは二日後のこと。

佐和山城は佐和山（標高二百三十二メートル）の山頂に五層の天守閣を築き、山全体を要塞と化した城である。大手は東で東山道に続き、同じ方向の小野川を外堀とし、搦手《からめて》は西で、そちらは一望に琵琶湖が開けていた。すぐ北には北国街道が走り、政治、経済、軍事、交通の要衝《ようしょう》でもあった。

（見栄《みえ》、いや、見栄《みば》えをよくしていただけか）

俗謡に『三成に過ぎたるものが二つあり。嶋の左近に佐和山の城』と謳《うた》われるほどなので、豪華絢爛《ごうかけんらん》の城だと想像していたが、城内の壁は土が剝き出しの荒壁で、板床が多く、無駄な装飾はなし。思いのほか質素だというのが義胤の印象だ。

東国の武将が上方に攻め上れば、佐和山城を落とさなければ西には進めない。三成は石高以上の家臣を抱えているので、堅固な佐和山城に籠り、城攻めが下手だと言われる家康が、陥落させようとすれば、かなりの兵の犠牲を覚悟しなければならないであろう。

「よう、お立ち寄り戴いた」

快く三成は義胤を迎え、琵琶湖が見える一室に案内された。

「すでに存じてござろうが……」

挨拶ののち、確認するように、三成隠居後の伏見、大坂のことを義胤は語った。

「まあ、儂が隠居させられた段階で見えていたこと」

涼しい顔で三成は言う。

「佐竹殿から聞いた話では、上杉殿はしばらく上洛しないとか。あるいは、これが争乱の新たな契機《けいき》になるやもしれぬと」

「まだ上杉と確執を持たれてござるのか？　大事の前の小事、水に流されてはいかがか。上杉は佐竹の旧臣・車丹波守を召し抱えてござる。相馬と上杉の橋渡しをする者と思案なされてはいかがか。こののち上杉は頼りになりますぞ」

三成は鷹揚に義胤を説く。

「泉はただの出奔にはあらず。屋敷を焼いてのことゆえ返り忠も同じ。簡単にはまいらぬ。それより、貴殿が左様に申すからには、上杉と密約でもござるのか」

「まだ、左様に大それたことはござらぬ。ただ、内府が事を起こした時には、ともに手を取って立ち向かおうという程度にござる。十人衆のうち、浅野を除く八人は意を通じてござる。佐竹殿も同じ志にござる。相馬殿は合力《ごうりき》して戴けますか」

初めて三成は義胤に同意を求めた。水面下では、かなり話を進めているに違いない。

「まこと年寄や奉行は立たれますか？　内府に腹を立てる者は多かろうが、実力者ゆえ見て見ぬふりをするのではなかろうか。これに対して、ご無礼ながら、貴殿を嫌う者は多い。いつぞや襲った者どもが内府の下に集まった時、方々の腰は引けませぬか」

問うと、三成は、相馬殿の腰も引けているのでは、という目をする。口に出さぬのは、隠居させられたことでの成長か。

「心配するのは致し方ござらぬ。されど、ご安心めされ。毛利は恵瓊（安国寺）殿に頼んでござる。宇喜多殿の気概はすでに存じておられよう。上杉は敵から逃げたことはない。されど、上杉が立つには三年かかると仰せであった。その時、『相馬繋《つな》ぎ馬』の旗《はた》指物《さしもの》は？」

「天高く翻《ひるがえ》り、北の大地を疾駆致す所存」

「それを聞いて安堵致した。それまで力を貯えておかれませ」

三成の言葉に頷き、義胤は三成と脇差で金打《きんちょう》を打ち、健闘を誓い合った。

（三年か、専横を続ける内府が、上杉の支度が整うのを待っていようか。治部殿のように一家ずつ排除していくのではなかろうか。あるいは治部殿はそれを待ち、皆の怒りを結集しようとする算段やもしれぬ。よもやその鉾先が儂には向かぬであろうのう）

なんの役職にも就いていない、南陸奥の小国なので、目の仇《かたき》にされることはなかろうが、駿馬の件で弄《もてあそ》ばれた過去がある。

（そういえば、小田原攻めの契機は、真田家が支配するわずか数万石の沼田領であった。そこから奥羽まで豊臣の兵が進み、日本《ひのもと》は太閤が制した。応仁の乱とて些細《ささい》なことから

始まったと聞く。あるいは、天下の形勢とは左様なものやもしれぬの)
自分が切っ掛けにならぬよう、警戒しようと義胤は身を引き締めた。
義胤が牛越《うしごえ》城に帰城したのは八月下旬のこと。
帰国後ほどなく深谷御前が懐妊《かいにん》したという吉報が届けられた。
(新たな子のためにも相馬の家を傾けてはならぬの)
義胤は城普請を監督しながら、家への思いを新たにした。

三

年寄らが帰国したのち、一人伏見に残る家康は暗殺計画を利用して大坂城の西ノ丸を占拠した上で、浅野長政らを蟄居させ、首謀者を前田利長として加賀討伐を宣言。家康と戦う度胸のない利長は芳春院《ほうしゅんいん》(まつ)を人質として江戸に差し出すことで、加賀討伐を停止させた。

宇喜多家に起こった御家騒動も家康が背後で煽っていたという。

慶長五年(一六〇〇)が明けると、家康は移封後の領内整備に勤しむ会津の上杉家に難癖をつけ、上洛を拒んだ景勝に対して、遂に会津討伐を宣言した。

六月六日、家康は諸大名を大坂城の西ノ丸に集め、上杉討伐の軍役を定めた。

白河口は徳川家康・秀忠。関東、東海、関西の諸将はこれに属す。

仙道口は佐竹義宣(岩城貞隆、相馬義胤)。

信夫口は伊達政宗。

米沢口は最上義光《もがみよしあき》。最上川以北の諸将はこれに属す。

津川口は前田利長《まえだとしなが》、堀秀治《ほりひではる》。越後に在する諸将はこれに属す。

軍役は百石で三人。これらを合計すると二十万を超える軍勢だった。

畿内で留守居をする大名は百石で一人の軍役である。

上方の報せは、逐一《ちくいち》、三胤から牛越城に届けられている。

家康の会津攻めは、六月中旬の終わり頃に齎《もたら》された。

「良き報せばかりは届かぬものじゃな」

この初夏、深谷《ふかや》御前が大坂の相馬屋敷で三男を生み、駒寿丸《くじゅまる》と命名された。駒ケ峰《こまがみね》城と蓑首《みのくび》城を取り戻したいという願いもこめての幼名である。

初夏には佐竹家から盟約を堅固なものにするため、月姫を義宣の次弟で大舘城主の岩城貞隆の嫁に欲しいという申し出を受けた。義胤としても後ろ楯は必要であり、十二万石の当主の正室に嫁《とつ》ぐならば、反対する理由はない。

いささか幼いので、寂しさはあるが、月姫は十歳で岩城貞隆に輿入れをした。といっても大坂の相馬屋敷から岩城屋敷への移動である。ここまでは良き報せ。

三胤からの書状を見た義胤は溜め息を吐《つ》く。やはり家康は上杉家の戦準備が整うのを待つような愚将ではなかった。ついに来たかという思いである。

義胤とすれば、すぐにでも評議を開き、相馬家の方針を決めたいところであるが、もはや一家の独断で行動できる時代ではなくなった。北には六十余万石の伊達家、北西には二十四万石の最上家、西は百二十万石の上杉家、南は親戚筋の岩城十二万石。六万石の相馬家としては、周囲の動向を窺わざるをえないのがつらいところだ。

隣国には梟雄がいる。政宗はまだ上坂中であるが、家臣にどのような指示を出すか判らない。まず、北側の国境《こっきょう》だけは厳重に固めさせた。

「伊達、最上は徳川に与《くみ》しておりますな。当家をいかが思っておりましょう」

なかなか意思を現さぬ義胤を心配して水谷胤重が問う。

「最上のことはいざ知らず、伊達は間違いなく敵と見なしておろう」

「お屋形様は？」

「まだ右京大夫《うきょうたいふ》（義宣）も帰国しておらぬと聞く。佐竹の使者がまいるまで、口にせぬほうがよかろう。血気盛んな者に騒がれては迷惑。逸《はや》るなと厳命せよ」

「承知致しました。万が一の時、若殿（三胤）が大坂にいて構わぬのですか？」

「初陣《ういじん》か。三胤も二十歳ゆえ華々しく飾らせてやりたいが、上方がどうなるか判らぬ。乳《ち》飲み子を抱えた御台《みだい》（深谷御前）だけを残してもおけまい。こたびは離れているしかなかろう。彼奴《あやつ》も戯けではないゆえ判るはずじゃ」

申し訳ないと思いながらも、義胤は冷めた目で見る必要があった。

「上杉はいかがしますか」

「しつこい。連絡待ちじゃ。泉の件は解決しておらぬ。決して当家から使者を出すな」

厳しい口調で義胤は叱責した。手足を縛られているようで、もどかしくてならない。以前は独自の判断で出馬し、戦うことができた。今となっては懐かしいばかりだ。

（泉の件がなくば、儂は即座に上杉と連携し、手薄な伊達に兵を出していたであろうか。よもや彼奴は儂を自重させるために出奔を……左様なことはあるまい）

焦燥感《しょうそうかん》の中で考えているせいか、義胤は泉成政への怒りが和らぐような気がした。

六月下旬、佐竹家からの使者として梅津政景《うめづまさかげ》が牛越城を訪れた。

義胤は居間で水谷胤重だけを同席させて、梅津政景と顔を合わせた。二刻近く会談をしたのちに、政景は帰途に就いた。

一晩思案した義胤は、翌朝すぐに主だった重臣たちを牛越城に集めた。

義胤が上座から眺めていると、水谷胤重が皆に向かって口を開く。

「昨日、佐竹家からの遣いがまいり、佐竹は上杉と与することを伝えた」

「おお――っ、佐竹は義を貫くか」

感嘆と、驚きの声が交差した。

「して、お屋形様の思案はいかに？」

新舘胤治《にいだてたねはる》が身を乗り出すように問う。途端に皆の視線が義胤に集まった。

「内府は二十万の兵をもって上杉を討つと聞く。性急な判断を下すまいぞ」

上座の隣で籌山《ちゅうさん》が口を挟む。佐竹家への加担には反対だということが判る。

「父上が仰せになったように、上杉攻めの軍勢に加われば当家は安泰」

満を持して義胤は口を開き、一息吐いて続けた。

「さすれば義を失うことになる。上杉はいつ秀頼様に背信致したか？　牢人を集めたのは精強な農兵を越後に置いてきたゆえ。道を広げ、川に橋を架け、城を築いたは数年前に亡くなった蒲生宰相（氏郷《うじさと》）が、なしえなかった遺業を引き継いだまでのこと。いずれも亡き太閤殿下の許しを得ているゆえ、なんの返り忠か。ただ、内府が難癖をつけただけに過ぎぬ。これに比べて内府の専横は周知の事実」

「そなたの義心は我らが祖の将門公に通じるものがある。されど、戦上手の将門公でさえ、涌《わ》いてくるような敵には、ついぞ力尽きた。義を貫いたとて、家を潰せば元も子もない。武門は家を残すことこそ第一。正義は勝ったものが口にする言葉ぞ」

懇々《こんこん》と篝山は説く。重臣たちは固唾《かたず》を呑んで、上座の親子に見入っていた。

「内府が勝つと誰が決めましたか？」

「上杉が領民を掻き集め、佐竹が加担しても八万には及ぶまい。しかも上杉は移封したてで碌な用意もできていない。四方八方から領内に兵が雪崩込むは必定。太閤に勝ったことのある内府が二十万の兵を差配すれば、改めて申すこともあるまい」

篝山の言葉に重臣たちは頷いている。確かに正論かもしれない。

「当家も佐竹も二十万のうち。これで二万数千が減る。おそらく内府の軍勢は白河を越えられぬと思います。今、上杉は白河の南西・白坂《しらさか》の革籠原《かわごはら》に防塁を築いております。白河の高台から下の低い湿地は丸見え。奥州道中《おうしゅうどうちゅう》は細くて一気には進めず、弓、鉄砲の釣瓶《つるべ》打ちになるばかり。内府は野戦が得意でも城攻めは苦手と聞きます。事実、二千が籠る真田の信州上田城に八千余で迫り、追い払われて敗走したとのこと」

過ぐる天正十三年（一五八五）、信濃の上田合戦で真田軍は徳川軍に勝利している。

「敵は南だけではないぞ」

「我らが備えれば伊達も北から兵を進められません。越後では多数残った上杉旧臣が蜂《ほう》起《き》し、堀や前田は津川口《つがわぐち》から仕寄《しよ》ることはできぬ。しかも冬になれば、関東以西の武将は長対峙《ながたいじ》できますまい。上杉が敗れる理由が見つかりません」

梅津政景から伝えられたことを吟味して、義胤は告げた。

「自軍に都合の良きことばかり申しているように聞こえるが。佐竹はいかに」

「佐竹は棚倉《たなぐら》辺りに陣を布《し》き、長く伸びた敵の横腹を突きます。上杉の遊軍が会津より西を南下して西から挟み撃ちにする手筈とのこと。当家が伊達を止めるか、佐竹と合流するかは状況次第。戦況が不利となれば、伊達は内府との手を切り、上杉と平気で手を結ぶ輩《やから》。あるいは、当家と同じ側に立ち、内府に追い討ちをかけるやもしれません」

「確かに。出羽、陸奥の武将は、太閤が兵を進めた時、本気で戦わず、威に圧《お》されて頭《こうべ》を垂れた。地の利を生かし、本腰を入れて戦えば負ける気は致しませんな」

話を聞いていた新舘胤治が義胤に同意した。ここぞと義胤は畳みかける。

「戦いは白河だけではない。上杉が内府と干戈《かんか》を交えた時、西で治部殿が蜂起する。大将は毛利中納言（輝元）、副将は宇喜多中納言（秀家）、浅野以外の奉行も加担し、小早川中納言（秀秋）のほか、立花（親成《ちかなり》）、鍋島（直茂《なおしげ》）、小西（行長）、長宗我部（盛親《もりちか》）などなど……が味方じゃ」

「おおっ、東西から内府を挟み撃ちでござるか。なんと胸のすく戦いか」

異母弟の田中郷胤《さとたね》が明るい表情で声を発した。

「口で言うほど容易《たやす》くはなかろうが、大名の半数は内府の敵に廻ろう。こたびの戦、日《ひの》本《もと》を分けての戦いとなる。簡単には終わるまい。あるいは、応仁以来の泥沼の戦いになるやもしれぬ。されば義に反し、高齢の内府に与することこそ、お家を傾ける元。ゆえに儂は佐竹に加担する。異議のある者は遠慮のう申せ」

ついに義胤は旗幟《きし》を鮮明にした。

「そちに一つ聞きたい。これは豊臣の家臣どうしの争いか？　豊臣対徳川の争いか？」

籌山が問う。父の質問に、義胤は虚を突かれたような気がした。

「それは……最初は家臣どうしの争いですが、治部殿が大坂城に入れば豊臣と内府派の争いになりましょう」

希望的観測が半分。義胤は願いを込めながら答えた。

「家臣どうしの争いならば内府の敵になれる大将はおるまい。上杉や石田が勝利するならば、秀頼様か、その名代を担ぎ出すしかあるまいの。こうなれば、戦というよりも政じゃの。まあ、天下を分ける戦いを東西で行うのじゃ。兵を挙げるのは際まで見極めるが大事。義もいいが、大名として存続できる道を選ぶことを第一としてくれ」

最後は頼むように助言する籌山であった。これを踏まえて義胤は重臣たちに向かう。

「父上はいろいろと仰せになられたが、やはり儂は義を守る。相馬の名を貶《おとし》めぬために戦う。天下に係わる戦に参じられることを神仏に感謝する。心置きなく戦った後のことは閻魔《えんま》に聞け。または菩薩《ぼさつ》に聞け。儂に従えぬとあらば、遠慮のう敵に走るがよい。敵領に入るまでは追い討ちをかけぬ。儂とともに戦う者は直ちに戦の支度を致せ！」

「おお――っ！」

覇気ある義胤の声に、重臣たちは気概ある鬨《とき》で応えた。

釆は振った。日本を分けての戦に参じれることを義胤は喜んだ。

四

七月上旬、帰国途中にある伊達政宗一行が相馬領国境《こっきょう》に位置する富岡に達した。政宗は使者を立て、相馬領の通行を求めた。仙道《せんどう》とも言われる奥州道中の白河から白石《しろいし》までは上杉領なので通行できなかったからである。

「これまでの経緯《いきさつ》を棚に上げ、ようもぬけぬけと申したものじゃ。彼奴〔政宗〕は儂を舐《な》めておるのか？　それより、まこと彼奴は国境にいるのか？　佐竹は彼奴に領内を通過させたのか？」

義胤は政宗へ憤るとともに、佐竹義宣への疑念を深めた。

政宗は家康に加担する大物。国許に帰せば必ず会津に兵を向ける。そのための帰途である。佐竹家が上杉家と盟約を結ぶならば討つのが常識。あるいは虜《とりこ》にするはず。百歩譲って国境を閉鎖し、通行させないのが上杉家への礼儀であるが、政宗は国境にいる。

「おそらくは下野《しもつけ》の大田原《おおたわら》辺りから岩城家の領地を通り、富岡に達したと思われます。あるいは、先代（義重《よししげ》）の御台所（小大納言《こだいなごん》）が許したか」

「さもありなん」

義胤は頷くものの、失望感は拭《ぬぐ》えない。隣国の寄親《よりおや》とも言うべき佐竹家が、そのように腰の座らぬことでは、この先、ともに騎馬を並べて家康の本陣に突撃できるのか。吐き捨てたいところであるが、決戦の前なので堪えた。

「あるいは、大事の前なので上杉家と盟約を結ぶことを悟られぬため、あえて素通りさせたのかもしれません。あくまでも狙いを内府の一点に絞るため」

「そうであってくれればよいがの」

これまでの佐竹家の対応からすれば、良心的には考えにくかった。

「お陰で当家に難しい選択が迫られました」

「左様のう。彼奴の人数はいかほどか」

「八十余とのことにございます。すぐにでも兵を差し向けることはできます。とりあえず、城にいる者だけでも集めて意見を言わせてみてはいかがでしょうか」

家老の水谷胤重が言うので、義胤は頷いた。

主だった者は十余人、主殿に顔を揃えた。

「政宗が相馬の領内を通ることは天が与えた幸運。某に下知《げじ》戴ければ、兵を率いて取り囲み、今夜のうちに首を刎《は》ねてご覧に入れます。隆胤《たかたね》様を弔うためにも政宗を討ち果たすべきでございます。上下士卒の遺恨も残る上に、こたびの大戦《おおいくさ》の時節なれば、逃せば麾下の心も落ち着きませぬ」

まっ先に意見を述べたのは相馬家の支流で草野城代の岡田兵庫助胤景《ひょうごのすけたねかげ》だった。かつて胤景は伊達家からの調略を受け、背信に揺れ動いただけに、汚名を雪《そそ》ぎ、忠節を示すのはこの時と主張する。

岡田胤景が強弁し終わると、集まった者たちは同意する。反対意見はなかった。

義胤が決断しようとしたところ、水谷胤重が口を開く。

「確かに今、政宗を討ち取ることは容易かろう。政宗を通せば上杉を危うくするが、内府の無二の味方となる男を騙《だま》し討ち致せば、その後の相馬はいかようになろうか」

「いかようもなにも、そなたは当家が与する上杉が敗れると申すか」

主張を否定されたので、岡田胤景が嚙みつく。

「勝敗は時の運であり、多勢どうしの戦いは簡単に決するものではない。万が一、内府と上杉が和睦《わぼく》を結んだ時、一人お屋形様が不義を犯したと糾弾《きゅうだん》されよう」

「上杉、佐竹と与して内府を討つのではないか？　上方では治部殿も多数の合意を得て兵を挙げるとのこと。なんで我らが負けようか」

どこから来るのか、岡田胤景は強気だ。

「まず、治部殿は小臣で譜代の兵も少なく、家臣は近年召し抱えた者が多い。諸大名が与するとはいえ、内府殿に対抗するには覚束《おぼつか》ない。これに対し、内府殿は太閤殿下にも勝利したことのある老獪《ろうかい》な大将で、家臣には歴戦の勇者が揃い、強い天運も持っている。その上、三胤様も上方にあって、御身になにかあれば一大事ではなかろうか」

水谷胤重が三胤の名を出すと、一瞬、岡田胤景の言葉が詰まった。

「隆胤様の弔い合戦、今せずして、いつ致すのか。政宗は籠中《ろうちゅう》の鳥、いつでも討てように」

勇みながらも岡田胤景は歯噛《はが》みする。

「国境にいる政宗の兵は八十余でも、おそらく国許から家臣を呼び寄せているゆえ、相馬領を通る時は数百にもなり、さらに増えよう。こたびは無事に通し、改めて戦場で雌《し》雄《ゆう》を決するべきである。窮鳥《きゅうちょう》を殺して栄えた家はない。諏訪《すわ》刑部大輔《ぎょうぶたいふ》を斬った武田信玄《しんげん》、秋山伯耆守《ほうきのかみ》を斬った織田信長、九戸《くのへ》左近将監《さこんのしょうげん》を斬った前関白《さきのかんぱく》を見れば明白。尼子《あまご》主従《しゅじゅう》を斬った毛利、謀略の限りを尽くした宇喜多とて、この先どうなるか判ったものではない。それゆえ佐竹家も見逃したに違いなし。義の武断、相馬も倣うべきでござる」

説くように告げていた水谷胤重は、義胤を見て強い口調で否定した。

（儂への意見か。此奴はもともと内府を敵とすることに難色を示していたのう。隆胤の恨みを堪え、内府が勝った時のことも思案しろと申すのか）

家臣たちの前で不義の当主であることを宣言するわけにはいかない。

「こたびは式部丞（胤重）の申すことが的を射ているようじゃ。相馬は具足《ぐそく》を着けぬ者しか討てぬなどと吹かれては武門の恥。留守しか狙えぬ政宗が我らの前に出陣するならば、見事に討ち取ってくれようぞ。その先陣は兵庫助（胤景）じゃ」

義胤は岡田胤景の士気も下げないように努めた。

その後の評議で富岡から四里少々北に位置する標葉《しねは》郷《ごう》川添《かわぞえ》村《むら》涼ケ森《すずがもり》の華光院《かこういん》を政宗の宿所にすることにした。

華光院には兵糧《ひょうろう》三百俵《ぴょう》、大豆《だいず》百俵を積み、使者には新舘胤治の息子の彦左衛門繁治《ひこざえもんしげはる》を選んで義胤の言葉を伝えさせた。寺での饗応《きょうおう》には岡田与三右衛門胤政《よさえもんたねまさ》を命じた。

政宗は呼び寄せた兵も含め、四百の家臣とともに華光院に腰を下ろした。

「相馬殿の厚情には感謝致すが、兵糧は持参しているゆえお気遣いなされぬよう」

毒殺を警戒し、敵地で施《ほどこ》しを受けないのは武門の倣い。政宗は徹底していた。

皆が寝静まった頃、何者かによって寺の境内に馬が放たれた。馬蹄《ばてい》、嘶《いなな》きによって周囲は大騒ぎとなり、宿直《とのい》の警護《けいご》は夜襲かと驚愕《きょうがく》した。寝ていた兵たちはおっとり刀で起きると、政宗の寝所を固めた。

放たれた馬は境内を駆け廻り、伊達兵を混乱させたのちに田の中に走り逃げたので、伊達家臣たちは引き攣《つ》った顔のまま、何事もなかったと胸を撫で下ろしていた。

庫裡《くり》にいた岡田胤政は騒ぎを聞きつけて外に出ると、政宗の声が聞こえた。

「相馬の侍はおらぬのか」

岡田胤政は縁側に出ると、政宗は長刀《ちょうとう》を杖《つえ》にし、近習を従えていた。胤政は政宗のいる縁際に近づいて片膝をついた。

「あの物音はなにか？　もし、我が雑兵の中に狼藉者《ろうぜきもの》がおれば、お手前方でお鎮め戴いて結構」

「放馬《ほうば》の騒ぎにて、お気遣いは無用にございます」

涼しい顔で岡田胤政が答えると政宗は頰を上げる。

「左様か、眠りが冴えてしまった。一献付き合ってくれぬか」

「承知致しました」

岡田胤政は酒を用意して政宗に注ぐと、今度は逆に盃《さかずき》を返された。

「先ほどの応対、大儀じゃ」

「忝のうございます」

酒豪の岡田胤政は、なみなみと注がれた酒を水のように飲み干した。政宗と四半刻《しはんとき》（約三十分）ほど盃を傾け合ったのちに胤政は庫裡に戻った。

庭の前には竹を筋違いに組み合わせて縄で結んだ虎落《もがり》という垣根がある。再び辺りが静まり返った時、虎落が急に倒れ、立て掛けてあった百本ほどの鑓《やり》が倒れた。この音を聞いてまたも周囲は騒然となり、政宗も小袖のまま縁側に飛び出してきた。

「御安心なされますよう。ただ警護の者の鑓が倒れただけにございます」

先ほど同様、岡田胤政は政宗の前に片膝をついて、何事もなかったように告げた。

「神妙なり」

と告げた政宗は寝所に入った。

馬を放ったのも、鑓を倒したのも政宗の心胆《しんたん》を確かめる岡田胤政の仕業《しわざ》であった。

おそらく政宗は岡田胤政の悪戯《いたずら》と知っていたに違いない。翌朝、饗応を終えた胤政が政宗の前に罷《まか》り出た時のことである。

「なにか事情があって相馬を離れなければならぬ時は、いつでも伊達にまいるがよい」

政宗は告げると、自ら証文を記して岡田胤政に渡した。

岡田胤政も悪戯を口外しなかったものの、政宗の態度については、「伊達殿の風格はさすがに大将としての気性が備わっていた」と周囲に語った。

華光院を出た政宗は新舘繁治の案内で浜通りの西の新道を北に向かった。

政宗一行が小高からの新道を悠々と進んで来る姿が、牛越城からも良く見えた。

(今出撃致せば、赤子《あかご》の手を捻るように彼奴を討ち取れる。恨みも晴らせ、家中の怒りも解消するが、世の信頼を失い、内府から睨まれるか。なにゆえ敵に気をつかわねばならぬ? 儂は一生の不覚をしておるのではなかろうか)

後悔と疑念、異質な不安に困惑していると、雲雀《ひばり》ケ原《がはら》の南の陣ケ崎《じんがさき》の辺りから騎馬三騎と足軽八十ばかりの一勢が軍勢から離れ、牛越城に近づいてきた。

（なにをする気か？　矢でも射かけてくれれば討ち取れるゆえ有り難いが）

訝《いぶか》しがっていると、騎馬の横に従者が立ち、『金鳥毛棒《きんとりけぼう》に黒鳥毛《くろとりけ》の二階笠《にかいがさ》』の大馬印を高々と掲げた。

「騎馬は、政宗か！」

義胤は吐き捨てる。自分は敵の領内どころか城下を自由気儘《きまま》に移動することができる。討てるものならば討ってみろとでも言いたげな大胆不敵《だいたんふてき》な態度どころか、愚弄《ぐろう》されているような気がしてならない。

「今、彼奴を討てば、相馬は義を失います。あの眼帯をしている者が、政宗かどうか。おそらくは影武者で、政宗は軍勢の中で北叟笑んでいるに違いありません」

水谷胤重が義胤を宥める。

「あの戯けが、政宗であろうがなかろうが城下に敵の大馬印が掲げられたのじゃ。これほどの屈辱があろうか」

激怒した義胤は、出陣の号令をかけそうになるのを必死に堪えていた。

「これは大事の前の小事。我らが仕掛ければ、伊達との間で戦が始まり、上杉に向く内府の大軍が相馬に向きます。挑発に乗ってはなりません。なにとぞ、ご堪忍のほどを」

床に両手をついて胤重が懇願する。扇子《せんす》を握る手が震える。義胤は逡巡《しゅんじゅん》するばかり。

政宗らしき騎馬は水無川《みずなしがわ》の下の川瀬の中に馬を入れ、しばらく金の扇子をかざして牛越城を眺めていたが、目的を果たしたのか馬の踵《きびす》を返し、新道へと戻っていった。

「さすがお屋形様にございます。よう我慢なさいました」

「よいか、次に侮辱された時は堪えぬ。左様、胆に銘じておけ！」

扇子を床に叩きつけて義胤は告げた。八つ当たりであることは判っているが、そうでもしなければ鬱屈《うっくつ》した気持と、忿恚《ふんい》の心を抑えることができなかった。

義胤を嘲笑ったかのような政宗一行は新道から浜通りに入り、北に馬足を進めた。

政宗一行は途中の鹿島《かしま》で重臣の片倉小十郎景綱《こじゅうろうかげつな》と合流し、中村城下に達すると、外堀に鑓の柄を入れて深さを測り、納得すると腰を上げた。

無事に相馬領を通過すると、片倉景綱が用意した八百余の兵が出迎えた。

駒ヶ峰城近くに達すると、新舘繁治は下馬して政宗に向かう。

「役目、大儀。これよりは自領ゆえ道筋は承知している」

労いの言葉をかけた政宗は、脇差を新舘繁治に与え、駒ヶ峰城に向かった。

前日のこと。片倉景綱は兵を駒ヶ峰に置き、自身は政宗を出迎えるために、わずかな供廻りを連れて鹿島に宿を取った。

この時、篝山は息子の郷胤が在する田中城に来ていた。

景綱は相馬家臣の草野清信《きよのぶ》と鈴木掃部左衛門《かもんざえもん》に案内《あんない》を頼み、篝山付の家老・佐藤信綱《のぶつな》と対面し、篝山に刀を、郷胤には脇差を献上した。その上で景綱は信綱に言う。

「こたび我が主が下向するに及び、我らが主から受けた下知は、富塚近江守信綱《おうみのかみのぶつな》に上下一千五百の兵を率いて岩城領に、某には上下一千で鹿島に、屋代勘解由兵衛《やしろかげゆびょうえ》（景頼《かげより》）には上下三千で駒ヶ峰にまいれとのことでござった。残念ながら某は多勢で貴領に入ることは許されず、国境に控えてきましたが」

「なにゆえ、左様な密命を儂に申されるか」

疑念に満ちた顔で佐藤信綱は問う。

「世情では佐竹、岩城、相馬、那須の面々が上杉に同意して石田治部少輔に与し、内府様に敵対しているとの噂が流れてござる。無論、我が主は内府様に味方するとも。これまでいろいろとござったが、相馬と伊達は代々の縁類であれば、某も良かれと思って申している次第で、まったく粗略《そりゃく》にしているのではござらぬ」

景綱は続ける。

「もし、長門守（義胤）様が治部少輔に心を寄せられたならば、お諌《いさ》めなされ。今や天下に内府様と比べ、論ぜる大将がいずこにおられましょうや。石田や上杉が時の勢いを誇り、とやかく申されようとも、末を全うすることはありますまい。然《しか》るに、これに与する者たちは家を滅ぼすことになりましょう。武家はお家が一番の大事、主君は一代者でござる。一時、義を失うやもしれませぬが、致し方ないこと。よくよく思案致し、末のところを吟味《ぎんみ》なされよ」

「底意《そこい》を残さぬ懇切《こんせつ》な忠言《ちゅうげん》、有り難く承《うけたまわ》った。確《しか》と我が主にお伝えいたそう」

佐藤信綱は景綱に感謝の言葉を告げた。

景綱が佐藤信綱に告げたのは、籌山の家老だからである。籌山と義胤との間に亀裂を入れ、籌山を取り込む策である。籌山も高齢なので、いつ他界しても不思議ではない。誼を通じて宇多郷の残りを手に収め、相馬全領掌握の足掛かりにするつもりであった。

景綱の宿を出た佐藤信綱は田中城に戻り、籌山に子細を報告した。

「片倉には、内府には逆らわぬと伝えよ。伊達に耳を傾けているように見せ掛けての」

籌山も乱世を生き抜いてきた武将である。片倉景綱の画策ぐらいは見抜いている。

翌日、片倉景綱は供廻《ともまわり》と政宗に合流して帰途に就いている。

義胤は籌山から景綱との接触を聞かされてはいなかった。

第六章　疾駆せぬ駿馬のつけ

一

攻防いずれも瞬時の行動が必要となる。残暑厳しい中、義胤は大戦に備えて、領内を隈《くま》無く見て廻った。相馬領に出入りする路には大きく五つある。浜通りの南北口。東西の街道が北から中村、奥州西、浪江の三街道。山道、獣道まではさすがに守りきれないが、この五つだけは厳重に固めた。出撃する時は、致し方ないとしても、兵を退《ひ》いた時、すぐに逆茂木《さかもぎ》を並べ、乱杙《らんぐい》を地に打てるよう、周囲に並べて置かせた。

（戦は他領でするのが相馬の家風じゃが、内府を敵にすれば、違った戦いをせねばならぬ。敵を引き込んで一掃するのも策のうち。さしあたっては彼奴〔政宗〕じゃ）

義胤は領民たちを叱咤激励《しったげきれい》して用意を急がせた。

一方の家康は江戸城に諸大名を集めて評議を開き、会津攻めの日を七月二十一日に定めた。家康は八日には、重臣の榊原康政《さかきばらやすまさ》を先鋒《せんぽう》とし会津に向けて出陣させた。

義胤の許には江戸に諸将の大勢が参集しているという報せだけが届けられている。

(ついに江戸にまで来たか。我らは味方の佐竹と、敵の伊達次第じゃの)

次第に緊張感が高まってきた。佐竹義宣も、まだ上杉家との綿密な画策が整っていないのか、義胤への明確な要請はなかった。

そんな最中の七月十四日、上杉家の山岸六右衛門尉《ろくえもんのじょう》が牛越城を訪れた。

「当家は白河の南西・白坂《しらさか》の革籠原《かわごはら》に防塁を築きました」

山岸六右衛門尉は説明を続ける。

野戦を得意とする家康を引きずり込むため、湿地帯の革籠原に先陣を配置し、開戦したら敵の頭を押さえ、東の関山《せきさん》から敵の横腹に突き入る。家康が西に退いた時のことを思案し、谷田川《やたがわ》(谷津田川《やんたがわ》)を塞き止め、水を谷田沼に流し込んでいるので足をとられて身動きできなくなる。家康は南に退くしかなく、その方面は余笹川《よささがわ》、那珂川《なかがわ》と越えることになる。これを南会津の鴫山《しぎやま》城に控えさせた兵で追撃する、と言う。

「しかれば相馬様は棚倉、寺山《てらやま》、矢祭《やまつり》に在する佐竹勢に合流致して戴きますように、と我が主は申しております」

「なるほど、引っ掛かれば一網打尽《いちもうだじん》となろうのう。されど、万が一、革籠原を突破された時はいかにする所存か」

一家の命運を賭ける時、少しでも疑念を残さぬように、義胤は問う。

「ご安心なされませ。白河街道の勢至堂《せいしどう》峠や背炙《せあぶり》峠は馬一頭がやっと通れる難所でござる。両所に砦を築いており、矢玉を雨、霰《あられ》のごとく降らせますゆえ、敵は峠を通過すること叶《かな》いませぬ」

現在、冬坂峠と呼ばれる背炙峠は会津の鶴ヶ城から一里ほど南東に聳《そび》える背炙山にある峠で、東西は両勾配。人では二人、馬は一頭通るのがやっとの難所である。白河口から若松城を目指すならば、この嶮所《けんじょ》を通らねばならない。また、勢至堂峠は背炙峠から五里ほど南東にある峠で、転がれば横死者が出るほどの天険《てんけん》である。

「左様か。伊達の動きも気になる。常陸勢と合流するか否かは佐竹殿と相談致そう」

闘志に満ちた義胤ではあるが、どこに出陣するかは際の際まで見極めるつもりだ。

すでに佐竹義宣は、梅津憲忠《うめづのりただ》、戸村豊後守《ぶんごのかみ》を矢祭の大拱《おおぬかり》の関に、渋江政光《まさみつ》を北の赤舘《あかだて》城に入れていた。

七月十九日、前軍の大将を命じられた秀忠は三万七千五百を率いて江戸を出発。二十一日、家康も三万一千八百の兵とともに出陣した。これらは東軍と呼ばれている。

決戦に備える上杉軍は、すでに先陣と二陣が小峰城に入城し、三陣の本庄繁長《しげなが》らは関山に陣を布いている。これらの軍勢は一万二千。七月二十三日には景勝の本隊八千も長《なが》沼《ぬま》城に入っていた。東軍に備える上杉軍は鴫山城の直江兼続勢も含めて三万である。

上杉軍と不確実ながら挟撃戦を画策する三成は、七月一日、佐和山を出て大坂城で長束正家らと語らい、十三日、安国寺恵瓊を招いてさらに談合、毛利輝元をはじめ諸将に参集するよう誘いをかけた。

十七日、毛利輝元が大坂城に入り、宇喜多秀家、徳善院玄以、長束正家、増田長盛が連署して十三ヵ条からなる家康への弾劾状《だんがいじょう》「内府ちかひの条々」を諸将に送って挙兵した。

さらに三成は大坂に在する諸将の妻子を人質として大坂城に入れて監視した。長岡忠興の正室の珠《たま》（ガラシャ夫人）は入城を拒んで小競り合いの末、死に追い込まれた。相馬家嫡子の三胤は、義胤ならびに烏帽子《えぼし》親でもある三成の命令に従い、母の深谷御前と弟の駒寿丸を守り、大坂城に入っていた。

三成の許に集まった兵は九万五千にも上った。東軍に対してこれを西軍と呼ぶ。十九日、西軍は家康股肱《ここう》の臣・鳥居元忠《もとただ》が守る伏見城を攻め、八月一日、激戦の末に同城を陥落させた。さらに東軍を迎え撃つべく東に進んだ。

義胤が頼りとする佐竹義宣は二十三日には南陸奥の棚倉《たなぐら》城に入城している。

相馬領を抜け、中陸奥の北目《きため》城に入った政宗は同城で兵を整え、二十一日、旧領の奪還を目指して出発した。第一の目標は白石《しろいし》城とした。軍勢は一万余。相馬勢への備えならびに本戦は先と読んで兵を温存する思案だった。先手の亘理《わたり》定宗《さだむね》、屋代景頼はその日、北目城から四里ほど南の岩沼《いわぬま》城に入っている。

二十三日、政宗は岩沼城から四里ほど南西に位置する四保《しほ》城（船岡要害《ふなおかようがい》）に入城した。白石城からは北東三里少々である。

白石城は牛越城から十四里ほど北西に位置している。

「伊達は上杉への牽制ではないようで、旧領の掌握が当所《あてど》のようにございます」

水谷胤重が義胤に報告する。義胤はまだ牛越城を動かない。

「左様か。駒ヶ峰、蓑首両城の様子は？」

「固く守っております」

兵を進めても簡単には落ちない、と水谷胤重の顔が言っている。

「近頃、上杉からの使者は来ぬな。儂からの支援は期待しておらぬということか」

「左様なことはないと存じますが、よもや自ら上杉に後詰《ごづめ》を出されるのですか」

「内府の多勢が迫る中、勝手には動けまい。まずは佐竹が出陣してからじゃ」

もどかしさの中で義胤は答えた。どのように行動していいのか正直迷っていた。

（上杉は正面きって内府に挑んだのじゃ。覚悟もできていようし、それなりの国力もある。大戦を仕掛けたことは武門の誉《ほま》れ。対して儂は佐竹に引きずられる始末か）

義胤は上杉家を畏敬《いけい》し、半《なか》ば羨《うらや》ましくもあった。嫉妬心もあるので、すぐに援軍を向かわせたくない気持もあるが、佐竹家が上杉に与する以上、上杉の敗北は相馬の滅亡にも繋がるので傍観できない。複雑な心境のまま、次なる依頼を待った。

実際、上杉家の直江兼続は使者を派遣したが、相馬領の国境《こっきょう》となる川俣《かわまた》で伊達麾下の伊具《いぐ》郡の金山《かなやま》衆に襲われ、書状を奪い取られた。この頃、川俣を守るのは上杉家臣の大津助之丞《すけのじょう》で、助之丞は金山衆二人を討ち取って書状を奪い返している。

二十二日、兼続は、大津助之丞を労いつつも、なんとか使者を相馬領に通すことを命じ、再び山岸六右衛門尉を相馬家に遣わしている。

伊達方もこれを阻止するために、伊具郡の丸森《まるもり》衆からも兵を出しているので、上杉家の使者は相馬領に入ることはできなかった。政宗は相馬勢を警戒しており、留守《るす》政景《まさかげ》らに対し、国境を厳しく警戒し、なにかあればすぐに報せるように命じていた。

二十四日、棚倉城にいる佐竹義宣の許に、十七日に書かれた宣戦布告状とも言える弾劾状「内府ちかひの条々」が届けられた。持参したのは連歌師の猪苗代兼如《いなわしろけんにょ》であった。

翌二十五日、義胤にも弾劾状の発行ならびに西軍蜂起の報せが齎された。

（西軍は九万数千か。さすが治部殿、よう集めたものじゃ）

義胤は感心しながら、東西の兵力を思案する。軍役は百石で三人。

会津に向かう兵は六万九千三百余。江戸の留守居と、周辺を守る兵が五万六千。

津川口の前田利長が約二万。堀秀治、堀直政《なおまさ》、溝口秀勝《ひでかつ》、村上義明《よしあき》ら越後衆は約一万。

米沢口の最上義光は約六千、信夫口《しのぶぐち》の伊達政宗は約一万四千五百余（実際の出陣は一万）。

（東軍は十七万七千八百か。対して西軍は……）

三成が集めた九万五千余。（大坂城の豊臣勢数万は別）

上杉景勝は三万六千（領内での戦いならば総動員するので数万にはなる）。

仙道口《せんどうぐち》の佐竹義宣、蘆名盛重、岩城貞隆、多賀谷宣隆、相馬義胤で二万四千。

（我ら西軍は十五万五千余か。兵数では足りぬが、東西で挟み撃ちにするゆえ、さしたる差にはなるまい。数万どうしが戦える地は限られておるしの）

義胤の思案では四国、九州、中国地方での戦いは想定の外である。

（治部殿が蜂起したとすれば、内府も上杉と長対峙はできまい。それにしても、治部殿は内府が上杉と戦いを始める前に兵を挙げたのか。されば内府は、これを理由に上杉とは戦わずして反転しても可笑《おか》しくはない。時期尚早ではなかろうか）

事実だとすれば暴挙としか思えない。

（内府が引き返したら、上杉、佐竹、伊達、儂はいかになるか？）

そこから先は義胤もすぐには想像できなかった。

「式部丞、即座に佐竹に遣いを立てよ。それと、内府の様子を探らせよ」

逸った出陣、遅れた行動は命取り。義胤は新たな情報を待っていた。

七月二十三日から二十四日にかけて、家康は三成らが「内府ちかひの条々」という弾劾状を諸将に送って挙兵したことや、長岡珠殺害などの報せを受けた。

翌二十五日、家康は下野の小山《おやま》に諸将を集め、北進するか西上するかの評議を開いた。俗に言う小山会議である。事前に家康は藤堂高虎、黒田長政に命じて福島正則を説得させていたので、正則の進言にて西上が決定。東軍は即座に西進を開始した。

政宗は家康から内々で刈田《かった》、伊達、信夫《しのぶ》、二本松、塩松《しおのまつ》、田村、長井の七郡・石高にして四十九万五千八百余石の加増を約束されている。この時の所領と合わせれば、百余万石の大名になる。いわゆる「百万石の御墨付き」は上杉家を牽制し、押さえ込めば得られる石高であった。

ところが政宗は自重の命令を無視し、刈田郡の白石城を攻撃した。白河口を進む東軍が会津を攻めないという共通認識は政宗にもあるが、家康の西上が頓挫《とんざ》し、三成との戦いが長期戦となった時、国境で傍観していただけでは一反の田も増えない。

政宗は優位なうちに上杉領を攻めて家康から約束された地を奪い取ってしまおう、戦で得た地ならば、返せとは言わないであろうと考えた。あるいは家康を泥沼の会津合戦に引き摺り込み、どさくさに紛《まぎ》れて損害を被《こうむ》らせ、あわよくば再び天下取りの契機にしようと思案していたのかもしれない。白石城将の甘粕景継《あまかすかげつぐ》が会津に出向いて不在だったこともあり、同じ二十五日、政宗は同城を攻略した。

家康は追撃されることを恐れていた。上杉家よりも関東に在する佐竹義宣を警戒していた。上杉勢が家康の背後を突けば、留守にした会津に最上、伊達勢が襲いかかるので、受けて立つ戦ができても、西に攻める戦に転じられぬと踏んでいた。

そこへいくと佐竹義宣は誰にも攻撃される心配はない。佐竹軍は精強。五、六倍の北条軍を何度も敗走させた兵はそっくり義宣に継承されている。義宣は家康の横腹を突く絶好の位置に在し、地の利も知っている。家康には阻《はば》む防塁がない。もし、攻撃を受ければ、かなりの打撃を受けるであろう。天下取りの西進が難しくなる。

家康は何度も佐竹義宣の許に使者を送り、追撃しないという確約を取ろうとした。これにより義宣は東軍の反転を知り、二十六日には水戸に帰城している。

義胤は二十六日に政宗の白石城攻略を知ることになった。同時に、片倉景綱が篝山に調略の手を伸ばしていたことも伝えられた。

（父上に誼を通じるふりをしたは、我らに白石城攻めを邪魔させぬためか）

不愉快ではあるが、白石城攻めを事前に知っても、義胤とすれば、家康が会津に向かっている以上、阻止するために白石に兵を向けるわけにはいかなかった。

二十八日には東軍が西進を開始したことと、義宣の帰城を知った。

（佐竹が水戸に戻ったか。内府に仕寄られることを恐れたか。致し方ないとは申せ、臆《おく》しすぎであろう。今の内府には水戸に兵を割く意思など微塵《みじん》もあるまい。調略によって質《しち》でも取って上杉から背かせ、あとで難癖をつけて所領を割譲《かつじょう》させるのが関の山）

義宣の帰城を聞き、闘争心が冷めていく。義胤も身動きしにくくなった。

「畏れながら、内府様に二十でも三十でも合力の兵を送ってはいかがでしょう」

水谷胤重が義胤に進言する。

「親類の佐竹、岩城、恩ある治部殿を足蹴《あしげ》にし、儂に不義を働けと申すか」

「おそらく、上杉が動かねば、佐竹は腰を上げませぬ。されば相馬も然《しか》り。追い討ちがなければ内府様は無傷で西上なされます。兵数は治部殿よりも上。戦歴は言わずもがな。なにも敗れる側に加担することはありませぬ。内府様も不安ゆえ、小山にとどまっているのでしょう。当家は内府様から敵だと思われておられますゆえ、お屋形様が、まっ先に合力致せば内府様はお喜びになられ、相馬の家は安泰かと存じます」

懇々と水谷胤重は説く。

「そちの申すことは尤《もっと》もかもしれぬが、義は無にできぬ。まだ佐竹、上杉が追い討ちをかけぬと決まったわけではない。勝手な行動はするまいぞ」

忠義心から、水谷胤重は密《ひそ》かに使者を送りそうなので、義胤は釘を刺した。

義胤の憂鬱《ゆううつ》は続く。

上杉家が東軍の反転を知ったのは七月末近く。まだ家康は小山に残っていることもあり、直江兼続は主君の上杉景勝に追撃を進言したが、景勝は許可しなかった。

八月四日、家康は上杉軍への備えとして、下野の宇都宮城に次男の結城秀康と三男の秀忠、榊原康政、蒲生秀行《がもうひでゆき》らを配置して、追撃できないように努めた。常陸の佐竹義宣には結城晴朝《はるとも》、由良国繁《ゆらくにしげ》などを各々の居城に置いて備えさせた。

総勢六万にも及ぶ兵数を上杉、佐竹軍の西上に備えたことになる。その上で小山を発ち、翌五日、江戸城に帰城している。

ほどなく義胤にも報せは届けられた。

（内府が小山を発ったか。佐竹はうまく丸め込まれたか、脅されたか。かくなる上は、相馬領を守るために戦うのみじゃな）

義胤は気持を切り替えた。

「当領を侵す者は全て敵じゃ。国境を固めさせよ」

しばらく落ち着くまでは貝のように固く殻を閉ざすつもりの義胤だ。

家康の帰城を知った佐竹義宣は、急に不安になったのか、八月十日、家臣の川井忠遠《ただとお》を江戸に向かわせ、赤舘城で上杉軍を食い止めると告げさせた。

八月二十五日、義宣は、さらに小貫頼久《おぬきよりやす》を江戸に向かわせ、赤舘城は異常がないことと、徳川家への忠誠を誓わせた。

前日の二十四日、家康の下知を受けた秀忠は榊原康政、大久保忠隣《ただちか》、本多正信ら徳川家臣のほか外様の大名を含む三万八千七十余を率いて宇都宮を出立した。東軍から離反した真田昌幸を討ち、中仙道を通り、尾張の清洲辺《きよすあた》りで家康と合流する予定であった。

九月一日、家康は満を持して江戸を出立した。率いる兵は三万二千七百余。

報せを受けた義宣は一族の重臣・東義久《ひがしよしひさ》に三百を率させ、秀忠軍に後詰として参陣させている。

佐竹家は戦国大名らしく二股膏薬《ふたまたごうやく》に努めていたが、義胤は知るよしもなかった。

家康を追撃しなかった上杉家は、直江兼続を大将として北の最上領に兵を向けた。

白石城を攻略した政宗は、家康の帰城を知ると、それ以上の上杉領への侵攻を停止して帰途に就いた。岩出山《いわでやま》城に戻った政宗は北に目を向け、牢人をしていた和賀忠親《ただちか》、大迫又三郎《おおさこまたさぶろう》に命じて南部領の江刺《えさし》郡の人首《ひとかべ》で一揆を蜂起させた。

版図《はんと》を広げようとする者、自家存続のために機嫌取りに走る者などがいる中、義胤は己の名の一字でもある『義』を貫くため、中立を保つことに徹底した。攻めてくれば排除するが、自らは敵領に兵を進めない。失った駒ヶ峰、蓑首両城は混乱に乗じて奪還を試みたいところであるが、立場が弱いので時機ではないと見ていた。日本全国の大名が、多かれ少なかれ東西に分かれて戦い、また戦おうとしている時に稀《まれ》な思案である。

ある種、日和見《ひよりみ》を決め込む義胤の許に、少しずつ西の報せが届けられてくる。西軍による伏見城陥落、伊賀・伊勢の制圧。長岡幽斎《ゆうさい》の丹後《たんご》・田辺籠城《たなべろうじょう》、京極高次の西軍離反による近江《おうみ》・大津《おおつ》籠城、東軍による岐阜城攻略、秀忠軍の信濃・上田城攻めなどなど……。

九月末には、美濃で行われた天下分けめの関ヶ原合戦の結果が齎された。

九月十五日辰《たつ》ノ刻（午前八時頃）、徳川家康を大将とする東軍八万八千余と石田三成らの西軍八万三千余が関ヶ原で激突。家康四男の松平忠吉《まつだいらただよし》と岳父の井伊直政の抜け駆けで開始された。

西軍では小早川秀秋、毛利秀元、吉川廣家《きっかわひろいえ》らが家康の調略によって動かず、これに釣られて安国寺恵瓊、長束正家、長宗我部盛親らも不戦を余儀無くされた。兵の半数が動かないにも拘《かか》わらず、開戦すると西軍が優勢に戦い、東軍は押された。

午《うま》ノ刻（正午頃）、苛立つ家康の大筒《おおづつ》による恫喝、いわゆる問い鉄砲を受け、様子を見ていた小早川秀秋が西軍の大谷吉継勢に突撃。小早川勢に呼応して、赤座直保《あかざなおやす》（吉《よし》家《いえ》）、小川祐忠《おがわすけただ》、朽木元綱《くつきもとつな》、脇坂安治らも背信した。

小早川勢の参戦から半刻後の午ノ下刻（午後一時頃）、西軍は総崩れ。未《ひつじ》ノ刻（午後二時頃）には島津惟新《いしん》勢による敵中突破が行われるのを最後に勝負が決した。

家康が危惧していた、西軍総大将の毛利輝元は大坂城を動かず、三成が期待した秀頼の出馬もなかった。

徳川家の主力を率いた跡継ぎ候補の秀忠は、信濃上田城の真田昌幸に攪乱《かくらん》されて、決戦の場には間に合わなかった。

（十七万余の兵が戦って、わずか半日で勝敗が決したのか……）

あまりのことに、報せを聞いた義胤は言葉を失った。誰もが同じように驚くであろう。

（治部殿もさぞかし無念であろうな。開戦に踏み切ったからには勝算があってのことに違いない。よもや小早川が返り忠するとは夢にも思うまい。あるいは、それを想定した上で挑んだのか。敗将となれば、もはや会うことも叶うまいが。他人事《ひとごと》ではないの）

三成に会って真相を聞いてみたいが、それどころではない。石田、上杉と盟約を結ぶ佐竹に与した相馬家が、このままただですむとは考えにくい。

「これからが大変にございますな。まずは内府様に戦勝祝いの遣《つか》いを出しましょう」

だから言わないことではない、と水谷胤重は口にしなかった。

「そうじゃの。佐竹にも遣いを出せ。三胤の安否《あんぴ》も忘れるな。伊達は喜び勇んで仕寄ってくるやもしれん。中村口（北）と草野口（西）の警戒を怠《おこた》らせるな」

義胤は虚しさと不安感の中、矢継ぎ早に命じた。

二

周囲からの報せは、義胤の許に無作為に届けられた。

十月一日、石田三成は小西行長《ゆきなが》、安国寺恵瓊らとともに、洛中を引き廻された挙げ句、都の六条河原にて斬首された。

九月二十四日、総大将の毛利輝元は大坂城の西ノ丸を明け渡し、大坂の木津《きづ》にある毛利屋敷に退くと改易が決まった。吉川廣家の奔走《ほんそう》で、十月十日、廣家に与えられるはずだった周防《すおう》、長門《ながと》の二ヵ国が改めて輝元に与えられ、六ヵ国が削減された。

最上領の半分近くを制圧した直江兼続は長谷堂《はせどう》城を包囲している最中に西軍の敗走を知り、撤退戦を開始。伊達家の援軍を得た最上勢の熾烈《しれつ》な追撃を受けるものの、兼続は鉄砲を巧みに使った繰引《くりびき》という戦法で敵を躱《かわ》し、最小限度の犠牲で兵を退却させている。のちに家康から賞賛される、長谷堂の撤退戦である。この時、泉成政も奮戦して多数の敵を討ち払い、無事に米沢に帰城して相馬武士の強さを示した。

上杉家は評議の上、家康と和睦という名の降伏をすることに決めている。

関ヶ原の結果を知った政宗は、即座に旧領奪回を開始し、南陸奥の福島城を攻撃したものの、激しい抵抗にあって撃退されている。

十月十五日、早くも家康は、東軍に参陣した諸大名への加増を発表した。

尾張清洲二十四万石の福島正則は安芸広島四十九万八千石に加増の上で移封。東軍に参じた武将は大いに石高を増やした。

対して西軍に参じた立花親成《たちばなちかなり》（のちの宗茂《むねしげ》）や長宗我部盛親などは改易にされている。伊達政宗は百万石の御墨付きを得ているものの、まだ、陸奥、出羽の小競り合いが収まらず、最上義光らも含め、論功行賞は行われなかった。

合戦で西軍に兵を派遣し、兵糧を送った豊臣家は二百余万石の直轄領を所有していたが、家康は摂津《せっつ》、河内《かわち》、和泉《いずみ》での六十五万石に減らしている。豊臣家が一大名に転落した瞬間であった。

最終的には九十家の改易と四家の削封となり、石高にして六百数十万石。全国の三割余が東軍に加増されたことになる。改易による牢人の数は二十万人を超えたという。

西軍に与した大名の中で処遇が決まっていないのは、島津龍伯、上杉景勝、佐竹義宣、弟の蘆名盛重、岩城貞隆、多賀谷宣隆、これに相馬義胤である。

関ヶ原合戦が行われたことにより、豊臣政権の五人年寄《としより》五奉行制は崩壊し、年寄筆頭の家康は主家を差し置き、諸大名に対して天下人のごとく権力を振るっていた。

（世の中とは、かくも早く変わるものか）

秀吉が関東・奥羽攻めをした時、半年余で東日本を制圧し、天下を統一した。これに微妙な状況で立ち会った義胤は時の流れの早さを感じたが、同じような印象である。

（もはや内府に対抗しうる者はおらぬか。奉行でありながら治部殿は勇ましかったのう。

それに比べ、儂は将門公の血を引くと豪語しながら、なんという腑抜《ふぬ》けか)

立場は違うが、義胤は年下の三成が羨ましくてならず、自己嫌悪にかられた。

(とは申せ、儂は生き延びてしまった。今さら江戸に兵を向けるわけにもいかぬ。現状は著《いちじる》しく悪い。今の儂がする戦いは、相馬を潰さぬことに全身全霊を捧げること)

気持を新たにするものの、良き打開策が浮かばなかった。

相馬領に寒風が吹きはじめた頃、三胤が深谷御前と駒寿丸を伴って牛越城に帰城した。

義胤は主殿で三人と顔を合わせた。成長した嫡子の精悍《せいかん》な顔、最愛の深谷御前の優しい面持《おもも》ち、初めて目にする駒寿丸の愛くるしいこと。

「よう帰国できたの。それより、なにゆえ母を連れて戻ったのか?」

三人の無事な顔を見て安堵したが、義胤は三胤の行動に疑問を持ち、怒りも覚えた。

「本多佐渡守(正信)殿に許可は取ってあります。それと東軍の諸将は関ヶ原の戦に先駆けて、妻子を国許に戻しております。なにか不都合でもございますか」

徳川家康、加藤清正、黒田長政らは巧妙に妻子を潜ませたり、病《やまい》を装ったりさまざまな画策をして西軍の人質にならぬように逃れさせていた。

謀臣の本多正信は秀忠に従って上田城を攻め、関ヶ原本戦には間に合わなかった。

「それは戦の前なればこそ。相馬の立場が危ぶまれているこの期に及び、妻子を帰城させれば、背信のためだと糾弾されるとは思わなかったのか」

「相馬がですか? 本多殿は、さすが相馬殿、よう自重なされた、と申しておりました。

父上は一本の矢も東軍に対して放たなかったと伺っております。違いますか？」

「そうじゃが、まこと本多は左様に申したのか？」

上座から身を乗り出すようにして義胤は問う。

（儂の思い過ごしか。いや、腹の底を覗《のぞ》き込むような彼奴の目。言葉どおりには受け取れん）

義胤は本多正信の蝦蟇のように離れた目を思い出しながら楽観論を否定した。

「はい。また親しく物語したいので、上坂するように伝えてほしいと申されました」

三胤は、本多正信に、いいように扱われているのが判らないようだった。

義胤は三胤に微妙な思案の違いを感じた。

誅臣の申し出をそのまま受け取って上坂すれば、虜になって切腹させられるのがおち。上坂は先のこととしても、せっかく三胤が本多正信と接触した伝手《つて》を使わない手はない。

義胤は正信を経由して家康に駿馬を贈り、しばし様子を見ることにした。


大坂城西ノ丸の一室に本多正信は家康と二人でいた。

家康は上座で、なにやら干涸《ひから》びたものを薬研《やげん》で擦りながら、時折舐めている。

（よくも懲《こ》りずになされるものじゃ。まことに効くのかの。前に咳《せき》をしたら、守宮《やもり》の粉を飲まされたことがあったの。もうご免じゃ）

今思い出しても、苦味が口腔《こうこう》に蘇《よみがえ》る。

「あれはいかがしておるか」

「島津には使者を送っております。じき薩摩に届く頃かと存じます」

心得たように本多正信は答えた。家康と正信の間は「君臣の間、相遇《あいあ》うこと水魚のごとし」と言われている。正信には、なんとなく家康が言わんとしていることが推測できた。だから碌な功名がなくとも、関ヶ原に遅参《ちさん》しても側に置いてもらえる。

「田舎者ぞ」

家康の言葉には、秀吉に降伏した島津家は、政というものを理解できず、従わなかったぞ。しかも島津惟新は関ヶ原では家康の本陣を掠《かす》める敵中突破をして本国に逃れている。慶長の役では、わずか五千余の兵で二十万の兵を撃破した。そのような危ない者は決して許さないというのが家康の肚裡である、と正信は解釈している。

「仰せのとおりでございます。質もおりますので、心配はございません」

新納旅庵《にいろりょあん》、本田元親《もとちか》らの島津家臣は洛中で徳川家臣に捕らえられていた。

「以前にも聞いたような気がするが」

薬研の動きを一旦止め、家康はもう一度、擦ったものを舐めた。家康は八ヵ国百二十万余石の毛利家は改易に決めていたが、福島正則らが懇願するので、仕方なく存続を認めた。家康は、これが惜しくてならず、正信の努力不足だと愚痴をもらす。

「これからにございます。それと、そろそろ相馬の倅《せがれ》が帰国した頃にございます」

「相馬？　血の巡りの悪い頑固者か」

思い出したように家康は言う。駿馬の購入に際し、手間暇かけて掌《てのひら》で転がし、才の差を見せつけてやったのに、家康ではなく三成を選んだ慮外者《りょがいもの》かと家康は蔑《さげす》んでいる。

「はい。長門守《ながとのかみ》（義胤）の妻子を連れて戻らせました」

「返り忠（謀叛《むほん》）をさせるだけか？」

正確には謀叛の容疑をかけて取り潰すだけかと家康は質問している。

「お父上（義胤）は、さぞかし大膳亮《だいぜんのすけ》（三胤）殿の初陣を見たがっていると言い含めました」

「相馬に上杉を攻めさせるか。それで上杉は下るか？」

家康は二度と会津攻めのために出陣をしたくないようである。

「直江は戯けではありませぬゆえ」

盟約を結んだ相馬家から攻められれば、孤立したことを認識し、僅かな所領でも残そうと家名の存続のために降伏してくると正信は読んでいる。すでに頑固な主君を説得しているかもしれない。その尻を相馬に叩かせるつもりでいる。家康も理解していた。

「それだけでは失態を取り戻せまい」

「畏れ入りました。さすがに上様。某などは足下にも及びませぬ。されど、佐竹は相馬にとって親戚の寄親。ちと荷が重いかと存じます」

いくら正信でも相馬に佐竹を攻めさせようとは思わなかった。阿諛《あゆ》には阿漕という意味をこめている。また、この頃、徳川家臣や、藤堂高虎、黒田長政らは家康を天下人《てんかびと》として上様と呼んでいた。

「乱世じゃ、政略で結ばれた親戚に兵を向けるぐらい難しくはなかろう」

家康の言葉は重い。過ぐる天正七年（一五七九）八月、信長から謀叛の疑いをかけられ、正室の築山《つきやま》御前を家臣に斬らせ、嫡子の信康《のぶやす》を自刃《じじん》させている。

「佐竹は誼を通じる使者を送ってきております。今少し泳がせてはいかがでしょう」

「甘いわ！　義宣奴《め》の取った曖昧《あいまい》な態度は卑劣《ひれつ》であり、武士にあるまじきこと。お陰で策を講じるのに苦労させられた。佐竹は上杉のように堂々と挑んでくるでもなく、治部少輔のように挙兵するわけでもない。彼奴のせいで、関ヶ原では危うい目にもあった。あのような律儀を気取った輩は許せぬ」

律儀者と呼ばれるのは自分一人で十分。律儀者は敵から恐れられる賞賛の言葉である。家康も天下人を意識して、自分を余《よ》と言うようになった。

「天下分け目の戦に際し、諸将は家運を賭け、東西に分かれて戦った。中には決めきれず、家を二分して生き残りを賭け、同族どうしで殺し合いもした。にも拘らず、なにもせぬで本領を安堵してくれなどと抜かす戯けは、いかな思案で申しているのか、余にはまったく理解できぬ。余がどれほどの苦渋を味わって、ここまで来たと申すのか」

過去のつらい日々を思い出したのか、家康は憤りながら、珍しく多弁だ。毛利輝元、佐竹義宣、それと義胤などのことを家康は示唆《しさ》している。

「逆に欲深い輩〔政宗〕も陸奥にはおりますゆえ、調和がとれているかもしれませぬ」

「彼奴もおったか。相馬は使えそうか」

「奥羽を静謐《せいひつ》にするための駒《こま》としてはいかがにございましょう。戯けた馬は鞭をくれれば死ぬまで走ると申しますゆえ」

答えると家康は当然といった表情をする。

「己の際《きわ》（限界）を知らぬとはの。今も昔も左様な輩は恐ろしくもあるぞ」

信長、秀吉の二人には、さんざん苦労させられた。今後その可能性があるのは政宗だと家康は言っている。

「仰せのとおり。されど今は駿馬を上様に贈り、機嫌を取るのが関の山にございます」

細工は流々であると、正信は家康に告げる。自分の才で家康が望む以上の数の大名を排除するつもりでいる。上杉家を降伏させ、政宗の天下欲を削《そ》ぎ、佐竹家の内部攪乱をさせるには、ちょうどいい位置にあり、手頃な大きさなのが相馬家である。正信にとって義胤は都合のいい駒になっていた。

三胤が帰国しても、家康からの上坂命令などは来なかった。幸いにも討伐軍が迫ることも、伊達勢が国境《こっきょう》を侵すことも今のところはない。軍事については落ち着いているが、義胤の不安感は拭えない。捨て殺しにされているような気がして憂鬱な気分だ。

（内府に挑んだ上杉も、実際に鉾《ほこ》を向けた島津も片づいておらぬゆえ、相馬程度の家など手をつけるまでもないか）

義胤は早く本領安堵を示す朱印状が欲しくてならなかった。

十一月になり、義胤の前に三胤が罷り出た。

「そろそろ初陣を果たしとうございます。本多殿も仰せでございました」

「なるほど、それが帰国許可の当所か」

嫡子の申し出を聞き、義胤は本多正信の意図を理解した。

(三胤が出陣するならば、敵は上杉になる。目下、上杉は伊達と戦の最中《さなか》。蝦蟇め、ここに相馬を加え、味方がいないことを知らしめて、上杉に降伏させせんとする魂胆か。儂には義を踏み躙《にじ》らせ、信を失わせての。毛利は口車に乗って大坂城を出たゆえに六ヵ国を失った。同じ過ちをしてはならぬ)

相馬家にも謀の手が伸びてきたことを義胤は実感した。

「儂もそちの具足姿を見たいが、こたびは時期ではない。今少し堪えよ」

「畏れながら、上杉は上様に戦を挑んだ敵にございます。なにゆえ止められますか？このままでは当家も敵とみなされまするぞ」

三胤の言葉を聞いて、義胤は驚いた。

「上様？　よもや内府を左様に呼んでいるのではなかろうの」

「勿論、内府様のことにございます。豊臣家の所領を決めたのは内府様にございます。上様と呼んでなんの不思議がございましょう」

若い三胤は家康の天下を疑う素振りがなかった。

「内府は筆頭でも豊臣家の年寄にしか過ぎぬ。上様と呼べば豊臣家への不忠となる」

「されど、諸将の所領を決める力を持っております。上様の一言で大名は取り潰され、増やされる大名もございます。内府様が天下人でないならば、なにゆえ秀頼様の所領をお決めになられるのですか。これこそ天下人の証ではないですか」

大坂で所領の分配を肌で感じてきたせいか、三胤の言葉には説得力がある。

（此奴、わずかな期間で感化されよって。大坂に置いてこなければよかったか）

親子間での亀裂を感じ、後悔する義胤であるが、もしかしたらという思いがある。

（いや、これが世の流れで、国許に籠った儂は遅れておるとしたら……。三胤の口を借りた本多の言葉が相馬を存続させるものだとすれば、これまでの柵《しがらみ》を捨てて従わぬわけにはいかぬか。それでは不義の将となる。されど、家を潰すわけにはいかぬ）

義胤が思案していると、焦《じ》れたのか三胤が先に口を開く。

「まだ各地は定まっておりませぬ。無論、奥羽も。定まってから騒いでも後の祭にございます。当家は最初の機を逸しております。二度目はないものと思われます」

まるで本多正信が三胤に乗り移ったかのようである。

「戦とは、軽々しいものではない。勝ち戦でも味方に犠牲は出るものじゃ。ゆえに大義名分が必要。そちが初陣をしたいから敵を作りましたでは家臣はついて来ぬ。徳川が公儀というならば、正式な命令を受けてからではないと動けぬ。しばし待つがよい」

「されば、書状を貰えば構いませぬか」

三胤の念押しに、義胤は頷いた。三胤は部屋を出て行った。

「よろしいのですか？　若殿は徳川に遣いを送りますぞ」

同席していた水谷胤重が言う。

「のちの相馬を考えれば三胤が徳川と誼を通じるのは悪くない。されど、本多は上杉攻めの書などは出しはせぬ。左様なことをすれば、儂にもよこせと申す輩がおるゆえな」

「伊達ですか。今は岩出山に帰城したようにございますが」

この頃、煽った和賀・稗貫一揆が南部勢に押されだしていた。

「彼奴に許可すれば、相応の恩賞を与えねばなるまい。凡愚《ぼんぐ》に大領を与えても、すぐに失態を犯して召し上げることができるが、梟雄に与えれば自らの首を絞めることになる。内府は左様な戯けではあるまい。彼奴が帰城したとすれば、関ヶ原以降の下知は出ておらぬはず。会津攻めも北からの押さえだったのかもしれぬ」

「伊達も只働き《ただばたら》きはしませぬか。されど、当家は違うかと存じます」

「そちの申すことは尤もであるが、万が一、上杉が和睦交渉をしていたとすれば、当家はその家に兵を向けることになる。義を欠くだけではなく、明確な取り潰しの名目を与えることになる。今少し状況を探らねばならぬ」

十一月三日、直江兼続は直々福島城に足を運び、城将の本庄繁長に和睦交渉の使者を命じた。繁長は謙信にも景勝にも背いたことのある曲者《くせもの》であり、戦にも強い武将であった。繁長が上洛の途に就くのは十二月に入ってからである。

三胤は本多正信に遣いを送るが、明確な上杉攻めの下知が出されることはなかった。

徳川家から義胤に上坂要請は出されているが、佐竹家との関係もあるので、義胤は佐竹家次第だと返答している。かねてから誼を通じていた最上義光からも、早々に上坂して家康に臣下の礼を取るべきとの助言をしてきたが、義胤は動かない。十一月八日、義光はこのことを政宗に報せ、政宗からも勧めるようにと伝えている。

相馬家が改易になれば、その所領が自分のものになると期待する政宗が、他家の存命に尽力するはずはない。関ヶ原前に領内を通過させてもらったことなどは、微塵も恩義に感じるような政宗ではない。最上義光からの申し出を政宗は握り潰した。

三

それほど積もってはいないが、周囲は白く染まっている。暮れも押し迫ってきた頃、水谷胤重が人払いをしてほしいと言うので、義胤は応じて二人で膝《ひざ》を詰めた。

「日を追うごとに内府様のご威光は増すばかりですが、相馬は内府様に味方した証もなく、ただ日々を送っております。今さら伊達と和睦しても、攻める城もなく、当家のみで攻略できる城もなし。後日、内府様からお咎めがあれば、申し開きができません」

これまで何度も評議してきたことを水谷胤重が指摘する。義胤にも打開策はない。

「かくなる上は、上杉の領地に夜討ちをかけてはいかがにございましょう？」

「家老のそちまで、左様なことを申すのか」

　義胤は反対である。

「お屋形様の心中はお察し致します。されど、当家の状況は極めて不利。このままでは佐竹ともども改易になるのは必定。桓武《かんむ》天皇の血を引く将門公の名門を潰してはなりませぬ。某も相馬の支族。本家を守る義務がございます」

「家臣に言われるまでもない」

「さればなおさら。こたびのこと、お屋形様は目をつぶって戴けませぬか。全て某の責任において致します。万が一、相馬に難が降り掛かった時は、家臣が勝手にやったことと切り捨てて下さい。某が皺腹《しわばら》を切りまする。逆に賞賛なされた時は、お屋形様の下知と胸をお張りください」

　いつになく思い詰めた面持ちで水谷胤重が進言する。

「そち一人に責を負わせることなどはできぬ」

「お家存亡の瀬戸際にございます。相馬が潰れれば、家臣一同が路頭に迷います。一度で構いません。非情におなり下さい。上杉家とは泉藤右衛門（成政）のことでもめていますので、一応の言い訳は立ちます。万が逸の時、某一人の処分ですむゆえ易きことではありませぬか。ただ、我が一族の命ばかりはお助け願いとうございます」

　水谷胤重には義胤の異母弟の田中郷胤に嫁いだ娘と、長左衛門《ちょうざえもん》将之《まさゆき》、五左衛門《ござえもん》将重《まさしげ》兄弟がいる。家老の家なので一族、親族は多い。

「無論、こののちも、そちの息子のほか、水谷一族には働いてもらうが……」

言いかけた言葉を水谷胤重が遮《さえぎ》った。

「お屋形様は、こたびのことはお聞きなさらなかった。某の一存で勝手に行ったことにございます。ご安心下さい。失敗は致しませぬ。されば」

深々と頭を下げた水谷胤重は、義胤の前から下がった。

（一度、非情になれ、か。かようなことで忠臣を失っていいものか。いや、成功致せば、式部丞（水谷胤重）は英雄。相馬も救われる。されど……）

義胤の頭で堂々巡りが繰り返されるものの、水谷胤重の熱意、忠義心を感じ、義胤自身のささやかな願望などもあり、止めることはできなかった。

さすがに水谷胤重は一人でというわけにはいかず、かつて政宗からの調略に靡いたことのある岡田兵庫助胤景に声をかけた。胤景は汚名を雪ぐ機会を探しており、上杉領と接する草野城代でもあったので、都合がいいからである。胤景は二つ返事で応じた。

「草野には夜盗が多くいるゆえ、これらの者を使おう」

水谷胤重は岡田胤景と相談し、村はずれの民家に草野の夜盗頭《とうぞくがしら》の赤石沢喜七郎《あかいしざわきしちろう》、山椒彦七郎《さんしょうひこしちろう》を呼んだ。

「仙道にある上杉領の月夜畑《つきよはた》の者どもは、裕福であるそうな。これを襲おうと思うが、そちたちは合力せぬか？　各自思い思い好きにして構わぬ」

二人を前に水谷胤重は言う。勿論、相馬家の家老という身分も名前も伝えてはいない。

普段とは違い、薄汚れた小袖と袴《はかま》に熊毛の羽織を着て、身分の低い家臣を装った。

「まことか⁉」

夜盗頭らは義に篤い相馬家が、公然と略奪を許すことが信じられないようだった。

「まことじゃ。相馬の家とていかなことになるか判らぬゆえの」

「新たに来る領主が融通の利かぬ者ならば、二度と働くことはできぬな。よかろう」

赤石沢喜七郎らも、相馬家が、微妙な状況にあることは判っているようだった。

「されば、正月早々に夜討ちをするゆえ、配下を集めておくように」

尻を叩くように水谷胤重は告げると、赤石沢喜七郎らは喜び勇んで民家を出た。

水谷胤重は家臣を伊達領に侵入させ、篝山の叔父の相馬三郎の呼び掛けと称して小斎《こさい》、丸森ら四百人を集めた。相馬領の悪党は二百人を参集した。

慶長六年（一六〇一）一月四日の夜、水谷胤重、岡田胤景勢を含む総勢七百余の軍勢は国境を越えて上杉領の月夜畑に向かった。

夜襲は露見して失敗。相馬領の者は百五十余、伊達領の者は二百五十余が上杉家に仕える石川弾正光昌《だんじょうみつまさ》に討たれ、這々《ほうほう》の体《てい》で逃げ帰った。水谷胤重は、のちのことを思案して、相馬領で死亡した者の名簿を作成して、蟄居《ちっきょ》した。

功労第一の水谷胤重を罪に問うつもりはない。すぐに義胤は水谷胤重を呼び寄せた。

「伊達勢をも巻き込むとは、さすがに式部丞じゃ」

「失態を犯しながら、お褒めに与《あずか》るなど畏れ多き次第にございます。まだ、相馬の存続が安堵されたわけではありません。それまで某には蟄居をお命じ下さい」

あくまでも慎重な水谷胤重だ。

「思慮深いそちのことじゃ、従おう。代わりにそちの嫡男・長左衛門（将之）を側に置き、そちとの繋ぎと致す。長左衛門はいずれ三胤の家老になろうゆえの」

「有り難き仕合わせに存じます」

「よもやそちは、石川弾正とも示し合わせたのではないのか？」

相馬家とすれば伊達家と与して上杉家を攻めたという事実があればいい。死去したのは夜盗なので、相馬領の悪人を多数排除したことになる。石川光昌は敵を討ったという功名を得られる。こののち上杉家も戦功者を無下に解雇もできず、仮に同家を離れることになっても、仕官先に困ることはないであろう。

「左様なことはございませぬ。石川弾正が兵を率いていたのは偶然であり、当家には不運。こたびの夜討ちを仕損じましたこと、改めてお詫び申し上げます」

謝罪する水谷胤重の表情は達成感に満ちていた。

水谷胤重は蟄居し、代わりに嫡男の将之が義胤の側に仕えることになった。

政宗は月夜畑の夜襲について、一切触れようとしなかった。屈辱であるかもしれないが、それどころではないらしい。前年の暮れ、政宗は千代《せんだい》を仙台《せんだい》と改めて青葉山に居城を築きはじめて忙しい。支援した和賀・稗貫一揆は大雪で振るわず、さらに「百万石の御墨付き」も、上杉家の仕置きが定まっていないので得ることができない。上杉家と小競り合いをしながら、様子を窺うばかりであった。

月夜畑の夜襲からおよそ二ヵ月後の三月二十日、義胤の異母弟の田中郷胤が死去した。

義胤は後家となった水谷胤重の娘を不憫《ふびん》に思い、相馬一族の堀内胤康《ほりうちたねやす》に再婚させた。

不幸は重なり、五月十五日には、三胤の正室・江戸崎御前がわずか十七歳で亡くなった。法名は花桂春公大姉《かけいしゅんこうだいし》。小高村の同慶寺に葬られた。


五月、本多正信は家康と普請最中の伏見城にいた。梅雨入りも間近で蒸し暑い。

「会津攻めを宣言したのは、昨年の今頃であったのう」

居間の窓を開け、小姓に大団扇《おおうちわ》で扇《あお》がせながら家康は言う。

一年経つにも拘らず、まだ家康に臣下の礼を取らず、所領が確定していない大名が存在する。家康が皮肉をもらし、叱責《しっせき》していることを正信は十分に把握していた。

「上杉も近く片づきますゆえ、もうすぐにございましょう」

宥めるように本多正信は答えた。

上杉家は本庄繁長を使者にして降伏を申し出てきたので減封を伝えている。

家名の存続を認められた上杉主従は上洛し、正式に会津百二十万石を召し上げられ、改めて三十万石を与えられるのは八月十七日のこと。内訳は伊達、信夫郡十二万石、米沢十八万石である。毛利家同様、およそ四分の一に削減したことになる。空いた会津には、家康の三女の振《ふり》姫を正室とする蒲生秀行が六十万石で返り咲く。

本多正信の言葉に家康は答えない。

「我欲が旺盛なばかりに、龍の片目を開けずにすみました」

政宗はどさくさに紛れて南部利直《としなお》の所領で一揆を煽り、火事場泥棒を行おうとしたが南部家によって鎮圧された。稗貫勢はほぼ全滅。和賀忠親はなんとか伊達領に逃れた。

南部利直から報告を受けた家康は、政宗に和賀忠親を差し出すように命じると、政宗は五月二十四日、仙台城下の国分尼寺《こくぶんにじ》で、忠親を白石宗直《しろいしむねなお》に始末させた。

死人に口なしでは、家康としても真偽を質《ただ》せないので一揆の件は不問にした。そのかわり、前年に発した覚書は無効とし、政宗への恩賞は苅田郡で僅かに二万石を加増したにすぎなかった。一揆のみならず、停戦命令後も福島城攻めを行ったことを指摘され、政宗としても冷や汗ものだったので、加増に不服を申し出なかった。こうして、「百万石の御墨付き」は夢と消えた。

積極的な行動に出た政宗に対し、援軍を乞うただけの最上義光は二十四万石から五十七万石に加増。庄内三郡は慶長六年に最上領となり、由利郡は翌七年になる。

「相馬は、伊達と与して上杉に兵を向けましたが」

「相馬に返り忠をさせるのではなかったのか？」

家康の指摘に本多正信は恐縮する。

「なかなか隙を見せぬもので。されど、鈍《にぶ》いながらも動いてはおります」

「夜盗を煽っただけではないか。左様な発想、あの頑固者（義胤）にはなかろう。おそらく使える家臣の進言に違いない。其奴《そやつ》を探して引き抜き、禄をやれ」

「されば、相馬は取り潰しですか？」

少々勿体無《もったいな》いという意味を込め、本多正信は家康に問う。

「伊達への備えか？　それより佐竹に兵を向けぬではないか。存続はそれ次第」

「佐竹はいかが致しますか。上杉は片づきますが」

「西が片づいておらんのに、佐竹などに手をつけるか！」

家康の怒号が響く。

薩摩の島津龍伯は、家康の再三にわたる上洛要請に対し、体調不良、旅費不足、諸大名の邪魔などと理由をつけて拒否している。毛利家が騙されて石高を四分の一に減らされているので、本領安堵の朱印状を得なければ、梃子《てこ》でも動かぬ姿勢を崩していない。関ヶ原合戦で勝利したとはいえ、まだ家康は豊臣家筆頭の年寄であり、徳川政権は確立していない。とても九州の最南端に討伐軍を差し向ける余裕はなかった。

「知恵が足りんならば、体を使うしかないの。相馬の駿馬は健在。どこぞの老臣を乗せたいと嘶いているそうじゃ」

「とんでもございませぬ。早急に手を打ちまする」

島津攻めの先陣などとんでもない。本多正信は逃げるように家康の居間を下がった。

（内府に追い討ちをかけなかったにも拘らず、石高を四分の一に減らされたか……家名

を保っただけましなのか。騒動の契機を作った代償は高くついたものじゃのう）

上杉家の減封を聞き、義胤は肚裡で溜め息を吐く。正否は問題ではなく、同時にそんな上杉家に家臣の思案とはいえ、夜討ちを許した自分に嫌悪感を覚えた。

（上杉家が減封ですんだのは、穿《うが》った見方をすれば、豊臣の政を崩し、内府が天下を摑む足掛かりを作ってくれた礼か。家名を保てば恩義も感じて忠誠を集めやすい。内府も再び奥羽討伐などに兵を出したくはなかろう）

と思った瞬間、義胤は背筋が寒くなる。

（先日は当家が夜盗を煽って上杉を攻めさせた。次は上杉が内府の下知を受け、報復を兼ねて相馬に仕寄ってくるのではなかろうか）

事実となれば、北の政宗とて黙っているはずがない。「百万石の御墨付き」こそ義胤は知らぬものの、二万石の加増で満足しているはずがないからだ。

（その前に上洛して、家名存続を乞《こ》うか。いや、おそらく上杉は減封を覚悟し、家名存続の内命を受けての上洛に違いない。当家とは違う）

上洛要請は届いているが、本領安堵の件は使者では判らないと言うばかりである。

（上杉は契機、毛利は名目だけの大将、いや、伏見攻め、関ヶ原にも兵を出したゆえの減封。その点、儂は東軍に対してなにもしなかった。伊達と与して上杉に兵を出した）

肚裡で自分を肯定《こうてい》するものの、あくまでも自己満足にすぎない。

そんなところへ三胤が訪れた。

「本多殿からの遣いは、佐竹は機嫌伺いの遣いばかりで義宣殿は詫びに来ない。上杉への夜討ちのごとく、尻を叩くことこそ忠節を認められるのではござらぬか、と申しております」

徳川家は義胤と三胤の両者に別の使者を立てている。佐竹家は重臣の東義久や前当主の義重が上洛して家康に挨拶をしているが、義宣はまだだった。

（狙いは佐竹か。兄弟で七十数万石ゆえな。佐竹だけには兵を向けるわけにはいかぬ）

長年の柵《しがらみ》もあり、娘を嫁がせているので、本多正信の要求には応じられない。

「そちの正室が他界したからとはいえ、上杉と佐竹は違う。軽々しく返答するな」

嫡子に釘を刺すが、良い打開策はなかった。

夏になり、籌山は床につくことが多くなった。上洛などさせれば寿命を縮めるようなものである。義胤は新舘胤治、木幡経清《こはたつねきよ》を派遣してお家存続に努めた。

（この歳になって、父を当てにするわけにはいかぬ。それに、もはやできぬしの）

八月下旬、蒲生家が会津に戻った。相馬家にとって確執のあった旧田村氏の居城だった三春《みはる》城には蒲生家重臣の郷成《さとなり》が城代として入城した。義胤は名護屋時代に誼を通じた間柄なので、祝いの使者を送り、こののちも昵懇にしたいという旨《むね》を伝えさせた。隣国に万が一の時の交渉相手を作るのは、ごく当たり前のこと。伊達家には妹婿の亘理《わたり》重宗《しげむね》を窓口としていた。

十月中旬、籌山の容態が急変したので、義胤は中村城に駆けつけた。

「どうせ死ぬならば、相馬のための礎《いしずえ》となり、内府と刺し違えたかったの」

掠《かす》れた声で籌山は言う。顔は浅黒さが増したように見える。

「なんとお気の弱い。全快ののちにお願い致しましょう。某の駿馬をお贈りしますぞ」

「そう致したいがの。よいか、絶対に相馬家を潰してはならぬ。そのためには、内府の草履《ぞうり》を舐めて汚れを落とそうとも、不義を働こうとも大名として家名を残すこと。これが儂の最後の願いであり、遺言だと覚えておくように」

絞り出すように告げた籌山は、疲れたのか眠りについた。

十月十六日、籌山は死去した。享年七十三歳。

有能な顕胤《あきたね》の嫡子ということもあるが、相馬家歴代の当主の中で最大の所領を支配した籌山。義胤にとっては少し軟弱な後ろ楯ではあるが、心の支えにはなった父親だった。

（父上も逝かれた。本領安堵が認められた暁にに、儂も隠居して家督《かとく》を三胤に譲るか）

籌山を送りながら、義胤は思慮を深めた。

関ヶ原合戦から一年余が過ぎて、西軍に与した大名で所領が安堵されていないのは、薩摩の島津家、常陸の佐竹兄弟、これに南陸奥の相馬家のみであった。

四

慶長七年（一六〇二）が明けても、義胤は上洛せず、交渉は家臣たちに任せていた。

四月十一日、家康は島津家の頑強な態度に屈し、ついに本領安堵と関ヶ原合戦における島津惟新の不罪を明らかにした朱印状を与えた。

島津家は口答や書状では柔らかく対処しつつも、軍備を揃えて徹底抗戦の構えは崩さなかった。関ヶ原の戦いから約一年半、硬軟を一対とした不屈の交渉によって勝利に導いたことになる。

およそ半月後、報せは牛越城に届けられた。

（徳川と戦った島津が本領を安堵されたか。毛利も上杉も屈したからこそ所領を減らされたのじゃ。弱気になるな。強気でいかねばならぬ。儂はなにもしておらぬ。所領を減らされるわけがない。今少しの辛抱じゃ。これは内府との我慢比べじゃ）

報せを耳にした義胤は島津家から勇気を貰ったような気がした。冷静に考えれば島津家と相馬家の状況はまったく違うものの、家康が一歩退《しりぞ》いたということが、義胤の気持を明るくした。

それから半月と経たぬ五月八日、家康は佐竹義宣に対して出羽への国替えを命じた。ちょうど義宣は伏見屋敷に上っている最中のことで、まさに幽閉《ゆうへい》状態にあった。とても水戸の居城に籠って反意を示すこともできなかった。

国替えの地が口答で秋田・仙北と告げられたのが五月十七日。正式に知行地が書状に認《したた》められたのは七月二十七日のこと。意地の悪い家康は両地の石高を明確にしなかった。家康は義宣が死ぬまで石高を明確にするなと家臣に伝えたという。関ヶ原合戦前の日和見は、何年経っても腹の虫が収まらなかったようである。

使者として佐竹義宣に国替えを伝えた榊原康政と花房職之《はなぶさもとゆき》は、「相馬の所領も悉《ことごと》くを没収致す」と口上で続けたという。


五月中《なか》の申《さる》の日から、相馬野馬追《のまおい》が行われる。

「はーっ！」

気合いとともに騎馬武者たちは鐙《あぶみ》を蹴り、砂塵《さじん》を上げて馬を追い掛ける。甲冑《かっちゅう》競馬、神旗《じんき》争奪戦を経ての三日目なので、皆の気も荒い。各郷を代表する者たちは自らが追い込む栄誉を得ようと、闘争心剝き出しである。馬体をぶつけ合うなどは当たり前。弾かれれば弾き返すまでのこと。相馬家に怯《ひる》む者は存在しない。追撃さながらに馬を追い、小高妙見宮の境内に竹で組んだ矢来《やらい》という柵の中に追い立てる。

三日間にわたり、神事とはいえ、毎年これほどの軍事訓練を行う家が他にあろうか。

そこへ佐竹家の使者が到着し、義胤に子細を告げた。

「！」

関ヶ原合戦から一年と八ヵ月、まさに青天の霹靂《へきれき》だった。しばし言葉を失った義胤であるが、当主として失意に暮れている暇《ひま》はなかった。

（これは、一部の者のみが知るでは混乱をきたそう。皆にも聞かせぬとな。その前に儂は当主として嫡子の父親としてやらねばならぬことがあるの……）

押し潰されそうな重圧の中、義胤は三胤を呼んだ。

「これより牛越城に戻り、急遽《きゅうきょ》、評議を開く。儂は惰弱《だじゃく》な態度をとるゆえ、そちは次期当主として儂に反対し、強硬に言い放て。相馬存亡の危機と申せば判りおろう」

「されば！」

瞬時に三胤は理解したようで、細面《ほそおもて》を驚愕させた。

「そちの思案どおりじゃ。ゆえに、存続のためには強気の押しが重要じゃ」

多くを語らず、義胤は皆に登城する旨を伝え、供廻と先に帰城した。下知を受けた家臣たちは昂《たかぶ》りのままに後に続く。通常は酒宴となるので、皆楽しみにしている顔だ。

およそ一刻後、義胤は主殿の上座に腰を下ろし、主だった重臣が左右に居並んだ。重要な場なので、蟄居している水谷胤重も急遽呼び寄せた。これに準ずる者たちは廊下などに座し、禄高の低い者は庭に尻をついた。これが城内に広がっている。

毎年、義胤は明るく労うが、かつてない深刻な表情をしている。家臣たちも、ただならぬ難題が迫ったことを嗅ぎ取り、緊張した面持ちでいた。

沈黙の中、意を決した義胤は重い口を開いた。

「先ほど佐竹家の使者が来て告げたことは、佐竹家は出羽に国替えとなった。石高は不明だそうな。佐竹殿の三人の弟は、佐竹殿から扶持《ふち》を受けることになる」

一息吐き、義胤は続けた。

「当家は佐竹の寄騎とみなされており、内府殿より相馬の沙汰はないという」

「なんと、それは改易ということにございますか！」

まっ先に嚙みついたのは、岡田胤景である。木幡経清が続く。

「我らがなにをしたと申すのです。佐竹殿の聞き間違いではありませぬか」

「父は切腹を覚悟で上杉に兵を向けたではありませぬか」

水谷胤重の嫡子・将之も廊下から声をかける。

「聞き間違いではない。それゆえ、今まで沙汰《さた》がなかったのじゃ。どうやら内府殿は、関ヶ原の前後における佐竹・相馬の態度には、未《いま》だ腹に据え兼ねているらしい。近く佐竹にも岩城にも、この相馬にも城を受け取る使者がまいる。佐竹殿は賜《たまわ》る知行の内で一万石を与えるゆえ、是非とも出羽に移られよと、有り難い言葉をかけてくれた」

「左様なこと納得できるわけがない。国境を固め、内府の軍勢を迎え討とうぞ」

岡田胤景が激昂すると、大井胤重《おおいたねしげ》も続く。

「寡勢の石田勢に追い払われた徳川の兵など烏合《うごう》の衆。屍《しかばね》の山を築きましょうぞ」

「待たれよ。なにゆえ今、処分するのか。毛利、上杉が屈し、島津が和睦したからにほかならぬ。佐竹殿は上方で幽閉され国替えを承諾させられた。もはや当家に味方はおらず、下知に背けばお家は滅亡。方々は相馬の名をこの世から消し去るつもりか」

今まで黙っていた水谷胤重は主張する。

「毛利、上杉は四分の一。大石《たいごく》だったゆえ我慢もできようが、相馬は六万石ゆえ六分の一ぞ。一万石の所領では切り詰めても、七、八割の家臣が路頭に迷うのじゃぞ」

門馬経親《もんまつねちか》が強弁する。

「こうなれば、一門一族だからというわけにもいかぬであろうな」

中ほどに座す金澤胤昌《たねまさ》が、上位に座す重臣たちを見ながら言う。

義胤にとっては頭の痛いことばかり。重臣たちが口にするように、相馬家が出羽に移れば連れて行ける家臣は限られている。ほとんどの家臣に帰農か再仕官を勧めなければならない。これまであった不平や不満が一気に噴き出し、互いの間に不安と憤懣《ふんまん》が激流の川を作りだしていた。家臣たちの啀《いが》み合いは続けられた。

（全て儂のせいか。乱世に義は無用なのか）

後悔をするつもりはないが、己の信念に疑問を持ちはじめた義胤だ。

「お屋形様は、いかなご思案でいられますか」

状況を察して水谷胤重が問う。家臣全員の視線が義胤に向けられた。

義胤は、ちらりと三胤を見たのちに、家臣たちをゆっくりと見廻した。

「儂は相馬の破滅と見た。出羽に移るしかなかろう」

嚙み締めながら告げると、家臣たちは失意に肩を落とし、あるいは天井を仰ぎ、憤りで顔を歪め、悔しさに鼻を啜る者など、さまざまな表情を見せた。

「畏れながら、父上のご思案は尤もかと存じますが、某の意見は違います」

無言だった三胤が口を開くと、落胆していた家臣たちの目が瞬時に集まった。

「当家は代々天下の武将の下知に従ってまいりましたが、こたび家を残し飢寒《きかん》を凌《しの》がんために、佐竹の麾下となって名字を汚しては先祖に申し訳が立ちません。某は江戸に上り、当家の無実を訴え、少しでも扶持を戴き、天下の旗本に名字を残そうと存じます。できなければ、お家を滅ぼす罪科《ざいか》を蒙《こうむ》ることも止むを得ないと存じます」

　胸を張って三胤は言いきった。

「さすが若殿。某もお供致します」

　覇気ある三胤の主張に、一族の門馬経親は身を乗り出して賛同した。

「某も従います」

　一族の門馬経重《つねしげ》や原近江《はらおうみ》なども同調する。

（儂は亡き父上と同じ役目じゃの。相馬の家は左様にできているのかもしれぬ）

　三胤の強硬論のお陰で、萎《な》えかかった家臣たちの目に精気が戻ってきたので、ひとまず義胤は満足し、改めて皆に向かう。

「皆の意志が固いので、出羽へは行かぬ。三胤は江戸に上って相馬の無実を訴えよ」

「畏まりました」

　義胤の宣言に三胤が答えると、家臣たちの表情は一瞬和らいだ。

「安堵しているようじゃが、事は簡単ではない。出羽の一万石を蹴った以上、訴えが退けられれば、我ら全員浪々の身じゃ。望みが叶えられても、いつになるか判らぬ。それまでの間、相馬の所領は受け取りの使者に明け渡さねばならぬ。改易が取り消されるまで、我らは一粒の米も得ることができぬ。そのこと胆に銘じておくがよい」

厳しい現実を口にした義胤は、背筋を伸ばして皆に向かう。

「かような仕儀となったこと、皆に詫びる。万が一の時は、皺腹を切るゆえ、卒塔婆《そとば》に唾でもして少しでも恨みを晴らしてくれ」

義胤は家臣たちに詫びた。罪の意識を覚えながら義胤は付け加えた。

「僅かでも構わぬゆえ、三胤を信じてくれ。相馬の再興が叶った時の新たな当主を」

独立の大名として相馬家が認められた時、義胤は家督を三胤に譲るつもりであった。

その後、ささやかな酒宴が催《もよお》され、家臣たちは涙酒を啜った。

江戸への出立に先駆けて、義胤は三胤を呼んだ。

「真の交渉相手は、そちも接したことのある本多佐渡守（正信）じゃ。彼奴は内府の懐刀《ふところがたな》にて謀に喜びを見出すような輩じゃ。おそらく、そちが束になってかかっても、軽く捻られるであろう。小細工は通用せぬ。真正面から突き入るほかはない」

助言を受け、三胤は頷いた。

「家名存続のためには、謙《へりくだ》るだけではいかぬ。恭順《きょうじゅん》の意を示しつつ、主張すべき時は強く言うことが肝要。まずは相馬に存続させる価値を示すことじゃ。伊達の謀、一揆の警戒、蒲生の内紛など奥羽はまだ静謐ではない。夜討ちの名簿など式部丞が用意しておるゆえ、これを使うがよい」

「畏まりました」

「必要とあらば、母を質に出しても構わぬ。それで加賀の前田家は救われた。万が一、我が首を望まれれば、遠慮のう差し出せ。相馬が残れば、喜んで黄泉《よみ》に逝く」

すでに義胤は覚悟している。

「但し、深慮せねばならぬ。本多はそちを試すかもしれぬ。父の首を平気で差し出すような親不孝者は信用できぬとな。真田の嫡男（信幸《のぶゆき》）は父（昌幸）と弟（信繁《のぶしげ》。一般的には幸村）の首を求められて拒んだゆえに加増された。東軍と西軍では違うものの、見極めが肝心じゃ。我が首はそちに預けた。あとは、天に任せるしかない」

「いえ、某にお任せ下さい。某は必ずや吉報を持って帰国致します」

三胤は胸を張り、義胤に笑顔を向けた。

「申すのう。最後の助言じゃ。治部殿から戴いた『三《みつ》』の字は捨てよ。関ヶ原の折り、治部殿方に与して義理は果たした。さしあたっては同じ読みで甘蜜の『蜜《みつ》』の字を当ててはいかがか」

「蜜胤《みつたね》でございますか」

三胤は畳に指でなぞりながら問う。

「左様。花が滲ます甘い蜜。そちには芳醇《ほうじゅん》な蜜が沢山涌くと本多に思わせよ。それだけでも少しは心証が良くなろう」

「承知致しました。ご助言、有り難く存じます。されば、これより江戸に発ちまする」

深々と礼をした蜜胤は十四人の家臣とともに、江戸に向かった。

義胤は成功することを願うばかりだ。

（さて、相馬の存続を認めさせるためにも、儂が先に恭順の意を示すか）

佐竹家の使者が来た時、すでに義胤は覚悟を決めており、三春城代の蒲生郷成に遣いを送り、近くで蟄居したい旨を伝え、了承されていた。

五月下旬、義胤は相馬領の城受け取りの使者が下向するより早く領国を出ることにした。義胤が居座れば皆も動かず、受け取り人の心証を悪くするからである。

「あとのことは頼む」

水谷胤重に残務処理を任せ、義胤は妻子のほか、五十四人の家臣と、小者二十六人を連れて牛越城を発った。小高城内と太田に建立されている妙見宮《みょうけんぐう》はそのままにした。

（妙見様、ご先祖様、しばしお別れを致しますが、必ずや戻ってまいります）

国境《こっきょう》を越える時、罪悪感と屈辱に苛《さいな》まれながら、義胤は領国に頭を下げて騎乗した。

六月二日、義胤が腰を落ち着けたのは、三春城から二里ほど北東に位置する船引《ふねひき》の大倉舘《おおくらだて》で、かつては相馬派の田村顕俊の居舘であった。

皆に先駆けて義胤が相馬領を出ても、半数以上の者が領地を離れることはなかった。

蜜胤を信じていると言えば聞こえがいいが、行く宛がないというのが正直なところ。吉報を心待ちにしながら帰農する覚悟を示した。それでも五百余人が相馬領を離れた。

ほどなく、常陸・下館《しもだて》城主の水谷勝俊《みずのやかつとし》らに牛越城は明け渡された。

第七章　家運を賭けた存続交渉

一

　蜜胤《みつたね》と家老の門馬《もんま》修理進《しゅりのしん》経親《つねちか》ら十四人の交渉団は相馬家臣の希望を背負い、浜通りを南に進み江戸へと向かう。

（我が肩に相馬の将来がかかっておる。絶対に家を潰《つぶ》してはならぬ。いかな手を使おうとも存続を認めさせ、新たな当主は先代とは違うということを世に知らしめるのじゃ）

　二十二歳の蜜胤は馬足を進めながら意気込んだ。蜜胤は父に不満を持っていた。

（関ケ原の年、儂《わし》は初陣《ういじん》を果たすことができていたのじゃ。あの時、父が躊躇《ちゅうちょ》するゆえ、儂は戦《いくさ》知らずの二十歳と嘲《あざけ》られておるのじゃ）

　蜜胤は肚裡《とり》で吐き捨てる。

（それゆえ、かような仕儀となっておる。本多《ほんだ》殿が申すとおり、父上は思案が古い。石田治部少輔《じぶのしょう》の怪しい親切を恩と勘違いするから皆が苦労するのじゃ）

愚痴《ぐち》は尽きない。

（北に万全の備えをして一気に小田原まで駆ければよかったものを。父上の足も思案も鈍かった。まあ、よい。我が駿馬《しゅんめ》は神速の走りをさせようぞ）

不満を思い返すのはこのあたりにして、蜜胤は気持を切り替えることにした。

蜜胤らの一行は国境《こっきょう》にほど近い標葉《しねは》郡の熊川《くまかわ》で休憩をしていたところ、二人の相馬家臣が近くの村から馳《は》せ参じた。

「あれは、鈴木金兵衛《きんべえ》と志賀久内《きゅうない》でございます」

門馬経親が告げる。二人は父親の代に扶持《ふち》を召し上げられ、帰農していた。

鈴木金兵衛らは蜜胤が座す床几《しょうぎ》の前で跪《ひざまず》いた。

「畏《おそ》れながら、御家退転の時節なれば、御勘気《ごかんき》が解けてはおりませんが、いかようなことでもご奉公を務め、主君のご難儀を見届け、旧恩に報《むく》い奉《たてまつ》る所存です。なにとぞ供の端《はし》にお加え戴《いただ》きますよう伏してお願い致します」

両人とも額を地面に擦りつけて懇願する。

「良き心掛けじゃ。そちたちには妻子がおるのか」

忠義心に感激しながら蜜胤は問う。

鈴木金兵衛はいないと答え、志賀久内はいると返答した。

「久内、そちの志は嬉しいが、決死の旅ゆえに妻帯する者を連れては行けぬ。これより領内は乱れるかもしれぬ。そちは戻って妻を守るがよい。金兵衛の同行は許そう」

志賀久内のことを考えて蜜胤が告げると、久内は即座に蜜胤の前を下がった。

村に戻った志賀久内は妻に事情を説明して離縁したのち、蜜胤一行に追いついた。

「そちも戯《たわ》けた男じゃな」

武士ならびに相馬家への想いを実感した蜜胤は感動し、志賀久内の同行を許可した。

（あるいは、これが儂の初陣かもしれぬな）

十六人に増えた従者を連れた蜜胤は、まさに戦に臨む心境であった。

蜜胤一行は浜通りを南に進み、旧岩城領から常陸《ひたち》に入り、のちに水戸街道と呼ばれる道を通り、下総《しもうさ》の松戸を経由して武蔵《むさし》の江戸に達した。

家康が東海から関東に入国した頃の江戸は人も少なく、周囲は葦《あし》が生える湿地帯で、水鳥が多数生息する狩り場のようなところであった。その後、急速に埋め立てられ、江戸城を中心に「の」の字を描く町に家臣や町人たちが住めるように拡張されていた。都や大坂のように熟成された感じはないが、振興地の熱気があった。

一行は馬喰町《ばくろちょう》瑞林寺《ずいりんじ》の感応院《かんのういん》を宿所とした。蜜胤はすぐにでも本多正信《まさのぶ》に会見を求めたいところであるが、正信は家康の側近第一。大坂で何度か顔を合わせたことがある程度では、簡単に会うことなどはできない。誰かを経由する必要があった。

「小笠原丹齋《おがさわらたんさい》ではいかがにございましょう。かつては当家に仕官しておりました」

門馬経親が言う。

「よかろう」

蜜胤の許可を得た門馬経親は、小笠原丹斎に会って本多正信に面会を求めると、正信は下野《しもつけ》と国境を接する下総の結城《ゆうき》で鷹狩りをしていると教えられた。

「某《それがし》が会ってまいります」

門馬経親の申し出を蜜胤は許した。

小笠原丹斎の紹介状を得た門馬経親は、無事に結城で本多正信に会うことができたので、訴状を渡し、涙ながらに相馬家の無実を訴えた。

「子細は承《うけたまわ》ったが、この場での返答はできぬ。江戸で旗本衆をもって言上させられよ」

本多正信は、訴状を受け取らず、淡々と告げたという。その上で問う。

「そなたの姓名は？」

使えると見たのか、改易《かいえき》された相馬家から引き抜こうという魂胆かもしれない。

「門馬甚右衛門にございます」

官途の修理進は自称なので、門馬経親は仮名《かめい》で答えて江戸に戻った。

江戸に在する蜜胤は、感応院住持《かんのういんじゅうじ》の日瑞上人《にちずいしょうにん》に相談し、旗本の藤野宗右衛門《ふじのそうえもん》が昵懇《じっこん》なので、紹介をしてもらうことになった。

日瑞上人の依頼を受け、藤野宗右衛門が感応院を訪れた。宗右衛門は羽柴秀保《ひでやす》死去後に蒲生家に仕え、その後、徳川家に仕官するようになった者である。

「今、御譜代《ごふだい》衆に知己《ちき》はござらぬか」

挨拶ののち、藤野宗右衛門は蜜胤に問う。

「上人殿の頼みゆえ尽力《じんりょく》致すが、なにぶん大名家の存続に関わることゆえ、困難は承知してござろう。今少し宿老に近い方に後押ししてもらえば、願いが叶《かな》うかと存ずる」

なかなか芳《かんば》しい返答はもらえなかった。

藤野宗右衛門が戻ったのち、門馬泰経《やすつね》が大きく目を見開いた。

「お屋形様なれば、お顔が広うござる。某、お聞きしてまいります」

突然、思い立った門馬泰経は、蜜胤の許可を受ける間もなく感応院を飛び出した。

「あの戯けめ」

意気込んで江戸に出てきたので、蜜胤は父親の力を借りたくはないのが本音だ。

「存続の危機です。立っているものは、なんでも使われませ」

結城から戻った門馬経親が助言する。蜜胤は頷《うなず》いた。

門馬泰経は元来た道を戻り、三日で義胤《よしたね》が蟄居《ちっきょ》する三春領船引《ふねひき》の大倉舘《おおくらだて》に駆け込んだ。

「畏れながら、お屋形様には徳川家の旗本衆に、誰ぞ知己はございませぬか」

挨拶も碌《ろく》にせず、門馬泰経は義胤に問う。

「旗本のう、徳川との付き合いは皆無であったからのう」

家康を敵とする石田三成によって、否応《いやおう》もなく反家康派に引き込まれていた。三成のことを思い出しながら、義胤は漏らした。

「左様ですか。そういえば……」

一瞬、落胆した門馬泰経であるが、右手で左手を叩いて顔を上げた。

過ぐる文禄二年（一五九三）九月四日、伏見城の白洲にて秀吉から関白の秀次《ひでつぐ》に、日本の所領の五分の四を譲るという式典が行われた。折しも季節外れの真夏を思わせる炎天下となり、涼しさに馴れはじめていた者は、久々の猛暑で疲弊《ひへい》していた。

諸大名は自ら円座を持参して殿上に座っていたが、従者は下の白洲で控えていなければならなかった。義胤は陽の当たらぬ縁側に座していたが、そのすぐ下で控えていた武士が、白洲の熱さに顔を歪《ゆが》めていた。苦しそうな表情を察し、義胤はその武士に円座を貸し与えた。その者は徳川家臣の島田治兵衛《じひょうえ》（重次）であった。

「島田治兵衛殿は奉行にもなろうというお方でございます」

「もう十年以上も前であろう。その後の音信もなく、相手は覚えておるまい。そういえば、我が所領の受け取り、確認に来ていたのも島田治兵衛だと聞くぞ」

義胤は奇妙な縁を感じていた。

「武士は恩義を忘れるものではありませぬ。相馬に来たのもなにかの縁。これを使わぬ手はありませぬ。なにとぞ、若殿への書状をお書き戴きますようお願い致します」

「左様なことなれば」

躊躇なく義胤は島田重次宛《あて》の書状を記した。

恭《うやうや》しく書状を受け取った門馬泰経は、寝る間を惜しんで江戸に引き返した。

二

感応院に戻った門馬泰経は、蜜胤に書状を渡し、島田重次に取り次ぐことを伝えた。

さっそく蜜胤は藤野宗右衛門と小笠原丹齋を招き、義胤からの書状を島田重次に届けることを頼んだ。書状は二人から重次に届けられた。

数日後、島田重次が感応院を訪れた。蜜胤は居住まいを正して下座で迎えた。

「長門守《ながとのかみ》（義胤）殿のご親切は忘れてはおらぬ。我が責任において、必ずや本多佐渡守殿にお引き合わせ致そう」

「有り難き仕合わせに存じます」

蜜胤は両手を付いて感謝の意思を示すが、島田重次は止めだてる。

「礼には及ばぬ。儂にできるのは本多殿に会わせるまで。貴家が存続できるか否《いな》かは貴殿の力と運次第。おそらく相馬殿お一人で相対することになろう」

「忝《かたじけ》のうございます。それだけで十分でござる」

自信があるわけではないが、蜜胤はとにかく全てをぶつけるつもりでいる。

「貴家の相馬領を見て来た。広い地ではないが、漁場豊かで田は良質、領民は主家に懐《なつ》き、駿馬を育てる力に長《た》けておる。今は水谷伊勢守《みずのやいせのかみ》（勝俊）殿らが預かっているに過ぎず。取り戻されることを祈ってござる」

情のある言葉をかけた島田重次は、感応院を後にした。

(そうじゃ、我ら武門のみならず、領民も相馬家が領主であることを望んでおるのじゃ。なんとしても相馬に、領主として帰らねばの)

蜜胤は、より相馬へ帰還する思いを強くした。

およそ半月後、呼び出しに従い蜜胤は江戸城に向かった。周辺はかなり整備されて武家屋敷が所狭しと立ち並んでいる。いずれは大坂城をも凌《しの》ぐことが窺《うかが》えた。

半里少々南西に進み東の大手門に辿《たど》り着くだけで、多くの大名家の家臣とすれ違った。改易処分中の蜜胤なので、馬にも輿《こし》にも乗ることは許されない。惨めさを実感した。

大手門で門番に子細を告げると、すでに島田重次から話を伝えられていたので、通ることができた。一町半ほど西に進んで大手三ノ門（下乗門《げじょうもん》）を通過し、南に一町歩いて中雀門《ちゅうじゃくもん》を潜り、遠侍《とおざぶらい》を警護する番士に挨拶をし、いよいよ本丸御殿の中に入った。

入ってすぐの虎ノ間で待たされると、島田重次が姿を見せた。蜜胤は重次に従って西へと向かう。虎ノ間を過ぎ、大広間を仕切った三ノ間に入るように命じられた。

「よろしくお願い致します」

蜜胤は自ら記した訴状を島田重次に手渡した。

「本意を達せられること、祈ってござる」

書状を受け取った島田重次は、労《ねぎら》いの言葉をかけると三ノ間を出ていった。大紋《だいもん》に身を包んだ蜜胤はぽつんと部屋の中にいた。家臣たちは虎ノ間で待たされていた。

（この交渉で全てが決まる。儂の対応で……父上はかようなものと戦っておったのか）

これまで蜜胤は義胤の行動を蔑《さげす》んでいたところがあったが、いざ、自分が究極の岐路に直面させられると、僅かながらも辛苦《しんく》を慮《おもんぱか》ることができた。急に下腹のほうが差し込まれてきた。重圧に押し潰されそうであった。

四半刻《しはんとき》（約三十分）ほど待たされて、豪華な襖《ふすま》が開いた。即座に蜜胤は平伏をする。

ようやく会談に応じることになった本多佐渡守正信が部屋に入り、襖が閉められた。正信が上座に腰を下ろし、二人の間に島田重次が座した。

「ご尊顔を拝し、恐悦至極《きょうえつしごく》に存じます」

「堅苦しい挨拶はせずともよろしかろう。面《おもて》を上げられよ」

低い声がかけられた。言われるままに蜜胤は顔を上げた。相模《さがみ》の玉縄《たまなわ》で一万石と、それほどの大身ではないので、すぐに顔を見ないという武家の儀礼をすることもないが、徳川家の家宰《かさい》とも言える立場なので、一応行った。

「某と貴殿の間じゃ、つまらぬしきたりはせずとも構いませんぞ」

丁寧な口調で本多正信は言う。

蜜胤は従った。離れた本多正信の目は背後をも覗《のぞ》かれそうな気もする。

「名の字を改められたとか」

感心だと正信は言わない。『三』の字、いわゆる三成もついに捨てられたかと、嗤笑《ししょう》しているような気がする。

「父が字を間違って記してしまったようにございます。それゆえ正しました」

義胤が口にしたような歯の浮くようなことは言えないが、父の決意は受け入れることにした。古い義胤の相馬家と、蜜胤の相馬家は違うということを印象づけたかった。

「なるほどお父上は誤られたか」

義胤が西軍に与《くみ》しただけではなく、蜜胤も父を踏襲《とうしゅう》しているのではないか、と蝦蟇《がま》のように離れた目が疑う。なぜ、もっと早く上杉家を攻めなかった？　家康が嫌う佐竹家を攻めれば、このような憂《う》き目に遭わずともすんだものを、と蔑んでいる。

「いえ、左様なことでは……」

「これは読ませて戴いた」

正信は蜜胤が認《したた》めた訴状を懐から取り出した。

「年来、御領国の近所に有りながら、なかなか御懇意にならず、このようなことになっております。治部少輔には太閤様への御取次を頼み入ったことから昵懇となっただけでございます。その筋目ではありますが、かの方に属してはおりません。こののち懇意にして戴ければ、御譜代と同様にご奉公致す所存です。この旨をよろしく御披露《ごひろう》、仰せ下さい。慎んで申し上げます。

　七月　日」

蜜胤は、右のことに嘘、偽りがあれば、この世に伝わるありとあらゆる神仏の罰を受けます、という御神文《ごしんもん》も一緒に添えて提出している。

「まあ、書の内容も、門馬と申すご家臣から聞いた言い訳も在《あ》り来《きた》り。関ヶ原ののち上杉領に兵を向け、まあ、その名簿を見せてもらったが、盗賊の類《たぐ》いばかり。これでは貴家の疑いを晴らすことはできず、改易を取り消すのは困難でござるな。なにゆえ出羽行きを断られた？　寒さには馴れている相馬家は、貴家と昵懇の佐竹の家臣として立ち行ったはずでは？」

冷めた口調で正信は言う。相馬家のことは、全てお見通しといった目で見ている。

「相馬は天下人《てんかびと》に認められた桓武《かんむ》天皇の血を引く平将門《たいらのまさかど》公の末裔《まつえい》。天下人に仕えても、それ以外の他家に仕えることはできませぬ」

「駿馬は走らずば終《しま》い。期待はずれであった」

「恨みもない妻の家に兵を向けることなどはできませぬ。佐渡守様は、当家が目先の餌《えさ》に飛びついて不義を働き、信に足る家かどうか試されたのではないでしょうか。当家は試しには乗らなかったゆえ、某は佐渡守様にお会いすることができたと存じます」

蜜胤が答えると、言いよるなと、正信は興味を示した目をした。

「儂はなにを当所《あてど》に貴殿に会うと？」

「某から、こののち相馬はなにができるかを聞くためかと」

「面白き思案じゃ。よもや仙台を押さえられる、などと聞き馴れた言葉はいらぬぞ」

機先を制されてしまったが、蜜胤は気を取り直して正信に向かう。

「勿論《もちろん》、それも一つ。されど、奥羽はまだ定まってはござるまい。最上は親子に、蒲生は主従に溝がある。伊達は大坂に気脈を通じていると聞きます。会津も仙台も内府《だいふ》様のご親戚かもしれませぬが、乱世では自らの弟を手にかける梟雄《きょうゆう》もおります。南陸奥に軸のぶれぬ頑《かたくな》な家があれば、内府様も安心できるかと存じます」

この年の正月、豊臣恩顧の大名以外で、唯一伊達政宗《まさむね》だけが秀頼《ひでより》に年賀の挨拶をして、家康の表情を険しくさせたという。また、三月には伊達領で一揆が起こり、茂庭綱元《もにわつなもと》らが討伐している。政宗の領内も、まだ安定したものではなかった。

「奥羽が心配ならば、譜代の家臣を置くほうが安心できると思うが」

「未だ蒲生家は寒さに馴れておらぬ様子。土地に縁《えにし》を持たぬ者は脆《もろ》うございます。相馬を潰すよりも残して使うが徳川の、ひいては天下のため。親戚でなければいかぬと申すならば、某に徳川家からの嫁を賜《たまわ》りますよう。某は妻を失い、一人身でございます」

「ははは、これは愉快。改易にされた大名の子息が、徳川から質《しち》をよこせとは」

珍しく正信は笑った。油断が生じたようである。

「されば、やはり、内府様は征夷大将軍《せいいたいしょうぐん》におつきになられますか」

告げると、正信の醜悪《しゅうあく》な笑みは消え、視線が鋭くなった。どこでそれを聞いた、などと児戯《じぎ》な質問はしてこないところが薄気味悪く、蜜胤の調子を乱してくる。

「お若いことはいいことじゃが……」

正信は言葉尻を濁す。せっかく摑んだ情報の使い方が下手だとでも言いたげだ。

征夷大将軍の情報は、蜜胤と行動をともにしている小者の弥内《やない》が摑んできた。弥内は身軽。黒脛巾《くろはばき》衆の一人と言われていた。

（儂を始末するつもりか？　いや、当然、儂一人の知ることではないと判っていよう）

蜜胤には正信の思案していることが判らなかった。

「佐渡守様なれば、いかが致しますか」

「ほう、敵に策を聞かれるのか」

「敵ではありませぬ。主《あるじ》になるかもしれぬ家のご重臣です」

阿諛《あゆ》に動かされる正信ではなかろうが、ほかに言いようがなかった。

「必死であることは伝わった。一言申せば、最初の会見で手の内を見せぬことが大事。他に見せるものがあったはず。それをよく思案なされよ。今の貴殿は、小田原に参じた伊達殿と同じ。太閤は好まれたが、我が主は違う。まずは誠実が大事と心得られよ」

禅問答のようなことを告げると、正信は座を立った。

「お待ち下され。また、お会いさせて戴けましょうか。いや、お会いさせて戴きますようお願い致します」

「こたびと同じならば、二度と会うことはない。また、会わずとも我が主の心を動かせる手はあるはず。できねば必要ない家という認識は変えられぬ。励《はげ》まれよ」

捨て台詞《ぜりふ》のような助言を残し、正信は三ノ間を出ていった。

（くそ、勿体《もったい》つけよって！）

怒号したいところであるが、聞こえてしまっては全て無になる。蜜胤は堪えた。

（いや、次に会うことを佐渡守は拒まなかった。まだ叶う手は残されておる。いかなことを致せば内府の気を変えられるか。あの怪しい佐渡守を）

廊下を歩きながら蛮胤は思案するが簡単に閃《ひらめ》くものではなかった。

「いかがでございましたか」

虎ノ間から出てきた門馬経親が問う。

「説得できなかったが、登城禁止の厳命もなかった。機会はある。次に賭けるのみ」

後ろを見ても仕方がない。蛮胤は成功することだけを考えることにした。

蛮胤が感応院に戻ると、懐かしい顔を見た。牛越《うしごえ》城普請の最中に背信し、会津に出奔した泉藤右衛門成政《いずみとうえもんなりまさ》である。

「お久しゅうございます。お家の危機と伺い、恥ずかしながら、罷《まか》り越した次第です」

涙ながらに泉成政は言う。上杉家が米沢に移封後、直江兼続《なおえかねつぐ》は武勇を惜しんで引き止めたが、成政は旧主の大事と禄《ろく》を返上して江戸に駆け付けたという。

「そちも息災でなにより」

改易にされ、相馬家を見限って離れていく家臣が続出していると国許から伝わっている。その中で禄を蹴って馳せ参じた泉成政が、蛮胤は嬉しくて仕方ない。

「本多佐渡守殿にお会いになられたとか。いかがにございますか」

「上首尾ならば祝っておる。藤右衛門、察しろ」

泉成政が問うと、門馬経親が叱る。それで理解したようだった。

「ご無礼を申し上げました。畏れながら、某、上杉家で前田慶次郎《けいじろう》（利太《とします》）と昵懇でございました。慶次郎は上杉家の禄を食《は》んでおりますが、気儘《きまま》な暮らしをしております。加賀の前田家は代替わりしても、誰もが一目を置いていると聞いております」

　秀吉をして天下御免の傾奇者《かぶきもの》と言わしめた前田慶次郎利太は、尾張荒子《おわりあらこ》の前田利久《としひさ》の養子となって前田家を継ぐが、やがて前田家を追われ、叔父の滝川一益《たきがわかずます》に従って諸戦場を転戦。滝川家衰退後、年下の叔父となる利家に召し抱えられた。その後、出奔《しゅっぽん》して上杉家に仕え、二年前の瀬ノ上《せのうえ》合戦、長谷堂《はせどう》の退却戦で戦功を挙げている。諸説あるが、この年七十歳の高齢であった。

「前田に助言してもらうのか？　まっ先に母を質に出した腰抜け大名であろう」

　門馬経親が蔑んだ。

「今、前田家には本多左兵衛《さひょうえ》（政重《まさしげ》）がござる」

　本多政重は正信の次男として生まれ、十二歳の時、旗本の倉橋長右衛門《ちょうえもん》の養子になり、十八歳の時に出奔。その後、大谷吉継《よしつぐ》、宇喜多秀家《うきたひでいえ》と主を変え、関ヶ原合戦では宇喜多家の家臣として西軍に参じ、井伊直政《いいなおまさ》と激しく衝突した。宇喜多家滅亡後、主君を福島正則、前田利長と変えている。一説には正信の命令を受けて諸大名を探る間諜《かんちょう》であったという噂もある。この年二十三歳であった。

「佐渡守の次男がのう。されば頼んでみてくれ」

もはや形にこだわってはいられない。蛮胤は泉成政に命じながら藤野宗右衛門、小笠原丹斎、島田重次らに誼を通じ、本多正信への説得を試みた。

（いかにしたら、本多佐渡守と内府の気持を変えられるかのう）

思案を巡らせるが、簡単に良案は浮かばなかった。

蛮胤が指摘したとおり、七月十六日、ついに最上家で家督《かとく》相続のもつれから、当主の義光《よしあき》は家臣の讒言《ざんげん》を真に受けて、長男の義康《よしやす》を殺害させた。義光は家康に仕える家親《いえちか》に家督を継がせたくて仕方なかったからだ。『家』の字は家康の偏諱《へんき》である。

また、この月、車斯忠《くるまつなただ》、馬場《ばば》政直《まさなお》、大窪久光《おおくぼひさみつ》らは在郷の佐竹旧臣を集い水戸城奪取を試みて蜂起《ほうき》したが、事前に察知され捕縛され、十月に斬首される。

相馬領では領民が義胤らの帰還を信じているのか、一揆が蜂起することはなかった。秋田・仙北の地では新領主の佐竹家を望まず、地侍らが一揆を起こし、佐竹家は鎮圧に尽力しなければならなかった。

会津の蒲生家では義胤が身を寄せている蒲生郷成《さとなり》と、当主・秀行《ひでゆき》の許で奉行を務める岡重政《しげまさ》、町野繁仍《しげより》、玉井貞右《さだすけ》らが対立し、一触即発の状態にあった。

報《しら》せは義胤から蛮胤に届けられている。

（よもや父上は、これを知って大倉に行かれたのではあるまいのう）

駆け引きの奥深さの一端を教えられたような気がした。勿論、これらのことも藤野宗右衛門らに報せ、正信に伝えてもらった。もう一つ、義胤からの助言は、相馬には蘆名《あしな》の血も流れていることを忘れるなとあった。

九月になっても、いい返事はなかったので、蜜胤は先祖である平将門が祀られている神田明神に改易が破棄されることを願い、大手門近くの首塚をお参りした。

十四日の申《さる》ノ刻（午後四時頃）過ぎ、蜜胤が首塚に手を合わせた時、急に真っ青な空に雲がかかり、雷鳴が轟《とどろ》きだすと、桶をひっくり返したような大雨となった。

一刻ほどですぐに止む夕立ちではあるが、すぐに噂となった。十四日は平将門の月命《つきめい》日《にち》。子孫の相馬家を改易にしたので将門が激怒したと広まり、周囲を震えさせた。

（それもよいか。内府の気が変われば見つけもの）

蜜胤は世間の風評を利用し、さらに弥内を使って触れさせた。

三

月末近くになり、蜜胤は本多正信に呼び出された。

（成功したかもしれぬ）

期待しながら蜜胤は江戸城に登城し、前回と同じように三ノ間で待たされた。

以前よりも早く正信は姿を見せた。蜜胤は挨拶をしたのちに顔を上げた。

「城下を騒がせているようじゃが、あのような手はよくない」

「某には、なんのことか判りませぬが」

蜜胤は恍《とぼ》けるが、離れた正信の目は蜜胤を捕えて放さない。

「そもそも謹慎さながらに自重していて然《しか》るべきこの時期に、他家の領内で祖の供養などをすることが間違い。しかもその祖は人を恐れさせるお方じゃ」

将門の怨霊を恐れる家康は江戸入府時《じ》には首塚を丁重に扱い、御霊《みたま》を慰める祭を行い、その上で大手門の鬼門除《きもんよ》けとした。神田明神は江戸城増築にあたり、芝崎《しばさき》村から神田台(駿河台)に移転している。将門は武士の尊崇を集め、将門神に祈願すれば戦に勝てると言い伝えられているので、家康は関ヶ原に向かう際、明神で戦勝祈禱を施行した。

「誰ぞに広めさせたのであろうが、かような噂が蔓延《はびこ》れば、我が主は恐れて屈するとお思いか？　貴殿の身が危うくなり、さらに貴家の再興が叶わなくなるばかりぞ」

いつになく正信は厳しい口調で告げた。

(それだけ内府も将門公を恐れているということ。さすが将門公。たいしたものじゃ)

危険な状態に置かれているということよりも、祖先の力の強さに蜜胤は感心した。

「軽率でした。以後、供養は国にて行います」

「それがよろしかろう。果報は寝て待てと昔から言われてござる」

「されば、相馬の家は再興が叶うのですか」

身を乗り出すようにして、蜜胤は問う。

「左様なことを誰が申しましたかな？　まずは自重なされ、誠意を示すことが肝要」

「左様ですか。ご助言ついでに。いかな誠意の示し方がよいと思われますか」

糠喜《ぬかよろこ》びをさせられたようで、蜜胤は失意の中で尋ねた。

「それは貴家が思案すること。武士の倣《なら》いで申せば、責任ある者の処罰。取り潰しが嫌なれば死をもって償うしかござるまい。お父上はいかに？」

怪しく濁った目を向け、正信は義胤の首を持って来れるかと、蜜胤に迫る。

義胤が言っていたことであると、蜜胤は即座に思い出した。

「父は覚悟してござるが、息子として父に切腹を強《し》いるわけにはいきません。父は義を踏み躙《にじ》る武士ではありませぬ。それゆえ義を通し、豊臣家の家臣どうしの戦いには加わりませんでした。その父に死を迫る道理はありませぬ。父をはじめ相馬は義に背《そむ》くことはございませぬ。家臣たちも同じで当領では一揆も起きませぬ。なにとぞ、再興のことお願い致します」

屈辱に耐え、惜し気もなく蜜胤は両手をついた。

「泣き落としが通じる世ではござらぬ。無駄なことはなされるな。それより、家臣どうしの戦いには加わらぬのに、義を口にする相馬家が、なにゆえ上杉の旗色が悪くなってから兵を出されたか。上杉は和睦《わぼく》を求めてきた頃であった」

「それは良い。当領の盗賊が動いたゆえに、上杉家が和睦に踏み出し、家を残すことができたならば、上杉中納言《ちゅうなごん》様にも、争乱を早期に終了させたと、内府様にも感謝されましょう。全て佐渡守様からの下知《げじ》に従ったまでにございますが」

先に言わせる術《すべ》を少しずつ蜜胤は摑みはじめたような気がした。

「うまく切り返したつもりかな」

「佐渡守様を相手にとんでもございませぬ。ご存じでござろうが、伊達は内府様が小山《おやま》から戻られたのち、上杉家と和睦して状況次第では背後を突こうとしておりました」

慶長五年八月中旬、政宗は上杉家に和睦を持ちかけている。

「それゆえ伊達への加増は少なかった。一揆煽動《せんどう》の疑いだけではないものと存じます。我らは伊達を押さえるため、伊達と結びました。中から押さえるためです」

「中からと、貴殿は面白きことを申される。中からか。それゆえ……」

と言いかけて、正信は口を噤《つぐ》んだ。なにか謀臣の思案が廻りだしたのか。あるいは泉成政の努力で、わずかでも本多政重を動かすことができたのかもしれない。

「相馬の駿馬は主に忠実、命ぜらるるまま心《しん》の臓《ぞう》が止まるまで疾駆《しっく》致します」

「真意は判ったが、言葉で信じられぬのが乱世。相馬はいかに我が主を信じさせるか」

「某が生まれた頃ならば、戦に困ることもないでしょうが、今や内府様が天下を静謐になされたゆえ争いもござらぬ。戦で忠節を示すのが難しいとあれば、我が身に流れる蘆名の血に頼り、高貴な僧にでも縋《すが》るしかござらぬ。できうるならば佐渡守様にお取りなしをお願い致しますが」

蘆名の血と言ったところ、正信の目が一瞬縦に広がった。

「ほう」

滅ぶ家の系譜なのか、と蔑むような口調であるが、窮すると言葉数が少なくなる正信だ。蘆名の血を引く苦手な僧侶が家康と親しいようであった。

蜜胤から四代前に遡《さかのぼ》る初代の盛胤《もりたね》の正室は蘆名遠江守《とおとうみのかみ》盛舜《もりきよ》の娘である。家康と親しい蘆名の血を引く僧侶といえば、南光坊天海《なんこうぼうてんかい》である。のちに江戸幕府で絶対的な地位を築く天海は、足利一族説もあるが、蘆名盛舜の兄・盛滋《もりしげ》の一族と言われる。

正信の政敵になりうる存在であった。

「まあ、励まれよ」

声援をかけて正信は三ノ間を出るが、離れた目は余計なことをするな、と言っているように見えた。蜜胤も江戸城を後にした。


十月二日、家康は伏見城を出立した。江戸城に帰城したのは下旬のこと。

翌日、正信は家康の前に罷り出た。薬研《やげん》の摺《す》り潰しは腕力の低下を抑えるための鍛練《たんれん》なのか、この日も飽きもせずにしている。

「仏頂面《ぶっちょうづら》は見とうない。悪い報告ならばせんでいいぞ」

すでに察しているのか、家康は不快そうに言う。

「畏れながら、相馬は将門公の子孫。潰して祟《たた》りが当家に及ぼされては迷惑千万。たかだか六万石ならば、存続を認めて、こき使うほうが得策ではないでしょうか」

「そちも息子に足を引っ張られたか」

こちらも正信の嫡男・正純《まさずみ》あたりに聞いているようだった。

前田家に仕える本多政重は、泉成政から前田慶次郎を介して相馬家の取りなしを頼まれ、その旨を正信に伝えた。

「余計なことに顔を突っ込まず、そちは前田家の内状を探っておれ」

正信は政重を叱責《しっせき》したが、そのぐらいで屈するような弱腰ではない。

「なんなら儂がじきじき豊臣を潰さんとする将軍様に、おっとまだであったか、内府様に直訴したほうがいいのか」

臍《へそ》曲がりなところもあるので、否定されると親にも平気で楯突《たてつ》く政重だった。それだけではなく政重は母親にも相馬の取りなしを頼んだ。

普段は政《まつりごと》のことに口を挟むことのない正信夫人であるが、できの悪い息子は可愛いのか、帰宅した正信に口添えした。これには正信もうんざりだった。

それに加えて天海の名まで出てきた。どういうわけか家康は、碌に顔を合わせたわけでもない天海を頼りにしている。

(坊主の助言で相馬が残るなら、儂の一存で再興させたほうが今後のため)

悔しいが正信は、そう思案を固めた。

「毛利、上杉は潰せず、島津は減封どころか本領を安堵《あんど》し、憎き惟新《いしん》入道の罪まで許したのに飽き足らず、そちはまたも失態を繰り返すか。相馬を譲歩する謂《いわ》れはないぞ」

不快を通り越して、家康は憤《いきどお》りに満ちた表情で言う。

「申し訳ございませぬ。されど、相馬の偽り無き訴えは神妙奇特《しんみょうきとく》。治部少輔と昵懇だったにも拘《かかわ》らず、当家に矢一本放たぬ姿は淳朴直道《じゅんぼくちょくどう》にございます」

「腰抜けゆえ動けなかっただけじゃ。しかも関ヶ原の結果を知るや、臆して上杉に兵を向ける表裏《ひょうり》のおぞましさ。治部のごとき純粋な義を持っておらぬ。残すに価《あたい》せぬ」

積極的に調略を行う家康であるが、背信者には汚物と同じ目を向ける。

「お陰で上杉の降伏を早める契機になりました。僅かながらも上様のお役には立っております。上様が征夷大将軍になられるまでは波風立てぬべきではないでしょうか」

「少しばかり見ぬうちに、腑抜《ふぬ》けになったものじゃ」

家康は相馬家を排除してしまうことが、全ての解決策だと思案しているようだった。

「お叱りはご尤《もっと》もなれど、蒲生、最上の内紛、病ともいえる伊達の背信、秋田・仙北の一揆、と奥羽はまだ治まっておりませぬ。上様が征夷大将軍になられるにあたり、奥羽に安堵できる地があってもいいかと存じます。島津に続き、本領安堵を認めれば、相馬は犬のように忠義を示しましょう。気概の一族、潰すには惜しゅうございます」

「誰ぞ、信の置ける者に、そっくり受け継がせればよかろう。そちはいかがか」

「身に余る誉れながら、ご遠慮させて戴きます。器量に過ぎたる加増は我が身のみならず、徳川の危うきにも繋がります」

敵地に身一つで乗り込むなど、正信には、とんでもないことであった。

「相馬は領民が慕っております。今、一揆が起きぬのは、すぐに主が戻ると信じているゆえ、と聞いております。毛利、島津ほどに気を配ることはないかと存じます」

「末端まで主従一体ということこそ危険。一旦、政宗にやれば一揆が起こるのでは？」

征夷大将軍の宣下を受けるにあたり、天下静謐は条件の一つであるが、奥羽の武将の力を削いでおきたい。何度も秀吉に嚙《か》み付いた政宗は、東国一警戒すべき人物である。

「政宗は、一揆を利用するかもしれませぬ。相馬を認めれば、佐竹と引き離すことができ、さらに孤立させられます。同時に、秋田の佐竹、米沢の上杉と昵懇の相馬だけに、三家で伊達を囲めます。今一つ、相馬には天海殿と同じ蘆名の血が入っております」

天海の名を聞き、家康は反論しようとする口を閉ざした。

「始末できなかった西軍の者どもを、そちの責任において監視する、でよいか」

失態があれば本多家の改易どころか、切腹をさせる。家康は団栗眼《どんぐりまなこ》で正信を視《み》る。

「承知しております」

短く応じた。将軍任職まで物事を荒立てないというのが主従の共通認識であった。

（毛利は取り潰せなかったが、火種は山のようにあるゆえ、結果はまだ。島津には屈したか。上杉は伊達を押さえるため、最初から潰す気はなかった。相馬は救わさせられた。二分二敗か……。我が才もさしたることはないのう。まあ、これからか）

客観的に己を分析し、悔しさの中、正信は思わず笑みを浮かべた。どこまで徳川からの難題に耐えることができるか見物でもあった。

本多正信の側近・岡本忠宗《ただむね》が感応院を訪れた。

「相馬家の改易を取り消し、改めて旧領の宇多《うた》、行方《なめがた》、標葉の三郡を与えるものなり」

「まことでござるか！」

呼び出しを受けるものとばかり思っていたので、蜜胤は一瞬、我が耳を疑った。

「早々に長門守（義胤）殿を呼び寄せ、上様にお礼を申し上げられよ」

正信が言ったと、事務的に岡本忠宗は伝える。

（やった！　儂はやりとげた！　儂は自らの手で相馬の滅亡を食い止めたぞ！　多くの大名が取り潰される中、相馬は残ったのじゃ。儂が残したのじゃ。毛利、上杉、佐竹が削られる中、相馬は一石たりとも削らせなかった。父ができぬことを儂がやったのじゃ！　相馬は勝ったのじゃ！）

まさに欣喜雀躍《きんきじゃくやく》したい気分だ。関ヶ原合戦以降、九十家の改易と四家の削封、二十万人の牢人が溢れる中、西軍に与して本領を安堵されたのは薩摩の島津家と相馬家のみ。諦めない相馬の魂が生んだ結果である。

寺ではあるものの感応院で酒宴が催され、蜜胤は喜悦《きえつ》に任せて酔った。

すぐさま蜜胤の使者は大倉に飛び、慌ただしく義胤は妻子とともに感応院を訪れた。

「ようやった。さすが我が嫡子《ちゃくし》、相馬の跡継ぎぞ！」

会うなり、義胤は嫡子の手を取り、目頭《めがしら》を熱くして喜んだ。

「そなたの働きで相馬を潰さずにすんだ。これで先祖に顔向けができる。ようやった」

「父上の助言あったればこそにございます。皆も奔走してくれました」

初めてかもしれない。義胤に褒《ほ》められた蜜胤は、嬉しさともども誇らし気だ。

「藤右衛門、そちのお陰じゃな。礼を申すぞ」

末座に控える泉成政を見て、義胤は篤く労いの言葉をかけた。

「勿体のうございます。出奔したる身にて、お屋形様ならびに若殿様の御前に顔を見せられる身ではありませぬ。不忠の数々、お詫びのしようもございませぬ」

恐縮する泉成政は床に額を擦りつけるばかりであった。

「なんの。長谷堂の撤退戦で相馬の強さを天下に示してくれた、そちを誇りに思うぞ」

「忝《かたじけ》のうございます……」

泉成政は喜びで咽《むせ》び泣く。周囲も釣られて目を潤《うる》ませた。

「なんにせよ、こたびは蜜胤の大手柄じゃ。おそらく儂ではできなかった。若いそちであったから純粋な意志を伝えられたのじゃ。まあ、そなたに任せた儂の采配の妙かの」

義胤の一言で嬉し涙の場を微笑《ほほえ》ませた。

後日、義胤は蜜胤とともに江戸城に登城した。義胤は初めて江戸城を目にする。

（まさに天下人の城よな。豪華な中にも無骨が見える。豊臣とは違った武士の城じゃ）

巨大な平城は堅固さから見れば大坂や伏見よりも脆弱《ぜいじゃく》であろう。難攻不落の城としないのは、絶対に攻めさせないという意志の現れか。それでも、川に架かる細い橋や狭い道を迷路のように駆使した町割りは、実際に攻め寄せられぬ工夫はしてあった。

城内に入った義胤親子は、大広間の奥の白書院《しろしょいん》に通された。床の間のある上段と一段下がった下段は、それぞれの部屋として襖によって隔てられている。

九曜《くよう》の入った大紋に身を包んだ相馬親子は下段の間で待っていた。壁や襖絵《ふすまえ》は金地に鶴、亀、鳳凰《ほうおう》などなどの豪華な絵が描かれている。上下を隔てる襖は開けられていた。

「上様のお成りにござる」

当たり前のように、徳川家の家臣たちは家康を天下人として呼んでいた。

家康、秀忠《ひでただ》親子が上段に入る。すかさず相馬親子は平伏をした。

「ご尊顔を拝し奉り、恐悦至極に存じます」

畳に額を押しつけ、吐いた息が藺草《いぐさ》の香りとともに鼻孔《びこう》を擽《くすぐ》った。

「重畳至極《ちょうじょうしごく》、面を上げられよ」

鷹揚《おうよう》に家康から声がかけられた。

「こたびはお家の存続を認めて戴き、恐悦の極みに存じます」

元来、天下人でもない家康に所領の改易や安堵の認可など差配される筋合いではないが、乱世は実力が全て。目を伏せたまま義胤は礼を言わねばならなかった。

「ご子息の尽力によって貴家の疑いは晴れた。こののちは忠義に励むがよろしかろう」

家康は豊臣への忠義とは言わなかった。家康の足下に跪けということである。

「仰せのままに従います」

「余《よ》が小山から引き返す際、なにゆえ佐竹らと与して追い討ちをかけなかったのか」

そうすれば、このような屈辱を味わわなくてすんだはず、と家康は問う。

「内府様は敵ではあらず。相馬の駿馬は敵にのみ突撃致します」

上杉、佐竹の闘志が折れたからとは言えなかった。

「良き心掛けじゃ。ご子息に受け継がれような」

こうもあからさまに家督の移譲を催促《さいそく》されるとは思わなかった。

（そちに命じられるまでもない。もともとそのつもりじゃ）

義胤は憤るが、腹立たしいからといって拒むわけにもいかない。

「お下知のままに」

告げた義胤は、顔を上げ、両家の間にいる本多正信に目をやった。

（初陣もすませておらぬ無垢《むく》な蜜胤を手なずけたか。ゆえに相馬は潰さず、意のままの手駒にするつもりか。佐渡め、いつでも潰せると思っていようが、潰し損ねた家は手強くなっていくものぞ。それと、若い蜜胤であるがゆえに、成長も致す。敵であるそちから学んでの。まあ、今は馬の轡《くつわ》を取っても従うしかないが）

勝利感に満ちた正信に、義胤は肚裡で言い放った。

こうして相馬家断絶の危機は回避できた。義を重んじ、常に誠実に対応してきた義胤と、困難の中で粘り強い交渉を行った蜜胤の努力の賜物《たまもの》である。

牛越城の受け取りを命じられたので、義胤・蜜胤親子は帰国準備を始めた。但し、正室の深谷《ふかや》御前と十歳になる次男の熊丸《くままる》は人質として江戸に置かなければならない。

「儂が至らぬばかりに、すまぬの」

義胤は深谷御前に詫びる。

「なにを仰せかと思えば埒《らち》もない。京、大坂、伏見に続き、こたびは江戸。あなた様に嫁《とつ》がなければ、南陸奥の片田舎しか知らずにこの世を終わらせるところです。まだわたしのような女に質としての価値があることも嬉しく思います」

気丈に深谷御前は言ってのける。良妻賢母の正室に、義胤は救われている。

深谷御前らが住む場所は、徳川家の旗本で千葉一族の流れを汲む犬塚平右衛門忠次《へいえもんただつぐ》の桜田屋敷を借り受けることになった。この屋敷がその後、相馬屋敷として正式に与えられることになる。城の南東に位置し、地下鉄丸ノ内線の霞ケ関駅のすぐ南で、農林水産省の合同庁舎一号館が建つ地である。

相馬家の改易撤回について政宗は、十月二十六日、茂庭綱元に対し、「相馬領の事、これは一番奇特《きとく》な仕置きにて、元の義胤に返されてしまった」と記し、別書では「このたび御知行・相馬辺《あた》りを下されず、挙げ句の果てには相馬に御返しなされたので、行く末々まで用心するように」と書き送っている。

和賀《わが》・稗貫《ひえぬき》一揆の煽動で百万石の御墨付きを反故《ほご》にされた政宗は、誰よりも相馬家の改易を望んでいたことが、この手紙から窺える。

義胤・蜜胤親子は喜び勇んで帰国した。

（我が所領に、相馬に戻ったぞ。一石も削られることなく）

入領した義胤は万感の思いにかられた。家臣、領民たちは国境まで出迎え、歓声が上がる。まさに凱旋《がいせん》のような気分にかられた。

水谷勝俊らから牛越城を引き渡されると、領民たちは祭を催《もよお》して喜びあった。

「二度と、お家を傾《かたむ》けるような真似をしてはならぬの」

歓喜の声を聞きながら、義胤は告げる。

「はい。お任せ下され」

大仕事を成し遂げた蜜胤は胸を叩く。ひとまわり大きくなったように義胤には見えた。

義胤五十五歳、蜜胤二十二歳、新たな相馬の始まりであった。

四

改易回避にあたっての論功行賞が行われた。

まず先に本多正信との交渉が開始されたので、門馬経親に百五十石を加増、島田重次の伝手《つて》を探索した門馬泰経は五十石の加増、ほかの家臣も加増され、熊川で蜜胤らに加わった鈴木金兵衛と志賀久内も、父の罪を許した上で五十石の新地が与えられた。

蜜胤は小人の弥内にも知行を与えて直臣になることを伝えた。

「冥加《みょうが》につきますが、某は卑《いや》しい身分でございますし、侍の格式も存じませんので、これまでのように、気楽に奉公させて戴きとうございます」

かつての佐藤六《さとうむつ》と同じように弥内も直臣になることを拒んだ。仕方ないので蜜胤は金《きん》子《す》を与えて、気儘に仕えさせた。僧侶の祖栄《そえい》と叙真《じょしん》にも恩沢《おんだく》を施《ほどこ》した。

上杉家に暇乞《いとまご》いをして、東奔西走した泉成政は、千七百十四石という大変な高禄と標葉郡の泉田村に屋敷を与えられた。成政こそ論功第一であった。

ここまでは吉事。そればかりではなかった。

相馬領が召し上げられた時、五百余人の家臣が、相馬の地を離れた。義胤、蜜胤親子が帰国したと聞き、帰参を申し出てきた家臣が多数に及ぶ。

「できぬ。相馬領に入った者は全て敵と見なして討ち取る。嫌なれば腹を切るがよい」

新たな当主に命じられた蜜胤は、旧臣たちの願いを一蹴《いっしゅう》した。

「こたびの憂き目は我が判断の誤り。今少し寛大にできぬか。あの者たちにも妻子や郎《ろう》党《とう》がおる。皆、生きていかねばならぬのじゃ」

罪の意識を感じているので、義胤は旧臣たちの許しを乞《こ》う。

「お家の行く末が定まらぬ中、全てを捨てて江戸行きに加わった忠臣がおります。上杉家の禄を返上して馳せ参じた者もござる。皆、当家を信じた者たちでござる。これに対して、さっさと当家を見限った者どもを帰参させたら、家中の統制がとれませぬ」

「とは申せ、これまで忠義を尽くしてきた者たちじゃ。そちが生まれる前から戦陣を駆けてきておる。それに、田を耕し、敵に向かい、家を支えるのも人ぞ。人は物ではない。考え、飯を喰わねば生きていけぬ」

「されば父上が相馬の家督を続けられませ。某は三分の一もの不忠者を抱え、相馬の当主として家を引っ張っていくことはできませぬ」

家康から命じられた以上、当主を続けることはできない。蜜胤はこれを楯に取る。

「改易を撤回させた大勲者《だいくんしゃ》が情けないことを申すものではない。たった一度の失態で全てを判断するのは酷じゃ。当主たる者、寛容な心も必要じゃ」

「たった一度の失態で、お家を失うことも現実。父上は彼奴《きゃつ》らにお家を、某を信じろ、と申したではありませぬか。彼奴らはこれを蹴ったのです」

激しい口調で蜜胤は言う。的を射ているだけに反論の言葉が見つからない。

(蜜胤も新たな当主として、戦っているのか。忠義か、豊臣以前ではあまり耳にしなかったことじゃの。徳川の世では大事にされる言葉なのかもしれぬ)

下克上《げこくじょう》が当たり前の戦国の世では、生き残るために裏切りや主家討ちは珍しくなかった。秀吉が天下を統一した頃から忠義という言葉を言うようになった。ある種の秩序を構築し始めたわけである。豊臣家に対する徳川家のことは別にして、事実上の天下人として主従の間に新たな道義を築こうとしているならば、相馬家も倣《なら》うしかなかった。

表向きの政治概念以外にも義胤は気づいたことがある。

(此奴《こやつ》。江戸で本多に吹き込まれたようじゃの。当家の欠点は直轄領が少ないこと)

相馬本家は領地全体の一割六分ほどしかなく、他の大名の半分の比率であった。

(不忠者の禄を召し上げて直轄領とし、政の基盤を固くしろということか。本多め……。

とは申せ、相馬も変わらねばならぬか）

三成は斬首され、もはや相馬家を指導してくれる者はいない。自ら改革しなければ、せっかく改易を免《まぬか》れたのに、また傾けてしまう。情にばかり縋っていられなかった。

「そなたの考えは判るが、全て許さぬということは考え直してほしい。これまでの貢献を加味し、当主に腹を切らせたら妻子は許し、減知の上で召し抱えてくれ。改易もまた然り。帰農後、功があれば再び取りたてると。一揆を起こさぬためじゃ」

一歩も二歩も譲った上で義胤は説いた。

「左様なことなれば……」

渋々蜜胤も応じた。

義胤の寛大な配慮でも、十数人が切腹し、数十家が改易となった。中には戦功ある草野城代の岡田胤景《たねかげ》や中村直清などもいた。大半が帰農したので、八千石近くが浮くことになった。これによって相馬家の直轄領も三割近くになった。

義胤が大倉に移ってすぐのこと。かつて政宗が帰国にあたり相馬領を通過した時、政宗を饗応《きょうおう》した岡田胤政《たねまさ》が伊達領に走った。これは華光院での約束によるものだというが、義胤が書状を遣わして呼び戻している。

（皆、すまんの。全て儂のせいじゃ。どうやら、世が変わったらしい。いずれ日の目も見よう。それまで辛抱してくれ。今一度、戦はある）

肚裡で義胤は詫びる。必ず家臣たちにも再興の機会は作るつもりだ。家康が征夷大将軍に任じられれば、豊臣家が黙っているはずはない。秀頼の成人を待って豊臣から仕掛けるか、先駆けて高齢の家康が開戦に踏み切るかは定かではないが、関ヶ原で家康が勝利した瞬間から、次なる戦は避けられないと義胤は思っている。戦があれば帰農した家臣たちも必ず立つはずだ。

（儂は治部殿に与して家をふらつかせたが、豊臣への義理は果たした。新たな当主の蜜胤は徳川の麾下《きか》で戦おう。それでよいのであろうな）

一歩下がった義胤は冷めた目で見ていた。

一応、家中の仕置きを終えた蜜胤は、改めて本領安堵のお礼を言上するために江戸に上った。すでに旗本・犬塚平右衛門の桜田屋敷は、相馬家の屋敷として使用され、犬塚家の者はいなかった。

許可を得たので登城した。白書院の下段で待っていると、上段に秀忠とともに土井大《どいおお》炊頭利勝《いのかみとしかつ》が姿を見せた。

家康の無理な命令と、真田昌幸《まさゆき》の巧みな戦術によって関ヶ原合戦に遅滞した秀忠ではあるが、徳川家の跡継ぎ候補第一であることには変わりない。この年二十四歳、蜜胤より二歳年上である。

土井利勝は家康の伯父・水野信元《みずののぶもと》の三男として生まれた譜代家臣で、家康の隠し子とも言われるほど寵愛《ちょうあい》されている。秀忠の傅役《もりやく》を務め、のちに大老職につく大物である。

蜜胤が恭しく挨拶をすると、秀忠は優しそうな笑みを向ける。

「短い期間に国許との間を往復なされ、忙《せわ》しゅうござるな」

「そもそもは当家の失態。お気遣い忝のうございます」

「さすが相馬の嫡子。馬脚《ばきゃく》も力強いようじゃ。大炊頭」

秀忠が声をかけると、二人の間に座す土井利勝が口を開く。

「大膳亮《だいぜんのすけ》（蜜胤）殿は、未だ一人身とお伺いしてござるが、婚約などなさっておいでか？　あるいは見初《みそ》められた女子《おなご》などはござろうか」

「恥ずかしながら、左様な状況にはありませんでしたので、婚儀の話はございませぬ」

直《じか》に聞かれるとは思わず、蜜胤は当惑《とうわく》しながら答えた。

「それは重畳。されば、権大納言《ごんだいなごん》（秀忠）様の肝煎《きもい》りにて嫁を娶《めと》られてはいかがか？　相手は旗本・岡田大和守元次《やまとのかみもとつぐ》の娘（次女）でござる」

岡田元次の次女は土屋民部少輔忠直《つちやみんぶのしょうゆうただなお》の異父妹でもあった。忠直は上総《かずさ》の久留里《くるり》二万石の城主である。

「……はっ、有り難き仕合わせに存じます。謹《つつし》んでお受けさせて戴きます」

旗本と聞き、蜜胤は落胆するものの、文句を言える立場ではない。渋々礼を口にした。

「されば、この婚儀進めさせて戴く」

土井利勝の言葉に礼を述べ、蜜胤は白書院を退出した。

（旗本と同格か。取り潰しから救われた大名の息子じゃ、致し方ないの）

徳川家の家臣でも、一万石以上と、以下の旗本では雲泥《うんでい》の差である。万石以上は大名として一応、城持ちになれる権限が与えられている。

蜜胤の失意に気づいてか、蜜胤が下がったのちに土井利勝は秀忠に進言する。

「畏れながら、大和守（元次）の娘は大膳亮には不相応。ここは土屋民部少輔の妹とし、若殿（秀忠）の養女として嫁がせてはいかがにございましょうや。相馬は伊達を押さえる第一の堰《せき》。異父となる若殿のために死にもの狂いで戦いましょうぞ」

「左様か、よきに計《はか》らえ」

秀忠が応じたので、岡田元次の次女は土屋忠直（大名）の妹として秀忠の養女となり、蜜胤に嫁ぐこととなった。一転して天下人ともいえる家康の跡継ぎである秀忠の養女を嫁に迎える。相馬家にとっては名誉この上ない、破格の待遇であった。

翌十二月、結納は土屋忠直の屋敷で交わされ、相馬家の使者として中村助《すけ》右衛《え》門隆政《もんたかまさ》が赴《おもむ》き、結納の品を進呈した。忠直から蜜胤には返礼として脇差《わきざし》が与えられた。

婚儀は相馬家が仮邸としている桜田屋敷において行われた。旗本の屋敷に徳川家の養女を迎えるとあって同屋敷は狭く、隣の一色頼母《いっしきたのも》の屋敷を借りて用意を整えた。

婚礼には、花嫁となる秀忠の養女をはじめとし、秀忠の代理として土井利勝、島田重次が訪れ、奥年寄として稲垣左《いながきさ》次兵衛義光《じびょうえよしみつ》が随附した。

結婚に際し、蜜胤は土井利勝に願い出て「利」の一字を貰い受け、「利胤《としたね》」と改名した。さすがに秀忠からの偏諱は烏滸《おこ》がましいので、憚《はばか》った結果だ。

徳川と親戚になったこともあってか、十二月十八日、利胤は従四位下・大膳大夫《だいぜんたいふ》に任じられた。

婚儀が終わってから数日後、秀忠は、利胤の所領は奥州の辺鄙《へんぴ》な地で不便であろうから、江戸の近くに所領替えしてはどうか、と土井利勝を通して利胤に伝えてきた。

「所領のことは、当家にとってこれに過ぎる大幸はございませぬが、奥州は文治五年（一一八九）、頼朝卿《よりともきょう》が藤原泰衡《やすひら》征伐の時、先祖の相馬次郎師常《もろつね》が軍功の忠賞《ちゅうしょう》に賜った地にて、今すでに四百余年を経ております。それゆえ郡邑《ぐんむら》の士民《しみん》ともに旧好の親《した》しみ深く、ましてや今般《こんぱん》、両大君より本国安堵の上意を蒙《こうむ》ったので、子々孫々までご高恩を忘れることはないでしょう。これにより、武士は申すに及ばず、農商の族《やから》までも事ある時は、この累代の旧地を安んじて公恩に報いるため、ともに忠誠を抽《ぬき》んじようとする義気を含んでおります。請《こ》い願わくば、御前（秀忠）によろしくお伝えお願い申し上げます」

利胤は土井利勝に恭しく告げた。

「旧領の地、誠に由緒《ゆいしょ》有り。強いて移すべからず。奥州は相馬氏永代の領地なり。利胤には奥州から江戸への往来の際、放鷹《ほうよう》を許可致す」

土井利勝の報告を受けた秀忠は納得し、利胤に特別待遇を与えた。関東での放鷹は十万石以上の大名家に許可されることであった。

利胤は慶長九年（一六〇四）から江戸へ出府する際には鷹を据え、犬を曳《ひ》かせた。これは徳川五代将軍・犬公方こと綱吉《つなよし》の「生類憐れみの令」によって放鷹が禁じられるまで続けられた。

利胤の婚儀を牛越城で聞き、義胤は感無量であった。改易の危機から今や徳川家の親戚となったわけである。このまま順風満帆《じゅんぷうまんぱん》というわけにはいかないであろうが、ちょうどいい時期だと判断し、家督を利胤に譲って隠居することにした。

慶長八年（一六〇三）二月十二日、家康は伏見城で征夷大将軍の宣下を受けた。歴史教科書的にいえば江戸幕府が開かれたことになり、江戸時代の始まりである。

家康は押しも押されもせぬ天下人になったわけであるが、依然として大坂には豊臣家が健在。ほとんどの武士は二人の主を持つことになった。

夏前に利胤が帰国し、牛越城は「御改易凶瑞ノ城《ごかいえききょうずい》」として、元の小高《おだか》城に居城が移された。利胤は正室と母の深谷御前を伴っての下向である。義胤は顔を崩して喜んだ。

「御台所《みだいどころ》と母上の帰国が許された代わりに、熊丸が権大納言様（秀忠）の小姓として召し出されることになりました」

「左様か、元服に立ち会えぬのが残念じゃ。よしなにの」

徳川家に取り込まれていくことに違和感を覚えつつも、義胤は喜んだ。

移城が終わって落ち着く間もなく利胤は江戸に立った。

熊丸は十一歳で元服し、左近及胤《さこんちかたね》と名乗り、秀忠の小姓となった。

この年、これまで相馬家が仮屋敷としていた桜田屋敷が改めて相馬家に与えられることになり、建て替えられることになった。普請に際し、なにを思ったのか、家康自ら縄張りを行い、利胤は門馬源兵衛定経《げんべえさだつね》を奉行として屋敷の建築を施行させた。

相馬家にとっては嬉しい家康の縄張りであるが、喜んでばかりもいられない。

この年、江戸城普請の人足を五百人出さねばならなかった。一千石につき十人という賦役《ぶやく》である。いわゆる天下普請《てんかぶしん》の始まりである。

天正十八年の検地の表高四万八千七百余石を修正しろと言われていないので、これには助かっている。そのあたりは秀忠の養女を正室にしているせいかもしれない。文禄二年の再検地は知られているので、五百という人数を断るわけにはいかない。

翌慶長九年（一六〇四）には、相馬領の浜街道に一里塚を築くことを命じられ、相馬家は家臣を動員して率先的に行わざるをえなかった。

慶長十年（一六〇五）四月七日、家康は征夷大将軍を辞し、十六日、秀忠に新たに将軍宣下が行われた。その後、家康は大御所《おおごしょ》と呼ばれている。

秀忠が将軍に任じられたので、利胤は将軍の養女を正室に持ったことになる。ますます喜ばしいことであった。

ほどなく利胤は江戸城で秀忠から盃《さかずき》を賜った。この時、政宗も同席しており、秀忠から政宗に盃を勧めることを命じられた。

利胤は畏《かしこ》まって中座し、退去して土井利勝に伝えた。

「上意違背は畏れ多きことではございますが、愚父の長門守（義胤）は、伊達越前守

（政宗）とは故《ゆえ》あって不和でございました。よって越前守へ勧盃《かんぱい》の儀、了見に及び難しことにございます」

理由を聞いた土井利勝は、その旨を丁寧に将軍秀忠に申し述べたので、事なきを得た。

これは秀忠が、戦場を知らぬ利胤の気概を試したことだという。

その後も相馬家は天下普請に狩り出され、台所は火の車だった。

「畏れながら、御前様が江戸に上られ、なにかと不便でございますゆえ、ご側室を持たれてはいかがにございましょうか」

水谷胤重《みずがいたねしげ》の跡を継いだ将之《まさゆき》が勧める。深谷御前は再び人質として江戸に上っていた。

「側室か、なにか気が引けるのう」

「そう、仰《おお》せにならず、側室が近くにおれば華やかになります。大御所様は未だお盛んだとか。まだまだ相馬には大殿様の後見が必要にございます」

何度も水谷将之が勧めるので、義胤も折れて迎えることにした。

何人かの候補の中から義胤が選んだのは、齋藤左衛門尉重隆《さえもんのじょうしげたか》の娘・於国《おくに》であった。年は十代半ばである。

「隠居の側室で構わぬのか」

義胤は、曾孫《そば》ほどにも年齢差のある於国に問う。

「大殿様の側にお仕えできることは光栄の至りにございます」

健気《けなげ》な於国である。於国の叔父である齋藤右馬助重長は、文禄二年（一五九三）の検地帳には三貫五十五文と記されている。田を耕さねば暮らしていけない身分である。一族とすれば、於国のお陰で禄高が増えるかもしれないと、喜んでいるという。

これより、身の廻りの世話は於国がすることになった。

慶長十三年（一六〇八）、利胤の御台所が小高から江戸の桜田屋敷へ移された。幕府は徐々に人質の数を増やしている。豊臣家との戦いを視野に入れているようだった。

義胤と於国の間には女子が生まれ、栄《えい》姫と名づけられた。

「愛《う》いのう。そなたは将軍にでもなければ嫁にはやらぬぞ」

年齢を重ねてから得た子だけに、喜びもひとしおの義胤だ。

「それでは、栄は一生、嫁に行けなくなります」

於国が、義胤の親馬鹿ぶりを揶揄《やゆ》する。

「利胤は将軍の養子じゃ。将軍のほうから、跡継の嫁にと申してくるわ。それまで小高の城で楽しゅう暮らすがよい」

まさに目の中に入れても痛くない愛娘《まなむすめ》だ。

ところが、残念ながら栄姫は夭折《ようせつ》してしまう。悲嘆にくれた義胤は、しばしなにも手につかなかった。その後、於国との間に子ができることはなかった。

全てが順風満帆とはいかない相馬家だった。

第八章　慶長大津波

一

慶長十六年（一六一一）三月にも江戸城の普請があり、相馬家は五百人ほどを負担しなければならなかった。じわじわと財政負担が重くなっていた。

七月下旬、利胤が帰国した。

「居城を移します」

唐突に利胤は言う。おそらく幕府の指示であろう。

「先（牛越城）の苦労もある。慎重にせねばの。何処《いずこ》か決めておるのか」

「中村城を普請し直して移ろうと思います」

「伊達か」

中村城は、かつて義胤の弟の隆胤《たかたね》と籌山《ちゅうさん》が在していた城であり、伊達領との国境《こっきょう》まで一里ほどと相馬領の中でもかなり北に位置している。

「公儀（幕府）は、豊臣が行った耶蘇《やそ》（キリスト）教信仰の禁止を引き継いでおります。伊達は伴天連《ばてれん》と接触して以来、昵懇とか」

政宗はイスパニア出身の宣教師《せんきょうし》ルイス・ソテロと親密で、キリシタンにも好意的。当然、政宗の目的は信仰ではなく、交易の利益と当時、世界最強と謳《うた》われたイスパニア艦隊の軍事力であった。

「伊達への備えもありますが、今一つは領内の仕置《しお》き。当家は他家より遅れております。強固にするためにも城下に、一定以上の禄高を得る家臣を集めるつもりです」

利胤は続ける。主だった地に代官を置いて土地を管理させ、代官は持ち回りにする。収穫された米は相馬家が蔵に納め、家臣たちの禄高に応じて与える。当然、全ての米を一ヵ所に集めることはできないので、地域ごとに行う。まさに兵農分離である。

「これにより、野分《のわき》（台風）などで田畑が流れた時、その地の武士が無禄にならずにすみます。百姓も自分の取り分が明確になるので、田畑を開く励みになりましょう。石高が増えれば、皆の暮らしが少しは楽になります。我らも変わらねばなりませぬ」

三十一歳の利胤。頼もしいことを言うようになったと、義胤は感心した。

木幡勘解由長清《こはたかげゆながきよ》を奉行に七月から中村城の改築普請が始まった。西の阿武隈山地《あぶくまさんち》から伸びる丘陵《きゅうりょう》（比高《ひこう》十六・二メートル）に本丸と二ノ丸を置き、南西隅には三重天守を建てた。南面に流れる宇多川を天然の外堀とし、その水を引いて北と東に水濠を配置した。尾根続きの西は、堀切と切岸で防御することにした。

西隣の丘陵には相馬氏累代の鎮守《ちんじゅ》・妙見宮《みょうけんぐう》を祀《まつ》るための妙見曲輪《くるわ》を置き、これを取り巻くように東西南北にそれぞれ二ノ丸を備え、さらに東に三ノ丸を築いた。土塁《どるい》を主体とした造りであるが、本丸などの要所には石垣を使用した。

陸奥の城にしては珍しく複雑な造りにしたのは、まさに専守防衛《せんしゅぼうえい》を主体に考えてのこと。伊達軍が江戸に兵を進めた時、中村城で引き受けて迎撃し、その間に江戸からの後詰《ごづめ》を待つという幕府の構想も盛り込まれた城であった。

順調に普請が進む中の八月二十一日、辰《たつ》ノ刻（午前八時頃）、義胤は西ノ丸の居間に入ったところ、小刻みに床の間に飾る太刀《たち》が動きはじめた。

揺《ゆ》れは徐々に大きくなり、柱は軋《きし》んで恐怖を煽《あお》り、鴨居《かもい》に懸《か》けてある鑓《やり》が跳ねはじめた。そのうちに床の間の壺が浮き上がって割れ、鶴の掛け軸も落ちた。

「御免《ごめん》」

義胤が口を開くより早く、近習の中村監物胤主《けんもつたねもり》が義胤の体をかばうように覆いかぶさる。胤主は利胤と同じ三十一歳であった。

牛越城は大きく揺れている。天井が波打つように見え、埃《ほこり》が続けざまに落ちてきた。柱が動くのが判る。畳がずれて浮き上がる感じがする。文机《ふづくえ》や、襖や障子《しょうじ》が勝手に左右に動く。這《は》ったまま部屋の外に出ようとするが、平衡《へいこう》感覚が麻痺《まひ》したのか、泥酔《でいすい》したようにふらついて上手《うま》く進めない。

奥のほうで女子の悲鳴が聞こえる。

「女子たちを外へ！」

義胤は叫びながら廊下に出たのち、転がるように縁側から中庭に飛び出した。

揺れは十四、五を数える（秒）ぐらいで収まった。感覚では四半刻も揺れていたような気がする。まだ足下がふらつくような感覚があった。

「ご隠居様、お怪我はございませぬか！」

水谷胤重《みずがいたねしげ》の跡を継いだ将之《まさゆき》が駆けつけた。

「儂は大丈夫じゃ。負傷した者はないか確認致せ。それと火が出ぬよう台所を見に行かせよ。揺れ戻しがあるやもしれぬゆえ気をつけろ」

思い浮かぶことを、義胤は矢継ぎ早に命じた。

「これを」

石川内匠信昌《たくみのぶまさ》が床几と履物を差し出した。信昌は月夜畑《つきよはた》の夜討ちで相馬・伊達勢を撃退した石川弾正光昌《だんじょうみつまさ》の嫡子である。光昌の死去後、義胤から堪忍料を得て仕えていた。

義胤は裸足で飛び出していたので、拭かせたのちに履物に足を通し、床几に腰を下ろした。背後ではまだ驚いているのか、池の中の鯉が飛び跳ねていた。

「大殿様」

弟の正實《まさざね》に付き添われて、側室の於国は足腰が立たぬ様相だ。

「大事ない。もう収まった」

義胤は労いの言葉をかけて、震える華奢《きゃしゃ》な肩を抱き寄せた。

「負傷した者はおらぬか？」

義胤が問うと、転倒した時の打撲程度だと言うので安堵した。

普段ならば、すぐに情報が集まるところ、小高城に仕えている家臣の大半は中村城の普請に狩り出されているので、留守居は少なく、なかなか報せが届かなかった。

時を経るごとに少しずつ状況が判りだした。朝餉《あさげ》を終えていたので、出火の恐れはなかった。人数が少ないせいか、多少の怪我をしても、死者は一人も出なかった。泥壁《どろかべ》とした城の外壁の一部が剝《は》がれ、亀裂の入っているところがあった。古い瓦が落ちた箇所もあり、幾分柱が歪んだのか、戸や襖の開閉が困難になるところも出てきた。あとは、城内にある井戸が濁《にご》ったという。

「城の外は……」

寺や神社の瓦が落ち、土壁に亀裂が入ったりなどと、城と状況は変わらない。民家では腐りかけていた柱が折れて倒壊《とうかい》した家も幾つかあるものの、大部分は歪む程度ですんでいる。負傷した者も何人かはいたものの、死者は出なかったという。刈り入れ前の初秋とあって、大半が農地に出ていたお陰かもしれない。

困ったのは普請中の中村城。柱を立てただけで、まだ斜めの梁《はり》を入れていなかったところは倒れ、塗ったばかりの壁が落ちたりと、思いのほか被害が多く出た。こちらも怪我人が出たものの、死者が出なかったのは不幸中の幸いであった。

厩《うまや》の馬が驚き、逃れようとしてか、脚に傷を作る馬が多数いたという。相馬の馬は武将たちに重宝される大切で高価な生産物でもある。

「大事に治癒《ちゆ》させよ」

飼育を生業《なりわい》にする者たちに、義胤は伝えさせた。

「地震ばかりは避《さ》けようがないゆえの。とにかく皆、屋敷の外に出させよ。あとは寺社に懇《ねん》ごろに祈らせよ。利胤からの下知でな」

普請を休ませるわけにはいかない。義胤は利胤の名で寺や神社に銭を渡し、加持祈禱《かじきとう》をさせた。相馬領では震度四強といったところか。

直下型地震の震源地は小高城から二十三里ほど西の会津地方だった。『當代記《とうだいき》』には「奥州会津辺りで大地震があり、石垣は悉《ことごと》く崩れ、屏《へい》、櫓《やぐら》以下も悉く落下し、天守閣は壊れ、瓦なども悉く落下した。人馬は多数死に、近くの山は崩れて川の流れを塞《せ》き止め、知行二万石分が湖水の底に沈んだ」とある。『異本塔寺長帳《いほんとうでらながちょう》』には「会津は天地開闢《かいびゃく》以来の大地震」とあり、城は言うに及ばず、諸寺院の仏閣は悉く倒れ、新しい湖ができたとある。

推定の規模はマグニチュード七ほど。震度は現在の六弱から六強というところか。家屋の倒壊は二万戸、死者三千七百余人を出した大災害であった。

日を追うごとに会津の情報も義胤の許《もと》に届けられた。義胤は改易危機の時に三春城代の蒲生郷成の世話になっていたことがあるので、その主であった秀行に見舞いの遣いを送った。

利胤が小高城に帰城して、義胤に伝える。

「損害はさして多くはありませぬ。十一月上旬ぐらいには移城できるかと存じます」

「左様か。城下は間に合うのか？　まず宇多川の流れも変えねばなるまい」

「まずは、某が移城すれば、城下の普請も早く進むと存じます」

自信ありげに利胤は言う。

「それと、父上には、どこぞの地に舘《たて》を構えて戴きとうございます」

「されば、一大名に一城というのは真実《まこと》なのか？」

「そう遠くない先、触れが出されると存じます。将軍家の親戚である当家は、先駆けて示さねばなりません。父上が移動なされば、家臣たちも従いましょう」

少し遡る天文年間、相馬領五郷には、城郭形式の舘が三十八あった。その舘に舘主《たてぬし》がおり、それぞれが小領主として相馬家に帰属し家を支えてきた。これの大半を廃して、城下に家臣を集めようというのである。反発は予想される。

「城下に住まわせる家臣の石高は、前に申したとおりか」

「はい、二十八石以上と、それ以下でも某の近習を城下に置きます」

利胤の思案では、二百十家を城下に移す。これを給人《きゅうにん》と呼び、それ以外は従来のままの地に置いて田畑に向かう半士半農として暮らす、これを在郷給人《ざいごうきゅうにん》と呼ぶという。

一石六万円とすれば、二十八石は百六十八万円。これが、相馬領における田畑を耕さずに暮らす武士の最低の年収ということになる。

「二十八石では苦しかろう。二十七石で在郷給人のほうがいいと申す者が出てくるぞ」

「我儘《わがまま》を抜かす者は禄を召し上げます。城下に住む者には、特別な地位を与えるつもりです。二百十家なくば即座の対応ができませぬ。これは決定だと、ご思案下さい」

厳しい口調で利胤は言う。おそらく土井利勝あたりに強く言われてきたに違いない。

「一見、兵と農の分離のようじゃが、二十八石以下の者は半士半農じゃの」

「貧しい者に、未来永劫《みらいえいごう》、貧しいままでいろとは申しませぬ。禄高の低い者は自身で実入りを増やす道を開いておくのもいいかと存じます」

「それでは、ほぼ百姓になってしまわぬか？」

義胤とすればともに戦場を駆けてきた者に帰農を勧めるようなことはしたくない。

「戦があるのはおそらくあと一度。そののちは二度と戦功をあげる機会はなくなりますゆえ、石高を増やすには、自ら田を開くのも一つの道かもしれません」

「公儀はそこまで見据えておるのか……」

武士は戦ってこその武士であるが、戦がなくなれば、消費をするだけの存在になってしまう。相馬家は小国であるがゆえに、所領を守るために人口に対する兵の割合が高い。そうでなければ家を滅ぼされていたかもしれない。

平和な世になった弊害《へいがい》が、このような形で浮き彫りになるとは、なんたる皮肉か。利胤は幕府から指摘され、誰よりも危機意識を持っているのであろう。

「公儀は安定した収穫を得ることを指導しております。家臣に多くの土地を持たせれば、百姓を煽動して一揆にも繋《つな》がると。それゆえ武士を土地から引き離し、公田《こうでん》として相馬家のものとし、家を正せと。相馬は未だ他家よりも家臣が土地を持つ者が多いかと存じます」

幕府は当主の直轄領を半分にしろと指導する。相馬家の当主は三割ほどであった。

「公儀の意に反するが、今の相馬が安泰でいられるのは家臣たちが下々に至るまで粉骨《ふんこつ》砕身《さいしん》戦ってきたからぞ。戦がなくなったからといえ、その忠節を無視して百姓に格下げするわけにはいくまい。それと、百姓が勝手なことをするかもしれぬ」

「代官の手腕は問われることになりましょう。百姓は生かさず、殺さず使え、と大御所（家康）様は仰せになられたとか」

「生かさず、殺さず、か……。家康らしいの。左様か、承知した」

新たな相馬家のため、義胤は息を呑むように頷いた。

半月後、地震の修復をしながら小高城で評議を行った。主殿には主だった重臣を集め、石高、役職、年齢等に応じて、廊下から庭まで三百余人が集まった。

上座には義胤と利胤親子が並んで座している。

「十一月の上旬には中村城に移城する。これに際し、二十八石以上の者は城下に移り住むこと。町割りは追々決める。それぞれの舘は廃止致す。これは公儀の命令じゃ」

「なんと！」

利胤が言うや否や、皆は顔をこわばらせ、不満の声をもらす。場は騒然とした。

これまで一所懸命のために戦ってきたのだ。武士たるもの土地の縁《えにし》を切り離すことはできない。ほぼ全員、同じような表情をしている。

「畏れながら、我らの土地はいかになるのですか」

岡田胤政が問う。

「相馬家が管理する。ゆえに、どこの村のどの田畑は誰のものではなく、相馬家の管理とし、石高に応じて皆に与える。各地に代官を置くが、定住はさせぬ」

「されば、百姓は誰が面倒を見るのですか」

新舘義治《にいだてよしはる》が尋ねた。

「相馬家の代官じゃ。皆は不満であり、不安であろうが、これにより、大水で誰かの田畑が流れた時、その者の実入りが無になることがなくなる。安定した政を行うために、安定した仕置きを行う。諸大名も同じ仕組みになる。我らはその先駆けじゃ」

「されど、舘を廃止致すことはないかと存じますが」

なんとか岡田胤政は喰らいつこうとする。

「皆の舘は城と見なされる。さすれば公儀に楯突いたことになる。相馬家は改易じゃ」

改易といった利胤の言葉に、皆は項垂《うなだ》れた。あの憂き目だけは二度と味わいたくない、誰もが同じ心境であろう。

「この小高城も廃城となる。儂も何処かに隠居屋敷を移そう」

利胤の願いどおり、義胤が率先して主張すると、皆も渋々頷いた。

あとは、中村城の完成を待つばかりだ。

二

会津地震の爪痕《つめあと》もようやく消え、十一月の上旬には移城をする予定で準備していた。義胤自身も近く小高城から移動することになるので、城下を見て廻ることが多くなった。冬晴れが続き、この時期にしては思いのほか暖かい。

それでも陸奥の寒気は急に訪れるので、領民たちは家に板や丸太で骨組みを作り、藁《わら》や葭《よし》で風垣《かざがき》、雪囲いを築き、北風や雪に備えていた。

義胤は目を上に向ける。空には秋によく見える季節外れの鱗雲《うろこぐも》が浮いていた。

「大漁なわけですな」

供をする近習の中村監物胤主が言う。

鱗雲は鰯雲《いわし》とも呼ばれ、この雲が空を覆うと鰯が大漁だと伝えられている。

「最近、なにか変わったことはないか」

「これといって。刈り入れ量も昨年並み。流行《はや》り病《やまい》も聞いておりませぬ。強いて申し上げれば、井戸が少々濁ったということぐらいでしょうか。されどご安心下さい。毒の気配はなく、飲み水、食事、風呂に使う水は清水を汲みに行かせております」

「井戸がのう。八月の地震のあとの濁りが消えておらぬのか」

籠城時、水がなくて落城することはよくあるだけに、水には敏感であった。

「いえ、八月の時は三日ほどで澄《す》んだと聞いております」

「妙じゃの」

義胤も六十四歳、日々願うことは万事《ばんじ》が無事《ぶじ》平穏《へいおん》。井戸の濁りや、例年にない大漁には薄気味悪さも感じた。

十月二十八日、グレゴリウス暦では十二月二日の巳《み》ノ刻（午前十時頃）。ちょうど小高城と海の間あたりを中村胤主ら数人の供廻《ともまわり》と移動している時であった。

ドーンと大地から突き上げるような衝撃を受けた。地面が一瞬浮き上がり、騎乗した馬諸共叩きつけられるような気さえした。

「ヒヒヒーン！」

驚いた栗毛の愛馬は嘶《いなな》き、棹《さお》立ちとなった。轡を取る但野《ただの》主計《かずえ》はぶら下がるようにして必死に止めている。振り落とされそうになった義胤も手綱《たづな》を巧みに捌《さば》いて宥《なだ》めた。

大地は縦に跳ねたのちに、横揺れに変わった。周囲の樹木は風が一定方向に靡《なび》かせるような風圧とは違い、前後左右、時には円を描くように振動している。躍っているかのような動きは、根元から歪み、今にも折れそうな悲鳴を上げていた。

南の眼下を流れる小高川《おだかがわ》は、河口への流れを止め、南北の川岸に向かって振り子のように移動して、泥や砂利を川中に引きずり込んだ。

二ヵ月ほど前の会津地震とは違い、揺れはすぐに収まらない。それどころか勢いを増すかのように共振し、大地が雄叫《おたけ》びをあげるような轟音《ごうおん》を響かせている。揺れの大きさも比べものにならぬほど激しく、周囲の者たちは立っているのもままならぬ様子で、地にしゃがみ込んで手をついていた。

義胤は馬から落ちないように、絶妙な力加減で馬体を支えているが、目に飛び込む見馴れた景色が上下、左右するので、泥酔したような錯覚すら覚えた。さすがに馬のほうが倒れそうだったので、義胤は老体の身にも拘らず、馬から飛び降りて馬を支えた。

六十を数える（約一分）間が過ぎて、揺れが収まったかに見えたが、再び強震が再動して大地をうねらせる。地中の土を魔の力が揉み捏《こ》ねるような動きは止まらない。見渡す限りが烈震しているので、どこにも逃れられない。人の無力さを嘲笑《あざわら》うかのように地面は揺れ続けた。

再び弱くなったかと思いきや、またも烈震が始まった。時折、近くで土埃《つちぼこり》が上がる。地面が口を開けている。まるで、殺戮《さつりく》を繰り返してきた人類に自然が罰を下そうとしているのか。義胤にはこの世の終わりを告げる瞬間のように感じられた。

強弱をつけた揺れは四度起こって、やっと収まった。実際には三百を数える（約五分）ぐらいであろうが、義胤には一刻（約二時間）も揺れ続けていたように感じられた。

戦でも、これほどの恐怖を覚えたことはない。まったく生きた心地がしなかった。

「お、大殿様《おおとの》（義胤）、お怪我はございませぬか」

こわばった表情で中村胤主が問う。

「お、おう……大事ない。揺れ返しが来るやもしれぬ。油断致すな」

地震には前震、本震、余震があると言われているが、果たしてどれが本震なのか誰にも判らない。陸奥全体と地球の長い歴史を考えれば、二ヵ月前の会津地震が前震で、この日が本震だとしても不思議ではない。義胤にはそのような知識はないが、揺れ戻しは何度か経験している。当然、これほど大きなものではないが。

眼下の小高川に目をやると、これまで見たことのない渦を巻いている箇所があった。いかにこの地震が異常であるかが窺える。

「まずは城に戻る」

先の会津地震でさえ、それなりの被害を受けた。このたびは、さらに上廻るであろう。

「彌兵衛《やべえ》、そちは今少し、辺りを見て廻り、状況を報せよ」

義胤は苅谷《かりや》彌兵衛を城下に置いて帰途に就いた。

「なんと！」

大手門を見た瞬間、義胤は愕然《がくぜん》とした。幅一間もある太さの門柱が、折れこそしないものの傾いている。城攻めの際に大筒《おおづつ》を放たれ、丸太を抱えてぶち当てられても、果たして、これほど歪むものか。いかに地震の力が凄《すさ》まじかったかを物語っている。

土塁も崩れ、城山の一角は樹木が纏《まと》まって薙《な》ぎ倒されてもいた。石灯籠《いしどうろう》も倒れて砕《くだ》け、櫓は倒壊していた。兵糧を貯蔵する土蔵《どぞう》は潰れ、井戸からは汚濁した水が溢れている。

城の瓦は随分と落ちていた。

城郭は、先の地震で地盤が緩み、傷《いた》んでいたところがあったようで、二ノ丸の床が落ち、一部が崩れていた。土壁は崩れ、無惨な亀裂が縦横無尽に刻まれていた。

(直さぬわけにもいかぬが、手間暇《てまひま》をかけるのも無駄じゃの)

中村城の完成も近く、利胤らが移城する。義胤も隠居屋敷に移動することが決まっているので、無駄な出費は避けたいところである。ただ、当主とその一族が半壊した城に住んでいることは面目に関わることなので、続けるわけにはいかない。

(中村城も壊れておるであろうのう)

被害状況を目にしながら義胤は危惧する。

義胤を見た家臣は安堵した顔をするが、衣に血が滲《にじ》んでいる者は珍しくなかった。

「皆の様子は?」

「骨を折った者や肉を裂いた者はおりますが、死んだ者はおりませぬ」

水谷将之の報告を聞き、義胤は安心した。死者が出なかったのは幸運の一語に尽きる。多くが中村城普請で出払っていたせいかもしれない。

余震があるので、城内の部屋の片づけを命じることができない。庭で床几に腰を下ろし、怪我人の手当てを指示するばかりであった。

城に戻って四半刻。中村胤主が慌ただしく近づいた。

「申し上げます。眼下の小高川が、もの凄い流れになっております」

報せを受けた義胤は、中村胤主とともに城の南側に足を運び、小高川を見下ろした。普段は穏やかで水量の少ない小高川が、雨も降っていないのに、鉄砲水のような速さで、河口に向かっていた。濁流とは違う、水が滝から落ちるような勢いであった。

「流れているというより、水が海に引き寄せられているようじゃの。天変地異じゃな」

初めて見る光景に義胤は圧倒されるばかりだが、まだ異変は終わってはいなかった。


義胤に命じられて周囲を見廻っていた苅谷彌兵衛は道に沿って浜辺に来た。小高城からは三十町（約三・三キロ）ほどである。

苅谷彌兵衛も小高川の流速は奇妙だと思っていたが、さらに異質な奇観に驚かされた。いつも砂を濡らしていたあたりの細波《さざなみ》がなくなっている。干潮《かんちょう》の時期でもないし、引き潮などという生易《なまやさ》しいものではなく、辺《あた》り一面は干潟《ひがた》と化している。十町ほど東の沖合いが、陽の光を浴びて煌《きら》めいていた。

干潟となった地には、牡蠣《かき》、北寄貝《ほっきがい》、帆立貝《ほたてがい》などの貝類や、波に乗りそこねた魚や蛸《たこ》、若布《わかめ》、昆布《こんぶ》などの海草が散乱していた。

「悪いことがあれば、いいこともある。地震のあとの褒美《ほうび》じゃ」

周囲の領民たちは口々に大籠《おおかご》を抱えて嬉しそうに拾っていた。倒壊した家も多々あろう。再建するために、一つでも多く売って足しにしようという心中に違いない。

領民たちの心情を察すれば、苅谷彌兵衛も強いることはできない。ただ、そのまま海岸線が一里も沖合いに後退したままでいるとは、さすがに考えられなかった。

「あんまり遠くに行くな。潮が満ちる前に戻れよ」

軽く注意しただけである。まさか、海底に潜む巨大な魔物が、その限界まで海水を吸い寄せているとは思いもよらない。しかも吐き出されるなどとは思案にはなかった。

苅谷彌兵衛が海岸より少し陸側を騎乗したまま歩いていると、馬が地を踏み外した。

（先の地震で、ちと窪《くぼ》んではおらぬかのう）

砂と土が交ざったところで、微妙な断層があるのを発見した。大きいところでは十六寸半（約五十センチ）ほどの高低差があった。

（ここだけならばよいが、ほかもそうであれば、田が潮に浸《つ》かるかもしれぬな）

海岸線から五町ほど内陸には田が広がっている。苅谷彌兵衛も半士半農の侍だけに、土地に対する思いは人一倍強い。危惧が外れてくれればいいと願っている時であった。

ドドーン！

雷鳴が轟いたかのような轟音が辺りに響き渡った。思わず苅谷彌兵衛は天を仰ぐが、青空には鱗雲が浮かぶばかりで雷雲はなく、稲光も発見できなかった。

ドドーン！

再び耳を劈《つんざ》くような号砲にも似た音が鳴り響いた。

共鳴しているので、方角が定まらない。苅谷彌兵衛は海のほうに目を移した。

（むっ！）

遠くに見えた水平線の煌めきが、心持ち高くなったように思えた。

（いや、近づいたのかもしれんの）

漁師ではないので、一瞬目にしただけで、瞬時に状況を把握することはできない。海の知識が少ない苅谷彌兵衛でも気づいたことは、水面の頂《いただき》辺りが霧のように霞んで見えることだった。皓《しろ》い水飛沫《みずしぶき》を上げているようにも映った。

（よもや海嘯《よだ》ではなかろうの）

陸奥の国では南北を問わず、津波のことを海嘯と呼んでいる。

「誰ぞ、漁師はおらぬか」

苅谷彌兵衛は海を知る者に質問しようとするが、周囲に漁師らしき者はいなかった。漁に出ているのか、浜に舟は一艘も上げられてはいなかった。

耳をすませると海鳴りのようなものが聞こえる。波打ち際では波が押し寄せて引く時に砂を掻く独特の音と海水の弾ける音と合わさるが、そのようなものではない。ズーンという低音の地響きにも似た腹の底に響くような音が海の彼方から発せられている。

（やはり海嘯かもしれぬ）

そう思った時、半里ほど沖合いに突如、白い波が一面に迫り上がった。上の部分は皓く、その下は黒い砂を巻き上げているのか灰色に見えた。次には黒さを増しているように映る。まるで巨大な壁が圧倒しているようにさえ感じた。

苅谷彌兵衛は津波を見たことはない。台風の時、海が大荒れとなった時の印象しかない。耳知識で、台風を上廻る波濤《はとう》が陸に押し寄せるとだけ聞かされていた。

「海嘯じゃ！　逃げよ！　早《はよ》う海から上がれ！」

苅谷彌兵衛は絶叫するが、領民たちはこれほど楽な漁はないと、貝拾いや魚の捕獲に勤《いそ》しんでいる。一つでも一匹でも獲得すれば、実入りが増えると必死だ。

「戯け！　欲をかくと命を失うぞ！」

いくら苅谷彌兵衛が大音声《だいおんじょう》で叫んでも、沖合いに目を移す者はいなかった。

「痴《し》れ者《もの》め！　儂は知らぬぞ。武士は戦場で死ぬるは忠義なれど、それ以外で死ぬるは不忠なり。儂は戻るぞ。そちたちも早う戻れ。早う戻れと申してるであろう」

激怒した苅谷彌兵衛は小石を摑んで童《わらべ》のいる近くに投げると、五歳ぐらいの少女はその石を貝だと思って摑み、石だと気がついて後方を振り返った。

「海嘯じゃ。逃れよ！」

声帯《せいたい》が潰れそうな声で苅谷彌兵衛が怒鳴ると、少女は金属音のような疳高《かんだか》い声で悲鳴を上げ、短い足で陸に向かって走りだした。

少女の声はよく通り、漁をしていた者たちは我に返って大津波を目の当たりにした。隆起した津波はまるで口を開けた巨獣のように迫ってくる。すぐに触れることができるのではないかと思うほど近くに見える。目の前だけではなく、南北に延々と続いている。想像を絶する大津波は南北百五十里（約六百キロ）にも及んだ。

ようやく領民たちも気がついて逃れだした。苅谷彌兵衛も鐙《あぶみ》を蹴った。もはや他の者を気遣っている暇はない。背後から追い掛けてくる海鳴りがどんどん大きくなる。陸に向かう大津波の速度は相馬の駿馬よりも速かった。

白い波は陸に近づくに連れて暗黒の峰となる。餓えた波口から覗く牙が見えた時は手遅《ておく》れだという。ついに大津波は干潟となった地で漁から逃げ遅れた領民たちを一瞬のうちに飲み込んだ。悲鳴も絶叫も轟音がかき消している。

一立方メートルの水は一トン。一メートルの高さから落とされても、相当の衝撃力である。ましてや大津波の高さは十メートルともなれば、人の首などは簡単にへし折り、背骨を砕き、内臓を圧《お》し潰す。時速が五十キロに落ちても一平方メートルの衝撃力はおよそ五十トン。真正面から当たれば人の体はひとたまりもなく破壊されてしまう。

大津波の猛襲を受けた領民は黒くなった海中で攪拌《かくはん》され、海水に嚙み砕かれ、底を引きずられ、擦《す》り削《けず》られ、深い奥底に消えていった。

海岸線は瞬時に消滅し、獲物を見つけたかのように大津波は相馬の大地に喰らいつく。領民が精魂込めて耕した田畑を踏み潰し、森林を根こそぎ薙ぎ倒し、家屋を流し、厩を破壊し、牛馬を飲み込んだ。

黒い奔流《ほんりゅう》と化した大津波は川の堤防などは楽々乗り越え、あるいは蹴散らして川を逆流する。淡水と海水とが融合し、水という仲間を呼び込むようでもあった。

第一波が海岸線のあった地から十町ほど内陸に達して勢いを弱めたかと思いきや、引き潮となるより速く第二波が覆いかぶさり、第一波の後押しをするように奥に奥にと浸食する。寺や神社、墓になど当たれば、黒い魚が飛び跳ねるように弾《はじ》け、鯨《くじら》が潮を噴くように飛沫《しぶき》を上げて嚥下《えんげ》する。これに第三波が重なり、暗黒の濁流は相馬領を侵略する。食い止められるものは皆無であった。浜から三十町ほどのところまで攻め寄せた。

馬を疾駆させた苅谷彌兵衛は、海岸線から半里ほどの地で大津波の一撃を受けた。馬から抛《ほう》り出され、黒いうねりに巻き込まれた。暗黒の中に引きずり込まれた彌兵衛は、天も地も判らず、息もできずにもがくばかり。そこへ第三波が到来した。

ちょうど丘があり、苅谷彌兵衛は打ち上げられた。そこは益田嶺神社《ますたみねじんじゃ》（甲子大国社《きのえねだいこくしゃ》）が建立《こんりゅう》されていた。彌兵衛は神社へ這々《ほうほう》の体《てい》で逃れていく。大津波は彌兵衛を追って丘を上ってくるが、ある程度のところで止まった。濁流は丘を取り巻くように南北を西に進んでいった。

「儂は馬に乗っていたゆえ助かったのか……。あの子は逃れられたかのう」

干潟となった地で絶叫した少女の姿が目に焼き付いて離れない。北に走っていった。今、自分が生きているのが信じられない。この先、さらにどうなるのかも判らない。

苅谷彌兵衛は恐怖におののき、益田嶺神社から周囲を眺めていた。

「相馬が海に侵されるとは……」

義胤は呆然《ぼうぜん》と眼下に繰り広げられた未曾有《みぞう》の大惨事を眺めていた。

大津波は黒い魔海と化し、海岸線から三十町（約三・三キロ）ほど離れた小高城のすぐ東にまで達している。南北は見渡す限り荒れ狂う海。大地震から半刻と経っていないのに、地形が変わってしまった。海水は引くことを知らず、渦を巻く。波は岩場の岩を木っ端微塵《こっぱみじん》に打ち砕き、断崖の壁を削り、樹木や建造物を海中に引きずり込んだ。

押し流された家屋は瓦礫《がれき》と化して、そこいら中を漂《ただよ》っている。薙ぎ倒された樹木や牛馬のみならず、人の姿もあった。動きがないので、おそらく息はないであろう。

激流は小高川を黒く染めて逆流し、小高城の南を通過してさらに東にうねりながら進んでいる。まるで黒龍が、獲物を見つけるために這っているようにも見えた。

「城を村上《むらかみ》の地に移しておらぬので、助かりましたな」

中村胤主が言う。

過ぐる慶長二年（一五九七）、牛越城に移城する前に村上城に移る計画があったが、普請中に出火したので移城は中止となったが、結果的によかったことになる。もし、村上城にいれば、もろに津波の被害を受け、海中に引きずり込まれていたであろう。

「中村城は、利胤はいかがしているであろうか」

義胤は不安で仕方ない。

「中村城は、小高よりも高い地にございます。ご無事にございましょう。ご心配でしたら、誰ぞ遣いを送ります」

小高城が建つ城山（標高約二十メートル）より、中村城が建つ地は四メートルほど高い。幸いにも小高周辺に猛威を奮った大津波は海岸線から三十町ほど内陸地で止まっていた。城から十町ほど西の、のちに陸前浜街道と呼ばれる道は侵食されていなかった。

「気をつけて出せ」

戦の最中でも、このような指示を与えたことはない。義胤にとって、相馬家にとって改易騒動に次ぐ、いや、国土の破壊、家臣、領民の安否すら判らぬ状況から鑑《かんが》みれば、それを上廻る、相馬領の存続危機かもしれない。

領内でどれぐらいの被害が出ているか、義胤には想像がつかなかった。

十月二十八日の激震災害について、『相馬藩世紀』には「海辺生波にて相馬領の者七百人溺死」と記されている。『伊達治家記録』には「御領内大地震、津波入る。御領内にて一千七百八十三人溺死し、牛馬八十五匹溺死す」とある。『駿府記』には伊達領で「五千余が溺死した。南部、津軽、海辺の人屋溺失にて人馬三千余死去」とある。『松前家譜』には「東部海嘯、民夷多く死す」とあるので、大津波は蝦夷地（北海道）にも襲来したことが判る。

来日していたスペインの探検家セバスティアン・ビスカイノは仙台に政宗を訪ねており、「大地震のため海水は一ピカ（三・八九メートル）余の高さをなしてその境を超え、異常なる力をもって流出し、村を浸し、家および藁の山は水上を流れ、甚大な混乱を生じた。海水はこの間に三回進退し、土（地の）人はその財産を救い能《あた》わず、多数の人命を失いたり」と『ビスカイノ金銀島探検報告』の中で報告している。

地震の種類は地殻変動が起こした海溝型地震で、のちの計測ではマグニチュード八・

一。震度七弱だという。海岸から二里半（約十キロ）ほどの内陸地には、北の亘理《わたり》から小高にかけてのおよそ十里（約四十キロ）にわたって双葉断層がある。これに連動して揺れを大きくしたかもしれない。思案の域を超える大災害は慶長大地震・大津波と呼ばれている。残されている記録が少ないので正確に伝えるのは難しいが、もっと甚大な被害が出たと予想するのは難《かた》くない。

三

相馬領の領民は不安と恐怖の中で一夜を過ごした。大きい時には震度五にも達する余震が群発し、そのたびに小高城の柱は軋み、瓦が落ち、悲鳴が上がった。城下では海水が対流する音とともに、瓦礫が衝突し合う音が響いて、無気味さを増長させていた。とても眠れるものではない。

夜が明けても海水は引かず、一面墨を塗ったごとく闇《やみ》の城下が広がっていた。

（潮が引かぬとは……よもや、このままということはあるまいの）

義胤は眼下を眺めながら、絶望感にかられていた。

のちに陸前浜街道と呼ばれる道を通り、在郷の家臣たちが義胤を心配して登城してきた。刻を経るごとに家臣が増え、少しずつ状況が判ってきた。

領内の海岸線のあった地から三十町ほど内陸に入ったところまでの田畑は壊滅。民家は流され、その範囲にいた領民も大津波に飲み込まれて消息は不明。助かったのは、高台になっていたところだけである。まさに海に侵略され、制圧されてしまった。一番内陸深くに達したのは、野馬追《のまおい》をする雲雀《ひばり》ヶ原《がはら》から二里ほど北の鹿島《かしま》あたりで一里半（約六キロ）ほど。大津波の規模は平成二十三年（二〇一一）三月十一日に勃発した東日本大震災に匹敵するものであった。

　津波の猛襲から免れても、大地震によって大半の家屋が倒壊している。至るところに断層ができており、底なし沼のようになっているところもあった。

（まこと復興できるのであろうか）

　失意のどん底の中で、義胤は溜め息を吐いた。

　激震災害にみまわれた状況で救いだったのは、利胤が無事であること。中村城は地震の被害にはあったが、大津波の影響はなかったことである。中村城の東には細長い大洲海岸があり、その西には内海となっている松川浦がある。これらが大津波を弱めたのかもしれない。ただ、津波は小泉川、宇多川を遡り、城下近くまで浸水している。

　三日目にしてようやく潮が引いた。目に映る光景は落胆を増長させるばかり。大津波は相馬家と領民が三百余年にわたって築いてきた財産を、まるで巨大な熊手で大地を引っ掻いたような爪痕を残して根こそぎ奪い盗っていってしまった。

　養分を豊富に含ませた畑の土は流され、丹精に耕した田には汚れた潮水が湛えられ、陽の光を浴びておぞましいほどに輝いていた。しかも瓦礫となった家屋が散乱し、牛馬とともに溺死した遺体があちらこちらに打ち上げられている。汚泥となった地の悪臭は季節に拘らず、人々の鼻を衝き、それだけで吐き気を誘っていた。

「人生の終わりに近づいて、かような姿を目にせねばならぬとはのう」

地獄図を目の当たりにした義胤は喪失感にかられ、呆然自失《ぼうぜんじしつ》の体《てい》だった。

午後になり、利胤が小高城に帰城した。

「よう、戻った」

ささやかな喜びを感じ、義胤は目頭が熱くなった。

「父上もご無事でなにより。どこもみな同じような状態ですな」

利胤は険しい表情で義胤に告げる。家臣たちから受けた報告どおりの惨状であった。

ほどなく主だった者を主殿に集めて評議を開いた。本丸の櫓とは別で平家《ひらや》の御殿なので、なんとか倒壊を免れていた。

「壊れた中村城はすぐに修築するのは難しく、移城は年明けにする所存」

利胤が義胤に告げる。

「関ヶ原で西軍に与した者は討たれ、改易にされ、あるいは減移された。相馬は、ちと海嘯《よだ》をかぶっただけにて所領を減らされたわけではない。再興は可能じゃ」

一息吐いた義胤は続ける。

「これから寒くなり、つらくなろうが、公儀（幕府）への面目もある。掘っ建て小屋でも築き、来月早々にも移城せよ。相馬は地震や海嘯に負けぬことを天下に示すのじゃ」

「承知致しました」

義胤の言葉に利胤は頷いた。ここまではさしたる異論はないものの、重要課題は相馬領の再建である。経済の根本である田畑が大津波で壊滅した。まさに死活問題であった。

「まだ、明確ではありませぬが、領内の半分以上は海嘯に潰されました」

水谷将之が告げる。

総収入が半減すれば、とても家を保ってはいけない。頭の痛いところである。

「潮に浸った田は、来年の田植えまでに元に戻るか」

「難しゅうございます。田から塩を抜くには真水を大量に流し込み、田の土を濯《あら》わねばなりませぬ。しかも川の多くが海水と混ざりましたので、しばしの歳月が必要です」

申し訳なさそうに水谷将之が言う。

「戻すにはどれほどかかるか」

「早くとも五、六年。とりかからねば未来にわたって戻ることはありませぬ」

溜め息を吐きたくなる水谷将之の返答だ。

「僭越《せんえつ》ながら申し上げます。再び同じ地の田を使われるおつもりですか」

質問したのは中村胤主であった。

「そちは反対か？　なにゆえか」

「反対ではなく、ここまで海嘯に荒された以上、相馬家の新たな国造りをする時かと思いまして、申し上げた次第にございます。同じ地に田畑を再生すれば、同じ地に百姓、領民が住むことになります。百姓の住んでいた家は流され、井戸も海水に浸り、肥溜《こえだ》めの肥も混ざりました。まず人が暮らすには井戸掘りから始めなくてはなりませぬ」

中村胤主は続ける。

「二度と海嘯《よだ》が来ぬことを祈るのは某も皆と同じですが、絶対に来ぬとは申せませぬ。こたび海側にいて助かった者は、我らや苅谷彌兵衛をはじめ高台に逃れた者たちにございます。いつ流されるか判らない地に住み続け、暮らしの糧《かて》を低い地に求めるのか、これはじっくり考えねばならぬことかと存じます」

厳しくも重要な中村胤主の指摘に、皆は口を閉ざした。

「海嘯を恐れ、先祖が守ってきた土地を離れることはできまい。一所懸命は武士も百姓も同じじゃ」

利胤の補佐役である家老の門馬経親が主張する。

「某は相馬家の方針に従うのみにございます。海嘯に潰されるたびに収穫を減らし、田を濯う歳月をかけ、土地の縁《えにし》にしがみつくは別に珍しいことではありませぬ」

「されば、そちは、どうしよと申すのじゃ！」

改易騒動の時、本多正信に直訴した門馬経親は声を荒らげて中村胤主に問う。

「いかにするかは皆で評議し、お屋形様がお決めなさること。なにも変えなければ、同じことが繰り返されるばかりにござる。こたびは再び訪れた相馬の危機。自分の意見と違ったからといって、怒鳴っていては、良い意見も出なくなりますぞ」

中村胤主の反論に門馬経親は憤る。

「いつ来るか判らぬ海嘯にだけ備えてはおられぬ。相馬を脅かすものは他にもあろう」

門馬経親に賛成するのは高禄の者たち、中村胤主に賛同するのは低禄であった。

その日は、皆が意見を言い合って終了。夕餉《ゆうげ》ののち、義胤は利胤と膝を詰めた。

「簡単に結論は出ぬであろうが、日延べできぬのも事実。そなたの存念はいかに」

義胤は利胤に酒を注ぎながら問う。

「皆の申したことは真実で、間違ってはいないと思います。潰れた田は再生せねばならず、また、新たに田を開くのも然り。海嘯への備えもせねばなりませぬ」

「左様のう。田の再生に五、六年か。新たに開いても同じ歳月。しかも山のほうとなれば、さらに困難。五、六年収穫が半分となれば、相馬は借財で身動きできまい」

酒を呷《あお》り義胤は言う。問題が多すぎるので、酔うという感覚がなかった。

「仰せのとおり」

「こうなると、そなたが示した給人の制度で、いくらか相馬は救われるの」

「疲弊するのは皆同じ。されど、潰れた田の百姓と在郷の給人は餓えるかもしれませぬ。大御所様が仰せになられたように、生かさず殺さぬように使わねば」

冷めた口調の利胤である。

「相馬全体のことを考えるそなたの意見は尤もじゃが、こたびは百姓を助けねば相馬は立ちゆかぬ。餓えぬようにさせねば禄高は戻らぬ。再生する間にも、潰れた田畑から、なにか実になるものを得るようなことを思案せぬとな」

「はい。某も思案しておりましたゆえ、すでに家臣の何人かを江戸に向かわせております。江戸には学者も多々ございますゆえ、塩の害から早く再生する方法、塩田でも育つ作物を見つけられましょう。ないと困ります」

さすがに当主の利胤、ただの跡継ぎではなかった。

「人が足りまい。生き残った者は元どおりに戻すことで精一杯。そこで、改易騒動の時、相馬を追い出され、帰参を願っている者たちがいよう。この危機に戻りたいと申す者は無条件で許し、山側に田を開かせてはどうか。帰農した者でも、田畑の再生に努めながら、新たに田を開く者がおれば、本人の希望に添って士分にしてやってはいかがか」

「承知致しました。領民一丸となって相馬の再興に努めます」

利胤の意気込みは、義胤にとっても希望の光であった。

翌日、利胤、義胤親子は評議を開き、昨晩、話し合ったことを伝えた。

「海嘯《よだ》に対して、いかに致しますか」

中村胤主が質問する。

「追々行っていくつもりじゃが、今は暮らしと田畑の再生が第一。なにか良き思案があれば申してまいれ。海嘯から所領を守ることは重要じゃ」

利胤は否定しなかった。

「土地の縁を守る。我らは先祖が命懸けで守ってきた地からは決して離れぬ。地震や海嘯になど負けてたまるか。困難に打ち勝ってこそ相馬の侍、領民じゃ。皆も、相馬の地に骨を埋める覚悟で再興に努めるよう。怠ける者は容赦せぬ。よいな」

改まった利胤の宣言に、皆も気持を一つにして鬨《とき》で応じた。

評議を終えた利胤は義胤に向かう。

「あとのことはお願い致します。来月には移れるよう昼夜を問わず修築に努めます」

「相馬の再興、言うは易《やす》く、行うは難《かた》し。なにかあれば申してまいれ。老《お》い先短いこの命。相馬のために燃やし尽くそうぞ」

「頼りにしております」

義胤の労いに利胤は答え、中村城に向かった。

田の塩抜きの指示は主だった者に命じている。

標葉郷《しねはごう》の南部は熊川長重《くまかわながしげ》、中部は新舘義治、北部は泉成政、小高郷の南部は堀内胤長《たねなが》、中部は義胤、北部は岡田胤清《たねきよ》、中之郷の南部は江井作兵衛《えねいさくべえ》、中部は岡田長泰《ながやす》、北部は西内胤宗《たねむね》、北郷の南部は大内長成《ながなり》、中部は堀内胤長、北部は木幡経清《こはたつねきよ》、宇多郷の南部は佐藤信綱《のぶつな》、中部は原近江、北部は門馬経親ら……を廻しながら使った。

相馬家に帰参を願う者たちにも利胤が許したので、青田出雲《いずも》、大井太郎左衛門《たろうざえもん》、大甕《おおみか》又市郎《またいちろう》、日下石新左衛門《くさかいししんざえもん》、金澤胤昌《たねまさ》……らが戻ってきた。皆はまず、鍬《くわ》を手にした。

窮地に立たされた相馬家は、荒れ地を耕して田畑にして収穫できるようになれば、在郷給人の家臣として認めるという新たな形を作りはじめたことになる。秀吉が押し進めた兵農分離とは違う、相馬家独自の支配体制である。

余震が続く中、手隙《てすき》の領民が動員され、相馬領の各地で大津波の被害を受けた田から塩抜きが開始された。義胤が利胤に言ったように、口で言うのは容易《たやす》いが、いざ行うとなると最初から困難を極めた。

周辺の井戸はほとんどが潰れ、海に近いところでは潮が満ちれば海水が混じるので、河口から一里以上も内陸に遡らねば真水を得ることができない。

水を注入するだけでも大変なのに、今度は田を耕して塩を浮かせて排水しなければならない。耕すにしても牛馬の大半が流されたので、人手で行うのが当たり前である。一反《たん》は三百歩《ぶ》で約一ヘクタール（百メートル×百メートル）。これを一人で耕すだけでも数日かかる。一度や二度、水を入れ替えただけで塩が抜けるはずもない。百姓たちは雪が舞う中、白い息を吐きながら汗を流した。

「皆、生き残った馬は貸さぬか」

百姓が手で田を耕すさまを眺め、義胤はもらす。

「江戸と大坂の間がきな臭くなっておりますゆえ、いざという時に備えております」

中村胤主が答えた。

武士として、合戦の準備は当然であるが、復興という戦に挑んでいる以上、協力するのは当たり前。米の収穫が得られねば、出陣することも不可能になる。ただ、農耕に使った馬は走らなくなるのも事実。速い移動ができてこその相馬。駿馬を育てるのも苦労する。みすみす良馬を駄馬にするわけにもいかない。痛《いた》し痒《かゆ》しであった。

「いっそ田を平らにして海水を撒き、塩田《えんでん》にしてはいかがにございましょう。塩は旱魃《かんばつ》等に関係なく作ることができます。良き漁場の塩は美味《うま》いと重宝されております」

水谷将之が義胤に進言する。良き漁場の塩は、現在で言えばミネラル分が豊富ということであった。

「利胤が中村の近くで始めるらしい。されど、海辺近くの田を全て塩田にするわけにもいくまい。得られる収益も限られておる。苦難は承知でも、田の再生に努めるのじゃ」

再興の根本をぶれさせてはならない。塩田から採取できる塩はあまり多くない。大量の塩を得るためには蒸して生産する良質の塩竈《しおがま》が必要だった。

「漁も立て直さねばなりませぬな」

中村胤主が告げる。漁場豊かな相馬の海に、墓石などの瓦礫が沈んでいる。これらの物と大津波によって、貝類や海草類もほぼ壊滅してしまった。海に無用なものを引き上げ、海面に漂う流木を片づけなければ魚も集まってこない。漁をするにも餌の確保をする必要がある。家よりも高価だと言われる船も浜には一艘もなかった。

「田だけに固守してもいられぬか」

魚は重要な蛋白源《たんぱくげん》。米だけ喰っているわけにはいかない。義胤は漁民の生き残りを海の復興に当てた。まずは浜の清掃、続いて浅瀬からの瓦礫の引き上げ。その間、船大工に船を製造させる。無一文になった漁民には、義胤が後ろ楯で貸し付けることにした。

勿論、これを相馬領全てで行うことはできない。義胤が在する小高城周辺だけのことである。うまくいけば、利胤に勧めていくつもりだ。

「先祖の墓も流されました。海中で骨を探すのは無理ゆえ、せめて形だけでも整えねばなりません。死去した者たちを葬る地も、今はございませんゆえ」

水谷将之が進言する。

「経《きょう》を唱《とな》えるだけが坊主ではない。こたびは鍬を握らせよ」

さすがに僧侶だけに任せるわけにはいかないので、家臣の一部を割いて事に当てた。文句を言いつつも、僧侶は家臣たちと墓掘りに勤しんだ。墓石などはそうそう用意できないので、当分は卒塔婆を立てるばかりであった。

「馬の飼育（畜産）もですな」

申し訳なさそうに中村胤主が言う。馬も厩ごと流されて多数が溺死した。関ヶ原合戦時から比べれば、六割ぐらいの騎馬しか残っていない。今、戦鼓《せんこ》が鳴れば、かつての相馬家の強さを発揮するのは難しいであろう。

「馬は安心しなければ、子を生まん。中村城の普請が終われば、人を廻せる。とにかく、こたびはお家の大事。それまでは領内で遊んでいる者はいないように致せ」

強制的ではあるが、今は有事も同じ。義胤は強引に進めさせた。

家を失った百姓たちは元の地に掘っ建て小屋を建てて雪や寒風を防いでいるが、喰うものがない。義胤は小高城の蔵を解放して領民たちの餓えを凌がせた。

混乱を極める中の十二月二日、ようやく住める状況になったので、利胤は中村城に移城した。まだ、普請の途中であるが、住みながら工事を進める方針である。

中村城に入城した利胤は、改めて二十八石以上の給人は城下に住むことを命じてそれぞれの城や在地の館を廃止させた。二十八石以下の家臣は在郷給人として半士半農となり忠節を尽くすことになった。在郷給人のほとんどは田畑に向かうのが常。しかも復興時なので、ほかの百姓と同じように勤しんだ。

非常時なので利胤は家臣の扶持を与えられている禄高の半分を分配することにした。残った分を復興費に充《あ》てた。田畑や船を失った者たちへの救済である。憤懣《ふんまん》の声が吹き荒れたが、反対した者は改易にすると厳命したので、影響を受けなかった家臣たちも渋々応じている。危機にあっても、家臣の中で温度差はあるようだった。

雪中の塩抜き作業は過酷を極めている。この時代に生きる相馬領の農民たちにとっては初めてのこと。普通の田起こしだけでも重労働なのに、凍てつく水を張った中に浸《い》かっての耕作である。手足はかじかみ、低体温症で倒れる者も一人や二人ではない。

どうせ百姓をするならば、普通に生きたいと、他領に逃げようと駆け落ちする者も出てきた。南北を問わず陸奥の国の沿岸部は大津波の被害を受けているので、逃れる先は関東か出羽。出羽は高く厳寒な山を越えねばならぬので、こちらも命懸けである。

相馬家は家をあげて、これを捕え、農地に連れ戻した。

「よいか、逃亡を図った者は、年貢を倍にすると申せ」

義胤は厳命し、百叩《ひゃくたた》きにして元の地に戻した。収穫が見込めぬ中、年貢を倍というのもおかしなこと。辛《つら》いだけの人生ならば死んだほうがましという百姓もいた。

言い分は判らぬわけではないが、家の存続がかかっているので相馬家も必死だ。

「死ぬ覚悟があるならば、死ぬまで働け。人はそう簡単には死なん。三年我慢致せ。さすれば元の暮らしに戻るのじゃ。そちの性根《しょうね》を叩き直してやる」

罰を与えねばならぬのは辛いところであるが、義胤の命令を受けた家臣たちは、割いた青竹で容赦なく逃亡を企てた百姓を百叩きにした。

慶長十七年（一六一二）が明け、江戸から福富弥左衛門《ふくとみやざえもん》が戻り、中村城への帰城途中で小高城に立ち寄った。

「塩の残る土で育ち易いものは芋《いも》と綿《めん》で、芋はかなり塩を抜かねばならぬとのこと。いずれにしても水の多い地では厳しいとのことにございます」

福富弥左衛門が告げる。

「塩が抜けるまでは畑にしろということか。それも一つの案じゃな」

塩を抜きながら少しでも実入りがあるならば、やる価値があると義胤は思っている。

「伊達は、この困難をいかにして乗り切ろうとしているか判るか」

「伊達領は金の採掘が豊富ゆえ、気長に田を戻すと豪語しておるようにございます」

「あの見栄張《みえは》りめ」

太々《ふてぶて》しい政宗の顔を思い出し、義胤は吐き捨てた。枯《か》れだしている相馬領の金山とは違い、伊達領では秀吉時代と変わらず金の採掘を続けている。一方、潰れた農地の再興には、相馬家と同じように取り組み、駆け落ちした百姓は容赦なく磔にしていた。

農民の逃亡は相馬、伊達ともに深刻な問題で、この年の八月七日、互いに人返しの覚書を交わさねばならぬほどであった。

「公儀（幕府）は石高のことについて、なにか言っていたか」

謀将の本多正信が、こちらが一番厳しい時に過酷な要求をしてくることは十分に考えられる。今、五万石から実高六万石に修正し、その賦役を課せられてはたまらない。

「いえ、上様（秀忠）は心配なされておられるようにございます」

「左様か。利胤には、しっかりと根廻しするように、と申しておけ」

指示を与えて、福富弥左衛門を中村城に向かわせた。

「公儀か、難癖つけられぬうちに儂も、この（小高）城を出ねばなるまいの。桜を見終えたら城を出るゆえ用意させよ。泉田舘あたりがよかろう」

標葉郡の泉田村にある泉田舘は、かつて泉田胤清が在していた舘で、先頃は泉成政が居舘にしていた。成政は利胤の重臣として中村城下に移り住んでいる。

「畏れながら、左様に海に近い地は危のうございます」

中村胤主が心配する。泉田舘は海岸線から半里しか離れていない。

「先の海嘯《よだ》には浸っておらぬではないか」

「されど南北の川を遡り、城は海水に取り囲まれました。今少し西ではいかがですか」

「彌兵衛（苅谷）が領民に呼び掛けたが、皆は言うことを聞かず命を落としたそうな。以前、そちが申したように、二度と海嘯が来ぬことを願うが、万が一、訪れた時、我らが尻を叩いて逃れさせればよい。そのための移動じゃ。早々に取りかかれ」

義胤は泉田舘への移動を正式に発表し、中村胤主を奉行に準備を始めさせた。

前当主の義胤が海に近い地に移動することで、相馬の海は安全であることを周囲に知らしめ、復興は順調に進んでいることを幕府に伝える意味もあった。

葉桜が若緑色を鮮やかに輝かせだした頃、義胤は泉田舘へ移った。同舘は泉田丘（標高七メートル）の上に築かれている城郭形式の舘であるが、義胤の隠居屋敷として堀を埋めて城塞としての機能を脆弱にした。乱世では、まずありえないことであった。

大津波が襲来したおり、北の泉田川と南の請戸川《うけどがわ》がうねり、舘が建つ小高い丘は海水に囲まれ、舟を浮かべたような状態であったが、なんとか飲み込まれずにはすんだ。

隠居料として義胤には泉田・高瀬・棚塩・室原村から三千石が給された。

「そちは利胤の許で手腕を奮い、一刻も速い復興に努めよ」

義胤は水谷将之を中村城に向かわせた。

「あとは、隠居として当主を支援していくだけじゃな」

泉田舘に入っても、義胤は相馬家を再生することばかりを思案していた。

未曾有の被害から立ち直る兆しを見出せぬ中、すべきかどうか悩んだ義胤であるが、苦しい時だからこそと、五月中《なか》の申《さる》の日、相馬野馬追を行った。

四

多数の馬が大津波に飲み込まれたので数を揃えるだけでも困難だった。なんとか形を整えたので、とても出陣させられぬような老馬や駄馬も列《つら》ねた。野馬追は神事の祭であるとともに軍事訓練をも兼ねているので、中止するわけにはいかない。

雲雀ヶ原は大津波の被害は受けなかったものの、地震の影響は受け、隆起しているところと沈下しているところがあった。

「馬を鍛えるにはちょうどよい。相馬の復興を、ここから始めよ」

利胤が江戸に在府しているので、義胤が指揮を執った。義胤の掛け声とともに、勇壮な野馬追が開始され、地鳴りのような馬蹄《ばてい》の音が響き渡った。

「あれだけの災害を受けても、野馬追を行えた。相馬は負けぬ。こたびも必ず勝つ」

本陣山から躍動《やくどう》する馬を眺め、義胤は相馬の強さを確信した。

大津波からおよそ半年の間、田からの塩抜きを行った。いよいよ効果を試す時期が訪れた。相馬家は期待と不安の中、田を分けて芋種、綿種を蒔《ま》き、稲を植えた。

田の土を舐《な》めると塩っぽい。不安はあるが、稲は育てば見つけもの。皆は土色の絨毯《じゅうたん》に緑の糸を縫いつけたような田植えの跡を眺め、僅《わず》かな希望に賭けた。

義胤は泉田の周囲を中村胤主らとともに見て廻る。

「地震で沈んだ地はいかがなされますか」

沿岸地に達した時、中村胤主が問う。地盤沈下した地は沿岸部に多く、大潮の時、海水の浸食が多々報告された。

「埋め立ててはいかがにございましょう。江戸は随分と埋めていると聞きます」

泉田舘の台所役を務める志賀門右衛門富清《かどえもんとみきよ》が主張する。

「江戸は入江ゆえ、波はほとんどない。埋め立てには向いていよう。そこへいくと陸奥は大海と直に接しているゆえ、埋めたてても すぐに波が引っ搔いてしまう」

義胤が首を傾《かし》げると、志賀富清は代替え案を口にする。

「されば根の張る樹木を植えてはいかがでしょう。神仏でさえ地震や海嘯《よだ》は止められぬならば、少しでも弱めることを思案してもいいのではないでしょうか」

「その間に逃れさせればよろしいわけじゃな」

志賀富清の案に中村胤主が同意する。

「某は半里少々のところで海嘯に呑《の》まれました。一波に二波が、あるいは三波が重なった二十三町（約二・五キロ）あたりが生死の境かと存じます」

苅谷彌兵衛が思い出すように言う。

「されば、二つの土塁を並べて築いてはいかがでしょう。これに樹木を植えます」

さらに志賀富清が申し出た。

「いっそ、百姓、漁民を高台の近くに移してはいかがでしょう。漁や農作業をする時は山を降りさせるのです。大事な稼ぎ手を失うわけにはいきませんので」

新しい中村胤主の発想であった。

「そちたちの申すことは尤もじゃが、長短があろう。これまで相馬の田は海風を受けて育ってきた。これを閉ざしていいものか。また、山への影響はないのか」

義胤が提議すると、皆は口を閉ざした。

「されど、やってみる価値はある。いきなり相馬全体というわけにはいかぬ。まずは泉田で行い、よき結果を生めば中村城に進言致せ。人手は幾らあっても足りぬな」

周囲には前向きな者ばかりいるので、義胤は幾分気が楽だった。

田植えが終わったのち、義胤は泉田舘の真東、貴布禰《きぶね》神社辺りから防潮林を築きはじめた。もう一つ、川を遡る海水が両岸を越えて田畑を流した事実もあるので、川の堤防普請も盛り込む必要があった。

利胤が江戸に呼ばれているので、義胤が主導しなければならない。

(やらねばならぬことが多すぎるが、絶対にやりとげさせる)

義胤は強い意志で挑んだ。

山から樹木を移植する防潮林のほうは地道に進むものの、田のほうは期待どおりにはいかなかった。稲は一ヵ月ほどで枯れ、綿は梅雨の水で水枯れし、頼みの芋も育たない。

この年、海水を浴びた田からは、まったく収穫できなかった。

「かようなことは覚悟の上、最初から判っていたことじゃ。落胆などするではない」

皆に声をかける義胤であるが、失意を一番覚えたのは自身かもしれない。仕方がないので、再び、塩抜きを開始した。相馬家の領民に休んでいる暇《ひま》はなかった。

この秋に刈り入れできたのは、大津波の被害を受けなかった地の三万石余だった。

木枯らしが吹く前に利胤が帰途に就き、泉田舘に立ち寄った。

「願いは叶わず、昨年の半分の収穫しかなかった。いかがするつもりか」

「三万石の半分を扶持します。残りは復興に充てようと思います」

溜め息を吐きながら利胤は答えた。

「地震の前からすれば四分の一か。皆が納得致すか」

義胤としても頭が痛いところである。二年前から名古屋城の天下普請が始まり、相馬家も相応の負担を強いられている。

「関ヶ原で西軍に与して存続が許された毛利、上杉、佐竹家はともに所領を削られ、家臣の扶持を合わせて減らしております。しかも毛利はわずか三年足らずで多額の借財を返済しております。当家ができぬはずがありませぬ」

毛利家、上杉家の所領はともに四分の一になった。毛利家は多額の借財を抱えていたので、家臣の扶持を五分の一にし、上杉家は三分の一にしている。佐竹家の石高は不明確であるが、収穫高だけを見れば四割以下に減少。家臣の扶持は三分の一にしていた。

「他の三家と当家は根本が違うぞ」

毛利家は安芸の国人衆《こくじんしゅう》程度から元就《もとなり》の才覚によって短期間に中国の太守になった。上杉家も元は守護代の家で謙信《けんしん》の代で急速に拡大し、関東管領《かんれい》になった。佐竹家も常陸半国の守護で、義重《よししげ》、義宣《よしのぶ》の二代によって一国の守護になった家だと義胤は言う。

「そこへいくと、当家は家臣とともに当領に移り住んで三百余年。家臣たちは主と強い絆《きずな》で結ばれ、忠義を尽くしておる。これを無にすると家は崩壊するぞ」

「江戸には上方のような大店《おおだな》の商人《しょうにん》はおりませぬ。公儀と豊臣の間が疎遠になる中、上方の商人は銭を貸し渋っております。今の当家は銭を借りることもできぬのです」

江戸での金策は芳しくないらしい。厳しい口調で利胤は言い放った。

「将軍家の親戚筋にも銭は貸さぬか。返す見込みを示すことができなかったか……」

塩抜きした田から一文たりとも利益を生むことができなかった結果である。国許で主導していただけに、責任は義胤にもある。力なくもらした。

「それでも、当家の石高は、太閤が棹入《さおい》れをした時と同じにしてもらいました。されど、いつまでもというわけにはいきませぬ。いずれ実高を申告することになります」

「期日を命じられなかったのか。本多佐渡守（正信）らしいのう」

底意地の悪い本多正信のこと、六万石が収穫できるようになったら申告しろなどと甘いことを言う武将ではない。あえて期日をもうけなかったのは無言の重圧でもあり、復興がもたつけば統治能力がないと、移封や改易を命じるいい理由になる。

「楽をできる者は相馬領には一人もおりませぬ。強い絆があれば、苦難にも打ち勝てるはず。実高六万石の刈り入れができた時が、初めて一息吐ける時。それまでは雪中に埋もれようとも田を耕し、塩を抜くしかありませぬ。父上も尻を叩いて下さい」

強い調子で利胤は同意を求めた。

「承知した。良き報せは、多少なりとも漁ができることになった」

「それは重畳。少しでも収益を得られるところから得るようにしていきます」

成長した利胤に、義胤は期待した。

中村城に戻った利胤が、家臣の扶持を震災前の四分の一にすることを触れると、不満と落胆で騒然としたものの、現状を認識させると、皆は肩を落として頷いた。

「元の扶持が欲しくば、一刻も速く田から塩を抜け。当家の所領は削られておらぬぞ」

当主の叱咤激励が飛ぶが、家臣たちの表情は冴えない。それでも、翌日からは、自らも周囲の田に足を運んで百姓を労い、あるいは古書に目を通して良策に思案を巡らした。不満を口にしても自棄《やけ》にはならず、団結力の強い相馬家臣であった。

年が明けてすぐの慶長十八年（一六一三）二月十六日、幕府の青山成定《なりさだ》、安藤重清《しげきよ》、土井利勝から、太閤検地と同じ知行四万八千七百余石の朱印状が利胤に与えられた。利胤の努力の結果である。

その年、再び江戸城の普請があった。相馬家の財政は苦しくなるばかり。さすがに用立てできず、相馬家は幕府から借り受けることになった。

まだ参勤交代制度はないものの、利胤は半年近く江戸に在府することを命じられた。財政が逼迫《ひっぱく》する中でも利胤は江戸で諸大名と交友をしなければならない。その日は本多忠朝《ただとも》ら十余人の大名と旗本数名を屋敷に招いて宴を開いた。

酒が入って一刻もすれば座は打ち解け、話もいろいろな方に飛ぶ。本多忠朝も饒舌《じょうぜつ》になった。忠朝は勇将・本多忠勝《ただかつ》の次男で、上総の大多喜《おおたき》で五万石を与えられていた。利胤より一つ年下の三十二歳である。

「我は相馬殿に何一つ劣っていると思うことはないが、羨《うらや》ましきことが一つある」

俗謡《ぞくよう》にも謳《うた》われた本多忠勝の息子なだけに、遠慮がない。

「それはいかなることにござるか」

興味をそそられた諸将が本多忠朝に問う。

「相馬殿の重臣諸卒《しょそつ》は勿論、百姓、町人下々の陪従《ばいじゅう》（従者）に至るまでもが代々相伝の者どもで、子々孫々主従の親愛が深いと承っている。この親睦は金銀知行をもってしても得られるものではない。明日、我らに何事かあれば、兵数騎馬を相馬殿より多く召し連れることができようが、昨今召し抱えた者たちばかりゆえ、彼奴らは自分だけ恥をかかぬように考えるばかり。主君と生死をともにし、命を懸けて働く者は一千、一千五百のうち、よくて七、八十か百余であろう。これでは思うような戦はできぬ」

一息吐き、本多忠朝は続ける。

「相馬勢は多勢の敵に仕寄られても、一度として城下まで追い込まれたことがないという。これは主君の武勇だけではなく、家中上下一丸となる賜物《たまもの》であろう。相馬一千、一千五百の兵は下々まで存亡を等しく意地を立てる者どもで、その中に臆《おく》する者があっても二、三百もおるまい。ゆえに、一千のうちで七、八百、一千五百のうちで一千も大将の心のままである。それゆえ、敵の五千、一万に対する戦を簡単にやる。いざという時は扶持で抱えた兵よりも、旧来の親しみほど有り難い兵はいない」

本多忠朝が言い終わると、周囲の諸将は感心して盃を呷った。

国替えで石高が増え、分家を作ってまた所領替えを繰り返せば、実入りは増えても乱戦には弱くなる。兵農分離の弊害であった。

褒められた利胤は誇らしくはあるものの素直には喜べない。利胤自身、まだ初陣は果たしておらず、賞賛されたのは父の義胤であり、相馬家である。

賛美の言葉も素直には受け取れない。相馬家は鎌倉以来の主従なのだから、もっと速く復興を果たせ。絆に甘え、先祖以来の土地にしがみついているから復興が遅れているのだ、という重圧を本多忠朝とは別の本多家の正信が、言わせているかもしれない。

（相馬で遊んでいる者などは一人もおらぬというに……。雪さえ降らねば、冬の塩抜きも捗《はかど》ろうが、陸奥ゆえ仕方ない。せめて国許におることができればのう）

利胤には忸怩《じくじ》たる思いがあるものの、口にできぬところが辛かった。

その年も、やはり潮をかぶった田から収穫を上げることはできなかった。落胆している暇はない。義胤らは相談の上、初冬前に、油菜の種を蒔いてみることにした。植物油の原料となる西洋菜種《なたね》でなく、在来からの野菜としての油菜である。

中村城の普請や破損の修復のため毎年、額に応じて、利胤は家臣に新たな税を課さなければならなかった。二度の参勤にも、十石につき一貫文、百石につき二十貫文を二度。知行高百石につき金三両一分を定役として役金《やくきん》（特別税）を徴収することにした。

相馬家の財政は破綻《はたん》へと向かっていた。

慶長十九年（一六一四）が明けた。相馬家が復興のための負担に喘《あえ》いでいる中、利胤の正室・土屋御前が懐妊したという吉報が届けられた。

「そうか、利胤に子ができたか。儂は爺《じい》になるのじゃな」

泉田舘で報せを受けた義胤は歓喜した。

さらに五月には黄色い油菜の花がぽつりぽつりと咲いた。本来、野菜とする場合、開花前に摘むものであるが、塩抜きを第一としたのでそのままにしていた。

「確かに、確かに菜の花が咲いておるの」

田一面ではないが、たとえ数輪の花でも大地の芽吹きに義胤は感動した。

「海嘯《よだ》からおよそ二年半、確実に塩抜きはできているのじゃな」

結果が出ないもどかしさに義胤をはじめ皆は憂えていたものの、黄色い花びらが家臣たちの心も明るくした。まだまだ実入りにはほど遠いが、期待感は大いに膨らんだ。

七月になり、満を持して家康が牙を剝《む》いた。家康もすでに七十三歳、なんとしても存命中に豊臣家を滅ぼそうと、家臣たちに攻める口実を探すように厳命していた。

ちょうど豊臣家は秀吉が建立した方広寺《ほうこうじ》において大仏供養《だいぶつくよう》のために新たに梵鐘《ぼんしょう》を鋳造《ちゅうぞう》したばかり。その鐘に刻まれた銘文の中に「国家安康《こっかあんこう》」「君臣豊楽《くんしんほうらく》」という文字が刻まれている。これは家康の名を分断し、豊臣を君として子孫殷昌《いんしょう》を楽しむ願いを込めて呪《じゅ》詛《そ》、調伏《ちょうぶく》を祈禱するものだと、家康の側近を務める林道春《はやしどうしゅん》（羅山《らざん》）らが、豊臣家に言い掛かりをつけた。いわゆる、「方広寺鐘銘事件」である。

謂れ無い難癖《なんくせ》をつけられた豊臣家は、家老の片桐且元《かたぎりかつもと》らの使者を送って弁明するが、徳川方は聞く耳を持っていない。何度、説明しても受け入れられないので、豊臣家も合戦を覚悟し、武具を揃え兵糧《ひょうろう》を蓄え、牢人を召し抱えた。報せを受けた家康は欣喜雀躍したという。

九月七日、幕府は江戸に在する西国の諸大名に起請文を差し出させた。

出陣の要請を受けた利胤は相馬に下向し、途中、泉田舘に立ち寄った。

「ついに徳川が豊臣を攻めるか。豊臣恩顧の大名も少なくなったゆえの」

義胤は頷いた。黒田如水《じょすい》、加藤清正《きよまさ》、浅野長政《ながまさ》・幸長《よしなが》親子、池田輝政《てるまさ》、前田利長《としなが》など……秀吉に可愛がられた武将たちはすでに鬼籍《きせき》に入っていた。関ヶ原で西軍に与して所領を削られた毛利輝元《てるもと》、上杉景勝《かげかつ》、佐竹義宣《よしのぶ》や、なんとか所領を安堵された島津家《いえ》久《ひさ》は幕府に屈している。もはや誰も表立って幕府に異見する大名はいない。相馬家も例外ではなかった。

「反対はなされぬのですか」

関ヶ原の時に公言した「義」は失われたのですか、と利胤は問う。

「あの（関ヶ原）時、秀頼様はお若かったとはいえ、当家が改易を言い渡された折には、豊臣家はなにもしてくれなかった。儂は治部殿（石田三成）に恩を受けたゆえ東軍には与しなかった。それゆえ家を傾けた。あの時で義理は果たしたつもりじゃ」

懐かしい過去を思い出しながら、しみじみと義胤は告げ、続けた。

「されど、そなたは違う。公方様の義息であり、公儀の信頼を勝ち取った殊勲者じゃ。ちと遅い初陣じゃが、生まれてくる子のためにも励むがよい。逸《はや》らぬようにの」

「出陣したからには相馬の名に恥じぬ戦いを致す所存にございます」

「期待致すが、そなたが願うような戦にはなるまい。鉄砲を放ち合って和睦であろう」

「難攻不落の大坂城とはいえ、籠《こも》るのは豊臣家と牢人衆だけ。対して大坂を囲む寄手は二十万を超える諸大名。それでも落とせぬと申されますか」

「太閤が豊臣を守るために築いた城じゃ、簡単には落ちまい。されど、小田原のごとく城が堅固であればこそ、籠る者の心は脆弱なもの。とすれば勝敗は矢玉ではなく、交渉事で決しようか。公儀が、いかな手を使うか、そなたは側で良く見てくるがよい」

「承知致しました」

頷いた利胤は中村城に戻った。

利胤は出陣に際し、知行十石につき金一分、百石につき二両二分を税として取り立て、兵糧、武器、弾薬代に充てた。こうしなければ参陣できぬほど相馬家は逼迫していた。

十月十日、中村城で出陣式が行われた。義胤も泉田舘から赴いて出席している。

主殿の首座に床几を据え、義胤から受け継がれた朱塗の毘沙門天鎧《びしゃもんてんよろい》を着用している。勿論、新調したものである。義胤は二度と袖を通さぬことを前提にしている。働き盛りでもあるので三十四歳の利胤は鎧姿《よろいすがた》がよく似合っている。

（二十年も前に見たかったところじゃが、あの頃は唐入り最中で叶わなかった）

それでも、ようやく目にすることができて、義胤は感無量である。唯一の不安は、自身が留守居をして初陣の利胤らだけを出陣させることである。

三方《さんぽう》が運ばれてきた。上には打って、勝って、喜ぶという験《げん》に因み、干し鮑《あわび》、勝ち栗、結び昆布が載せられている。利胤は干し鮑から順に一摑みずつして口に入れ、酒で胃に流し込んだ。

「出陣じゃ！」

野太い声で怒号した利胤は床几を立って盃を床に叩きつけて割る。

「おう！」

破片が飛び散る中、岡田胤景、木幡経清、門馬経親らが鬨で応えた。相馬家を支える重臣たちの顔も義胤の頃とは様変わりしていた。

黒字に朱の『日の丸』の大旗を立て、木幡長清を武者奉行に、下浦常清《しもうらつねきよ》を旗奉行に、中村隆政を御持筒《おもちつつ》奉行として、相馬軍一千余は隊伍《たいご》を整えたまま雄々しく中村城を出立した。

白地に黒の『九曜紋《くようもん》』、同じく『相馬繋ぎ馬』を染めた旗指物《はたさしもの》、さらに白地に黒で『八幡大菩薩《はちまんだいぼさつ》』の大旗が翩翻《へんぽん》と晴れた初冬の空に靡いていた。

義胤は中村城で留守居を任され、利胤の無事を案じながら在していた。

江戸に到着した利胤は弟の左近及胤《さこんちかたね》を伴って大坂に軍勢を進めた。熊丸を名乗っていた義胤の次男・及胤もこの年二十二歳。利胤同様、初陣である。

大坂に着陣した利胤は、秀忠の先鋒《せんぽう》を務める酒井家次《いえつぐ》の手に属し、十二月十七日、大坂城東南の黒門口に陣を布《し》いた。

二十余万の寄手は十重《とえ》二十重《はたえ》に大坂城を包囲した。城内に籠る人数は十一万。そのうち女子は一万だという。

すでに戦は十一月十九日、城の西南に位置する木津川口《きづがわぐち》で開戦しており、その後、数ヵ所で戦闘が行われた。

十二月四日、城の南に陣を布く寄手の前田利常《としつね》、井伊直孝《いいなおたか》、松平忠直《ただなお》は真田信繁《のぶしげ》（一般的には幸村《ゆきむら》）の挑発に乗って真田丸を攻撃。さんざんに迎撃されて敗走を余儀《よぎ》無くされた。この局地戦により、真田強しの名を改めて高らしめたものの、大勢に影響を与えるものではなかった。

十六日、城北の京橋《きょうばし》から寄手が放っていた大筒の玉が、淀ノ方のいる本丸御殿の一部を貫き、柱が折れて侍女《じじょ》二人が即死し、他にも負傷者を出した。気丈な淀ノ方もこの砲撃に闘志は萎《な》え、講和の交渉が始まった。

そんな時に相馬軍が参陣したので、戦からはまったくの蚊帳《かや》の外である。

講和の条件は寄手が城の包囲を解く代わりに、大坂城は本丸のみを残し、二ノ丸、三ノ丸および惣構《そうがまえ》を破却すること。新たに召し抱えた牢人を放免すること。大野治長《はるなが》と織田有楽齋《うらくさい》が人質を出すことで、ほぼ纏まった。

さらに家康は惣濠《そうぼり》を埋めることを付け加えた。書に記さぬ口頭で伝えた惣濠を埋めるということこそ、大坂冬の陣といわれる戦いを和睦で終えた家康の真の目的である。

和睦の交渉に当たった常高院《じょうこういん》と大蔵卿局《おおくらきょうのつぼね》は、惣濠ではなく外堀だと解釈した。さらに豊臣家の国替えも淀ノ方が人質にならなくてもいいことを喜んだ。

十二月二十二日には両家の誓紙が交換され、和議は締結《ていけつ》された。

秀忠が埋め立ての責任者を命じられているので、利胤も従わざるをえない。相馬家の家臣は戦うことがなかったので、人足として汗をかいた。

この年、江戸の桜田屋敷で、利胤の長女が生まれた。名は千《せん》姫と命名された。

慶長二十年（一六一五）の一月中旬、惣濠の埋め立ても大方の目処《めど》がつき、諸将は帰途に就いた。利胤も秀忠に従って、二月十四日、江戸に戻った。

「そなたに似て美しい姫になるの」

愛娘を目にした利胤は、正室そっちのけで顔から笑みが消えることはなかった。

だが、親子水入らずの日にちは長く続かなかった。

外堀ではなく惣濠を埋められた秀頼は、幕府方に抗議するが、まったくの梨の飛礫《つぶて》。

ようやく家康の謀《はかりごと》に気づき、埋められた惣濠を掘り返しはじめた。

待ってましたと、家康は秀頼への国替えか、新規召し抱えの牢人全てを城外に追放しろと、厳しい二者択一を迫りながら、秀忠には出陣の命令を出した。

四月十日、将軍秀忠は江戸城を出立した。利胤も従っている。

再出陣に際し、利胤は再び知行十石につき金一分、百石につき二両二分を税として取り立て、兵糧、武器、弾薬代に充てた。相馬家の財政は苦しくなるばかり。せめて戦功をあげて所領の拡大を得たいところ。利胤は勇んだ。

十五日、相馬勢が駿府に達した時、利胤は急病に倒れ、駿府城に担ぎ込まれた。『東奥中村記』には「利胤は風邪に犯され十死に一生の御時節」と記されている。

これまでの心身疲労、連日の酒席に呼ばれての接待に、戦功をあげなければならないという重圧がかかり、免疫力が落ちていたので、肺炎でも起こしたのかもしれない。

同じ日、すでに家康は伊勢の桑名に達していた。先を急ぐ秀忠は、相馬家臣の岡田胤景らに対し、利胤の代わりに義胤を出陣させるように命じて兵を西に向けた。

急使は馬を乗り継ぎ、数日で中村城に駆け込み、子細を告げた。

「まことか！　して、利胤の容態はいかに？」

青天の霹靂《へきれき》とはこのこと。改易命令に次ぐ激震に義胤は驚愕《きょうがく》した。

「意識はしっかりなされておりますが、起きることは叶いませぬ。心労が重なったところで流行り病にかかられたのではないか、と薬師《くすし》は申しております」

使者が告げる。

「左様か、すぐに出立致す、が……」

財政難の相馬家は、利胤らの軍勢を出陣させるだけでも厳しい状態だったのに、後詰とも言える義胤を出発させる余裕はまったくなかった。

「致し方ないの」

義胤は恥を承知で佐藤丹波《たんば》を秋田の佐竹家へ遣わし、平身低頭《へいしんていとう》、懇願の末、なんとか黄金百枚を拝借することに成功した。

（この歳で、かような恥を曝《さら》さねばならぬか。されど、これで相馬を潰さずにすむ）

六十八歳の義胤。とにかく、今は一刻も速く参陣することである。

「天下統一以来、世は静謐《せいひつ》となり、惜身《せきしん》を畳の上で朽ち果てさせることを夜な夜な残念に思うていたが、再び戦陣に立てることとあいなった。公儀のために命を落とすことは、老人にとって果報であり、枯れ木に花を咲かせるとはこのことじゃ」

義胤は家臣たちに喜んで見せ、四月下旬、数十人の兵を連れて中村城を出立した。

江戸に到着した義胤は深谷御前や初孫との対面に喜ぶのも束《つか》の間、十五歳の三男・駒《く》寿丸《じゅまる》を元服させて直胤《なおたね》と名乗らせ、西に進んだ。駿府に到着したのは数日後のこと。

「隠居の父上に出陣を乞うなど、情けなく、お詫《わ》びのしようもございませぬ」

義胤を見た利胤は、床から身を起こして頭を下げた。

「よいよい寝ておれ。我が身に燻《くすぶ》る闘志を燃やさせてくれるのじゃ。そちには感謝する。相馬の神速、天下に示してこようぞ」

嫡子を気遣った義胤は、及胤、直胤と一千余の軍勢を率いて大坂に向かった。

五月九日、義胤が近江《おうみ》の草津《くさつ》に着陣した時、七日に大坂城は落城し、翌八日、秀頼は自刃《じじん》して豊臣家が滅亡したことを知らされた。

この戦いで、かつて相馬家を羨ましがった本多忠朝は天王寺《てんのうじ》・岡山《おかやま》の戦いで先鋒を務め、毛利勝永《かつなが》軍に正面から突入して討死した。

「老い花を咲かすこともできなんだか」

義胤は落胆の溜め息をもらす。自身も再び毘沙門天鎧に袖を通すことはなかった。一時代が終わったと万感の思いにかられるどころか、代わりに恐怖感が身を包む。

(この遅参《ちさん》、ただではすむまい)

義胤は即座に戦勝祝いの使者を家康と秀忠に送りつつ、自身は京都の醍醐《だいご》に移動した。同時に佐竹義宣に遣いを送り、遅参の取りなしを土井利勝に伝えてもらった。もう一人、義胤は中村胤主を本多正信の許にも向かわせた。

まだ完全に回復したわけではないが、利胤も豊臣家滅亡の報せを耳にすれば寝ているわけにはいかない。輿に乗って上洛を果たしたので、義胤は二人の息子を伴い、利胤と合流して洛中の二条城に在する家康・秀忠の許に挨拶に出向いた。

謁見《えっけん》が許されたので四人揃って罷り出た。

「こたびの戦勝、改めましてお祝い申しあげます。大事な戦にも拘らず、遅参致しましたこと、お詫びの申しようもございませぬ」

利胤の言葉に続き、三人は平伏した。

「よいよい、まだ声も治っておらぬ。駿府はよきところ。寝ておればよかったのにの」

鷹揚に家康は言うが、役に立たぬ輩だと団栗眼は蔑んでいる。

「ようございましたな。中村城への移城と他の城の破棄。これがなければ、またお辛い思いをなされたかもしれぬ。大御所様ならびに上様の寛大なご配慮には感謝なされよ」

脇に控える本多正信が静かに告げる。幕府の意向に少しでも背けば消滅する。この先《さき》ずっと俎《まないた》の上の鯉であるとでも言いたげだ。

相馬家が遅参を咎《とが》められなかったのは、利胤が秀忠の養子になっていることもあるが、二年前、幕府の許可を得て建造したサン・ファン・バウティスタ号に宣教師のルイス・ソテロらとともに家臣の支倉常長《はせくらつねなが》ら慶長使節団を乗せてスペインに向かわせていることもある。未《いま》だ政宗の天下への野望は消えていない。いざという時、伊達にまっ先に嚙み付く役目を担っているからであった。

謁見ののち、義胤は久々に本多正信と膝を詰めて対面した。正信と顔を合わせるのは、改易が撤回され、お礼に江戸城に上った時以来である。

「なかなか大津波の困難から立ち直れぬ様子。相馬は公方様のご親戚ゆえ、どこかよき地にお移しなされるよう、お勧め致しましょうか」

「お気遣いは忝のうござるが、今良きほうに廻っている最中。じき元に戻り、必ずや石高も増えましょうゆえ、移封の件はご勘弁願いますよう」

余計なお世話であると言い返したいが、義胤は慇懃《いんぎん》に返答した。

「左様でござるか。公儀は貴家を取り潰すつもりはござらぬ。されど、安堵された石高の半分しか出来（実）高が得られぬと、借財が増えるばかりで辛くなりましょうぞ。土地の縁も大事でござるが、切り離せば苦悩から逃れられますぞ」

死神に魂を売れとばかり、しみだらけの顔が迫る。

（此奴、今度は陸奥《むつ》に騒動を起こさせ、兵を送り込むつもりか）

蝦蟇のように離れた目を見ながら、義胤は感じた。

「今、他の大名が相馬領に移されれば、必ずや一揆となりましょう。これは当家のみならず、周囲にも波及しましょう。さすれば、せっかく将軍家の許に鎮《しず》められた天下が乱れます。土地の縁がある当家なればこそ、苦難に負けず、梟雄への牙《きば》を研《と》いでいられます。当家を動かさぬことが公儀のためであり、それこそが当家の忠義にございます」

家康の年齢、秀忠のひ弱さを臭わせて義胤は力強く説く。大坂夏の陣において、家康本陣は真田信繁に三度突き崩され、一時は自刃を覚悟しなければならぬ状況に追い詰められたという。秀忠は未だ家康の傀儡《かいらい》。圧倒的な兵力を持ちながらも徳川軍は局地戦に弱くなっていた。

これに対し、伊達政宗は意気揚々。大坂の陣には三千挺もの鉄砲を持ち込み、兵も半数を温存しての参陣で、激戦の中、真田勢を後退させている。幕府には恐怖の存在である。相馬家の移封をきっかけに、家康の目の黒いうちに、伊達を排除しておきたいと考えても不思議ではない。

「貧困に喘ぐ中で研ぐ牙、同じ苦しい者どうしと与せしこともあるのでは？」

「当家と彼《か》〔政宗〕の家の経緯をお調べ戴ければ、与することなどありませぬ。また、最愛の妻と孫が江戸におります。公儀に叛《そむ》くことなどありえませぬ」

「左様でござった。これは某の勘違いだったようで。早い復興を祈ってござる」

告げた本多正信は席を立った。正信のこと、全て把握しているはずである。このたびの会話はあくまでも確認の一つ。おそらくは、利胤や弟たちにも誰かが接して質《ただ》しているかもしれない。こののちもしつこく何度も聞かれることも思案できる。

（豊臣も滅んだ今、失態をせぬよう気をつけぬとな）

隠居ながら義胤は油断してはならぬという気持を新たにした。

その後も遅参の罪には問われず、帰国許可が下りたので義胤は帰途に就いた。及胤と直胤は江戸に詰め、深谷御前は人質となっているので、利胤の正室の北ノ方は千姫を抱え、夫とともに中村城に帰城できた。義胤は泉田館に戻っている。

幕府は一国一城制《いっこくいちじょうせい》を閏《うるう》六月十三日に発表した。乱世は終了したのだから、領国に城は一つで十分。あとは人が住める屋敷があればいいということである。これにより、武士の憧れであった「一国一城の主」は夢物語になってしまった。

七月七日には武家諸法度《ぶけしょはっと》を制定し、城の修築等は全て幕府に届け出をしなければ改易にするなどの禁令を発し、武家を雁字搦《がんじがら》めにした。これによって取り潰しに遭う大名は江戸時代を通じて多数に及ぶ。十七日には禁中《きんちゅう》并《ならびに》公家諸法度《くげしょはっと》で朝廷を管理し、さらに諸宗本山・本寺の法度を定めて寺社宗教を統制した。

七月十三日には元号が元和《げんな》と改元された。これは偃武《えんぶ》（平和）を天下に示し、戦がなくなり武器を蔵に仕舞うことを指している。

秀吉の豊臣政権には、家康という秀吉すら後《おく》れをとった大大名が存在したが、実質的な次席の大名というものは存在しなくなった。もはや幕府の力は絶大。逆らうことができない世の中になったわけである。


前年よりも相馬領の菜の花は多く咲くようになったものの、潮をかぶった田から稲が収穫されることはなく、綿花も育たなかった。相馬家の逼迫は改善されていなかった。

十月二十八日の巳ノ刻（午前十時頃）、下知に従い、新山新六郎《にいやましんろくろう》が泉田舘の半鐘《はんしょう》を大槌で打ち鳴らした。この音が周辺の寺に伝わり、寺の大鐘が撞《つ》き鳴らされた。

四半刻ほど鐘の音が響くと、周囲の領民が数十人ほど泉田舘に集まった。

「ほかの者はいかがしたか？」

義胤が問うと在郷給人の夫澤左近《ふざわさこん》が口を開く。

「他の高台に移動した者もおりますが、大半は田に残っております」

家臣の返答を聞いて義胤は溜め息を吐いた。

「咽元《のどもと》過ぎれば熱さを忘れる、か。もう海嘯《よだ》の恐ろしさを忘れたのか」

怒りすら覚えた義胤だ。

「寺の鐘撞きも遅れたぞ。この鐘が鳴ったら、寺も同調し、領民は皆、高台に逃れるように徹底させよ。次に従わぬ者は罰を加えるとな」

領民は財産。津波を阻止できぬならば、全員で高台に逃れて次に備えるしかない。

「畏れながら、鐘を鳴らすだけではなく、城の者が馬で触れてはいかがにございましょう。さもなくば、なかなか言うことを聞くとは思えませぬ」

中村胤主が進言する。

「それは良きこと。馬に乗れる者は馬にも乗せよ。海嘯から逃れるのも戦じゃ」

次の避難訓練時には、行わせようと義胤は思案し、中村城の利胤にも伝えさせた。

相馬の復興が遅々として進まぬ中、義胤は二度と津波の犠牲者を出さぬよう厳命した。

この年は冷夏で、陸奥の農作物は大打撃を受けた。『工藤家記』には「八月十六日、津軽郡内に降霜《こうそう》あり、稲田全く収穫なし」とあり、『津軽一統志《つがるいっとうし》』には「大凶作にて（中略）御道筋に餓死、倒死の者数百人有り」とある。

相馬家の台所はいっそう厳しいものになり、底が透けるような粥《かゆ》を啜《すす》ることも珍しくない状況になっていた。

第九章 大津波再び

一

元和《げんな》二年（一六一六）四月十七日、家康は駿府城で死去した。享年七十五。

六月七日、後を追うように本多正信《ほんだまさのぶ》が死去した。こちらは享年七十九。

（相馬をさんざんに攪乱《かくらん》した二人に、相馬の再興を見せつけることができなんだか）

泉田舘で報《しら》せを聞いた義胤《よしたね》は悔しくもあり、安堵《あんど》の思いもあった。

一時代が終わったことは確かであるが、安心してもいられない。義胤もすでに六十九歳。いつ他界しても不思議ではない年齢になっている。

（儂《わし》はまだ逝けぬ。相馬の再興を見るまではの）

まだ菜の花で染まることのない田を眺めながら義胤は強く意志を持つ。綿花はなかなかうまく咲かないので、菜の花に切り替えた。こちらのほうがよく塩を吸うようである。稲のほうはまだまだで、しばらくは菜の花で黄色く彩ることに専念していた。

まだ残暑が厳しい七月二十八日の巳《み》ノ下刻（午前十一時頃）。義胤は泉田館で近習の中村監物胤主《けんもつたねもり》を相手に碁を指していた時、ズーンと大地から突き上がるような衝撃を受けた。重い碁盤《ごばん》はひっくり返り、碁石は弾け飛んだ。

縦揺れののちは横揺れに変わり、泉田館を激しく揺《ゆ》さぶった。柱や梁は軋《きし》んで悲鳴をあげ、畳は歪《ゆが》み、屋根から瓦が落ちた。

立ち上がることのできない揺れが九十を数える（一分半）ほど続き、弱まったと思いきや、再び揺れ出し、これが三度続いて収まった。床の間の花瓶は倒れて畳を水浸しにし、鴨居から鑓《やり》が落ちて畳の縁に突き刺さった。まさに慶長大地震の再来である。

この地震について『伊達治家記録』には「仙台城の石壁、櫓《やぐら》等悉《ことごと》く破損す」と記されている。震度は現在の六弱から六強というところか。死傷者の数は不明であるが、城郭の損壊状況から察すれば、相応に出たであろう。

さて相馬領――。

「怪我をしておる者はおらぬか？　監物、皆の安否を確認致せ！」

「承知しました」

中村胤主は即座に泉田館の廊下を駆けだした。

「誰ぞ半鐘《はんしょう》を鳴らせ！　皆を走らせて高台に逃れさせよ。海嘯《よだ》から守るのじゃ」

矢継ぎ早に義胤は命じると、すぐさま夫澤左近《ふざわさこん》が館の半鐘を鳴らした。これに周囲の寺の鐘《かね》が応じ、共鳴する。

　少しずつでも田からの塩抜きが進む中、再び潮をかぶれば元の木阿弥《もくあみ》になってしまう。恐ろしいのは再生に尽力しようという領民の意志が失われることである。

（まだ、先の海嘯《よだ》から立ち直っておらぬというに……。神も仏もおらぬのか！）

　再び起こった災害に義胤は神仏を恨んだ。ただ、それだけではなにも進まない。

「皆、浅手で、さしたることはありませぬ。先の教訓は活かされております」

　慌ただしく中村胤主が戻り、報告した。

「それは重畳《ちょうじょう》。そちも城下に出て領民の尻を叩け」

　義胤は指示を出して南の眼下を流れる、請戸川《うけどがわ》に目を移した。危惧《きぐ》したとおり、普段は静かな流れの川が、激流となって河口に向かっている。これを見ただけでも海岸では引き潮になっていることが窺《うかが》えた。

「畏《おそ》れながら、大殿様もできうる限り西にお移りなさってください」

　中村胤主が心配げに進言する。泉田舘は海岸から半里少々しか離れていない。先の小高《おだか》城から比べて十二、三町ほど海に近づいたことになる。

「相馬の前当主が舘を、土地の縁《えにし》を捨てて逃れられようか。儂はこの地に踏み止《とど》まるゆえ、そちたちは早《はよ》う領民を逃れさせよ。浜通りの西にの」

　浜通りは泉田舘から十町ほど西に位置している。

　義胤が強い意志を示すと、中村胤主は、勇んで城を飛び出していった。

すでに近場の領民たちの何人かは、丘に築かれている泉田舘に逃れてきている。

（儂の判断は正しいのであろうか。先の海嘯は、この舘に達しなかったものの、こたびの海嘯が先よりも小さいとは限らぬ。万が一、ここが海嘯に飲み込まれたら、領民たちを巻き込むことになる。海嘯から逃れさせるための下知《げじ》なのに、逃れる場所を誤らせたとなれば、ほかの領民たちも相馬家を信じなくなる。まずは安全の確保ではないのか）

義胤には老いた身で自分だけ助かりたいという思いはない。願いは利胤《としたね》が先頭に立って行う復興と、相馬家の威光を失わせぬことのみであった。

（いや、こたびばかりは海嘯に勝つという意気込みを示さねばならぬ。儂はこの舘を動かぬ）

武士の面目にかけて、弱腰であることを領民に見せるわけにはいかない。

「安心致せ、海嘯はこの舘には来ぬ。怪我人がおれば、早々に手当て致せ」

心中とは裏腹に、義胤は笑みを向け領民を気遣った。

（されど、のちのちには、絶対に安全だという地を定めておかぬとな）

大津波が泉田舘を襲わぬことを祈りながら、義胤は東の海のほうばかりに目をやった。

四半刻《しはんとき》（約三十分）ほどすると、中村胤主らに追い立てられた領民で泉田舘はいっぱいになった。まるで大津波に対して籠城《ろうじょう》するかのような状況である。

「舘の南北五町ばかりの浜には人はおりませぬ。おそらく、ほかも同じだと存じます」

鐘が鳴り響く中、中村胤主が報告する。

「左様か。逃げ遅れた者がいるやもしれぬゆえ、鐘は鳴らし続けよ」

義胤は交代で半鐘を叩き続けさせた。

沖合いで陽の光を浴びて白く輝いていた水泡が押し寄せた。海岸線に近づいた大津波は砂を巻き上げて黒く変貌し、毒を持った巨大な蛇のごとく鎌首《かまくび》を上げ、驚くべき魔の壁《かべ》となって静かな浜を襲撃した。一瞬のうちに浜辺は消え失せ、次なる獲物を求めて陸の奥深くに猛攻を加える。

陸に上がっても衰えを知らぬ大津波は、領民が雪中で凍った水に浸《つ》かりながら再生を図る田を侵し、ようやく黄色い花を咲かせるようになった田畑を蹂躙《じゅうりん》する。なんとか住みはじめた家屋を踏み潰《つぶ》し、肥溜《こえだ》めを巻き上げて井戸を埋め、厩《うまや》を流した。

大津波は三度訪れ、触れるもの全てを飲み込み、淡水とも同調して黒い激流に姿を変え、請戸川を遡《さかのぼ》る。湊から十五町ほどで高瀬川に分岐すると、双方の川を逆流し、黒い魔のうねりと化して舟橋や桟橋を破壊する。堤防などは役に立たぬと嘲笑《あざわら》うかのように乗り越え、樹木を薙《な》ぎ倒し、平地や小さな丘をも浸水させた。海岸線から半里少々。泉田館のすぐ東まで襲った。

（おのれ！　人の力では海嘯《よだ》に勝てぬのか。未来永劫《みらいえいごう》防ぐことはできぬのか）

眼下は黒い魔が渦巻き、飛沫《しぶき》を上げて泉田領を嚥下《えんげ》し、攪拌《かくはん》しているようである。義胤は爪が掌《てのひら》に食い込んで皮膚を裂くほど強く拳を握り、大津波を憎んだ。

「もう駄目だ。せっかく耕し直した田んぼがまた潰れた」

百姓の喜助《きすけ》が涙ながらにもらすと、同じく作蔵《さくぞう》が肩を落として続く。

「んだ。精出しても、みんな海嘯が流しちまう。もう、望みはねえ」

力なく百姓たちは俯《うつむ》いた。

「弱音を吐くでない。そちたちは二度も海嘯から助かったではないか。生きておればこそ、耕し直すこともできる。もう一度、耕そうぞ」

落胆は義胤も同じであるが、前当主として絶対に弱音を吐くわけにはいかない。

「んだども、また一から氷の田んぼに入んねばなんめえ。おらあもう歳だ。できねえ」

老いた弥三郎《やさぶろう》という百姓が失意の中で訴える。

「そちたちの思いは儂も同じじゃ。されどあれを見よ」

義胤は防潮林《ぼうちょうりん》として松を植えたところを指差した。そこは軒並《のきな》み倒されていたが、お陰で耕した土は残されていた。義胤とすれば希望の一つでもある。

「あの辺《あた》りは、ほかの地に比べて被害が少なかろう。多少なりとも効果はあったのじゃ。尽力すれば、相応に海嘯を防ぐことができる。今はちと力不足じゃがの」

元気づける義胤であるが、田を潰された百姓たちは簡単に顔を上げはしない。

「乱世は終わった。もはや戦《いくさ》はない。こののち我らが戦う相手は海嘯や野分《のわき》（台風）、大雨や日照りとなろう。そのつど音《ね》をあげ、負けていては生きていけようか。そちたちは百姓を止《や》めても生きていく術《すべ》はもうなくなったのじゃぞ」

百姓には農作業しかないことを植え付け、さらに続けた。

「そちたちが、これまで生きてこられたのは、先祖が耕してきた田畑のお陰であろう。先祖は一所懸命守ってきたのに、そちたちは、簡単に田畑を投げだすのか？　人は死ねば極楽浄土《ごくらくじょうど》に行けると申す坊主がいる。儂にはよく判らぬ。ただ儂はこう思う。人の一生は短い。その短い世で精一杯《せいいっぱい》尽力した者のみ極楽浄土に行けるのではないかと」

一息吐《つ》き、義胤は改めた。

「それゆえ儂は逃げることなく、できることをしてきた。やる前からできぬための言い訳をしたことはない。これは閻魔《えんま》を前にしようが菩薩《ぼさつ》を前にしようが、偽りなく申すことができる。儂はこの地を守るため、これまで戦ってきた。こののちもこの老体が朽ち果てるまで当主を助け海嘯《よだ》と戦っていくつもりじゃ。儂は負けぬ。儂を信じて今一度、鍬《くわ》を取れ。それでも駄目だった時は我が命をくれてやる。そちたちも菜の花を見たであろう。やればできる。今一度、花を咲かせたのち、黄金《こがね》色の稲を実らせるのじゃ」

力強く義胤は説いた。もし、義胤が相馬家の当主であったならば、従わぬ者は斬り捨てよと、冷たく厳命していたかもしれないが、隠居して領民と身近に接するようになったことで、諭すように領民に語りかけることができるようになったのかもしれない。

「ご隠居様がそう申されるのじゃ。おらたちも、もう一ふんばりしてみんべ」

喜助が言うと、ほかの者たちも仕方なしに頷いた。

まだ眼下では餓えた大津波が蠢《うごめ》いているが、前回よりも規模は小さかったことが相馬領にとっては不幸中の幸いであった。再生を始めた田の三分の二は潮をかぶったものの、残りの部分はなんとか助かっている。残念ながら馬は十数頭が溺死した。

大津波の恐ろしさと、高台に逃げろという教訓は活かされていたお陰で、このたびの震災では負傷者は出たものの死者は一人も出すことはなかった。

（相馬は成長しておる。必ず復興できる）

二度目の大津波で絶望のどん底に突き落とされはしたものの、義胤はささやかな希望の光を見出したような気がした。

それでも現実は厳しい。海水は二日後に引いた。飲み込んだ家屋や財産、植えた樹木や耕した土などを根こそぎ海にさらっていってしまった。

「潮をかぶった田から最初に稲を実らせた者には褒美《ほうび》をやる。皆、励め」

鞭《むち》だけでは人は働けない。義胤は飴《あめ》をちらつかせて、領民たちのやる気を煽《あお》った。田畑の再生をするしか生きていく道はない、尽力しなければ死後の世界も穏やかではないことを義胤に洗脳された領民は、疑念を持ちながらも鍬を手に汗をかいていた。

残念ながら、この年も慶長大津波で被害を受けた田では稲は育たなかった。

「着実に咲く菜の花は増えております。田の塩は減っております」

中村胤主が気遣う。

「儂もそう思うがのう。家臣たちがいつまで耐えられようか」

禄高を四分の一程度に減らされ、その上、慶長十八年（一六一三）から徴収が始まった課税は継続されている。家臣たちの生活苦も限界に近づいていた。

「仰《おお》せのとおり。この冬を持ちこたえられぬ者も出てくるやもしれませぬ」

　中村胤主も危惧していた。

　前年暮れからの寒波は厳しく、雪解けが一月近く遅れ、例年以上に農作物への影響が出ていた。津軽地方では昨年に続いて凶作であると『津軽編覧日記《つがるへんらんにっき》』にも綴《つづ》られている。都では餓死者を多数出し、三河では大洪水が起こるなど、都から東は天候不順に悩まされていた。それに加えて二度目の大津波である。相馬家の台所はまさに火の車。

　商人たちは状況をよく知っているので、取りっぱぐれを警戒して金を貸そうとはしない。利胤が将軍秀忠《ひでただ》の婿であっても、関係なかった。相馬家の財政は破綻《はたん》寸前だった。

　この年の七月、政宗の婿で将軍秀忠の弟である越後・高田六十万石の松平忠輝《まつだいらただてる》が改易《かいえき》された。素行の悪さや大坂の陣における愚行などが取り沙汰されているが、岳父の政宗やキリシタンと与《くみ》して幕府の顛覆《てんぷく》を目論《もくろ》んだというのが真の理由だと噂されている。

　政宗は、支倉常長がスペイン艦隊を率いてくれれば、忠輝と江戸を挟撃しようと画策していたという。これが崩れたので、政宗は新たな策を思案しなければならなかった。

二

　なんとか元和三年（一六一七）の正月を迎えることができた。家臣たちには百姓を労《ねぎら》うように命じているので、なんとか駆け落ちを出さずに済んでいる。

（今年こそは、前年、海嘯《よだ》の被害を受けなかった田から収穫を得たいのう。それより、二度と来ぬことを年頭の願いとしておくか）

義胤は泉田舘の妙見宮《みょうけんぐう》に祈るしかなかった。

神頼みでは現実の困難を解決することはできない。義胤の危惧は不幸にも当たってしまい、ついに家臣も耐えきれなくなった。扶持《ふち》が四分の一になった上に、慶長十八年（一六一三）から課せられた役金《やくきん》（特別税）が重くのしかかり、暮らしもままならなくなってきた。ある者は先祖以来の具足《ぐそく》、甲冑《かっちゅう》や刀、鑓などを売り、中には仕えていた下男、下女を売って納税する始末であった。

家臣たちは利胤に納税の猶予《ゆうよ》を懇願するが、それでは利胤が参勤交代《さんきんこうたい》で江戸に上れない。武家諸法度の違反は相馬家の改易に繋がるので、哀訴を却下するしかなかった。

元和三年二月、百五十石から十五石までの五百八十三人は連署して、特別税の廃止を訴えた。受け入れられなければ悉く扶持を相馬藩に返上する、というもの。相馬藩では「元和の訴訟」と記している。

訴訟を起こした面々は標葉郷《しねはごう》、小高郷の者は飯崎原《はんさきはら》に、中之郷、北郷、宇多《うた》郷は火矢《ひや》野原《のはら》に集まって妙見宮の神水を飲んで互いに誓い合い、その後、鹿島《かしま》に集まって、二人の使者を中村城に向かわせて家老に訴えた。

今で言えば労働組合員が賃金カットに対して抗議デモを行ったというところか。

家老の泉成政《なりまさ》と岡田胤景《たねかげ》は訴えを受けて驚き、即座に利胤に報せた。利胤は将軍への年賀の挨拶を無事終えて、帰国したばかりであった。

　報告を受けた利胤は冷めていた。

「皆の申しようは尤《もっと》もである。少しも非難すべきことではないが、昔とは違い、我慢するばかりでは致し方なかろう。皆には暇《ひま》をとらせるゆえ思い思いに何方《いずかた》へ罷《まか》り越しても構わぬ。また、当領に居たいと申す者で、役金に反対致す者は、返り忠が者ゆえ、立ち退かねば討ち果たすゆえ、左様に心得よ」

　静かに利胤は言い放ったという。

　慶長十八年、利胤は江戸南町奉行の島田利正《としまさ》に忠告を受けている。利正は改易交渉を行う際に取次を行った島田重次《しげつぐ》の五男である。

「相馬家は小身でござるが、代々仕えている家臣が多いゆえ、大敵と相対してもたびたび武功をあげ、今もって三郡（宇多、行方《なめがた》、標葉）を与えられている。家中が乱れることなく存続しているのは、誠に主従一和の賜《たまもの》にて、珍重《ちんちょう》なことでござる。昔は隣国、近郡と争っていたゆえに人を宝としていたが、今や天下は治まり、私戦はなく、万が一、法令に背《そむ》けば公儀に征伐の命令が出され、近郡の士卒に退治されよう。凶賊の大軍なれば、討伐の軍勢が差し向けられるゆえ、諸大名は兵数、軍役の騎馬数まで決められてござる。火急の砌《みぎり》、俄《にわか》には家中の催促《さいそく》に軍役が整わぬ時もあり、上下見苦しく、世間の見る目も悪く、常に軍役の心掛けもなくては御奉公も遅れる。左様な時に公儀のお咎《とが》めを恐れ、内密に一千や二千騎を抱えているのは、貴家の身代では過ぎたることで、今のままでは公役を果たすのも難しい。度々の上洛で貴家の軍役は大方知れているゆえ、そのつもりで武具、具足など陪従《ばいじゅう》までも常々用意し、即時の催促にも早急に勤仕する心掛けが必要でござる。そのほか余分な者については召し放されるべきかと存ずる」

島田利正は利胤に家臣の解雇を助言した。

勧めではあるが上意も同じこと。それでも利胤は解雇を行わず、役金を払わせることで家臣たちを守ったつもりである。にも拘《かかわ》らず、家臣たちは主君の胸のうちを判らない。利胤とすれば、勝手にしろ、といったところであろう。

報せは即座に泉田舘に届けられた。

「家中一丸になって、お家の再生を図らねばならぬ時に、なんと愚かな」

義胤は溜め息をもらしながら、相馬の大事と中村城に足を運んだ。

「これは、わざわざお越し戴《いただ》きまして、恐縮致します」

利胤は慇懃《いんぎん》に声をかけるが、迷惑そうな表情をしている。義胤が諫言《かんげん》しに来たことを判っているようだった。

「ここへ来る途中、領内を少々見れた。百姓は雪の残る田に水を入れ、凍《こご》えながら塩抜きに勤《いそ》しんでいた。それでも儂を見ると這いつくばって頭を下げる。愛《う》い奴らじゃ」

「某《それがし》もそう思います。百姓は、です」

不愉快そうに利胤は答えた。

「在郷の給人《きゅうにん》も同じぞ。皆、苦しいゆえ泥に塗《まみ》れておる。今少し寛大《かんだい》になれぬか?」

「父上もご存じのはず。某は十分、家臣たちに配慮したつもりです。にも拘らず、彼奴《きやつ》らは目先の辛《つら》さばかりを申し立て、徒党《ととう》を組んで訴えてきたのです。今、相馬は海嘯《よだ》からの再生をする戦いの最中ではないですか？　彼奴らはそれを止《や》めると申しておるのですぞ。これは敵前逃亡も同じこと。戦う気のない者など、相馬の地には必要なし！　返り忠が者は許せません」

言うほどに激昂《げきこう》し、利胤は語気を荒らげた。

（冷たいの。これが公儀の新たな政《まつりごと》か。そういえば、利胤は動きのない大坂の陣しか経験していなかったの。皆と戦陣を駆け、矢玉をかい潜れば別の思案もできたであろうが。かような大事に代替わりの弊害《へいがい》が出ようとは）

生死をともにした主従には、理屈では語れぬ情と忠というものが涌くものであるが、死をかけて戦ったことのない者には理解しがたいものなのかもしれない。

「以前にも申したが、彼奴らは相馬を守ってきた者たちぞ」

「武士なれば敵と戦うのは当たり前。それと、今は鑓一本担いで敵に向かえばいいという世ではございません。戦う武士が偉いならば、改易を命じられた時、その者たちは役に立ちましたか？　なにもできなかったではありませぬか。こたびも文句を言うだけ。とても良臣とは思えませせぬ」

利胤は相馬家を改易の憂《う》き目《め》から救ったという自負に満ちていた。

（認めるが、そちが交渉できたのは、逆境にも負けぬ相馬の強さがあったからぞ）

喉元《のどもと》まで出かかったが、利胤の自尊心を潰してはならない。義胤は堪《こら》えた。

「人が家を支え、作る。それは乱世も泰平の世も同じじゃ。動かぬ者を動かしてこその当主ではないのか？　扶持を召し上げるは誰でもできる。家臣を良臣とするも悪臣とするも当主次第ではないのか」

「隠居した父上は相馬の片田舎にいるゆえ、左様に呑気《のんき》なことが申せるのです。将軍の実弟が改易される世の中でございますぞ。上様の養女を妻にしている者など世に数多《あまた》おります。豊臣の亡き今、養子の縁《えん》などないとお考え下され。公儀の下知に従わねば、相馬の家は潰れるのです」

激しい口調で利胤は言う。江戸では、相当叩かれているようだった。

「そなたは、下総《しもうさ》以来四百年以上築いてきた主従の絆《きずな》を無にするのか」

「無にはしませぬ。去る者は追わず、来る者は拒まず。従えぬという者を引き止めるつもりはありません。某にとっての良臣は当主の某に付いてくる者たちです」

江戸で幕府や諸大名と接する利胤は、相馬家存続のための政治を行わねば、改易の憂き目に遭う、という認識でいる。戦はなくなったのだから、家臣の数を減らしても構わないという考えである。幕府としても、大名の兵が少なければ政権を脅かされる心配はない。多くの兵を抱えていれば、謀叛《むほん》の疑いがあると取り潰すこともできる。

これらを目の当たりにしてきた利胤は、他の家とは違う相馬家独特の鎌倉時代からの強い主従関係を断ち切り、真の意味で、近世の大名化を図ろうとしているようだった。

「そなたは、いかな政をするつもりなのか」

「相馬家を潰さぬ政にございます。父上の、いやさ先祖の望みでもあったはずです」

力強く利胤は言う。

(関ヶ原と海嘯《よだ》さえなければのう。いや、少し、ほんの少し時期が外れていれば……)

隠居して気が弱くなったのか、思わず義胤は世を憂えてしまう。

乱世が終わる間近に生きた当主の義胤は、現代で言えば高度成長期に沸く中小企業の社長だったのかもしれない。それまでは、なにをしても許される時代だった。そこへ関ヶ原合戦という大事件が勃発。東軍が勝利したことにより、徳川家のための秩序が築かれ、ある意味、戦国バブルが崩壊した。西軍に与した義胤社長は会社を傾けたことによって引責辞任を余儀《よぎ》無《な》くされた。銀行が貸し渋りをする中で、利胤は倒産寸前の会社を任された若社長であり、再建のために社員の給料削減と解雇を繰り返しながら、業績回復の新たな方針を示し、実行しなければならなかった。

辛い役目を押し付けるはめになった義胤にすれば、利胤と家臣たちへの罪悪感に打ち拉《ひし》がれそうであった。ただ、前当主として、苛《さいな》まれているだけではならない。

「こたび連署をした家臣の扶持を召し上げれば、相馬の家を潰さぬと申せるのか」

「相馬家の当主としてお約束致します」

「左様か。しかれば、これは我が願いじゃ。扶持を召し上げる者には帰農を許すようにしてくれ。功があれば在郷の給人に戻れる道を残さぬと、それこそ騒動となる」

幕府の方針ならば従わざるをえない。義胤がともに戦場を駆けた家臣にしてやれる唯一の救済策であり、潮をかぶった田の再生ならびに新田開発をさせる行《てだて》でもあった。

「承知致しました」

利胤も厳しさだけでは、領国経営がうまくいくとは思っていない。義胤の懇願には助け船を出されたような心境であろう。思いのほか容易《たやす》く応じた。

改めて利胤から「好きにしろ」という返答が連署した家臣たちに出された。

相馬家当主の決定は、訴訟を起こした家臣たちには意外であり、驚愕《きょうがく》すべきものだった。まさか選択を迫られるなど予想外のこと。しかも相馬領に残る者は百姓になるか、高十石に対して一人ずつ下人《げにん》（従者）をつけて士分から除籍するとも触れさせた。

下知が出され、軽はずみなことをしたと悔いた者の、なんと多かったことか。これにより、大身の者は在郷給人として元の領地に下り、小身の者は百姓になった。

この連判訴訟に加わらなかったものの、同意した者が三百五十余人いたが、疑いがあるとして三十石の者は七石に、二十五石のものは五石余に減知した。中村城のある宇多郷の給人で百石以上の者は七十九人いたが、誰も訴訟には加わらなかった。この時、相馬藩の家臣は一千三十人である。

触れを出したのち、利胤は各郷の監督責任を任せる家老を諸郷に派遣した。宇多郷は門馬経親《もんまつねちか》、北郷は木幡経清《こはたつねきよ》、中郷は岡田宣胤《のぶたね》、小高郷は富田隆資《たかすけ》、標葉郷は堀内胤泰《たねやす》、義胤の御隠居付《ごいんきょづき》の中村胤主。

門馬経親らは、藩の厳しい現状を説き、役金を納め、時節を待つように勧めた。牢人しても、よほど名のある武士でなければ、戦のない世では簡単に仕官先は見つからない。諸大名も帰農を勧めるなどして、家臣の数を減らしているのが現状である。重臣たちの説得は功を奏し、相馬家を離れる者は立谷直之《たちやなおゆき》ら数えるほどであった。ほとんどの家臣は後悔しながら、相馬領の各地に散っていった。

「すまんな、いずれ呼び戻せるよう取りはからうゆえ、辛抱してくれ」

泉田舘に挨拶にきた立谷直之らに対し、義胤は餞別《せんべつ》を渡した。

「勿体《もったい》無きお言葉、我が不徳の至りにございます。できうるならば、ずっと大殿様に仕えていとうございました。失礼致しました。なにとぞ愚息のことお願い致します」

岡田家の支流で、九十八石を得ていた立谷直之は鼻を啜《すす》りながら懇願する。直之の嫡《ちゃく》子《し》・宣之《のぶゆき》は別の立谷家・義重《よししげ》の養子になることで牢人の憂き目に遭わずともすんでいる。次男の藤左衛門は成田《なりた》大炊の養子になって、こちらも同じ。岡田は相馬家の支流でもあるので、義胤と同族にあたる。

「承知した。体を厭《いと》えよ」

労うと立谷直之らは肩を震わせながら下がっていった。

結果的に相馬家は扶持の大規模な削減を行うことができたことになる。

（よもや家臣を百姓や在郷給人にするため、誰かに煽動《せんどう》させたわけではあるまいの）

あっさりと事が運んだので、義胤は妙な勘繰りをしてしまう。それだけ相馬家の家臣は純朴かつ一途な者たちである。なんとか救済してやりたくて仕方ない。

（利胤を厳しき沙汰《さた》をさせる跡継ぎにしたのも、儂のせいじゃの）

義胤は己の至らなさを実感するばかりだ。

春先に、利胤の夫人が身籠《みごも》ったことが報された。

「なんとか男子をあげてほしいものじゃ」

義胤は腰帯に使う布を贈り、嫡子の誕生を期待した。

その年、慶長の大津波の被害を受けたものの、元和の大津波の影響を受けなかった田では多くの菜の花が黄色い花を咲かせた。確実に塩抜きは進んでいた。

この年は三万二千七百八十三石が収穫できた。中村胤主が報告する。

「二千七百余石の分は新田が開けた結果にございます」

「左様か。とうとう稲が稔《みの》ったか！」

久々の明るい話題に、義胤は歓喜した。

「来年あたりは先の海嘯《よだ》に浸った田に稲が稔るのではないかと、百姓たちは申しております」

「儂も期待しておる。今宵は帰農した者たちを呼んで酒でも酌《く》み交わそうかの」

義胤は、関ケ原の改易騒動時に牢人し、慶長の大津波後に帰参した青田出雲《いずも》、大井太《た》郎《ろう》左衛門《ざえもん》、大甕又市郎《おおみかまたいちろう》、日下石新左衛門《くさかいしんざえもん》らを呼び、収穫を喜び、また褒《ほ》め、昔話に酔いしれた。

海は、すっかり各地の浜が片づき、漁民が安心して漁をできるようになった。ほかには伊達領と接する松浦湊や泉田舘に近い請戸湊などが整備されたので千石船の入湊ができるようになり、他領からの流通が行われ、多少なりとも経済も活性化されてきた。

この年、中村城で利胤の次女が誕生し、康姫《やす》と命名された。

（利胤の御台《みだい》は女腹かのう。将軍の養女を娶《めと》りながら側室を持つわけにもいかぬしのう……）

悩ましいところである。万が一の時は相馬の支流から養子を迎え、相馬家男子の血筋を繋げたいところであるが、これまでの状況を考えれば、幕府に相談して勧められた男を当主に迎えるほうが相馬家のためである。

（利胤の代で本家嫡流の血は絶えてしまうのかのう）

健《すこ》やかな女子の誕生を、諸手を挙げて喜ぶことができないことが、義胤にはもどかしくてならない。それでも、相馬家は好転している。次に期待するばかりだ。

元和四年（一六一八）が明けた。前年は新田からの収穫もあがり、相馬家が希望の光を見出して喜んでいた時の一月十四日、義胤の三男・直胤《なおたね》が江戸で死去した。死因は疱《ほう》瘡《そう》だという。

「……よもや儂より先に息子が逝くとは……」

乱世では、そう珍しいことではないものの、泰平の世になったこともあり、奇異に感じられるようになった。一人の親として、これほど悲しいことはない。

義胤は悲嘆に暮れながら、直胤の遺体を泉田村に運ばせ、金田山龍蔵院《かんだやまりゅうぞういん》に葬った。

初夏には、たとえ一粒でもいいから収穫できる願いをこめて、一度目の大津波の被害を受けた田に稲が植えられた。

二度目の大津波をかぶった田には、塩抜きのための菜の花が咲いていた。こちらはまだ土の見える部分が多い。稲を植えるのは、何年か先になりそうだった。

稲は育ちのいいところと悪いところとばらつきが出てきた。菜の花が多く咲いていた地は良く、今一つのところは、あまり育っていなかった。農民に話を聞いたところ、案の定、水を入れた回数、量、耕した回数が多いところが塩抜けがいいようであった。

「秋になり、善《よ》し悪《あ》しが明確になれば、百姓《こうべ》たちのやる気も向上しよう」

義胤は見廻りながら、稲穂が黄金色に頭を垂れることを懇望した。

初の刈り入れを望む中の八月十一日、義胤の正室・深谷《ふかや》御前が、直胤の後を追うかのように、江戸の桜田屋敷で死去した。享年五十五。

「今度は我が妻が……儂よりも随分と若いものを。これも儂のせいか……」

七十一歳の義胤は、がっくりと肩を落とした。先妻であった伊達家の越河《こすごう》御前とはうまくいかなかったあとに娶った深谷御前は、義胤をよく支えてくれた。

「江戸などに行かせなければ、今少し長生きしていたかもしれぬ……」

京、大坂、江戸と人質に出さねばならなかった時、それぞれの地を見ることができると、義胤の苦しい心中を察して明るく振る舞ってくれた姿が忘れられない。

もし死に目に会えたならば、「江戸にいたからこそ、長く生きられました」と言うような正室である。乱世の苦楽をともにしてきただけに、深谷御前の死は身を斬られるような心境であった。

義胤にできることは手厚く弔《とむら》うことだけである。深谷御前の遺骨は、同慶寺《どうけいじ》住職の正達《しょうたつ》を導師《どうし》とし、馴染み深い小高の土器迫谷《どきさくのたに》に葬った。

深谷御前の死に伴い、側室の於国《おくに》は後室《こうしつ》として御国御前と呼ばれるようになった。

この秋、塩抜きできた田から米が収穫できた。わずか百石ほどであるが、義胤にとっては暗黒の夜が明け、朝日を浴びたような心境であった。見慣れたはずの米が眩《まばゆ》く見える。復興の兆しを実感した瞬間でもあった。

「苦節七年、ようやく努力が報われましたなあ」

中村胤主も涙ぐんでいた。

「左様じゃの。新田からも米が取れるようになった。あとは嫡孫の顔を見ることができれば、いつ逝っても構わぬな」

そんな心境であったが、相馬家はまだ義胤を必要としていた。

三

元和五年（一六一九）が明けた。利胤は江戸で正月を迎えている。義胤は泉田舘で屠《と》蘇《そ》に酔っていた。小高時代とは比べものにならないほど地味な年始である。

「昨年の屠蘇よりも、美味《うま》い気がするのう」

盃《さかずき》を呷《あお》りながら義胤は舌鼓《したつづみ》を打った。

「同じように造っていると、皆は申しております」

側で酒を注ぎ、御国御前が笑みを作る。酒は各村の大身の家臣が製造している。

「女子《おなご》には、この味が判らんか」

質素ではあるが、美味に感じるのは、相馬領の再興が順調に進んでいるからにほかならない。義胤は久々に安らぎのある正月を迎えた。

喜んでばかりもいられない。相馬家と伊達家の間で境界《きょうかい》問題が勃発した。この年、伊達家は青葉《あおば》（仙台）城の大手門に至る広瀬川に大橋を架けるため、使用する樹木を相馬領の宇多郡山上村中居塚山《うたぐんやまかみむらなかいづかやま》で伐採《ばっさい》したことによる。

双方ともに仲居塚山の領有を主張しており、もともと仲の良くない両家であるために、死人こそは出ないものの、険悪さは増していった。

利胤は絶対に引くなと厳命し、熊川長春《くまかわながはる》、石川信昌《のぶまさ》を奉行にして対応させた。

二年後には門馬正経《もんままさつね》、堀田成泰《しげやす》、泉成政らの重臣から正式に伊達家に書状を送り、幕府にも訴えさせたが、なかなか決まらない。決着がつくには伐採から十三年の時を経なければならなかった。

八月、江戸から泉田舘に吉報が届けられた。

「御目出度《おめでと》うございます。御台様ご懐妊にございます」

「そうか、御台が身籠ったか」

伊達家との問題が勃発したばかりだったので、報せを聞いた義胤は歓喜した。

「こたびはなんとか嫡子を。御台には余計な心配をかけぬように致せ」

男子を強く望みながらも、義胤は利胤の正室を気遣った。国許では無事の嫡子誕生を願い、各寺や神社で加持祈禱《かじきとう》を行わせた。

この六月、利胤は将軍秀忠に供奉《ぐぶ》して入洛している。同行した外様大名は加藤嘉明《よしあき》、京極高通《きょうごくたかみち》、一柳直盛《ひとつやなぎなおもり》と利胤だけである。利胤はかなり信頼されていたが、それに伴う出費は大きかった。復興途中の相馬家とすれば、痛《いた》し痒《かゆ》しといったところである。

利胤も秋の収穫高を聞けば安心するであろう。前年よりは増えていた。新田のみならず、かつて大津波で潮をかぶった田からも着実に米が刈り入れられるようになった。

「あと、二、三年もすれば元の実高六万石を得られるかと存じます」

中村胤主が義胤に言う。

「そうしてほしいものじゃ」

大津波が二度と襲来しないことを願い、義胤は頷《うなず》いた。

米のみならず、塩の製造も和田から各沿岸部に広がり、稲が作りにくい地に塩田を作った。馬の飼育も百五十石以上の者は一頭は必ず飼育しろと命じているので、領内では農耕馬も含めて一万五千以上を数えた。馬を飼えて一人前の百姓と言われてもいた。

元和六年（一六二〇）五月、江戸で利胤の嫡男が誕生した。即座に報せは泉田舘に齎《もたら》された。

「ついに、やったか！」

義胤は、これ以上ないほど瞠目《どうもく》し、躍り出したい心境で喜びをあらわにした。

「利胤に似ておるのかのう。赤子《あかご》ゆえ、すぐに帰国はできまいか」

嫡孫の顔が見たくて仕方ない義胤だ。

「左様に、お会いなされたいならば、江戸にまいられればよろしいのに」

御国御前が白湯を出しながら告げる。

「江戸に行けば、あちこちに気遣いせねばならず、往復の費用だけではすまぬ。公儀への届け出も必要じゃ。伊達に、なにかよからぬことを画策している、などと触れられては敵《かな》わぬ。儂が相馬の一家臣ならばまだしも、面倒な世になったものじゃ」

伊達家との国境問題が片付いていない。義胤は前当主であればこそ、祖父としてのささやかな我欲は堪え、慎重に行動しなければならなかった。

利胤の嫡子は、相馬家の嫡子が多く使用した虎の字を取り、虎之助《とらのすけ》と命名された。傅《もり》役《やく》には立野《たての》市郎《いちろう》右衛門《えもん》胤重《たねしげ》が命じられている。

八月十五日、利胤の近習を務める中村庄八郎《しょうはちろう》高次《たかつぐ》が、能筆《のうひつ》を認められ、江戸南町奉行の島田利正に出向として仕えるようになった。相馬家の家臣として幕府の仕事に携《たずさ》わることは喜ばしいことではあるが、有能な人物を引き抜かれたことは、小国の大名としては辛いところでもあった。

中村高次は島田利正から富田の姓を名乗ることを勧められたので、従って改姓した。これにより、兄の中村胤主も、富田監物胤主と名乗るようになった。

この年、幕府は再び江戸城普請を行い、諸大名に諸役を命じた。相馬家は材木の提供を命じられ、領内で切り出したのちに船で江戸に運ばせた。石高は増えてきているが、それ以上に出費も多く、まだまだ相馬家の台所は厳しい状態が続いた。

元和八年（一六二二）十月、宇都宮城の釣り天井に細工をして秀忠を殺害しようとしたという疑いをかけられ、本多正純・正勝《まさかつ》親子は出羽の由利《ゆり》郡に配流となった。暗殺計画はでっち上げで、実際は失脚させられたのが真実である。

報せは具《つぶさ》に義胤の許に届けられた。

「当家をゆさぶった本多も潰れるか……」

本多正純の改易は衝撃的である。一時は飛ぶ鳥を落とす勢いであった正純は、父・正信以上の切れ者とも謳《うた》われていた。政争で敗れた原因は家康の死まで駿府にいたことで、秀忠の周囲はすでに固められており、実力者をしても江戸の政権にはなかなか食い込むことができなかった。正信は謀《はかりごと》をよくしたが、石高への執着はしなかった。謀臣の所領が多くなると、極端に諸将から警戒される。正信は正純に忠告している。正信は一万石、あるいは二万石程度しか受けなかったのに対し、正純は十五万五千石を得てしまったことが恨みを大きくしたのかもしれない。

「驕《おご》れる人も久しからず、か。左様なことはあるまいが当家も気をつけぬとな」

義胤は平家物語の一節を口にしながら、身を引き締めるよう中村城にも伝えさせた。

この年、相馬領に菜の花は咲かなかった。その代わり、秋には六万石の収穫があった。

「海嘯《よだ》から苦節十二年、ようやく元の相馬に戻りました」

涙ぐみながら富田胤主は告げる。

「左様じゃのう……」

熱いものがこみあがり、義胤も言葉にならなかった。主従を問わず、領民一丸となって努力し、多くの犠牲の上にできた復興である。

万感の思いにかられながら、義胤は領民に酒を振る舞い、実高への復活を祝った。

中村城も喜びに沸くが、同時期、城下で火の手が上がり、瞬《また》く間に城下が火の海に包まれ、東から南にかけて半分ほどが焼失した。火の元は城のすぐ南東に位置する会所町《かいしょ》の伊藤土佐《とさ》の屋敷であったという。土佐は切腹、伊藤家は改易にされた。

「良いことは続かんものじゃのう」

報せを聞いて義胤は落胆せざるをえなかった。

石高が六万石に戻ったので、相馬家は幕府に申告して、これを表高とした。その分、普請等での賦役《ぶやく》は増えるものの、改易や減移封の切っ掛けを作ってはならない。天下にも相馬家は不屈の精神で返り咲いたということを知らしめる意味もあった。

復活を果たした相馬家であるが、大津波からの悲惨な教訓は忘れていない。洪水防止と津波が遡り氾濫《はんらん》するのに備え、農閑期《のうかんき》には堤防造りに勤しみ、防潮林の植樹に励《はげ》んだ。

田畑からの収穫は経済の源であるが、それだけに頼っていては大津波以外にも大雨、旱魃《かんばつ》などがあれば、無収入になってしまうので、林業などにも目を向けた。

海岸部では、各地で塩田の整備が進み、塩の製造量が増えていた。また、中村城近くの松川浦は大洲《おおす》海岸に囲まれた波の穏やかな入江《いりえ》でよく海苔《のり》が取れた。周辺では沙魚《はぜ》の仲間で貪子《どんこ》という魚や松葉蟹《まつばがに》、姥貝《うばがい》が取れ、各川では鮭が遡り、藻屑蟹《もくずがに》も豊富。水産業も盛んになりそうだった。

金鉱山は涸れ尽くした感はあるが、標葉郡の小丸山《こまるやま》と野上山《のがみやま》からは鉄や銅が採掘《さいくつ》できた。こちらにも力を入れていった。

利胤は上洛した際に家臣の田代治右衛門《たしろじえもん》に京都の御室焼《おむろやき》を学ぶことを命じた。治右衛門は都に残り、陶工《とうこう》の野々村仁清《ののむらにんせい》に弟子入りし、七年の歳月をかけて製法を会得した。

仁清に可愛がられた治右衛門は仁清から一字を賜り清治右衛門《せいじえもん》と改めた。帰国したのち清治右衛門は相馬駒焼《そうまこまやき》の基礎《きそ》を作り出した。

もう一つ、直接的な収入にはならないが、収入を得るための担い手を守らねばならない。在郷給人が多くなり、百姓は農耕馬を飼っているので、村には多くの嘶《いなな》きが聞こえる。相馬家は中村城下の給人をはじめとし、在郷給人を使い、野馬追《のまおい》の際には避難訓練も行わせた。即座に騎乗して高台に逃れる。ある意味、戦場に向かうのも同じである。慶長の大津波には呑まれたが元和の大津波からは無事逃れている。この教訓を忘れてはならなかった。

翌元和九年（一六二三）七月二十七日、伏見城で家光《いえみつ》が征夷大将軍の宣下を受けた。退いた秀忠は家康のように大御所《おおごしょ》と呼ばれる。徳川家も三代目の将軍が誕生し、幕府の権力は絶大。政宗ですら太鼓持ちのようなことをしている。もはや逆らう者などは皆無。相馬家としては隙を見せて改易にならぬようにするばかりである。この時、利胤は家光に供奉して上洛している。

秀忠・家光親子が宮中参内をした際には、利胤は京都所司代・板倉重宗《しげむね》の代理として二条城在番を命じられるほど、幕府との関係は良好。まずは安泰であった。

寛永《かんえい》元年（一六二四）七月二日、利胤の次女の康姫が、わずか八歳で死去した。

義胤も悲しみに暮れたが、愛娘《まなむすめ》を失った利胤のほうが衝撃が大きいようで溜め息ばかり吐いていた。この頃から利胤は体調不良を訴えた。特に腹痛が重く、時折、動けなくなる時もあるという。江戸の名医に薬を処方してもらっているというが、あまり効果はないようだった。

「少し、頬が痩《こ》けておるぞ。しばらく、家老に任せ、休んではいかがか」

当主を心配して義胤は勧める。

「お気遣い忝《かたじけ》のうございますが、あらぬ勘繰りをされては敵いませぬ。少し酒でも控えれば、そのうちよくなりましょう」

まだ虎之助は幼い。利胤は責任感に満ちていた。

この年、江戸城普請のため米一千石を差し出さねばならなかった。軌道に乗りかけている中でも、負担は重かった。

正月を江戸で過ごし、春先に帰国するのが常であった利胤は、寛永二年（一六二五）二月、江戸で容態が悪くなり、帰国できなくなっていた。

利胤の身を案じ、義胤は代役を務めようと使者を送ったが、左様に甘き世ではなくなった、と一蹴《いっしゅう》されて戻っている。気掛かりでならなかった。

六月になり、ようやく利胤は帰国した。騎乗もできぬほど窶《やつ》れていた。病の我が子を見るのは切なくてならない。

「しばらく公務のことは重臣に任せ、養生致せ」

見舞った義胤は多くを語らなかった。父を見た利胤は安心したように眠りについた。

病もあるが、四十五歳よりも老けて見えた。心身ともに疲労しているのであろう。

（儂が、かようになるまで追い込んでしまったのじゃな。ゆっくり休むがよい）

義胤のほうも胸が痛んだ。

戦がないので、伊達家との国境問題以外、緊迫した案件はない。重臣たちに任せていても相馬家は普通に廻っていった。

帰城した利胤は、寝起きを繰り返しているが、一向に回復する様子がないと伝えられてくる。九月になると起きられなくなり、義胤は慌てて中村城を訪ねた。

「かような醜態《しゅうたい》を曝《さら》し、申し訳ありませぬ」

か細い声で利胤はもらす。もはや起きるのも困難といった様子である。

「疲れておるだけじゃ。寝ておれ」

「伊達との国境の件、よろしくお願い致します。解決を見れぬのが残念です」

「戯《たわ》けたことを申すな。当主のそなたが指揮を執って勝利するのであろう」

声を荒らげぬよう細心の注意を払い、義胤は言う。

「左様ですなあ……。これまで我なりに尽力致し、叶《かな》ったことは、相馬を某の代で潰さなかったこと。まだ幼くはありますが、嫡子《しゅんめ》を得たこと。叶わなかったことは、父上とともに戦陣に立てなかったこと。当家の駿馬に跨《また》がり、疾駆《しっく》したいものでした……」

涙を流しながら利胤は言い、手を伸ばした。

「なにを申す。そなたは改易された相馬を再興した立て役者ではないか。気の弱いことを申すものではない。まだ仙台には曲者《くせもの》がおる。この世はなにが起こるか判らぬ。再び世が乱れることもある。さすれば伊達への先陣は当家で、采配を振るうのは当主のそなたじゃ。早《はよ》う病《やまい》を治して、儂に勇姿を見せよ。さすれば我が駿馬をそなたにやろう」

嫡子の手を握り、義胤は声を震わせた。

「それは、有り難き仕合わせ。駿馬に乗って逝きましょうぞ……追い腹を切ることは禁じて下さい。父上、申し訳ございません」

言うや利胤は力尽き、腕が垂れ、目蓋《まぶた》が閉じた。

「利胤！　利胤、戯け、まだ眠るには早い。まだ昼ぞ。利胤、逝くな！　老いた父を残して逝くな！　利胤、戯け！」

義胤は怒号しながら嫡子の体を揺するが、利胤が二度と目を開くことはなかった。

途端に重臣たちの利胤を呼ぶ声が響き、慟哭《どうこく》と嗚咽《おえつ》が広がった。

九月十日、利胤は中村城において四十五歳の若い生涯を閉じた。

「……なにゆえ、なにゆえ、かような若い身で。順番が逆であろう。この親不孝者め」

人前も憚《はばか》らず、義胤は啼泣《ていきゅう》した。まさか戦のない世に嫡子の死を目にするとは思わなかった。

「嫡子に先立たれ、儂は、どうしたらいいのじゃ……辛い役目を押し付けたゆえ……儂が酷使《こくし》して殺したようなものかもしれぬ。我が身と代わってくれれば、どれほど相馬のためになろうか」

今はなにも考えられない。ただ利胤の死を痛嘆《つうたん》し涙に暮れるしかなかった。

中村城は、相馬領は愁嘆《しゅうたん》に染まった。

利胤には二照院殿日璨杲公大居士《にしょういんでんにっさんこうこうだいこじ》の法名が贈られ、同慶寺の住職・寒牛東堂《かんぎゅうとうどう》が導師として同寺に葬られた。

利胤の正室は江戸で剃髪し、長松院《ちょうしょういん》と称するようになった。

四

遺言に従い、義胤は殉死《じゅんし》を許さなかった。

義胤は菩提《ぼだい》を弔い、慨世《がいせい》して出家したいところであるが、悲しみに浸っていられない。すぐに跡継ぎを決めなければならない。

相馬家には利胤の弟で三十三歳になる及胤《ちかたね》が健在である。及胤は秀忠の小姓として仕えているが、利胤は跡継ぎを虎之助だと幕府に伝えていたので、及胤への家督《かとく》は認められない。

いずれにしても相馬家の跡継ぎは齢六歳の虎之助に決定した。義胤は老体に鞭《むち》打ち、幼い孫を補佐して相馬家の立て直しをしなければならない。

相馬家の存続が認められたので、義胤は礼を言うため、江戸に上ることを幕府に伝えさせたが、その必要はないと軽くあしらわれた。

（公儀は、なにも知らぬ童《わらべ》を側におき、相馬を自在に扱おうという魂胆であろう）

最初から幕府は相馬家の心配などはしていない。できるならば相馬家を取り潰し、徳川譜代の家臣に六万石を分けて加増してやりたいと思案しているはずである。

（絶対に潰してなるものか。利胤が命を擦《す》り減らして守った相馬家。我が命は利胤になり代わり相馬のために使いきる）

老いた義胤の体に、久しく闘志が漲《みなぎ》った。義胤は主だった者を中村城の主殿に集めた。水を打ったような沈黙の中、義胤は口を開いた。

「利胤の死は儂が生涯における三度目となる相馬存亡の危機である。一度目は関ヶ原後の改易処分、二度目は海嘯《よだ》の被害、こたびはこれらに勝るとも劣らぬ。公儀は分別のつかぬ虎之助に家督を認めた。勿論、童に判断をさせまいし、できるはずもない。いわば虎之助は質《しち》である。儂に江戸上りを認めぬのは、そちたち相馬家の家臣たちに判断をさせようという魂胆である。無理難題を命じられた時、国許の儂に質《ただ》しませぬと、などと言うことは許されぬということじゃ」

一息吐いて義胤は続ける。

「そこで、そちたちの命をくれ。儂にではなく相馬家にくれ。老《お》い先短い我が命は相馬家のために差し出しておる。我が栄華も我欲も捨て、相馬家のために奉公せよ。従えぬとあらば、当領を出るもよし、帰農するもよし。好きにして構わぬ」

と告げたものの、義胤は否《いな》とは言わさぬ口調で迫った。

「今さら左様なことを仰せになられても困ります。とうに命を差し出しております」

まっ先に主張したのは泉成政《いずみなりまさ》であった。

「よう申した。そちには我が『胤』の字をやろう」

これにより泉成政は泉胤政《たねまさ》と改名した。

「某とて、生を得た時より相馬のために死ぬことを誓っております」

岡田宣胤ら、主殿に在する者は膝を乗り出すようにして告げた。

「礼を申す。いずれ、そちたちにも褒美をやろう。相馬のため励んでくれ」

労った義胤は、改めて相馬家の宿老を明確にした。執権として泉胤政、老中を岡田宣胤、堀内胤泰、熊川長春、門馬経實《もんまつねざね》の四人に定めた。

「公儀への対応、虎之助の教育、領内整備と石高の増加、漁の向上、材木の増産、良馬の飼育、そのほかの利益向上、伊達との国境問題の勝利などなど……。やらねばならぬことは山ほどある。そうじゃ、海嘯への備えと、武を忘れぬ野馬追の続行。寝る暇がないほど働くこと。よいの」

「おおーっ！」

義胤の宣言に家臣たちは鬨《とき》で応え、金打《きんちょう》を打って誓いを立てた。悲しみから始まった相馬の第一歩である。

その後、義胤は執権の泉胤政を呼んだ。

「そちは、こののち江戸に上り、公儀のお歴々《れきれき》と昵懇《じっこん》になれ。田畑の立て直しは成功しておるゆえ、費用のことは気にせずともよい。幸いにも利胤は老中《ろうじゅう》の土井（利勝《としかつ》）殿から、『利』の字を偏諱《へんき》されておる、当家を粗雑《そざつ》には扱うまい」

本多正純を排除した土井利勝は酒井忠世《ただよ》と並ぶ二大巨頭と言われている。江戸城では西ノ丸に退いた大御所の秀忠と本丸の将軍家光が二元政治を行っており、秀忠の第一の側近が土井利勝で、家光の下で手腕を振るうのが酒井忠世であった。

「承知致しました。酒井殿にはいかがなされますか」

「それなりで構わぬ。確か酒井殿の妹御《いもうとご》は本多上野介《こうずけのすけ》（正純）の正室であったはず。おそらく土井殿のほうが話が通る。まずは土井殿と親しく致せ」

「畏《かしこ》まりました」

応じた泉胤政は、用意が整い次第に江戸に向かうことになった。

三河以来の譜代家臣の酒井家に対し、土井家は利勝の父・利昌《としまさ》から家康に仕えたという。利昌にさしたる戦功もなく利勝が老中になれたのは、利勝の有能さのほかに、家康の庶子という説もある。それほど家康に可愛がられた武将である。

義胤は泉胤政に期待した。

留守居の家臣たちに指示を与えた義胤は泉田舘に帰還した。中村城は当主の城。利胤が死去し、虎之助に家督相続が内諾されたとなると、隠居した前々当主の義胤が、いつまでも居座れば、あらぬ勘繰りを受けることになる。もし、中村城に入るならば、幕府の許可を得なければならない。大名は武家諸法度で雁字搦《がんじがら》めにされていた。

泉田館に戻った義胤は、当主に復帰したつもりで、まずは領内から情報を集めた。しばらく隠居を決め込んで政から遠ざかっていたので、感覚を取り戻すのに必死だ。

また、利胤が親しくしていた大名に使者を送り、虎之助を先代・利胤と同様の付き合いをしてほしいと挨拶をさせた。

（関ヶ原を知る者は佐竹、加藤、秋田しかおらぬのか。儂が長生きしすぎたのじゃの。されど、今は死ねぬ。虎之助の元服を、婚儀を、曾孫の男子を見るまでは）

嫡子の利胤が死んだ時、義胤は悲嘆のまま死にたいと願ったが、今は四半刻でも長く生きるつもりだ。死への恐怖ではなく、相馬家安泰のため。恐怖はお家の滅亡である。

（早《はよ》う虎之助に会いたいのう）

まだ見ぬ嫡孫は齢六歳。どのようなうつけ者であっても、相馬家を継げるように教育するつもりだ。江戸上りを心待ちにする義胤だ。

秋の刈り入れも無事に終了した。この年も前年より二千石近く多く収穫できたと、富田胤主が報告した。

「この分でいけば、今まで滞《とどこお》っていた堤の構築にも力を入れられそうじゃの」

義胤は喜んだものの、疑念も浮かんだ。

「こののち凶作ということも視野に入れておかねばなるまいな」

「仰せのとおり。漁や森林の整備など、田畑以外からの収益にも力を向けられるがよかろうかと存じます。諸将の間では馬は南部の馬が好まれているそうにございます」

「馬か、当家はそれほど率先して出してはおらなかったからのう」

義胤は過去を振り返りながら深く溜め息を吐く。

寡勢《かぜい》であった相馬軍の強さは機動力にある。相馬家にとって馬は、単に移動や荷物を運ぶための道具ではなく、鉄砲にも匹敵する武器である。他家の武将から求められれば売ったり贈ったりはしたが、積極的な販売や、飼育法を伝授したりはしなかった。

「戦がなくなった世となれば、こののちは売り込みに力を入れねばなるまいか。いずれにしても相馬にいては、世の流れが今一つ摑みにくいの」

寛永三年（一六二六）六月、中村城に移り幼少の虎之助を後見するようにと、ようやく義胤に幕府からの上意《じょうい》が出された。

六月二十四日、義胤は満を持して泉田館から中村城に移城した。御国御前は居城に入れると喜んでいるが、高齢の義胤とすれば、悲壮感を覚えながらの入城であった。

「利胤は城および城下の整備をする最中に逝きおったゆえ、これもせねばなるまいな」

後見役という目で中村の地を見ると、手を入れねばならぬ箇所が多々あった。義胤は思案を重ねるが、その前にしなければならぬことがあった。

「お礼を申すために上洛せねばの」

中村城に入城する早々、義胤は数十人の家臣を連れて江戸に向かった。

（ようやく虎之助に会えるの。いかな孫に育っているか）

輿《こし》に揺られながら、義胤は孫に会うのが楽しみでならなかった。

第十章 老将の遺言

一

寛永三年（一六二六）七月上旬、義胤は久しぶりに江戸に上った。大坂夏の陣のあった年以来なので、十一年ぶりということになる。

（月日の流れるのは早いものじゃ）

江戸城下の拡大と発展はとどまることを知らない。別の町に来たと思うほど繁栄している。徳川家の力、幕府の権威をまざまざと見せつけられ、圧倒されるばかりだ。

義胤は桜田の相馬屋敷に入った。

（狭いの。致し方ないか）

すぐ目の前は江戸城の西ノ丸という立地にあるが、相馬家が江戸に屋敷を得た時は、改易を免《まぬか》れた直後でもあり、申告は五万石弱だったので仕方ない。敷地は約一町《いっちょう》四方で、当主と家臣が寝起きするだけのものであった。

奥の広間に入ると、家臣たちが皆、所狭しと座していた。

義胤が上座に腰を下ろすと、二畳離れた一番前に前髪の少年が座していた。

「大殿様には遠路、江戸にお越しになられ、ご苦労をおかけ致します」

執権の泉胤政に教え込まれたであろうことを、少年はたどたどしくも発した。その言葉を聞いただけでも義胤は胸が熱くなる。

「そなたは？」

当然、判《わか》っているが、義胤は問う。

「亡き相馬大膳亮《だいぜんのすけ》利胤が嫡子・虎之助にございます。爺様《じじ》ですか？」

自己紹介したのちに虎之助は笑みを浮かべて尋ね返す。

「儂がそなたの爺様じゃ。そうか、そなたが虎之助か。目許《めもと》などは亡き利胤にそっくりじゃのう。そうか、そちが……」

右の斜め後ろに座す虎之助の母・長松院が窘《たしな》めようとするのを手で制す。ようやく会えた虎之助と、若き日の利胤が重なり、義胤の目蓋《まぶた》が重くなった。二人の対面を見て、家臣たちは俯いて落涙していた。

「爺、大殿様にお尋ね致します。なにゆえ父上は亡くなられたのでございますか」

もの怖《お》じしない性格なのか、遠慮なく問う。

「若様」

傅役の立野胤重が背後で恐縮しながら注意する。

「構わぬ。そうじゃの、そなたの父・利胤は、あまり体が丈夫ではなかった。いや、人並みだったのかもしれぬが、働き過ぎたのかもしれぬ」

言葉を選び、判りやすいように義胤は説明した。

「父上には多くの家臣がおります。なにゆえ父上だけ働かねばならぬのですか」

お前はなにをしていたのか、と虎之助が迫るように義胤には聞こえた。

「当主にしかできぬことがあり、当主にしか発言、いや言えぬこともある」

「某より、叔父上（及胤）のほうがいろんなことを知っております」

利胤の弟の及胤は三十五歳になっている。

「そういえば、及胤の姿が見えぬな」

「所用がございまして、じき戻るかと存じます」

答えづらそうな泉胤政である。

（よもや、家督を継ぐことができず、ふて腐れているのではあるまいの）

義胤は危惧する。一度じっくり、及胤と話し合うつもりだ。

「彼奴《あやつ》は次男。利胤の嫡子である虎之助とは違い、当主にはなれぬ決まりじゃ。及胤は、虎之助を支える役目を担っておる」

「左様に辛き役目が当主にございますか」

当主になることについて、虎之助は子供なりに重圧を感じているようだった。

「辛くもあり、難しくもあるのが当主じゃが、虎之助は唯一の嫡子、ほかに代わる者がおらぬ。もし、虎之助が嫌だと申せば、相馬の地を失い、そなたの母も、儂も、ほかの者も皆、死なねばならぬ。そなたは定められて生まれた相馬の跡継ぎじゃ」

辛い役目ならば、やりたくない、などと言わせぬよう、すでに傅役や周囲の者からも説かれているであろうことを、改めて義胤は念を押すように伝えた。

「はい」

理解し、納得したかどうか定かではないが、とりあえず虎之助は頷いた。

「今、相馬家は利胤を失い、危い立場に立たされておる。されど、有り難いことに利胤は利発な虎之助を残してくれた。ただ、いかんせん、まだ幼い。皆の忠節が必要じゃ。よりいっそうの忠義を尽くすよう。さすれば、相馬は安泰となろう」

「承知致しました。我ら命《つら》を賭《と》して励みます。よろしくお願い申し上げます」

泉胤政の号令で、座を列ねた者たちは後に続き、平伏した。

その後、義胤は虎之助、泉胤政、立野胤重と別室で向かい合った。

「皆の前では聞けぬこともあろう。聞きたいことあれば、遠慮のう聞くがよい」

義胤は虎之助に勧める。

「爺様は負けたことがないと聞きました。なにゆえでございますか」

「勝ち負けの判断は難しいのう。隙《すき》を衝《つ》かれたことはあるが、今生きているゆえ、確かに負けなかった。負ける戦はしなかったということかの。虎之助にはちと難しいか」

煙《けむ》に巻くようではあるが、それほど後ろめたさはなかった。

「敵では誰が一番強うございましたか」

「敵ではないが、将軍家の前に天下を纏めた豊臣秀吉は大きかった。儂も取り込まれた。将軍家はもっと大きい。それゆえ家臣になり、虎之助が生まれた」

幕府に睨《にら》まれず、自らの自尊心を傷つけず、相馬家の名を貶《おとし》めず、虎之助の期待を壊《こわ》さぬように説明するのは難しい。義胤は言葉を選びながら告げる。

「戦わなかったのですか」

「豊臣も将軍家も相馬に兵を向けてこなかったゆえ、戦うことはない。戦はせぬがよい。多くの兵が死に、銭も米もなくなる。最後の最後に行うものじゃが、逸《はや》ってどれほどの家が潰れ、勇将と言われた者が死んだことか。当主として、胆《きも》に銘じておけ」

初陣《ういじん》をはじめとし、さまざまな戦を回想しながら義胤は伝える。

「上様が兵を向けてきた時はいかがしますか」

「よいか、将軍家は相馬に兵を向けたりはせぬ。二度と口にするでない。左様な心が、あらぬ災いを齎すのじゃ。事を荒立てぬよう、諸将と仲良くし、将軍家に忠節を尽くすことが、相馬の家を長続きさせる。そう心得よ」

謀叛の疑いがあるなどと噂が立てば大事。義胤は少々口調を強くした。

「畏まりました。伊達とも仲良くするのですか」

円《つぶ》らな瞳が義胤の表情を窺っている。

「誰かが仲良くするなと申したのか？」

「亡きお屋形様は、左様に仰せでございました」

虎之助に代わり、立野胤重が答えた。

「左様か。以前は敵だった。今も国境《くにざかい》でもめておる、仲は良くないが、敵ではない」

将軍の家光は無骨者の政宗を好んでいると聞いている。

「されど、我らから擦《す》り寄《よ》り、頭を垂れることはない。毅然《きぜん》と胸を張るように」

言うと虎之助は丸まりかけていた背筋を伸ばした。

「しかれども、叔父上は伊達の者と昵懇だと皆が申しております」

虎之助の言葉は驚きである。義胤は即座に泉胤政に目を向ける。

「どういうことだ？」

「及胤様は時折、敵状を探ると申して伊達の者と酒を飲んでいるようにございます」

泉胤政は詫《わ》びながら告げた。

（あの戯けめ。伊達は海千山千《うみせんやません》の曲者揃い。簡単に渡り合えると思うてか）

皆が一丸となろうとする時、及胤が亀裂を入れるのではないか。義胤は懸念《けねん》する。

「取り込まれて、伊達に都合よく国境でも引かれてはどうにもならぬ。江戸に戻れば儂自ら申すが、儂がおらぬ時は、我が許可なく伊達と会うことは許さぬと、伝えよ」

泉胤政と立野胤重に厳命した義胤は、虎之助に目を向ける。

「当主の心得について、これまでのことを一度忘れ、改めて我が言葉を信じよ」

虎之助は素直に「はい」と頷いた。

「家臣は当主の命令に従う。下知によっては死に至らしめることもある。ゆえに大事に致せ。家臣は道具ではない。泰平の世になると麻痺《まひ》してくる。胆に銘じよ」

「大事とは？」

「冬に枇杷《びわ》や桑《くわ》の実を喰わせろだの、月を取ってまいれなどと申さぬことじゃ。家臣は命じられれば無理だと判っていても努力する。そのことで命を奪わせるような戯け者が当主になれば、お家が滅ぶ。当主一人ではなにもできぬ。家臣が支えねば家は立ちゆかぬ。絶対にできぬことは命じてはならぬ。相馬には左様な当主はいなかったぞ」

思い当たる節があるのか、虎之助は少々遠い目をした。

「家臣には藤右衛門（泉胤政）らのように、すぐ近くで奉公する給人と、相馬の各地で田畑を耕しながら、いざという時に集まる在郷給人がいる。いずれも大事な家臣で、それぞれ違った役目を持って奉公しておる。皆、同じ目で見なければならぬ。勿論、百姓や漁民だからと蔑《ないがし》ろにしてはならぬ。皆、相馬を支える者たちじゃ。相馬の家臣は、公《こう》儀譜代《ぎふだい》をはじめ、諸将が羨《うらや》む者たちじゃ。どの大名と比べても劣ることはない」

「はい」

「相馬は二度海嘯《よだ》に襲われた。海嘯とは海が荒れて家も田畑も呑み込むこと。海の水をかぶると米も大根も育たぬ。相馬の者は皆空腹に耐え、真冬に雪水に浸かりながら田畑を元に戻したゆえ、今毎日、虎之助が飯を喰えておる。相馬の民は日本一忍耐強い。虎之助が正しき道を進めば、困難な道でも全員がついてくる。よう精進することじゃ」

まだ見ぬ大津波の話を聞き、虎之助は顔をこわばらせた。

「こたびは、このあたりに致すか。文武に励むよう」

「畏まりました。ご教授忝のうございます」

教えられたであろう礼を口にし、虎之助は立野胤重と別の部屋に向かった。

「出来は悪くはなさそうで安堵した。起伏《きふく》は激しそうじゃが、それも当主に必要なもののうち。但し、泰平の世には泰平の世に合った当主に教育せねばならぬ」

義胤は虎之助の器量には安心しているが、周囲の環境には困惑している。

「困ったことと申せば、当家の屋敷は狭く、馬場を築けぬことじゃな」

「仰せのとおりにございます。江戸では遠駆けもできませぬ」

「されど、相馬の強さは馬にあり。狭いなりにも馬を廻せる程度の地均《じなら》しをさせよ。相馬家の当主が馬に乗れぬでは話にならぬ」

命じた義胤は、改めて泉胤政に問う。

「上様へのご挨拶の件は整っていような」

「はい。明日の午後、登城するように命じられております」

泉胤政は土井利勝や酒井忠世とは親しくしていると言う。

「重畳。国境を伊達優位に決めさせぬため、こののちも土井殿らとは昵懇に付き合うように。それと天海大僧正《てんかいだいそうじょう》とも親しくしておくがよい。当家にも蘆名《あしな》の血は流れておる」

天海は、家光の求めによって陰陽道《おんみょうどう》や風水に基づいた江戸鎮護《ちんご》を構想し、寛永元年

（一六二四）には上野の忍岡《しのぶおか》に寛永寺を建立《こんりゅう》し、江戸の都市計画にも関わっている。

その晩、義胤は久々に江戸の家臣と酒を酌み交わした。結局、及胤は戻らなかった。

二

翌日、義胤は泉胤政らと登城した。秀忠が留守なので、親子揃っての正式対面ではなくなった。義胤だけにしろと命じられたので、従っている。

江戸城も年々豪勢になっている。

（この普請に相馬の血と涙が使われておるのか）

ならば、もっと優遇しろと、豪華な城を見上げながら義胤は肚裡《とり》で呟《つぶや》く。

以前のように本丸の白書院《しろしょいん》で待たされた。

「上様のお成り」

幕臣の声が響き、襖《ふすま》が開けられた。すかさず義胤は平伏する。数人が部屋に入った。

「ご尊顔を拝し恐悦至極《きょうえつしごく》に存じ奉《たてまつ》ります。相馬長門守《ながとのかみ》義胤にございます」

「重畳至極。面を上げよ」

遠い上座から声がかけられた。二十三歳の家光である。

「ご多忙のおり、ご拝謁《はいえつ》の栄を賜り、光栄の極みに存じます」

二間ほど前の畳に目を落とし、義胤は挨拶の口上を述べた。

「上様にお心配りを賜り、利胤も黄泉《よみ》で感激しているものと存じます」

直視を許されていないので、義胤は畳を見たまま告げた。

「そういえば、そちは政宗を相手に一度も後《おく》れを取ったことがないと聞くが真実《まこと》か」

「直《じか》にということにおきましては仰せのとおりにございます。伊達は多勢を擁《よう》しながら、調略に長《た》け、奇襲に富んでおります」

不愉快な過去を思い出しながら、義胤は答えた。

「まあ、乱世では、それもありか。伊達が自慢していた戦いはなんと申したか？」

家光は一段下がったところに座す、側近の松平伊豆守《いずのかみ》信綱《のぶつな》に問う。

「人取橋《ひととりばし》の戦いにございます」

知恵伊豆と呼ばれる松平信綱は、打てば響くように答えた。この年三十一歳。

「そう、その人取橋の戦いに、そちは参じておったのか？」

「参じは致しましたが、戦いには加わりませんでした」

「なにゆえか？　負けるからか？」

合戦に参じたことがないだけに、家光は戦話を聞くのが大好きだという。

「いえ、勝負は伊達が負けるゆえ、慈悲にございます」

「解せぬの。政宗は七千で三万余に勝利したと豪語しておったぞ」

「戦には直に干戈《かんか》を交えるものと、謀などがございます。人取橋の戦いでは兵の多寡どおり、伊達は敗れ、具足に傷を負い、這々《ほうほう》の体《てい》で本陣に戻りました。夕刻になりましたゆえ、亡き佐竹（義重《よししげ》）殿は追い討ちを止めさせたのが真実にございます」

四十二年前の戦を昨日のことのように回想しながら義胤は語った。

「されば、なにゆえ敗走致したのか」

「謀にございます。夜陰に酒宴を開いている最中、忍びが紛れ、佐竹殿の親戚が暗殺されました。翌朝、留守にしている居（舞鶴）城が襲われると奥方からの書を受け、佐竹殿は兵を退《ひ》かれました。佐竹殿の奥方は伊達家の女にございます」

「されば政宗は戦に負けて、勝負に勝ったと申すか」

面白いことを言う将軍だと義胤は思った。

「戦と勝負、いずれが上か判りませぬが、仰せのとおりかと存じます。あの戦いで某も、おそらく佐竹殿も、学んだことがございます」

「申してみよ」

身を乗り出すようにして家光は問う。

「油断大敵、勝てる時に勝たねば、あとで痛い目に遭うということにございます」

「さもありなん。東照大権現《とうしょうだいごんげん》様も三方原《みかたがはら》の戦いで信玄公に敗れたが、信玄公が間髪を入れずに浜松城を仕寄《しよ》れば、のちに武田は設楽原《したらがはら》で敗れなかったやもしれぬ。さすれば、滅亡の憂き目にも遭わずともすんだことになるの。太閤も長久手《ながくて》の長対峙《ながたいじ》で東照大権現様を叩き損ねたゆえ、豊臣は滅んでしまった。そちの申すことは的《まと》を射ておる」

尊敬する家康についても、家光は冷静な目を持って語っている。

「お恥ずかしき次第にございます」

「乱世の生き残りは少ない。特に寡勢で多勢と渡り合い、後れを取ったことのない、そちの話は趣《おもむき》深い。時折、登城して物語など致せ。虎之助であったか、大膳亮の嫡子は、大御所（秀忠）がいる時に連れてまいるがよい」

「有り難き仕合わせ、感謝の極みに存じます」

義胤が平伏すると、家光は松平信綱らとともに白書院を出ていった。

（油断大敵か。確かに、あの時、彼奴を仕留めていれば、今さら国境などで争わずともすんでいたであろうな。こたびばかりは後悔せぬ戦いをせぬとな）

義胤は意志を新たにした。謁見《えっけん》は上首尾で終わり、義胤は満足の体で下城した。

夜には祝いたい気分であるが、まだ及胤は戻ってこなかった。

「及胤はどうした？　どこに行っておるのじゃ」

利胤の葬儀以来、及胤と顔を合わせていない。しかも父親が十一年ぶりに江戸に上ったのに、挨拶もなしとは無礼すぎる。義胤は憤《いきどお》る。

「この刻限《こくげん》になってお戻りにならぬとすれば、遊廓《ゆうかく》にいるのやもしれませぬ」

江戸の遊廓は元和三年（一六一七）、日本橋の茅場町《かやばちょう》（現・人形町）に許可されて吉《よし》原《わら》と呼ばれ、明暦《めいれき》の大火事（一六五七）ののち、現在の浅草《あさくさ》の地に移された。

「なに！　相馬の民が心血《しんけつ》を注《そそ》いで作った米を、彼奴《あやつ》は遊女に注ぎ込んでおるのか！

即刻呼び戻せ！　これはそちたちの責任でもある。首に縄をつけてでも連れてまいれ。連れてまいらねば、そちたちの扶持を削るぞ！」

脇息を激しく叩き、義胤が怒号すると、泉藤右衛門胤政らは蜘蛛《くも》の子を散らしたように部屋を出ていった。

一刻半《いっこくはん》（約三時間）ののち、及胤は家臣たちに引っ立てられるように義胤の前に連れてこられた。楽しみを邪魔されて不快そうな面持《おもも》ちである。

「ご無沙汰しております。遠路、江戸にまいられ、お疲れ様にございます」

まるで他人行儀な及胤であった。酒を飲んでいたことが臭いで判る。

「来させずとも良いようにするのが、そちの役目ではないのか？　なにゆえ公儀はそちに虎之助の後見を命じなかったのか、考えてみよ！」

戸が揺れるほどの声で義胤は怒鳴った。

「夜です。そう大きな声を出されずとも、聞こえております。某が以前、大御所様に仕えておる時、譜代の近習と諍《いさか》いを起こしたゆえにございます」

悪びれることもなく及胤は言ってのけた。

「その時、穏便にすんだのは、利胤が誠心誠意、火消しに尽力したこと忘れたのか」

「忘れてはおりませぬが、某から先に手を出したわけではありませぬ。喧嘩両成敗《けんかりょうせいばい》の切腹を相手が恐れたゆえ、事を荒立てなかったのではないですか」

「戯け！　相手は譜代、そちだけ切腹になるところじゃ。利胤は身を粉にして将軍家の信頼を得ていたが、そちは見習おうともせず、女郎屋《じょろうや》通いをしておるとはなにごとか？　唐瘡《とうがさ》（梅毒《ばいどく》）にでもかかったら恥の上塗《うわぬ》りぞ」

　異国との交易が盛んになり、外国から日本にも梅毒が持ち込まれた。特に戦国時代は欧州からの来日、二度にわたる朝鮮出兵、と異国に関わることが多くなり、病も飛躍的に広まった。遊廓の感染は特に多い。梅毒で命を落とした武将も何人もいたという。

「病のことは、いざ知らず、某はただ遊廓に出入りしているわけではありませぬ」

「ほかに、いかな当所《あてど》（目的）があろうか？」

「父上は藤右衛門らに命じて、老中たちに贈物をさせ、誼《よしみ》を通じさせておりますな。某が吉原で酒や女で楽しませることと、なにが違いますか？　まあ、せっかくゆえ、某も楽しんでおります。接待する者が辛気臭《しんきくさ》い顔をしていれば、場が暗くなりますゆえ」

　義胤にとっては意外なことを及胤は言う。

「公儀の者となら是と致そうが伊達は違う。今、国境争いをしている最中ぞ」

「虎之助に敵を作るなと仰せになったのは父上とか。啀《いが》みあう世ではないはず」

　気に障《さわ》ることを及胤は遠慮なく話す。

「伊達に取り込まれたのか？」

「某は伊達の当主と酒を酌み交わせる仲です。酒を酌み交わせるということは、某の脇差《わきざし》が相手の体に届くということ。不肖《ふしょう》、某も相馬の一族、家の不利になることは致しませぬ。伊達と交際することで、得られる情報もございます」

益を探さねばなりませぬ。その一環として継続していた北上《きたかみ》、迫《はさま》、江合《えあい》の三川合流普請が近く終わるようにございます。さすれば新田が多く開けましょう。伊達は数年後には大量の米を江戸に送り、江戸における米の市場を牛耳《ぎゅうじ》ることを画策しております。もし、そうなれば、幕府も滅多なことでは伊達に手が出せなくなりましょうぞ」

「伊達領も以前ほど金の採掘ができなくなりました。新たな金鉱を見つけるか、別の収

「彼奴は、米で実質の天下を取るつもりなのか……」

簡単にいくとは思えないが、政宗の野望には驚かされる。

(その前に国境を守らねば。彼奴の思いどおりにはさせぬ。当家も田を増やさねばの)

及胤の情報に、義胤は焦りを覚えた。

「いかがですか、某も満更ではないでしょう?」

手柄でも得たように、及胤は笑みを向ける。

「多少はの。されど、その程度のこと、ほかの家臣でもできる。儂がそちに期待しているのは、叔父として幼い虎之助を支えることじゃ。本気で支える気はあるのか?」

相馬家の根幹に関わることである。義胤は瞬《まばた》きせず、熟視しながら問う。

「勿論、そのつもりです。されど、当主の器でなかったらいかがなされますか」

「懸念には及ばぬ。虎之助は当主の器ぞ。乱世を生き抜いた儂が申すゆえ間違いない」

「某は相馬を割ったり、内紛を起こすつもりはありませぬ。某にも将門《まさかど》公の血は流れております。相馬を潰さぬため、影ながら尽力致す所存にございます。今宵《こよい》はこのあたりで構いませぬか？　今少し飲み足りぬもので。されば後日、改めて」

気後れすることもなく及胤は言うと、義胤の反論を待たずに座を立った。

「慮外者《りょがいもの》め！」

義胤は吐き捨てるが、一概に否定もできず、考えさせられた。

（まだ当主への未練はあるか、判り易い奴じゃ。彼奴《あやつ》も彼奴なりに相馬のことを思案していようが、このまま好きにさせていては、やはり亀裂を生むであろうな。彼奴が本気で虎之助を支えてくれれば心強いが、そうはならぬか）

無能な者でないだけに、義胤としても苦悩させられる。

三

寛永四年（一六二七）の初夏になっても親子揃っての謁見は許されなかった。

「当家はなにか公儀に疎《うと》まれることでも致したのか」

義胤は泉胤政に問う。早く明確な家督相続の許可状が欲しかった。

「左様なことはありませぬ。土井殿に質しましたところ、上様も大御所様も相馬家に好意を持たれておるとのこと。家督のことは決まっていることゆえ、改めることもなかろう、と申されておりました。なにか隠しているとは思えませぬが」

　泉胤政が言うのだから、偽りではなさそうだ。

「伊達はなにか画策しておらぬか？　虎之助になにかあれば、末期養子《まつごようし》は認められぬゆえ改易させられる。あるいは減封となり、混乱に乗じて国境を勝手に引くこともできる。伊達は堅固な青葉城がありながら、海の近くに城を築いているというではないか」

　義胤は首を捻《ひね》る。政宗は前年の十一月に帰国しており、海岸線から一里半ほど東に城郭形式の平城ともいえる若林館《わかばやしだて》を築きはじめたという。

「隠居館と聞いております」

「されど、まだ政宗は隠居しておるまい。なにか画策しているはずじゃ。油断致すな」

　義胤は曲者の政宗への警戒心を忘れない。政宗はこの年六十一歳、嫡子の忠宗《ただむね》は二十九歳であるが、未だ政宗は当主であり続けた。

　義胤は将軍親子との謁見を求めるが、なかなか許可がおりない。すでに江戸に上ってから一年近くが経つ。当主不在の相馬家としては、領国を空《あ》けておくわけにもいかない。仕方なく、義胤は江戸からの暇乞《いとまご》いを申し出ると、こちらはすぐに受諾《じゅだく》された。

（簡単に許可状は出せぬということか。そこまでして外様《とざま》を潰したいのか）

　幕府の阿漕《あこぎ》な政策に憤りながら、義胤は登城した。

　前回同様、白書院で待たされていると、家光と秀忠が揃って姿を見せた。忿恚《ふんい》しつつも、すかさず義胤は平伏して、挨拶の口上を述べた。

「面《おもて》を上げよ。老いた体を曲げるのはつらかろう」

秀忠が鷹揚《おうよう》に言う。義胤は遠慮なく従い、視線を落としたまま口を開く。

「お気遣い、痛み入ります。今少し江戸におりたいところですが、一年もの間、国許《くにもと》を空けておりますれば、仕置きをしに戻らねばなりませぬ。こたびは暇乞いに罷《まか》り出た次第にございます」

早く正式に虎之助への家督を認めろ、と義胤は遠廻しに主張する。

「息災でおるように」

声をかけるが、秀忠は虎之助のことについて触れようとはしない。こうなれば、このまま黙っているわけにはいかなかった。

「畏れながら申し上げます。我が愚孫《ぐそん》の虎之助のことにございますが……」

進言すると、秀忠に遮《さえぎ》られた。

「長門守も気が早い。童に家督は認められぬ。これは公儀が定めた法度《はっと》じゃ。虎之助は我が養孫《ようそん》でもある。しっかり育て、元服の暁《あかつき》には、そなたと揃ってまいるがよい。その時、正式に認められようぞ」

口調は柔らかいが、秀忠は厳しい内容をぴしゃりと言う。

「承知致しました」

もはや反論できない。義胤は丁寧《ていねい》に挨拶をして白書院を下がった。

（してやったりといったところであろう。今頃、二人は北叟笑《ほくそえ》んでいるに違いない。元服までしっかり育てろか、育てる能力も大名のうちか。くそっ！）

下城しながら、義胤は肚裡で激昂する。軽くあしらわれたことが腹立たしくて仕方ない。おそらく伊達家であれば、問答無用で家督は認められていたはずである。

（国の力の差か。早《はよ》う誰もが認める家にならねばの。国の仕置きをせねばなるまい）

八十歳の義胤は、ただ懇願するだけではなく、国力を上昇させることに燃えた。

翌日、義胤は桜田屋敷の家臣たちを前にした。及胤の姿はなかった。

（あの戯けめ！　これも我が至らなさか）

後悔しても始まらないので、義胤は前を向き、虎之助を直視する。

「これより爺《じい》は帰国するが、虎之助は、皆の言うことをよく聞いて、文武に精進すること。次に会う時は、馬に一人で乗れる姿を見せてみよ。相馬の者は、皆、そなたのために粉骨砕身《ふんこつさいしん》働くゆえの」

「畏まりました」

寂しそうな顔で虎之助が言うので、義胤も切なくなるが感傷に浸《ひた》ってはいられない。

「虎之助のこと頼むぞ。教育は言うに及ばず、病には気を配れ。毒を盛られぬよう注意させよ。季節外れのものなどは口に入れさせるな。見知らぬ者は近づけさせるな。相馬の命運は、そちたち江戸の屋敷を預かる者の腕にかかっておるのじゃぞ」

「畏まってございます」

「及胤から目を離すではない」

泉胤政や立野胤重に対し、六月、義胤は厳命して江戸を発った。虎之助と離れると不安ばかりが増す。国許では領内整備を行い、石高の増産に励まねばならない。

（なんの因果か。齢《よわい》傾いても励まねばならんとは。働けることを喜ぶべきか）

自虐的に肚裡でもらす義胤は、心身ともに休まる暇がなかった。

中村城に戻った義胤を待っていたのは、書類の山であった。前年の収穫高の確定から、土地争いの訴訟、漁、林、畜産業などにおける租税の確認、家督相続などなど……。

「当主とは、かようなこともせねばならなかったか」

自分は、いかに敵に勝つか、ということばかり思案していたような気がしてならない。当主の仕事を思い出しながら、書状に目を通し、筆に墨《すみ》を染めた。

書類が片づきはじめた頃、田植えが終わったので、百姓を総動員して川の堤防《ていぼう》工事に勤しんだ。大雨時の氾濫防止と、津波の遡りの防衛である。これまでも行ってはきたが、まずは田の再生に力を注いだので、あまり進まなかった。というよりもコンクリートがない時代なので、地固めに歳月がかかる。ただ土を盛って叩くだけでは固まらない。杭を埋め、防潮林の役目をする松を植えて根を張らす。川のみならず海にも備えた。

水を防ぐだけではなく、田畑へ引き込む用水路の普請にも着手した。水を確保できなければ農作物は育たない。逆に治水に成功すれば、石高も上がる。古今東西、国主や領主は治水工事に長い歳月をかけて勤しんできた。これからも変わらないであろう。

石高は新田開発のお陰で年に数百石から多い時では一千石以上も増加した。新たに開いた田は五年間は無税としたために良い伸びをしているが、江戸城や中村城ならびに城下の普請等で消費したので、財政難は続いた。

「海側ばかりに新田が開かれておるが、山側にはならぬか」

義胤は富田胤主《たねもり》に問う。

「在郷給人や百姓らの暮らしは未だ苦しゅうございます。新田は五年の間は年貢を取られぬということゆえ、水を得やすく、耕しやすい地に集まっているものと存じます」

「海嘯《よだ》に襲われた時、半分近い田畑から収穫が得られなんだのだぞ。再生するまで十二年の歳月を要した。また同じ困窮《こんきゅう》をしたいのか」

義胤は不満をもらす。

「いつ来るか判らぬ海嘯に怯《おび》えるよりも、数年先の収穫を得たいのだと存じます」

門馬経實が言う。

「判らんではないが、後から後悔せぬよう、こののちは、海に近い地に住む者は別として、新たに田を開こうとする者は海から離れた地にさせよ」

義胤は相談し、新田開発する場所を定め、積極的に進めた。

「一時、海から離れて住んでいたが、大半が戻っていると聞く。理由は同じか」

「仰せのとおりにございます。元和の海嘯から逃れられたゆえ、次も逃れられると思っているものと存じます。漁民にすれば、家から遠いとそれだけ海に出る時間が遅れ、獲《と》れる魚が少なくなります。漁だけで暮らしていける者は稀で、陸に上がれば田畑を耕しているのが実情。働く時間が少なくなります。百姓も同じかと存じます」

富田胤主の返答には考えさせられる。

「暮らしと安全を秤に掛け、領民は暮らしを取ったのか。されば、せめて皆を逃れさせることは徹底させせよ。尻を叩くのは相馬の家臣じゃ。領民は領民一人のものではなく相馬家のものという認識でいよ。それが相馬家を守り、領民の命を守ることにもなる」

生産性を無視しては財政が逼迫《ひっぱく》する。ある程度、効率を優先させねばならなかった。

堤防普請や農地拡大だけに目を向けてもいられない。

「せっかく当領で鉄が掘れるのじゃ。これをただ売るだけでは能がない。鋳《い》たり打ったりして、江戸や西国に持っていかせるよう、人や業《わざ》を他国に求めよ」

義胤の命令によって、のちに鐘の鋳造《ちゅうぞう》や鉄砲、刀工などが盛んになっていく。

（利胤を死なせた以上、儂は虎之助に少しでも良き形で相馬を渡さねばの）

虎之助が江戸で学ぶ間、義胤は下地作りに勤しんだ。自身では義務だと思っている。家督の正式な許可が下りるまでは、虎之助に会いたい気持を堪えて、基礎を固めるつもりだ。その代わり、まめに手紙を書き、虎之助を気遣った。

帰国してから一年半ほどが過ぎた寛永六年（一六二九）正月、相馬家は再び江戸城本丸の石垣普請を命じられ、義胤は泉内蔵助胤衝《くらのすけたねつぎ》を奉行にして事に当たらせた。

春先、久々に泉藤右衛門胤政が帰国した。こわばった表情をしている。

「書にして残しては、まずいと思いまして、罷り出た次第にございます」

「及胤のことか?」

義胤はすぐに察した。

「仰せのとおりにございます。伊達からは、及胤様が当主になるべきと、煽《おだ》てられているとか。及胤様も、若様（虎之助）に家督を認められぬのは、公儀が当主の器《うつわ》ではないと判断しているからだ、と申されていたとのことにございます」

「おのれ、酒のせいだとは申せ、ようも申したものじゃ。まことなのか?」

義胤は扇子を歪《ゆが》めて激怒する。

「家臣を張り付けさせておりますので、偽りではございません」

邪《よこしま》な気持はないと、泉胤政は潔白《けっぱく》を主張して、続ける。

「土井殿に尋ねましたところ、伊達の煽てに乗り、自身が当主だと申す者を、若様の側《そば》に置いておく気が判らない。相馬は家中の乱れを糺《ただ》すことができないのか。左様な危うい家に、そうそう家督の相続は認められぬであろう、と申されておりました」

「なんと、原因は彼奴《あやつ》（及胤）が作っていたのか」

家督相続の足を引っ張っていたのが、残された唯一の息子だったとは衝撃である。

（戯けが、堕落した暮らしを送り、軽はずみなことを口にせねば一族衆として相馬に重きを置けたものを。これも我が不徳の至りか。唯一残った息子さえ従わせることができ

ぬとは。果断さも足りなんだか。弟の隆胤《たかたね》も死なせてしまったしのう）

今さらながら、身内の扱いの難しさを義胤は実感した。

（公儀が嫡流にこだわる以上、及胤を退《の》かせるしかあるまいの。一番、穏便な手で）

義胤は苦渋の決断を実行することにした。

「虎之助を元服させる。早々に戻って用意致せ。儂も支度が整い次第に江戸に上る」

命じると、泉胤政は即座に中村城を発った。

（さて、虎之助の名じゃが、いかが致すか。将軍から偏諱があれば全て解決するが、そう簡単にはいくまい。今すぐに命名できるよき名……やはり、そうするか）

考えを纏《まと》めた義胤は秋田の佐竹義宣《よしのぶ》の許に使者を送り、虎之助に「義」の字を使用する許可を求めた。

佐竹義宣の跡継ぎは、岩城貞隆《いわきさだたか》と義胤の娘・慶雲院《けいうんいん》の間に生まれた義隆《よしたか》に決められている。佐竹家の次期当主には相馬の血が流れていることになる。秋田二十余万石の後押しは必要。絆を深めておくためでもあった。義宣は快く応じてくれた。

五月上旬、満を持して義胤は江戸に上った。皆は緊張した面持ちで出迎えた。

「二年前に続き、遠路、江戸へ上られましたこと恐悦の極みに存じます。再びお会いできましたこと嬉しゅうございます」

虎之助は、以前よりも大人びた挨拶をするようになった。

「おおっ、虎之助も大きゅうなったの」

見違える孫の姿に義胤は感激した。子供の成長は早い。十歳になった虎之助は二年ほどで五寸《すん》（約十五・二センチ）近く伸びていた。相馬の家系は大柄なので、背だけ見れば大人と遜色《そんしょく》はない。これから鍛えれば腕も太く胸も厚くなるであろう。

「馬には乗れるようになったか」

「はい。爺様、いえ大殿様にご披露したく存じます」

頼もしい虎之助の返事である。

喜びに浸りたい義胤であるが、笑みに影を落とさせるのは及胤の姿がないことである。義胤が探すように命じると、夜になって連れられてきた。案の定、酒を飲んでいた。

「呼び出されたのは二度目にございますな。いよいよ蟄居《ちっきょ》させる決心がつきましたか」

挨拶もせず、無礼な言いようの及胤。慮外者かもしれないが、馬鹿ではなかった。

「伊達との話が拗《こじ》れたのか」

「拗れるもなにも、最初から両家の話し合いでは決着がつかず、それゆえ公儀に訴えたのではありませぬか？　某がしたのは、ただ伊達を探ることにござる」

言いきる及胤であるが、本心は違うような気がする。

「伊達の切り崩しが無理だと判ったから、遊興を繰り返していたのか」

「さすがに伊達は奥羽に覇を成した大名、某では手に余ります。まあ、一人ぐらい戯けた輩《やから》がいて、敵に取り込まれたと思わせることができ、それを排除することで相馬の家が安泰になれば万々歳《ばんばんざい》ではないですか」

冷めた口調の及胤、なにか安堵したような表情をしている。

「なにゆえ、その才を表だって相馬のために役立てなかったか？　そちは我が息子ぞ」

「過ぎたことを申しても始まりますまい。某は蟄居でも幽閉《ゆうへい》でも構いません。下知あれば腹も切りますが、我が妻子の処遇はいかようになりますか」

やはり及胤も人の子、家族の身を案じていた。

「こののちのそち次第。国許で大人しくしていれば、そちの嫡子は虎之助の側近として取り立てられよう。しっかりと教育するがよい」

「畏まりました。久々に親子揃って酒を酌み交わしたいところですが、お家のため、そういうわけにもいきますまい。これにて失礼致します。最後の江戸の夜を楽しみ、明日の朝一で帰途に就きます。数々の御無礼、お詫び致します。されば、これにて」

勝手に言いきった及胤は義胤の前から下がった。行灯《あんどん》一つの部屋であり、視力も悪くなった義胤には定かではなかったが、及胤の目が輝いていたような気がした。

（戯けめ。将才があったくせに……）

戦場《いくさば》で使えば、さぞかし面白い存在であったことが窺える。及胤は平和な時代の犠牲であり、敗北者なのかもしれない。

（いや、真《しん》に才があれば、いつの世でも勝利できよう。自制の心がなかったのじゃ）

及胤の失敗を踏まえ、虎之助だけは正しく育てようと、義胤は決意を新たにした。

翌朝、及胤は約束どおり、吉原から相馬への帰路に発った。見送ったのは、馴染みの太夫《たゆう》だけという、寂しい陸奥下りであった。帰国した及胤は北郷《きたごう》の檣原《じさばら》村に蟄居した。

一方、桜田の相馬屋敷では、満座の中で虎之助の前髪が剃り落とされ、青々とした月代《さかやき》が姿を見せた。元服に相応《ふさわ》しい背丈になったが、まだ顔は十歳のまま。数年早くはあるが、虎之助は不満そうではない。相馬の実情を説かれ、認識しているようだった。

(できることならば利胤と一緒に見たかったのう)

思い浮かべると目頭が熱くなる。義胤はしばし感傷に浸った。

「大殿様」

用意が整ったこともあり、泉胤政が声をかける。義胤は頷いた。

「虎之助には、我が名と同じ『義胤』を与える」

「おおーっ！」

皆の予想外だったのか、屋敷の広間は響動《どよ》めいた。

「先代の五郎義胤公は相馬姓を名乗ってから二代目の当主じゃ。承久《じょうきゅう》の乱が起こった折、宇治川の戦いで戦功をあげられた勇者でもある。我が名と合わせ、継ぐがよい」

鷹揚に義胤は説明した。虎之助はまだ若く、周囲からも軽く見られるであろう。立派に成長するまでは名前だけでも一目を置かれ、重みを持たせる意味があった。

「はて、祖父御の名前では？」

初めて紹介を受けた者は、そのようなことを問い質すであろう。それだけでも相手に名前を覚えてもらいやすい。諸大名には三百諸公がいると言われていた。

相馬家は歴代当主に義胤のほか、盛胤も二人いた。隣国の宿敵・伊達政宗も中興の祖と言われる大膳大夫《だいぜんたいふ》政宗に肖《あやか》ったという。歴代の一族の中に同じ名前を名乗る者は多くの大名家でも見られるが、当主の名を何度も使用するのは珍しいかもしれない。

紛《まぎ》らわしいので、この物語の中ではこのまま義胤と虎之助で通すことにする。

「有り難き仕合わせに存じます。大殿様からの義胤を名乗らせて戴きます」

まだ、こだわりのようなものはないのか、虎之助は嫌な素振りを見せず平伏した。

これで家中のことはすんだ。あとは幕府である。

すでに幕府には内々で伝えられており、改めて及胤を国許に蟄居させ、虎之助を元服させたことを報告すると、将軍親子への謁見が許された。

五月二十八日、義胤は虎之助を伴い、泉胤政・胤衝親子、立野胤重を連れて登城した。

謁見の場所は例によって白書院。相馬祖父・孫、三人の家臣が背後に並んだ。

幕臣の声とともに、家光、秀忠親子、土井利勝や酒井忠世が姿を見せた。すかさず義胤らは平伏する。

「面を上げよ。それなるが、相馬の跡継ぎか？」

家光が問う。

「ご拝顔の栄を賜り、恐悦の極みに存じます。亡き相馬大膳亮利胤が嫡子・虎之助義胤にございます」

虎之助は教えられたことを反芻《はんすう》するように告げた。

「ほう、長門守の名を譲り受けたか」

声をかけたのは、秀忠であった。考えたな、とでも言いたげだ。

「某と申すよりも相馬家二代目の五郎義胤に肖ってのことにございます。鎌倉の昔、承久の乱が起こりし時、五郎は公儀の下知に従い功をあげましてございます」

「それは頼もしい限り。虎之助は幾つか」

「十歳にございます」

覇気ある声で虎之助は秀忠の質問に答えた。義胤としても感無量である。

「いささか若くないか」

家光は不安そうに確認する。

「習うより慣れろが相馬の流儀ゆえ、元服させました」

「よき心掛けじゃ。左近（及胤）はいかがした？」

近習として側に仕えていたので、秀忠も気になるようだった。

「遊び惚《ほう》け、皆々様の目を惹《ひ》き付けたことは虎之助が元服するまでの楯《たて》。役目を終えましたので、国許に帰しました。些《いささ》か度が過ぎましたので蟄居させました」

「なかなかの策士よな。そうじゃの、物事にはほどほどという言葉がある。過ぎたるはなお及ばざるがごとし。安寧《あんねい》を保つには度を越してはならぬの。さて、将軍」

秀忠の指示に家光は応じた。

「相馬大膳亮利胤の家督を虎之助義胤に認める」

「有り難き仕合わせに存じ奉ります。身命を賭して励む所存にございます」

認められた虎之助は、教えられたとおりの口上を述べた。

（ようやく叶った。ようやく……）

利胤が死去してから五年、ついに相馬藩の二代目の藩主を擁立できた。感激で涙が畳にこぼれそうであった。

家督の安堵状が出されたが、宛先は虎之助あるいは、虎之助義胤であった。義胤が生きている間は混乱するので、幕府の配慮なのかもしれない。

下城したのち、相馬家で酒宴が開かれた。佐竹家をはじめ、親しくしている大名家からの使者が祝いの言葉を述べにきた。義胤の顔から笑みが消えることはなかった。

六月、役目を終えた義胤は帰途に就いた。当主を誕生させることはできたが、まだ相馬家は領内整備や新田開発、産業の振興などしなければならないことが山ほどある。真の意味で虎之助が当主になるまで、義胤は国許で領民たちの尻を叩く必要があった。

（我が命は利胤に代わって虎之助のために使いきってやろう）

ささやかな満足感に浸りながらも、義胤は隠居する気は微塵《みじん》もなくなっていた。

四

虎之助を当主として幕府に認めさせることに成功した義胤であるが、そこはまだ十歳の新当主。全てを任せて隠居生活を満喫するわけにはいかない。秋の刈り入れが終わり、収穫高を確認したのちに中村城を発って江戸に上り、正月を江戸で過ごし、暑くなる前に帰国するということにした。そうでなければ相馬の野馬追が開催できない。

神事であり、軍事訓練であると同時に避難訓練でもある野馬追は相馬家には不可欠の行事である。帰国してから日にちが決められるので、現在のように定まってはおらず、流動的であった。これも正しい形で虎之助に伝えるつもりである。

寛永八年（一六三一）五月十五日、藩境を示した絵図が酒井忠世からほかの老中に披露されて確定した。熊川長春らの努力の賜物である。

「勝った。伊達に勝った」

報告を受けた義胤は歓喜した。伊達家への明確な勝利は天正四年（一五七六）の冥加《みょうが》山《さん》の戦い以来ということになる。

「正義は必ず勝つ。誤魔化《ごまか》しはきかぬ。そちたちはようやった」

義胤は中村城で熊川長春と石川信昌を労った。

伊達家との国境問題は片づいたものの、今度は上杉家との間で、玉野村の山中において国境問題が勃発した。解決は元禄十三年（一七〇〇）まで待たねばならない。

上杉家と争うようになってから、人々の間でこう謡《うた》われるようになった。

「伊達と相馬の境の桜、花は相馬に実《み》は伊達に」

のちに『相馬二遍返し』という民謡の一節になる歌詞であるが、具体的な桜の樹が中居塚山や玉野村にあるわけではない。伊達というのは伊達家のことと、伊達郡を領有していた上杉家のことに掛けての歌である。伊達郡の者が相馬領に入って山菜等の実を採ることができるからであった。

いずれにしても相馬家は代を経ても所領を守ることができた。義胤が頑《かたくな》に土地の縁《えにし》を大事にしたことが受け継がれているからである。


寛永九年（一六三二）一月二十四日、大御所の秀忠が死去した。享年五十四。

（相馬家にとって仇《かたき》でもあり、恩人にもなったのう。さして才があったとも思えぬが、家康の息子に生まれたがゆえになった天下人《てんかびと》。あのような御仁《ごじん》こそ、役職が人を作ったのであろうな。父親より二十年も早く逝くとは、家康ほど己の体に気を使わなかったゆえか。もはややり残したことがないゆえ旅立ったか。儂はまだ逝くわけにはいかぬ）

自分よりもかなり若い武将の死を知り、義胤はささやかな勝利感を覚えると同時に、華美な食事や深酒を控えようと決意を新たにした。

翌二月、秀忠の御霊屋《みたまや》の普請として三万石が相馬家に命じられた。相馬家の年間の表石高の半分である。金額にすれば十八億円となる。相馬家だけではないが、いきなり年収の半分を取り上げられるも同じこと。驚愕の経済的危機に曝されるはめになった。

（三万石か、なんとか用意だてできるが、家臣たちへの扶持がなくなるの。一年間、扶持を半分にすれば、暮らしていけぬ者も出てこような。家臣は皆五年の間、一律一割削減。いやこの先、なにが起こるか判らぬ。五年は長いな。三年の間、一割五分ほど削らせるか。海嘯《よだ》後の苦しみから立ち直ったのじゃ。三年ぐらいは我慢できよう）

苦悩の上で義胤は結論を出した。表高六万石のうち、藩主の直轄料は三割ほどでおよそ一万八千石。残りの四万二千石が家臣や寺社などである。先に藩が立て替えて、年間家臣から六千三百石を三年かけて回収する。残りは実高分と藩主持ちとした。

江戸の富商から借りることもできるが、無利子というわけにもいかないのでやめにした。家臣への負担ではあるが、他家よりも相馬家は藩主の直轄料が少ないので、まっ先に削減するのは当たり前。百姓から臨時の増税も考えたが、今は新田開発が進んでいるので労働意欲を削ぎたくはなかった。とにかく収穫を増やすことが第一とする。こののち、さらなる負担があれば、踏み切らざるをえなくなるかもしれないが。

もう一つ、幕府から借りる手もある。だが、借りれば首根っこを押さえられ、ますます頭が上がらなくなる。なんとか家中でやり繰りするつもりだ。

義胤は早急に緊縮財政を徹底するように国許に命じた。再び、相馬家の経済難が始まった。相馬家は石川信昌と岡田胤元を奉行にして普請にとりかかった。

これとは別に幕府は虎之助に日光参拝を命じた。物見遊山ではなく、家康が眠る東照宮の参拝である。ある意味、当主として認められたことにはなるが、旅費はかかるし、玉串料《たまぐしりょう》も納めねばならない。負担は増すばかりだ。

虎之助は九月九日の重陽《ちょうよう》の節供にも出席させられる。出費は嵩《かさ》む一方であった。

「これでは立ち行かなくなるの。致し方ない。田にしやすいところに開かせよ」

大津波を警戒する義胤であるが、海に近い地の新田開発を認めた。

この年も収穫された石高は増えているが、とても追い付かない散財《さんざい》をさせられたので、相馬家の台所は火の車となっている。

三年間、扶持を削減させられた家臣たちは憤懣《ふんまん》をぶち撒《ま》けるが、仕方ないことと理解はしているようだった。「三年の我慢」というのが合い言葉になっていた。

寛永十年（一六三三）三月十八日、虎之助の具足初《ぐそくはじめ》が行われた。この日のために義胤は朱漆塗《しゅうるしぬり》の毘沙門天鎧《びしゃもんてんよろい》を用意しておいた。

「この先のことは判らぬが、我が目の黒いうちは、当主には朱塗《しゅぬり》の鎧《よろい》を着てもらう」

義胤は自身と利胤の具足式を思い出しながら、虎之助の具足の上帯を手ずから締めた。

「なにゆえでございますか」

「戦場で血はつきもの。それは敵か己の血かは定かではないが、人はみな血を見ると心が昂り、冷静でいられなくなる。最初から赤ければ、目が馴れ、判りづらいからじゃ」

言い終わると義胤は虎之助に勝光《かつみつ》の刀と脇差（銘不明）を進呈した。

「これで、そなたも相馬の赤い稲妻じゃ。逞《たくま》しいぞ虎之助」

虎之助が戦陣に立たぬことを望みつつ、凜々しい姿を直視し、思わず義胤は頬を緩めた。虎之助からは義胤に康光《やすみつ》の脇差が進上され、久々に義胤は嬉しい酒に酔った。

喜びは長続きはしなかった。四月二十二日、執権の泉胤政が死去した。

「戯け……儂より幾つ若いと思うておるのじゃ」

相馬家を改易の危機から救った立て役者の一人だけに、その死に義胤は嘆いた。

さらに、後を追うように五月一日、老中の堀内胤泰が他界した。

「どいつもこいつも、不忠者め。気概で長生きできぬのか」

続けざまに重臣の死に直面し、義胤は愚痴をもらすとともに肩を落とした。

これでしばらく国許に帰るわけにはいかなかった。

執権はすぐに立てられないものの、堀内胤泰の代わりに代理として泉縫殿助乗信《ぬいのすけのりのぶ》を江戸上りさせた。乗信は利胤が改易解除の交渉をするために馬喰町瑞林寺《ばくろちょうずいりんじ》の感応院《かんのういん》を宿所とした時に、寺小姓として利胤のために尽くした花井門十郎《はないもんじゅうろう》である。

「そちは婚儀のこと、早々に進めよ」

義胤は虎之助の傅役の立野胤重に命じた。自分よりも若い家臣が相次いで死去している。なんとしても虎之助と姉の千姫の結婚を見届けねばならなかった。

役目を終えた義胤は寛永十一年（一六三四）七月二十三日、帰途に就いた。

義胤が帰国して半月ほどした閏《うるう》七月十三日、虎之助は川越城の在番を命じられた。しかも三万石役で、百石四人と下知された。一千二百人で警備しなければならない。

報せは中村城に戻った義胤にも届けられた。

「なんと、大坂の陣ですら、左様な軍役を命じなかったぞ」

義胤は呆《あき》れた。紆《う》余曲折《よきょくせつ》する中で、相馬家は幕府からの指示も受け、戦がないという前提で給人と在郷給人を合わせて九百余人にまで家臣を減らしてきた。そこへきて四人の軍役を命じるとは耳を疑いたくなる。三百余人分人数が足りなければ、役目を果たせずと、責を負わされる。江戸と中村にも多少の家臣は残しておかなければならないので、四百余人の帰農させた旧臣を集める必要がある。兵糧《ひょうろう》の移動だけでも大変である。

「公儀は大名の台所を苦しくさせることしか思案せぬのか。かようなことをしていれば、全ての大名が疲弊し、日の本全体が沈むぞ。公儀が乗る船も腐って浮くまいに」

相馬家ともども日本の先行きを疑問視する義胤であった。

義胤は早急に旧臣を搔《か》き集め、中村城に在する家臣とともに江戸に向かった。

「帰国なされてすぐ、かようなことをさせて申し訳ありませぬ」

義胤の顔を見た虎之助が不憫《ふびん》そうに詫びる。

「相馬のためじゃ。そなたも当主、立っている者は親でも祖父でも使うがよい」

平気を装おうが、さすがに八十七歳の体。二ヵ月間で江戸と中村の往復はこたえた。

閏七月二十九日、虎之助は一千二百の家臣を率いて川越城に向かった。この列には及胤の嫡子である清胤《きよたね》も加わっている。義胤は江戸の屋敷で留守居となった。

虎之助の川越在番が終了したのは翌寛永十二年（一六三五）三月七日。大半の家臣を中村に帰国させ、虎之助が江戸に上ったのは九日であった。

この頃から義胤は体の不調を覚えていた。

（まあ、八十八年も生きてきたのじゃ、どこが悪くなっても不思議ではないがの）

心の準備はできているが、見届けたいことはまだ残っている。それまでは逝けない。

四月十一日、虎之助の新居が完成し、移り住んでいる。

十四日、千姫が唐津《からつ》城主で十二万石の藩主・寺沢堅高《かたたか》に嫁いだ。孫娘の花嫁姿を見ることができて義胤は感無量である。

十八日、内藤忠重の次女が相馬家に輿《こし》入《い》れしてきた。

「目出《めで》たい、とにかく目出たい」

白綸子《しろりんず》の小袖に袿《うちぎ》姿の花嫁を目にし、義胤はただの好々爺《こうこうや》になっていた。虎之助の婚儀を目にできたということで、満足だった。

もはや思い残すことはない。義胤は家光に暇乞いを申し出て許可された。

七月四日、義胤は虎之助を伴って登城し、白書院で家光に謁見した。

「そちのような立場の者は、わざわざ暇乞いなどせずともよいぞ」

さすがに家光も義胤を気遣った。

「これが今生の別れになるやもしれませぬ。相馬は決して将軍家に足を向けることはありませぬ。こののちも相馬家をお引き廻し戴きますよう、伏してお願い致します」

義胤は真っ白になった頭を下げて、額を畳に擦りつけて懇願した。

「相馬の忠節、判っておる。今生の別れなどと申さず遠慮のう顔を見せにまいれ」

家光も義胤の覚悟を感じ取ったのか、いつになく丁寧《ていねい》だった。

（これで、やるべきことはやったの）

顔を上げた義胤は達成感に満ちていた。

七月八日、義胤は江戸を発った。翌月、虎之助も後に続く予定だ。

（儂には屈辱の思い出しかない江戸城。忍耐強くさせてくれたものよ。もはや無用か）

これが見納め。義胤は輿の中から荘厳な江戸城を目に焼きつけながら帰途に就いた。


虎之助が初のお国入りをしたのは八月中旬、領内は盆と正月が一緒に来たような勢いで、盛大に祝った。その後、義胤は居間で虎之助と二人になった。

「領内に入って、いかがか」

「末端の者にいたるまで皆が道に跪《ひざまず》いておりました。驚いております」

まだ、それほど強くはないが、酒を飲みながら虎之助は言う。

「そなたが当主だからじゃ。そなたは利胤の嫡子というだけで皆は崇《あが》めておる。それは、利胤が改易の憂き目から相馬を救った英雄だからじゃ。思い上がってはならぬが、相馬嫡流《ちゃくりゅう》の血は有能。誇りをもって事に当たるがよい」

柔らかく説いた。

数日後、野馬追を行った。義胤は虎之助とともに太田の本陣山に座す。眼下の雲雀《ひばり》ケ《が》原《はら》では一千頭を超える馬が犇《ひし》めき、馬蹄《ばてい》を轟《とどろ》かせ、砂塵《さじん》を上げた。騎馬武者が戦さながらにぶつかり合いながら疾駆していた。

帰農した旧臣たちにも参じたい者は可としたので、例年よりも多くの者が参じていた。

「これが相馬の野馬追ですか……戦とはかようなものですか」

初めて野馬追を見た虎之助は感動し、童のように床几《しょうぎ》から腰を上げて熟視している。

「戦は、かように綺麗なものではない。もっと悲惨じゃ。勝つためにはなにをしても許される。されど、左様なことをここで許せば屍《しかばね》の山となる。腰の刀を抜かせぬ中で行うしかない。ここまで激しくやっているのは、日本広しといえども当家のみ。それは、兵馬の訓練もさることながら、平将門公以来の神儀でもあるから許されていること」

義胤は説明するが、虎之助の目はぶつかり合う騎馬武者に釘づけだった。

「こたびは前年よりも参じた者が多い。是非とも新当主のそなたに、自分たちの姿を見せたいからじゃ。故《ゆえ》あって帰農した者たちじゃが、元は武士だった者が多い。泰平の世になり、武士の数を増やせば公儀に睨まれよう。なにか功があれば、在郷給人として認めてやれ。それが叶わぬならば、せめて心だけは相馬の家臣であると、鑓や刀でも贈り、その証《あかし》を示してやれば、いざという時は、馳せ参じよう。相馬の者たちは二度の海嘯《よだ》にも挫《くじ》けなかった。もし、相馬の兵が七、八千もおれば天下が取れていたであろう」

「まことでございますか？」

本陣山に来て、初めて虎之助は義胤の顔を見た。

「まことじゃ。相馬の兵は強く、我らには正義の血が流れておる。我ら相馬の祖となる平将門公は、帝《みかど》に寄生する貴族が課す領民への重い負担に反するために立たれた義人。残念ながら敗れはしたものの、この精神は七百余年経った今も消えてはおらぬ。まあ、されど、今は天下を徳川に預けておくかの。口外は無用ぞ」

義胤が笑みを作ると、虎之助もつられた。

「当主は領民を労《いたわ》ること。領民は稼ぎ手、領民の命は領民のものにして領民のものにあらず、相馬家のものと思案致せ。それが皆の命を救い、相馬の家を守る術でもある」

「畏まりました。某も、あの中に紛れて構いませぬか」

「ならん。そなたは当主。家臣と競うものではない。馬を手足のように使う彼奴《あやつ》らを使うことを思案致せ。そなたは闘将ではなく名君と呼ばれるようになるのじゃ。されど、相馬の鍛えあげた駿馬の馬蹄を決して絶やさせるではないぞ」

「はい」

不服そうであるが、虎之助は頷いた。

（これで、思い残すことはない。儂の役目も終いじゃの）

疾駆する駿馬を眺めながら、義胤はかつての戦いを一つずつ思い出していた。

十一月に入ると、義胤は起きることができなくなった。

（いよいよ死に神と騎馬打ちをせねばなるまいか。その前にしておかねばの）

自分の寿命を察し、義胤は皆に別れを告げたいと家臣たちを登城させた。城下に住む給人のみならず、在郷給人も集まった。部屋に入れない者は庭に肩を並べて座した。

残念ながら、義胤は皆に声をかけることができず、側近の富田胤主《たねもり》に支えられ、耳元で囁《ささや》いて伝えさせることにした。

「各々《おのおの》は、曾祖父、祖父、父親、その子に至るまで、すでに四、五代近く馴れ親しんできておるゆえ、累年の親睦は深まり、遠くから代々苦戦の忠誠は忘れることがない。末期に及び、今さら別れを惜しむのは老いた身も極まったからである。これは老死を嘆き、身命を惜しむのではなく、ただ諸士上下との親睦の深さを感じてのこと」

義胤から耳打ちされたことを富田胤主は朗々と伝えた。すでに啜り泣く者もいた。

「虎之助は若年なれば、各上下一同に志を凝《こ》らして守り立て、なにごとによらず、虎之助のためにと思案し、評議して尋ねること。諫言することがあれば、累世《るいせ》の君臣の親愛や譜代の盟約などは決して捨てることなく、よく諫《いさ》めてほしい」

伝えた富田胤主は、予《あらかじ》め義胤の口上を書き留めた書を開いた。

一、幾度登城するといえども、初めての御礼《おんれい》のように慎むこと。

一、弓馬《きゅうば》は侍の嗜《たしな》むところ、読書は所用の本《もと》、いずれが欠けても不足である。

一、内の者に恥じよ。

右の三ヵ条は常に心得るべきことで、わずかの間も忘失《ぼうしつ》してはならぬ。

さらに虎之助の側近たちに向ける。

一、行儀など乱すべからず。よろず稽古《けいこ》の時、別の雑談は無用である。読書勤学の時、下々が好みの書物を見るのも、のちのち役立つであろう。

一、奉公の儀を心掛けるのは、主人のため、自身のためにもなるであろう。生を受ける者に苦のないことはあるはずがない。

一、主人と雑談する時、調子に乗って卑しきことを言ってはならぬ。世間話なども、よく分別して話すこと。

周囲を震撼《しんかん》させた闘将とは思えぬ人情に満ちた内容を聞いた家臣たちは、咽《むせ》び泣いた。

それから一、二日過ぎた十一月十六日。義胤は最後の力を振り絞るように口を開いた。

「儂が死したのちは屍に具足を着せ、北に向かって葬《ほうむ》るように。死して相馬の守神となろう」

義胤の具足は朱漆塗萌葱糸威五枚胴具足《しゅうるしぬりもえぎいとおどしごまいどうぐそく》。別名は毘沙門天鎧。毘沙門天は四天王最強で北の守神である。死に際しても相馬家の敵は伊達政宗《まさむね》だという認識は消えなかった。

告げたのち、義胤は夢か現《うつつ》か判らなくなっていた。

（儂は伊達にも豊臣にも徳川にも、地震、海嘯《よだ》にも屈せず、相馬を残した。我が魂は虎之助、さらに、子孫にも、相馬の民にも受け継がれよう。相馬は決して負けぬ）

次こそは、佐竹、上杉と手を取り、家康の本陣に突撃する姿を思い浮かべながら、義胤は静かな面持ちで八十八年の波乱の生涯を閉じた。

葬儀は同慶寺《どうけいじ》の骨厳長哲和尚《こつがんちょうてつおしょう》が導師を務め、盛大に行われた。法名は蒼霄院殿外天雲《そうしょういんでんがいてんうん》公大居士《こうだいこじ》と贈られた。

十九歳も若い宿敵だった伊達政宗が七十歳で死去するのは義胤が死去した翌寛永十三年（一六三六）のこと。

遺言に従い、義胤の遺骸には毘沙門天鎧が着けられ、北向きに向かって埋葬された。義胤は疾風怒濤《しっぷうどとう》のごとく戦場を駆け抜け、誠実に、ものごとに粘り強く当たり、不屈の闘志で慶長、元和の大地震、ならびに大津波からの復興を成し遂げた。義胤なくして相馬の存続はなかったに違いない。

平成二十三年（二〇一一）七月二十五日、開催を危ぶまれた相馬野馬追であるが、亡くなられた方の御霊を慰め、被災地の復興を願い、例年よりも縮小した形で見事に行われた。津波のみならず、未曾有《みぞう》の危機に直面しながらも、駿馬は逞《たくま》しい脚を前に踏み出していた。

相馬領に響き渡る馬の足音を聞き、何年かかろうとも、必ずや元の相馬を取り戻し、新たな相馬を築き上げようと誓った音を心に刻んだ、参加者や観衆は多いことと思う。今年も再び勇壮な馬蹄の音を響かせるであろう。

東日本大震災でお亡くなりになられました方々とご遺族の皆様に対し、謹んで哀悼の意を表し、ご冥福をお祈り致します。また、被災された方には、心よりお見舞い申し上げます。一日も早い復旧・復興を衷心《ちゅうしん》よりお祈り申し上げます。

参考文献　出版社名省略

【史料】

『大日本史料』『浅野家文書』『伊達家文書』『上杉家文書』『豊太閤真蹟集』東京大学史料編纂所編『岩淵夜話』大道寺友山著『群書類従』塙保己一編『續群書類従』塙保己一編・太田藤四郎補『續々群書類従』国書刊行会編纂『史籍雑纂』国書刊行会編『當代記　駿府記』続群書類従完成会編『歴代古案』羽下徳彦ほか校訂・続群書類従完成会編『相馬文書』豊田武・田代脩校訂『相馬藩世紀』岩崎敏夫・佐藤高俊校訂・岡田清一校注『新訂寛政重修諸家譜』高柳光寿・岡山泰四・斎木一馬編『干城録』林亮勝・坂本正仁校訂『國史叢書』黒川眞道編『改定　史籍集覧』近藤瓶城編『伊達治家記録』平重道責任編『伊達世臣家譜続編』平重道・齋藤鋭雄編『東藩史稿』作並清亮編『仙台叢書』鈴木省三編『会津資料叢書』会津資料保存会編『岩磐史料叢書』岩磐史料刊行会編『佐竹古文書』千秋文庫所蔵『戰國遺文　後北条氏編』杉山博・下山治久編『佐竹家譜』原武男校訂『徳川家康文書の研究』中村孝也著『新修　徳川家康文書の研究』徳川義宣著『徳川實紀』『続史愚抄』以上、黒板勝美編『武家事紀』山鹿素行著『上杉家御年譜』米沢温故会編『太閤史料集』桑田忠親校注『家康史料集』小野信二校注『北条史料集』萩原龍夫校注『伊達史料集』小林清治校注『関八州古戦録』中丸和伯校注『奥羽永慶軍記』今村義孝校注『改訂葉隠』山本常朝口述・田代陳基筆録・城島正祥校注『新編藩翰譜』新井白石著『伊達政宗言行録』小井川百合子編『関ヶ原合戦史料集』藤井治左衛門編著『豊公遺文』日下寛編『伊達政宗卿伝記史料』藩祖伊達政宗公顕彰会編『解説中世留守家文書』水沢市立図書館編『白石城主片倉氏と家臣の系譜』川村要一郎訳編『相馬市史資料集　衆臣家譜』相馬市『東遊雑記』大藤時彦編『大日本租税志』野中準など編『ドン・ロドリゴ日本見聞録　ビスカイノ金銀島探検報告』村上直次郎譯注『増訂武江年表』斎藤月

岑著・金子光晴校訂

【研究書・概説書・解説書】

『相馬略史』『奥州相馬』『新編奥相秘鑑』『伊達と相馬』『相馬六万石・城下町漫歩』『戦国相馬三代記』以上、森鎮雄著『伊達政宗』『風雲伊達政宗』『決戦関ヶ原』『激闘大坂の陣』以上、学習研究社編『史伝伊達政宗』『城と秀吉』以上、小和田哲男著『真説関ヶ原合戦』桐野作人著『大名列伝』児玉幸多・木村礎編『佐竹義重』福島正義著『奥羽の驍将　最上義光』誉田慶恩著『伊達政宗とその武将たち』『伊達政宗の都』以上、飯田勝彦著『最上義光』佐藤清志著『上杉景勝のすべて』『直江兼続のすべて』以上、花ヶ前盛明編『伊達政宗のすべて』『蒲生氏郷のすべて』以上、高橋富雄編『関ヶ原合戦のすべて』小和田哲男編『陸奥伊達一族』高橋富雄著『下総・奥州相馬一族』『三浦・会津　蘆名一族』『常陸・秋田　佐竹一族』『陸奥・出羽　斯波・最上一族』以上、七宮涬三著『上総下総千葉一族』丸井敬司著『佐竹氏物語』渡部景一著『徳川政権と幕閣』藤野保編『日本城郭大系』児玉幸多ほか監修・平井聖ほか編『戦国大名家臣団事典』山本大・小和田哲男編『家康傳』中村孝也著『豊臣秀吉研究』桑田忠親著『直江兼續傳』木村徳衛著『図説中世の越後』大家健著『豊臣平和令と戦国社会』藤木久志著『中世奥羽の世界』小林清治・大石直正ほか編『伊達政宗』『東北大名の研究』『奥羽仕置と豊臣政権』『奥羽仕置の構造』『伊達政宗の研究』『秀吉権力の形成』『戦国大名伊達氏の研究』以上、小林清治著『中世南奥の地域権力と社会』小林清治編『陸奥国の戦国社会』大石直正・小林清治編『福島地方史の展開』小林清治先生還暦記念会編『近世国家と東北大名』長谷川成一著『石田三成』今井林太郎著『伊達政宗』相川司著『中世東北の武士団』佐々木慶市著『中世東国の地域社会と歴史資料』岡田清一著『室町期南奥の政治秩序と抗争』垣内和孝著『中世の城と祈り』伊藤清郎著『東北中世史の旅立ち』大島正隆著『政宗に睨まれた二人の老将』『五月闇』以上、紫桃正隆著『会津芦名一族』『会津芦名四代』以上、林哲著『鄙の武将たち』長谷川城太郎著『戦国時代の大誤解』『戦国史の怪しい人たち』『〈負け組〉の戦国史』『戦国十五大合戦の真相』以上、鈴木眞哉著『太閤秀吉と名護屋城』鎮西町史編纂委員会編『伊達政宗卿』鈴木節夫著・藩祖伊達政宗公三百年祭協賛會編『西の和賀氏』小原藤次著『歴史としての相馬』岩本由輝著『おだかの歴史入門』南相馬市教育委員会小高区地域教育課編『葛尾村の歴史と伝説』松本美笙著『昔伝記』今野美寿著『会津・仙道・海道地方諸城の研究』沼館愛三編著『北茨城・磐城と相馬街道』誉田宏・吉村仁作編『会津諸街道と奥州道中』安在邦夫・田崎公司編『ふくしまの城』鈴木啓著『戦国時代の相馬』野馬追の里原町市立博物館編『相馬野馬追史』岩崎敏夫監・相馬野馬追保存会編『相馬野馬追』岩崎敏夫著『武者たちの舞台』福島民報社編『増補大改訂武芸流派大事典』綿谷雪・山田忠史編『日本災異志』小鹿島果編『日本の天災・地変』東京府社会課編『大いなる謎・関ヶ原合戦』『佐竹義重』『佐竹義宣』『片倉小十郎景綱』『伊達成実』『上杉武将伝』『直江山城守兼続』『嶋左近』『水の如くに』『毛利は残った』『島津は屈せず』以上、近衛龍春著『東日本大震災』埼玉新聞社編『明治・昭和・平成巨大津波の記録』『メルトダウン福島第一原発詳細ドキュメント』毎日新聞社編

【地方史】

『青森懸史』『岩手県史』『宮城県史』『福島県史』『茨城県史』『盛岡市史』『仙台市史』『白石市史』『亘理町史』『鳴瀬町史』『矢本町史』『涌谷町史』『米澤市史』『米沢市史』『山形市史』『白河市史』『相馬市史』『鹿島町史』『原町市史』『小高町史』『浪江町史』『飯館村史』『福島市史』『二本松市史』『いわき市史』『会津若松市史』『会津若松史』『郡山市史』『須賀川市史』『伊具郡誌』『猪苗代町史』『磐梯町史』『三春町史』『棚倉町史』

『宇都宮市史』『小田原市史』
各県市町村の史編纂委員会・史刊行会・史談会・教育委員会の編集・発行ほか

【雑誌・論文等】

『震災に立ち向かった日本人』二七八『岩手、宮城、福島東北戦国武将伝』二七九以上、歴史街道『決戦！摺上原』歴史群像四五『戦況図録関ヶ原大決戦』『独眼竜政宗と伊達一族』以上、別冊歴史読本『戦国史研究』六〇「金山宗洗の『惣無事』伝達とその経路」戸谷穂高『日本史研究』四十四〜四十六、四十八、四十九、五十二「大和田重清日記」小葉田淳校注

この作品は二〇一二年七月、毎日新聞社（現毎日新聞出版）から刊行された『慶長・元和大津波　奥州相馬戦記』を改題の上、大幅に加筆修正したものです。

実業之日本社文庫　こ61

奥州戦国《おうしゅうせんごく》に相馬《そうま》奔《はし》る

2020年12月15日　初版第1刷発行

著　者　近衛《このえ》龍春《たつはる》

発行者　岩野裕一
発行所　株式会社実業之日本社
〒107-0062　東京都港区南青山5-4-30
CoSTUME NATIONAL Aoyama Complex 2F
電話［編集］03(6809)0473［販売］03(6809)0495
ホームページ　https://www.j-n.co.jp/
ＤＴＰ　ラッシュ
印刷所　大日本印刷株式会社
製本所　大日本印刷株式会社

フォーマットデザイン　鈴木正道（Suzuki Design）

ISBN978-4-408-55633-8（第二文芸）